CRISTIN HARBER

WINTERS
EIN heißer EINSATZ
Titan-Serie

AUS DEM AMERIKANISCHEN VON ANTJE PAPENBURG

Die Originalausgabe erschien 2013 unter dem Titel »Winters Heat« bei Cristin Harber.

Copyright © der Originalausgabe 2013
By Cristin Harber

5810 Kingstowne Center Dr., #120-299
Alexandria, VA 22315
cristin@cristinharber.com
www.CristinHarber.com

Copyright © der deutschsprachigen Ausgabe 2015
By Antje Papenburg

Umschlaggestaltung: LM Book Creations
Umschlagmotiv: LM Book Creations
Lektorat: Julia Lambrecht

ISBN: 978-1-942236-19-1

KAPITEL EINS

Sein einfacher Auftrag hatte sich gerade verkompliziert. Colby Winters beobachtete die beiden Männer, die ihn schon seit Tagen beschatteten. Zum ersten Mal bildeten sie nicht das Schlusslicht in ihrer Karawane, die durch das ganze Land zog. Die »Mitläufer«, wie er sie liebevoll schimpfte, boxten sich jetzt vor ihm durch die Menschenmenge im Flughafen und steuerten schnurstracks auf den geheimen Abholort zu. Winters packte die Neugier. Adrenalin pulsierte durch seinen Körper.

Er preschte an einem Café vorbei und versuchte die Mitläufer einzuholen, die mittlerweile fast am Laufen waren. Geschäftsleute mit Trolleys versperrten ihm für einen Moment die Sicht, waren dann aber nicht mehr im Weg. Seine Beschatter blieben mit angespannten Gesichtern stehen, ihr Blick auf die Sitzreihe gerichtet, über die eigentlich nur Winters Bescheid wissen sollte, und unter der das Paket versteckt war.

Es gab keinen Zweifel, dass sie von dem Abholort wussten, und er brauchte sofort einen Plan B. Er hasste es, wenn sich beim Spionage-Spiel im Endspurt die Regeln änderten.

Er pirschte sich näher an sie heran, verstand aber nicht, warum sie jetzt stehenblieben, nachdem sie vorhin erfolgreich an ihm vorbeigezogen waren. Er folgte ihren zögernden Blicken. Eine Frau in Khakihosen und einem Cardigan, der wie ein rosa Osterei mit Strasssteinen verziert war, kauerte auf dem Boden und tastete die Unterseite der Sitzreihe ab.

Das war ein Problem. Und jetzt war es auch sein Problem.

Plan B musste nun Fräulein Khaki-und-Cardigan mit einbeziehen.

1

Die Mitläufer gingen auf sie zu. Die Frau schien davon überhaupt nichts zu merken und Winters trat den Rückzug an.

Das darf ja wohl nicht wahr sein. Sie hatte das kleine Paket in der Hand und drehte es wie einen Zauberwürfel.

Sein Plan B nahm Gestalt an. Bleib an ihr dran. Wenn weniger Zeugen in der Nähe waren, würde er das Paket an sich nehmen können. Der Plan von den Mitläufern war wohl eher eine Nahkampf-Version von Feindbegegnung. Ein Handgemenge mit einer Frau war nicht die schlauste Idee, aber die beiden hatten schon öfter bewiesen, dass sie nicht gerade die Schlausten waren.

Sie hatte ihre Augen so weit aufgerissen wie ihren Mund. Einer der Männer nahm sie am Ellenbogen und sie wehrte sich nicht gegen seinen festen Griff. Eine solche Komplikation konnte Winters jetzt wirklich nicht gebrauchen. Sie sah so ehrlich aus, dass ihr förmlich ein Heiligenschein über dem Kopf schwebte.

In ihren Augen konnte er lesen, dass sie wusste, die Mitläufer hätten keine Skrupel, sie in einem Müllcontainer verrotten zu lassen. Sein Bauchgefühl sagte ihm, dass die Frau keine Ahnung hatte, was sie da in den Händen hielt. Andererseits wusste er das ja auch nicht. Was in dem Paket drin war, das war strikt Need-To-Know. Und er musste gar nichts davon wissen, um das Paket zu sichern.

Sie zuckte wieder zusammen. Zeit für Plan C. Mit Fräulein Khaki-und-Cardigan zwischen den Fronten stand Gefechtsbereitschaft für ihn außer Frage. Seine Militärhose und das schwarze T-Shirt eigneten sich in dieser Umgebung nicht besonders als Tarnkleidung und die Aufmerksamkeit der Öffentlichkeit auf sein Vierergespann zu lenken war auch keine gute Idee, aber er schlich sich trotzdem an die anderen Drei heran und nahm eine Angriffsposition ein.

Die Frau hielt das Paket so fest umklammert, dass ihre Fingerknöchel ganz weiß waren. Sie hatte Angst, doch das war ihr anscheinend egal. Hatte er den Vorfall falsch interpretiert? Weder ließ sie das Paket fallen noch schrie sie um Hilfe.

War diese unglückliche Frau in Wirklichkeit eine Agentin, die einen auf unschuldig machte? Er wusste es nicht. Es war ihm egal. Dieser Einsatz wurde immer mehr zu einem Ärgernis. Zeit für einen neuen Plan: Das Paket sichern. Sollten doch alle Beteiligten sehen, wo sie dabei blieben.

Winters ignorierte die beiden Männer und lächelte so höflich und professionell wie ein Gladiator, der einen schlechten Tag erwischt hatte.

»Ich weiß zwar nicht, was das hier soll.« Er zeigte auf die Männer, die sie immer noch festhielten. »Aber geben Sie mir das Paket.«

»Nein, *pendejo*. Sie kommt mit uns«, antwortete einer der Männer an ihrer Stelle. Seine Wurstfinger spannten sich noch fester um ihren Oberarm. Ein stummer Schrei aus ihrem offenen Mund verriet ihm, dass ihr das wehgetan hatte.

»Ich habe ja nicht mit Ihnen geredet, oder?« Er konnte den spanischen Akzent nicht genau zuordnen und ein verdammter internationaler Vorfall war nicht seine Auffassung von einer einfachen Operation. Wenn ihm das nächste Mal jemand eine Mission anbot, die angeblich ein Kinderspiel sein sollte, würde er sich daran erinnern, dass er ein Erwachsener war, der gewöhnlich mit Feuer spielte.

Seine Mitläufer wandten sich einfach ab, die Frau immer noch fest im Griff, und reihten sich in den Strom der Reisenden ein.

Aha, so ist das also.

Die Frau wurde eher gezogen, als dass sie mit ihnen mitging. Der zweite Mann klebte so dicht an ihr dran, dass interessierte Beobachter nicht bemerkten, wie sie gegen ihren Willen mitgeschleift wurde.

Winters stellte sich ihnen wieder in den Weg. Er hatte strenge Anweisungen erhalten, eine Gefechtssituation zu vermeiden. Abholen und sichern, weiter sollte er nichts machen. Aber Abholen war ein Problem, wenn er keine Gewalt anwenden konnte. Außerdem waren gewaltsame Auseinandersetzungen in Flughäfen nicht ratsam angesichts der strengen Sicherheitsvorschriften.

»Warten Sie. Wir haben Geschäftliches zu bereden. Ich werde das Paket mitnehmen, *mi amigo*.« Arschloch hätte besser gepasst, aber das spanische Wort für diesen Kosenamen fiel ihm nicht ein.

Die Frau. Sie war schwer einzuschätzen, obwohl sie so aussah, als ob sie ganz vorne in der gefährlichsten Achterbahn der Welt sitzen würde. Das Gesicht ganz blass. Die Augen geweitet. Die Brauen gefurcht. Er musterte ihr zuckersüßes Outfit und die Hände, die das Paket fest umklammerten. Sie verhielt sich nicht wie eine Agentin, aber ein Chamäleon war schwer zu entdecken.

Einer der Mitläufer presste ein Messer in ihre Seite.

Ehrlich? Sowas wollt ihr hier abziehen? Er rollte die Augen bis zur Decke des Terminals. Nach diesem Theater hatte er sich einen richtigen Kaffee verdient. Das Gebräu von der Tankstelle würde es diesmal nicht tun.

Der Mann hielt das Messer so, dass es in den Falten des Pullovers versteckt war. Vielleicht war er ja doch nicht ganz blöd. Als die Klinge sich durch den Stoff bohrte, entfuhr ihr ein leises Wimmern. Das war das erste Geräusch, das sie in seiner Gegenwart von sich gegeben hatte. Die rosa-schimmernden Lippen bebten und ihr Blick wanderte hektisch zwischen den drei Männern hin und her.

Winters wippte auf den Sohlen seiner ausgetretenen Kampfstiefel und hob resigniert die Hände. Er musste all seine Willenskraft aufwenden, um stehenzubleiben. Aber es sah so aus, als ob er einen besseren Weg finden musste, sich das Paket anzueignen, statt sich ein Gefecht inmitten eines überfüllten Flughafenterminals zu liefern, in dem wer weiß wie viele Ordnungskräfte der unterschiedlichsten Behörden patrouillierten und unzählige Überwachungskameras all seine Bewegungen aufzeichneten.

Er ließ sich zurückfallen und versteckte sich in einer Nische, wo er sein Handy aus der Tasche zog. Die Kommandozentrale musste auf den neuesten Stand gebracht werden und er brauchte Informationen. Sein Chef nahm ab und grunzte wie üblich kurz angebunden Hallo.

»Es gab Probleme. Die Mitläufer sind mir zuvorgekommen und haben sich das Paket und ein Mädchen geschnappt.«

»Na super.« Jared Westin hatte genau einen Tonfall für alle Anlässe: schroff, borstig und rau. Jeden Tag. Zu jeder Zeit. »Was brauchst du?«

Winters schaute sich im Gang des Terminals um. Ringsherum nur Geschäftsleute und Aktentaschen. Die drei waren nirgends zu sehen. »Einen Anhaltspunkt, wo ich die Dreckskerle finden kann.«

Jared unterhielt sich mit jemandem und sprach dann wieder mit Winters. »Wir schauen uns die Aufnahmen der Überwachungskameras auf dem Parkplatz an, checken Infos zu ihrem Mietauto. Wann haben sie sich das Mädchen gekrallt?«

Sogar seine monotonen Fragen hörten sich hartgesotten an. Wenn Jared in einem Drive-In einen Burger bestellte, jagte er dem Mitarbeiter, der die Bestellung aufnahm, mit seiner Stimme einen solchen Schrecken ein, dass dem glatt das Haarnetz vom Kopf sprang.

»Wir sind zur gleichen Zeit angekommen und meine Beschatter haben mich eingeholt. Wussten, wo sie hinmüssen. Auf einmal hatte eine Frau das Paket in der Hand. Und die Kacke war am Dampfen. Sie haben sie mitgenommen. Ich habe mich ausgeklinkt, weil ich erwartet habe, das Wunderkind würde sich schon in die Kameras und Satelliten einhacken können.«

»Ja, sowas in der Richtung. Parker ist im Flughafensystem drin und hat sich in alle Programme gehackt. Er wird dir gleich Infos und Screenshots schicken.«

»Hey, Jared.«

»Was?«

»Habe ich mich schon bei dir für den tollen Auftrag bedankt?«

»Nö.«

»Gut.«

»Mach dich an die Arbeit, Arschloch.« Jared hustete – seine Version von Lachen – und legte auf.

Winters kehrte in Windeseile zu seinem Pickup zurück und stieg ein. Die Reifen quietschten, als er aus dem Parkhaus fuhr. Er warf eine Handvoll Münzen in den Automaten und trommelte mit den Fingern auf dem Lenkrad herum, während er wartete, dass die Schranke hochging und seine Kommandozentrale fündig wurde. Sein Handy vibrierte und er schaute aufs Display.

»Was hast du für mich, Chef?«

»Parker hat ihr Mietauto, einen schwarzen, viertürigen Taurus, zu einer Mietwagenfirma in Virginia zurückverfolgt. Sie haben mit Kreditkarte bezahlt. Dieselbe wurde in einem Hotel in der Nähe verwendet. Versuch's da zuerst.«

»Verstanden.« Als er das Parkhaus verließ, wurde er von der Sonne geblendet. Er setzte seine verspiegelte Pilotensonnenbrille auf. »Was ist mit der Kreditkarte?«

Er zahlte überall mit Bargeld und nahm an, dass alle Agenten sich so verhielten.

»Keine Ahnung. Hat uns nicht weitergebracht.«

»Aha.«

»Ich schicke dir die Adresse per SMS. Und Winters?«

Winters erhielt die Nachricht mit der Adresse, gab sie in sein

Navi ein und grunzte eine Antwort. Er durchsuchte sein Handschuhfach nach den kleinen Tüten Weingummis, die er darin aufbewahrte. Er brauchte jetzt unbedingt was Süßes. Und seinen Vortrag konnte sich Jared sowieso sparen. »Was?«

»Ich habe mir die Aufnahmen der Überwachungskamera angeschaut. Sie haben das Mädchen in den Kofferraum geworfen. Und sie sind nicht besonders zimperlich mit ihr umgegangen. Ich glaube nicht, dass wir es mit zwei Teams zu tun haben. Und ich habe keine Infos über eine uns freundlich gesinnte Agentin oder Polizistin. Ich wäre an deiner Stelle vorsichtig.«

Er fand endlich ein paar letzte Weingummis, die unten in einer Tüte klebten und warf sie sich in den Mund. *In den Kofferraum geworfen? Leicht übertrieben.* »Verstanden.«

»Ich meine es ernst, Winters. Wenn sie einfach nur zur falschen Zeit am falschen Ort war, dann schlage ich vor, du holst mal wieder deine Samthandschuhe aus der Versenkung und benutzt sie auch.«

Winters hätte gerne ignoriert, dass das mehr ein Befehl als ein Vorschlag war. Er hasste es, mit unausgebildeten Frauen zusammenzuarbeiten. Die fingen immer gleich zu heulen an, wenn es mal etwas gröber zuging. Es wäre für alle Beteiligten besser, wenn er sie an einen mitfühlenderen Agenten übergeben könnte. Aber er arbeitete alleine. Also hatte er keine andere Wahl.

»Ich werde mich benehmen. Versprochen.« Er hörte sich so an, als ob er eine klammernde Freundin dazu bewegen wollte, das Gespräch zu beenden. »Wenn ich Neues zu berichten habe, melde ich mich.«

Winters lief es kalt den Rücken runter, als er an Frauen denken musste, denen die Tränen in den rotumrandeten Augen standen. Diese mysteriöse Frau *nicht* heulend vorzufinden war ungefähr genauso wahrscheinlich, wie die Chance, in den nächsten fünfzehn Minuten zu seiner wohlverdienten Tasse Kaffee zu kommen.

Sein Navi zeigte an, dass das Motel nur noch ein paar Kilometer entfernt war. Highway-Schilder flogen nur so vorbei und die Autos vor ihm wechselten die Spur, um ihm Platz zu machen. Hinter einer Kurve sah er auf einmal nur noch rote Bremslichter und fluchte. Er versuchte auf die linke Spur zu wechseln, aber dort standen die Autos schon. Er schlug mit der Hand aufs Lenkrad. Vielleicht sollte er eine Liste mit all den Dingen machen, die heute falsch laufen konnten. Die konnte er bestimmt heute Abend mit tatsächlichen Ereignissen vergleichen und abhaken.

Er hupte und versuchte, sich in die linke Spur einzuordnen. Keine Chance. Niemand bewegte sich auch nur einen Zentimeter. Nicht mal der Idiot, dem er fast hinten drauf gefahren wäre. Winters ließ das Fenster runter und bedeutete dem Fahrer, seinen Wagen zu bewegen. Obwohl *bedeuten* vielleicht ein bisschen milde ausgedrückt war. Vielmehr gestikulierte er wie ein Grizzlybär auf Crack, der bereit war, bis in den Tod zu kämpfen.

»Da rüber.« Er zeigte auf den Seitenstreifen. »Rüber. Sofort.«

Der Mann ignorierte den Pickup, der sich in die klitzekleine Lücke quetschen wollte. Winters hupte wieder und lehnte sich aus dem Fenster. Er war mittlerweile soweit, dem Fahrer mit dem Verlust von Leben, Gliedmaßen und Angehörigen zu drohen, damit er sich fügte.

»Beweg dein Auto.« Hupen half ihm auch nicht weiter, aber er tat es trotzdem. Und dann nochmal. Immer noch ohne Erfolg.

Er nahm den Gang raus und trat aufs Gaspedal. Der Pickup heulte auf wie ein tollwütiges Tier. Der Fahrer, mittlerweile fast schon sein Todfeind, zuckte zusammen. Sein Hirn schaltete anscheinend auf Überlebensmodus. Er fuhr zur Seite. Winters quetschte seinen Pickup durch die Lücke und fuhr auf dem Seitenstreifen weiter.

Einen Kilometer später hatte er die Ursache des Staus herausgefunden. Drei Spuren des vierspurigen Highways waren wegen Bauarbeiten gesperrt.

Auf der einzigen offenen Spur hatte es einen Auffahrunfall gegeben. Zwei Männer, Handys am Ohr, zeigten auf ihre Stoßstangen. Winters trat rechtzeitig auf die Bremse, um sanft ein Absperrgitter umzunieten. Dann rumpelte er eine kurze Strecke ungepflasterte Straße entlang und fuhr wieder auf die befahrbare Spur, als er am Stau vorbei war. *Bitte lieber Gott, mach, dass es gleich eine Ausfahrt gibt.*

Das Navi unterbrach sein Stoßgebet. »Nächste Abfahrt in fünfzig Metern. Ihr Ziel befindet sich auf der rechten Seite.«

Wer hätte das gedacht? Er sollte öfter mal beten.

Er nahm die Ausfahrt. Das Motel war direkt vor ihm und er bog auf den fast leeren, mit Schlaglöchern übersäten Parkplatz ein. Ringsherum wuchs das Unkraut kniehoch. Ganz am Ende des Parkplatzes stand ein schwarzer Taurus. Halleluja.

Winters parkte seinen Pickup, prüfte schnell seine Munition und Ausrüstung und machte sich dann auf die Suche nach dem richtigen Zimmer. Ein Blick auf das Schild vor dem Motel verriet ihm, dass man hier pro Stunde zahlte. Er ging an ein paar Zimmern vorbei, aus denen keine Geräusche drangen, bis er dumpfe Stimmen hörte. Eine Frau schrie. *Heilige Scheiße.* Auch wenn er nicht gerne mit Heulsusen zusammenarbeitete, würde er jedem das Leben zur Hölle machen, der einer Frau wehtat. Ob sie nun gerade heulte oder nicht.

Ein kräftiger Tritt und die Tür aus billigem Holz flog aus den Angeln. Das nannte man ein Überraschungsmoment. Winters hielt seine Glock in der rechten Hand und riss mit den Zähnen den Metallverschluss von der kleinen Tränengasgranate. Die würde keine ernstzunehmenden Schäden anrichten, aber für Ablenkung sorgen. Perfekt dafür, in einem kleinen Zimmer mit Rauch Chaos anzurichten.

Mit einem *Ihr-hättet-euch-nicht-mit-mir-anlegen-sollen*-Grinsen warf er die Granate ins Zimmer. Der spartanisch eingerichtete Raum füllte sich augenblicklich mit zischendem Gas. Die drei Leute im Raum rieben sich sofort die tränenden Augen. Sie würgten, spuckten und husteten, sodass sie in dem weißen Rauch wie drei Teenager wirkten, die gerade ihre erste Zigarette rauchten.

Winters hatte in seiner Ausbildung gelernt, das Gas auszuhalten. War darauf vorbereitet. Scheiße, der bittere Geschmack in seinem Mund schmeckte ihm fast. Eine pawlowsche Konditionierung auf das Adrenalin, das durch seinen Körper schoss, nachdem er eins von diesen niedlichen Dingern in einen Raum geworfen hatte. Klick. Knall. Zisch. Er liebte es jedes Mal.

Er wollte sich mit ihnen prügeln, sich auf sie stürzen, sie fertig machen. So richtig. Sie hätten ihm nicht den Tag versauen sollen. Sie hätten Fräulein Khaki-und-Cardigan nicht in ihren Kofferraum werfen sollen.

Mit einem großen Schritt war er schon bei einem der Männer. Er schlug zu und brach dabei die Nase des Mannes, was sich genauso gut anfühlte, wie es sich anhörte.

Winters lächelte und winkte ihn heran. *Komm und spiel mit mir.* Aber der Mann stolperte zurück in den Rauch, den Kopf in den Händen. Blut quoll zwischen seinen Fingern hervor.

Der zweite Mann stürmte mit schwingenden Armen auf ihn zu,

doch Winters trat einfach einen kleinen Schritt zur Seite und rammte ihm den Ellenbogen in die Seite. Der Mann taumelte rückwärts und sog hektisch die Luft ein, wobei er noch mehr von dem beißenden Gas einatmete.

Hoffentlich würde sich wenigstens einer von ihnen als Stehaufmännchen erweisen, damit ihm eine zweite Runde vergönnt war. Er befand sich schon in Kampfstellung, die Knie leicht gebeugt. Der erste Mann schien sich wieder gefangen zu haben. Winters provozierte ihn. »Versuch's doch mal.«

Der Mann kam auf ihn zu. Winters schlug mit der Faust in sein blutiges Gesicht. *Bums.* K.O.

Der zweite Mann stolperte wieder in seine Richtung, ein Springmesser in seiner Hand. Er schwang das Messer durch die Luft, was eher einem unkontrollierten Zucken glich. Das Messer sah genauso aus wie das, mit dem er vorhin die Frau bedroht hatte. Das war ein Fehler gewesen. Und jetzt beging der Mann wieder einen.

»Du wirst dir wirklich wünschen, dass du das heute nicht mit zum Spielen gebracht hättest. Du hättest niemals die Dame bedrohen dürfen. Hättest dich mir niemals in den Weg stellen dürfen. Und schon gar nicht hättest du mir heute den Auftrag versauen dürfen.«

Winters griff den Mann am Handgelenk und drehte seinen Arm in Richtung der fleckigen Rigipsdecke. Ein Knochen knackte. Das Messer fiel auf den dreckigen Boden. Währenddessen hörte er die Frau immer noch husten. Sie war irgendwo hinten im Raum, beim Schrank. Das Gas setzte ihr immer noch zu, aber sie hatte noch keine Anstalten gemacht, zu fliehen.

»Sind Sie verletzt?«, rief er ihr zu.

Keine Antwort. Er konnte nur ihren keuchenden Atem hören, während sie durch den Rauch stolperte.

»Wo ist das Paket?«

»Fahr zur Hölle«, krächzte sie.

Na klar. Was hatte er auch anderes erwartet? Verärgert verzog er das Gesicht. Seine brennenden Augen sagten ihm, dass seine Toleranzgrenze für das Tränengas bald überschritten war. »Haben Sie es oder nicht?«

Die Frau unternahm einen kläglichen Versuch zu fliehen und versuchte an ihm vorbei zu huschen. Aber er stellte sich ihr mit einem bedrohlichen Grunzen in den Weg. Die junge Dame würde nirgendwo hingehen.

Ohne frische Luft in ihren Lungen wurde die Frau immer schwächer. Nachdem er einen weiteren Fluchtversuch abgeblockt hatte, zog sie sich wieder in die Ecke zurück. Er nahm sein Verhör wieder auf, stellte ihr immer wieder barsch dieselbe Frage, aber ihre Antwort bestand jedes Mal nur aus einem jämmerlichen Husten. Sie schniefte und rieb sich die tränenden Augen. Er hatte ein schlechtes Gewissen. Beinahe.

»Bleiben Sie, wo Sie sind«, sagte er.

Er zog Kabelbinder aus Plastik aus seiner Gesäßtasche. Die eigneten sich vorzüglich als Handschellen. Er fesselte die Männer damit an den Tisch. Die Frau sprang aus der Hocke auf. Sie tastete sich mit ausgestreckten Armen zur offenen Tür vor und schrie dabei mit letzter Kraft auf. Er legte einen Arm um ihre Taille, sodass sie nicht mehr vorwärts kam, obwohl sie weiterhin mit den Armen ruderte und mit den Beinen strampelte, als wolle sie die Tour de France gewinnen.

Er warf sie aufs Bett und hielt sie an den Schultern fest. »Das hier ist kein Spiel, junge Dame. Halten Sie still.«

Winters schaute sich schnell im Zimmer um. Die Cops konnten jede Minute eintreffen. »Zum letzten Mal. Wo ist das Paket?«

Die Frau zögerte. Sie musste immer noch husten.

Verdammt, er wollte ihr nicht drohen müssen. Er baute sich in seiner ganzen Größe vor ihr auf, sagte aber nichts weiter. Er beobachtete, wie ihr Blick im Raum umherschoss, jedes mögliche Versteck anvisierte, bis auf ... Bingo. Er behielt sie im Auge und machte eine Schublade auf.

»Nein.« Wieder ein Hustenanfall. »Nicht.«

Das Paket.

Die Frau rollte zum Rand des Bettes und stürzte sich nach vorne, um ihm das Paket aus der Hand zu reißen. Das Tränengas und die Frau stellten seine Geduld mittlerweile so richtig auf die Probe. Was zum Teufel tat sie bloß? Es fiel ihm im Augenblick schwer, blitzschnelle Entscheidungen zu treffen. Er hatte keine Zeit und konnte nicht klar denken. Aber er brauchte dringend Antworten. Wer in Gottes Namen sie war, zum Beispiel.

Er schlang einfach einen Arm um ihre Taille und warf sie über seine Schulter. Sie war genauso leicht, wie sie aussah, und völlig entkräftet durch das viele Husten.

»Warten Sie. Nein. Lassen Sie mich los. Hilfe. Ich brauche Hilfe!«

»Klappe halten«, sagte er in einem Ton, mit dem er Jared stolz gemacht hätte.

Trotzdem hörte sie nicht auf, mit matter Stimme zu rufen: »Hilfe. Hilf mir doch jemand!«

Es hielt sich niemand in ihrer Nähe auf, also bewirkten ihre heiseren Schreie nichts. In Absteigen wie diesen kümmerten sich die Leute um ihren eigenen Dreck. Trotzdem, sie begann ihm Kopfschmerzen zu bereiten. Er hätte sie nicht mitnehmen müssen. Er hätte sie hierlassen können, damit sich die Cops um sie kümmerten. Aber sie sah eher dazu befähigt aus Pfadfinderinnen-Kekse zu verkaufen, als sich mit Ganoven und Bullen anzulegen.

So überstürzt, wie sie das Paket an sich gerissen hatte, hatte sie ganz sicher keine Ausbildung genossen. Er konnte sich keinen Reim auf sie machen. Aber er würde sie nicht einfach zurücklassen. Dafür war sein Beschützerinstinkt zu stark.

Winters stieg über die zersplitterte Tür hinweg, die Frau immer noch über seiner Schulter. In der Ferne hörte er Polizeisirenen. Er vergewisserte sich noch einmal, dass das Paket sicher in seiner Gesäßtasche steckte, und eilte zu seinem Pickup.

Dort angekommen, ließ er sie runter. »Hören Sie auf, herumzuschreien. Ich bin nicht der Böse hier. Wir hauen jetzt von hier ab und dann werden wir uns wohl schon irgendwie einig werden. Beruhigen Sie sich.«

Ihre Augen blitzten entschlossen auf und er konnte spüren, wie sich ihre Muskeln anspannten, bevor sie ihn attackierte. Sie biss die Zähne zusammen und trat nach seinen Eiern. *Verdammte Scheiße.* Gott sei Dank hatte er so gute Reflexe. Die Frau war echt anstrengend, selbst nach einer Tränengasattacke.

»Na gut. Sie haben es so gewollt, junge Dame.« Er warf sie auf den Rücksitz seines Pickups. »Ich habe das blöde Paket, das Sie anscheinend zum Äußersten treibt. Also denken Sie gar nicht daran, während der Fahrt aus dem Wagen zu springen. Machen wir einen Deal. Sie bekommen was und ich behalte das, was ich schon habe.«

Winters rieb sich das Gesicht und blieb vor der offenen Tür stehen, um sie mit Oberkörper und Armen davon abzuhalten, wieder auszusteigen. Wieso interessierte es ihn überhaupt, ob sie abhaute oder nicht? Er hatte das Paket. Das war seine einzige Aufgabe. Die Operation war fast beendet und diese Frau hatte nicht auf seiner Liste gestanden. Aber warum war sie überhaupt hinter dem Paket her? Es ergab keinen Sinn.

Sie stützte sich auf die Ellenbogen auf und trat nach ihm. Ihre Füße trafen ihn am Bauch. »Jetzt machen Sie mal halblang, junge Dame.«

Sie würde bei der nächsten Gelegenheit sofort die Flucht ergreifen. Das wusste er. Winters sah erst sie, dann die Türverriegelung an. Sie stellte eine zusätzliche Belastung dar, für die er heute keine Zeit hatte. Er machte die Kindersicherung rein und die Tür zu, sodass sie auf der Rückbank eingeschlossen war.

Sein Sitz ruckelte alle paar Sekunden nach vorne, wenn sie dagegentrat. Er zog den Kopf ein und unterdrückte eine Reihe von Flüchen, die ihm gerade einfielen. Bevor die Cops den Parkplatz des Motels erreichen konnten, bog Winters auf die Straße ab. Unsicher, wo er jetzt hinfahren sollte, drückte er eine Schnellwahltaste auf seinem Handy. Jared nahm ab.

»Ich habe das Paket. Und die junge Dame.« Er schaute in den Rückspiel. Dank der frischen Luft hatte sie sich wieder erholt. Sie trat immer wieder gegen seinen Sitz.

»Lassen Sie mich gehen, Sie Arsch.«

»Hört sich ganz danach an«, sagte Jared. »Hau sofort da ab und fahr nach Hause. Und um Gottes Willen, Winters, sei nett zu ihr.«

Sei nett zu ihr bedeutete bestimmt einfach, dass er ihr nicht einfach K.O.-Tropfen oder Wahrheitsserum verabreichen sollte.

»Ja, ja. Ich finde heraus, für wen sie arbeitet und woher sie vom Abholort wusste. Dann kann sie sich meinetwegen verabschieden.« Sie trat immer noch. Er war längst schon so über seinen Ärger hinweg, dass es ihn fast amüsierte. Anscheinend war er dabei, verrückt zu werden. »Sie ist ein Teufelsweib. Es ist unterhaltsam.«

Sie schrie: »Ich habe keine Angst vor Ihnen. Ich trete Ihnen noch mal in die Eier. Kommen Sie mir zu nahe und Sie werden schon sehen, was dann passiert.«

»Du lieber Himmel«, murmelte Jared, bevor er auflegte.

Winters seufzte. Resigniert stellte er fest, dass er seine Kopfschmerzen wohl heute nicht mehr loswerden würde.

KAPITEL ZWEI

Nicht der Böse? Er kam ihr aber wie der Böse vor. Dieser Mann war ganz sicher kein Gesetzeshüter. Er hatte nur seine Waffe, keinen Ausweis gezogen und sein Verhalten war genau das Gegenteil von beruhigend.

Dieser Albtraum hatte das Zeug zu einer Nachrichtensondersendung. Der Nachrichtensprecher würde direkt in die Kamera schauen, mit diesem ernsten, nachdenklichen Blick, und sich laut und mit pathetischer Stimme fragen, was Mia Kensington in ihren letzten Stunden wohl hatte erleiden müssen. Oder vielleicht würde ein Reporter ihre Arbeitskollegen und ihre Familie interviewen, die alle mit ernsten Mienen darüber spekulieren würden, warum sie sich in Kentucky aufgehalten hatte oder warum sie in gleichgroße Stücke gehackt worden war, die in eine Handvoll Einkaufstaschen passten.

Mia massierte ihre Schläfen und versuchte den brennenden Geschmack runterzuschlucken, den sie immer noch im Hals hatte. Sie schniefte wieder. Ihre Nase hatte nicht aufgehört zu laufen, seit er sie mit Tränengas attackiert hatte. Ihre Augen brannten, egal wie sehr sie sie rieb. Sie hatte schwarze Wimperntusche an ihren Fingerknöcheln und ihre Lippen hatten einen Pflegestift dringend nötig. Zu schade, dass die Männer, die sie im Flughafen geschnappt hatten, auf dem Weg nach draußen ihre Handtasche in den Mülleimer geworfen hatten.

Sie hatte kein Handy, keinen Ausweis und keine Möglichkeit, Hilfe zu holen. Dem Mann, der den Pickup fuhr, war es anscheinend egal, wie oft sie gegen seinen Sitz trat. Er machte einfach weiter, als existierte sie nicht, tätigte Anrufe und warf ihr ab und zu im Rückspiegel einen Blick zu. Das war ihr recht. Was würde sie tun, wenn er sich zu ihr umdrehte? Ihr lief es kalt den Rücken runter. Sie war mit ihm in einen Wagen eingesperrt und sollte sich schnellstens überlegen, wie sie hier wieder rauskam.

Sie beobachtete ihn, wie er da auf seinem Fahrersitz saß. Sein braunes Haar war nach dem Kampf im Motelzimmer ganz verstrubbelt. Seine kurzen Kotletten waren schweißnass. An seinem gebräunten Hals zeichneten sich die Muskeln ab und alle paar Minuten rieb er sich mit der Hand den Nacken. Sie konnte sehen, dass seine Fingerknöchel aufgeschlagen waren. Nach jedem Lied drückte er den Knopf am Radio ein paar Mal ungeduldig, um einen anderen Sender einzustellen. War das eine nervöse Angewohnheit? Interessant, dass ein brutaler, gewaltsamer Mann wie er im Auto so fahrig wirkte.

Mia schüttelte den Kopf. Nichts, das sie während ihres Psychologiestudiums gelernt hatte, würde ihr dabei helfen, zu entkommen. Sie würde sich an jedes einzelne Detail ihres Selbstverteidigungskurses erinnern müssen, der Zivilistinnen auf dem Stützpunkt angeboten wurde.

Schade, dass sie nichts über Flucht und Ausweichen gelernt hatte. Das wäre jetzt nützlich gewesen. Nützlicher als die Tritte in die Leistengegend, die sie an einer Plastikpuppe geübt hatten. Sie warf einen Blick auf den Fahrer. Ihre Tritte hatten die Kronjuwelen des Muskelmannes leider verfehlt. Sie hatte es immer und immer wieder versucht, aber er hatte nur gelacht, wenn sie seine muskulösen Oberschenkel und seinen Bauch getroffen hatte. Gelacht und mit den Augen gerollt, als sei sie die Lachnummer in einem Actionfilm.

Der Mann stellte schon wieder seinen Rückspiegel neu ein. Diesmal zu ihrem Vorteil, weil sie ihn nun ganz sehen konnte. Schade, dass seine Augen hinter der Sonnenbrille versteckt waren.

»Möchten Sie gerne erklären, was Sie hier tun?« Er hörte sich schroff an, schien allerdings eher an einem Gespräch interessiert zu sein als daran, ihr wehzutun. Das fand sie noch beunruhigender.

Nö, nicht die leiseste Absicht.

Er hatte ein kräftiges Kinn. Seine Lippen waren voller, als ihr vorhin aufgefallen war. Sie würde sich jede Einzelheit für das Phantombild merken. Nachdem sie entkommen war, sollte sein Gesicht überall in den Elf-Uhr-Nachrichten gezeigt werden. Schlagzeile: Verrückter Waffenfetischist rettet Frau.

Nein. Nicht rettet. Verrückter Waffenfetischist entführt Frau. In seinem Pickup war sie weit davon entfernt, gerettet zu sein.

Er hatte die Kindersicherung reingemacht. Die hielt nur die hinteren Türen verschlossen. *Oder nicht?* Wenn sie ein Überraschungsmoment abwartete, dann konnte sie nach vorne hechten und aus der Beifahrertür flüchten. Sie waren immer noch in einem Wohnviertel. Hier gab es Stopp-Schilder und der Verkehr war rege. Wenn sie es aus dem Wagen schaffte, könnte vielleicht ein Cop sie auflesen und sie retten. Sobald er langsamer fuhr, würde sie einen Versuch starten.

Er verlangsamte das Tempo, als eine Ampel rot wurde. *Tief einatmen. Und los.*

Sie warf sich über die Mittelkonsole. Ihr Fuß traf seine Sonnenbrille und sie trat zu, um sich in Richtung Beifahrertür abzustoßen.

Der Mann fluchte und griff ihren Knöchel. Der Wagen schlenkerte hin und her. Sie brüllte aus vollem Leib. Der Adrenalinschub half und sie schaffte es bis zur Tür, tastete hektisch nach dem Türgriff, dem Knopf für das Fenster. Hauptsache, sie konnte die Aufmerksamkeit der Leute da draußen auf sich lenken.

Er hielt sie immer noch am Bein fest und sie trat wieder zu. Diesmal traf sie. Vielleicht das Kinn. Definitiv die Schulter.

Er fluchte wieder. »Im Ernst jetzt?«

Ihr anderes Bein verhakte sich hinter dem Lenkrad und der Pickup machte einen Schwenker. Mias Stirn traf auf das Armaturenbrett. Sie sah nur noch Sterne. Er ließ sie los und trat auf die Bremse. Wieder fiel sie nach vorne und stieß sich den Kopf. Ihr kamen sofort die Tränen. Sie rutschte mit der Schulter voran auf den Boden vor den Beifahrersitz.

»Was in Gottes Namen tun Sie denn da?« Er war wütend. Sie hätte seine Reaktion als aufbrausend beschrieben, aber eigentlich war das untertrieben.

Sie drehte sich um, um ihn anzusehen. Er sah in den Rückspiegel und die Seitenspiegel und zog dann die Handbremse an. Er atmete tief in, schaute zu ihr runter und funkelte sie böse an.

Sie waren von der Straße abgekommen. *Wo ist denn die Nachbarschaftshilfe? Ein freundlicher Polizist?*

Er stellte das Radio ab. Das einzige Geräusch war nun das Summen der Klimaanlage und das tapp, tapp, tapp seiner Finger, die auf das Lenkrad trommelten. Hier auf dem Boden war es nicht sonderlich gemütlich. Die Rillen der Plastikmatte gruben sich in ihre Schulter und ihren Ellenbogen. Ihre Augen waren auf gleicher Höhe mit dem Zigarettenanzünder und dem Duftbäumchen, das daran hing. Der kleine grüne Baum mit dem Logo der Mietwagenfirma drehte sich in eine Richtung, dann die andere, so als ob er sich darüber lustig machte, dass sie sich nicht bewegen konnte.

Von ihrem Blickwinkel aus sah der Mann so massiv wie ein Fels aus. Seine langen Beine passten gerade so in den Platz unter das Lenkrad. Er saß zwar etwas krumm da, aber wohl eher aus Bequemlichkeit, als weil er eine schlechte Haltung hatte. Und selbst so sah man, wie muskulös sein Oberkörper war. Die Muskeln zeichneten sich deutlich unter dem engen T-Shirt ab. Die Sehne an seinem Hals trat hervor und ... war sein Kiefer deshalb so angespannt, weil er um Beherrschung rang?

Dieser Fluchtversuch war die falsche Taktik gewesen. Mia beeilte sich, die Tränen wegzuwischen und sich wieder aufzurichten, aber sie kam nicht hoch. Ihre Beine standen in einem ungünstigen Winkel vom Körper ab und ihre Schulter war zwischen dem Sitz und dem Armaturenbrett eingeklemmt. Sie konnte weder den Türgriff erreichen noch konnte sie aufstehen.

O nein. Das Gefühl von Klaustrophobie wurde immer schlimmer, bis ihre Lungen sich zusammenzogen, ihr Herz immer schneller schlug und sie kurz vor einer Panikattacke stand. Sie schlug und trat um sich, was sie allerdings nur noch tiefer in die Lücke drückte. Sie kam hier nicht mehr raus.

»Stecken Sie etwa fest?« Diesmal hörte er sich eher belustigt als grimmig an.

Sie wischte sich die Tränen weg und sah, dass sein Mund sich zu einem Grinsen verzogen hatte. Ihr Gesicht glühte. Sie versuchte noch einmal, sich aus ihrer misslichen Position zu befreien, ruderte vergeblich mit Armen und Beinen und bot dabei sicherlich ein köstliches Bild. Wenn sie das hier tatsächlich überleben sollte, dann würde der heutige Tag bestimmt als der schlimmste und peinlichste Tag ihres Lebens in die Geschichte eingehen.

Er rieb sich das Kinn und warf wieder einen Blick in die Spiegel. »Kann ich Ihnen helfen?«

Schweigen war die beste Antwort. Sie würde aus dieser Situation ohne Hilfe nicht wieder rauskommen, aber ganz sicher würde sie diesen verrückten Kidnapper nicht auch noch um Hilfe bitten.

Er hielt ihr eine seiner gefährlichen Hände hin. Die Geste war in keinster Weise bedrohlich. Außerdem blieb ihr nichts anderes übrig. Wenn sie ihn schon nicht mehr loswerden konnte, dann wollte sie nicht in dieser unglücklichen Position auf dem Boden festsitzen.

Mia ruckelte ihre eingeklemmte Schulter etwas frei und er griff ihren Arm. Seine Hand fühlte sich stark und rau an. Mit einem kräftigen Ruck hatte er sie im Nu auf den Sitz gezogen. Dann bedachte er sie mit einem prüfenden Blick, der bei ihr Gänsehaut auslöste.

Sie erwiderte den Blick und musterte ihn ebenfalls von oben bis unten. Er war angezogen, wie aus einem Actionfilm entsprungen, aber in seinem Fall wusste sie, dass die Patronen in seiner Waffe echt waren. Seine muskulösen Arme hatte er vor der breiten Brust verschränkt. Mist. Sie hatte es mit GI Joe aufgenommen und verloren.

Um seinem Blick auszuweichen, schaute sie durch die Windschutzscheibe direkt in einen Graben. Sie waren in der Nähe der Ampel, an der sie hatte flüchten wollen. Der Pickup stand in einem gefährlichen Winkel mit der Motorhaube nach unten auf der Böschung. Der Horizont war höher, als er sein sollte. Nicht ein einziges Auto fuhr vorbei. Sie waren ganz allein mit ihrem Ein-Auto-Unfall.

Sie rutschte näher zur Tür und seine Pranke landete auf ihrem Oberschenkel.

»Sie sind durch die Hölle gegangen, um nicht von dem Paket getrennt zu werden. Und jetzt wollen Sie einfach abhauen?« Er schüttelte den Kopf. »Ich habe Ihnen schon gesagt, dass ich nicht der Böse bin. Glauben Sie's oder glauben Sie's nicht. Mir egal. Vielleicht können wir uns irgendwie einigen. Ich weiß es nicht. Aber man hat mir gesagt, ich soll mich von meiner besten Seite zeigen. Also tun wir einfach so, als ob das hier alles nicht passiert wäre.«

Das hier war seine beste Seite? Tränengas in einem Motelzimmer zu verteilen, sie über seine Schulter zu werfen und dann in seinen Pickup einzusperren? Dann wollte sie sich gar nicht vorstellen, was wohl seine schlechteste Seite war. Ein FBI-Profiler hätte alle Hände voll mit ihm zu tun. Er war stark und so männlich, wurde ihr bewusst. Auf einmal fing ihr Puls an zu dröhnen. Die Panik war verschwunden, aber ihr Magen krampfte sich zusammen.

Doch er hatte recht. Sie hatte ihr Leben schon aufs Spiel gesetzt und wenn es auch nur die geringste Chance gab, das Paket in ihre Hände zu bekommen ...

Ohne länger darüber nachzudenken, kletterte Mia wieder über die Mittelkonsole und quetschte sich zwischen den Sitzen hindurch und auf die Rückbank. Ihre Bewegungen waren ungeschickt und unkoordiniert. Sie streckte ihren Hintern länger in die Luft, als sie es gerne gewollt hätte, als sie sich mit zappelnden Beinen über die Sitze zog. Sie brauchte ein paar Sekunden, bis sie sich aus ihrer unbeabsichtigten Herabschauender-Hund-Yoga-Übung aufgerichtet hatte und endlich wieder auf ihrem Hintern saß.

Wieso hatte sie das getan? Erneut spürte sie, wie die Röte in ihr Gesicht stieg und ihr Magen sich verkrampfte. Sie presste die Knie zusammen und hoffte, dass das beunruhigende Gefühl bald wieder vorbeigehen würde. Sie musste einen klaren Kopf behalten, um das hier zu überleben und *sich mit ihm zu einigen.*

Er schaute in den Rückspiegel und legte den Gang ein. »Sitzen Sie bequem da hinten?«

Der Mann setzte seine verspiegelte Sonnenbrille wieder auf, gab genug Gas, um rückwärts die Böschung wieder hochzukommen, und fuhr sich mit den Fingern durch das dunkle Haar.

Mia stützte ihr Kinn auf ihre Faust und konnte seinen Geruch an ihrer Hand riechen. Er musste auf sie abgefärbt haben, als er ihr aufgeholfen hatte. Er roch männlich und robust, eine Mischung aus Seife, Schweiß und Schießpulver. Unweigerlich musste sie seufzen.

Was sollte das denn? Verrückte Kidnapper sollten nicht so gut riechen. Waren das schon die ersten Anzeichen des Stockholm-Syndroms?

Sie musste genau überdenken, wie sie weiter vorgehen sollte. Wieso hatte sie versucht, ohne die Disk zu flüchten? Wegen ihr war sie in Louisville und ihr hatte sie zu verdanken, dass sie in diesem Schlamassel steckte. Sie konnte sie jetzt nicht zurücklassen. Es war zu wichtig.

Es musste noch eine andere Option geben. Mia beschloss auf dem Rücksitz sitzen zu bleiben, bis ihr einfiel, was diese Option war.

KAPITEL DREI

Cartagena, Kolumbien

»Finde heraus, wer sie hat«, bellte Juan Carlos Silva ins Satellitentelefon und legte auf. Die kolumbianische Sonne brannte auf ihn herunter, als er neben dem Pool stand und sich mit einem frischgebügelten Taschentuch aus Leinen den Schweiß von der Stirn tupfte. Dann strich er sein maßgeschneidertes Seidenhemd glatt.

Es war schon schlimm genug, dass seine Männer extra in die Staaten hatten reisen müssen und jetzt ihre Mission nicht beenden konnten. Sie hatten die einfache Aufgabe gehabt, ein kleines Paket mit einer Disk abzuholen. Aber sie waren durch das halbe Land gereist, nur um es wieder zu verlieren? Eine Schande.

Mit prüfendem Blick suchte er im Poolwasser nach einem kleinen Stückchen Dreck. Er wollte etwas zu beanstanden haben. Einen Vorwand, um den Jungen mit den knöchrigen Knien anzuschreien, der sich um Pool und Garten kümmerte. Nicht, dass er einen Vorwand dafür brauchte.

Sein verspannter Nacken meldete sich wieder, wie immer, wenn unfähige Angestellte ihre Ausreden stammelten. Wenn er den Auftrag für so kompliziert gehalten hätte, hätte er mehr seiner Männer in die Staaten geschickt. Männer, die sich mit den Tricks der Amerikaner auskannten. Er hatte in dieser Angelegenheit eine falsche Entscheidung getroffen, und obwohl es sein Fehler war, fand er es immer einfacher, seine Frustration an anderen auszulassen. Er ließ seine Fingerknöchel knacken und rief den Poolboy.

Sein Telefon klingelte wieder und er war drauf und dran, den Anruf zu ignorieren. Wenn diese Idioten nicht eine gewöhnliche Frau finden konnten, die mit der Disk entkommen war, dann würde er sie umbringen, nur um ein Exempel zu statuieren. Vielleicht einen Strick um ihren Hals legen und sie am Tor zu seinem Anwesen aufhängen. Vielleicht würde er sie aber auch eine Machete aus seiner Sammlung aussuchen lassen, um ihnen ein oder zwei Gliedmaßen abzuhacken.

Er hätte niemals solch unerfahrene Männer mit dieser Aufgabe betreuen sollen. Aber wenigstens hatten zwei seiner Männer die Spur der Frau und dieses verdammten Pakets aufgenommen. Juan Carlos würde ihnen gnädigerweise die Möglichkeit geben, ihren Fehler wiedergutzumachen.

Er nahm den Anruf entgegen, hörte aber gar nicht zu, sondern sagte sofort: »Hole das zurück, was mir gehört. Ergreife die Frau. Beide sind wertvoller als dein Leben.«

Amerika war nicht Kolumbien. In den Staaten war Kidnapping nicht so gerne gesehen. Obwohl viele seiner hochwertigen Produkte von dort stammten, zeigten seine Männer normalerweise mehr Fingerspitzengefühl. Kidnapping war eine Kunst.

Vielleicht sollte er bessere Anweisungen geben. Es war unbedingt erforderlich, dass man ihm beide Gegenstände brachte. Er inspizierte seine manikürten Fingernägel. Was für ein Ratschlag würde dem Mann helfen? Nein, Ratschläge brachten nichts. Ein Anreiz wäre effektiver. »Bete zur Heiligen Jungfrau Maria, dass sie dir den richtigen Weg zeigt. Denn wenn du versagst, werde ich deiner Mutter deinen abgeschlagenen Kopf überreichen.«

Er legte energisch auf. Verärgerung trieb ihm den Schweiß auf die Stirn. Schon sammelten sich die Tropfen an seinem akkuraten Haaransatz. Es war draußen schon heiß genug. Er brauchte diese zusätzliche Belastung nicht, um sein Erscheinungsbild weniger gepflegt wirken zu lassen. Er hatte den Anspruch an sich selber, sich auf gewisse Weise zu präsentieren. Schwitzen war unter seiner Würde. Er bezahlte Leute, um für ihn zu schwitzen.

Juan Carlos tupfte sich wieder die Stirn trocken. Es gab Arbeit zu tun. Sein Bestand war vorhin aufgefüllt wurden. Er musste diese jungen Frauen inspizieren, bevor er sie versteigerte. Einfach verdientes Geld, das nicht zurückzuverfolgen war.

Winters rollte seinen Kopf von links nach rechts, sodass seine Halswirbel knackten, und wandte sich dann der Frau auf seinem Rücksitz zu. »Mein Name ist Colby Winters. Die meisten Leute nennen mich einfach Winters.«

Er hörte sich tonlos und grummelig an, wo er doch eigentlich vertrauenswürdig erscheinen wollte. Sie zum Reden zu bringen und sich gleichzeitig seine Verärgerung nicht anmerken zu lassen machte diesen Auftrag immer komplizierter.

Die Frau beachtete ihn gar nicht. Wieder warf er einen Blick in den Rückspiegel. Sie begegnete seinem Blick und kräuselte die Nase, was zumindest besser als Treten und Schreien war.

»Und Sie sind?« Seine Schläfen pochten. Parker konnte ihre Identität mithilfe von Bildern von Überwachungskameras ohne weiteres feststellen, aber er wollte, dass sie sich ihm öffnete. Wer wusste schon, warum?

»Das geht Sie gar nichts an. Ich stelle mich meinen Kidnappern sicher nicht vor.« Sie verengte die Augen und schürzte die Lippen, sodass ihr Gesichtsausdruck keinen Zweifel daran ließ, wie sauer sie war.

»Das hätte ich mir denken können.« Er musterte sie, wobei ihm auffiel, dass ihre Lippe geschwollen und die Haut an ihrer Wange verfärbt war. Sein Beschützerinstinkt war sofort wieder geweckt. »Haben diese Kerle Sie geschlagen?«

»Was macht das für einen Unterschied? Ich werde Ihnen auch nichts sagen. Dann machen Sie mit mir das Gleiche.«

»Na, Sie sind aber taff.« Sein Mundwinkel verzog sich zu einem schiefen Lächeln. Sie war stärker, als er ihr zugetraut hatte. Vielleicht lag es an diesem trügerischen Cardigan. Die Pastellfarben ließen sie harmlos wirken.

So gut es vom Fahrersitz aus ging, betrachtete er ihr Gesicht und ihren Hals bis zum Schlüsselbein. Die Frau auf dem Rücksitz war, was man allgemein als attraktiv bezeichnen würde. Auf die unaufregende Art und Weise. Wie eine Lehrerin oder eine Bibliothekarin, wenn er das verschmierte Make-up und die zerzausten Haare nicht mit in Betracht zog.

»Ich werde Ihnen nicht wehtun.« Er bemühte sich, weniger wie ein knurrender Hund zu klingen. »Fangen wir doch von vorne an. Mein Name ist Colby Winters. Sie können mich Winters nennen. Und Sie sind?«

Keine Antwort.

»Sagen Sie mir Ihren Namen und ich erzähl Ihnen ein bisschen was von mir.«

Sie sah ihn mit schmalen Augen an. »Na gut. Mia.«

Ihre Blicke begegneten sich und ihm wurde ganz warm ums Herz. Winters biss sich auf die Innenseite seiner Wange, bevor er die Klimaanlage hochdrehte.

»Freut mich, Sie kennenzulernen, Mia. Jetzt haben wir doch schon Fortschritte gemacht, oder nicht? Kommen wir zur Sache, Schätzchen. Wieso waren Sie im Flughafen?«

Sie rutschte auf der Rückbank hin und her. »Ich hatte dort zu tun.«

Eine ausweichende Antwort. Nicht einstudiert, aber sie war vorsichtig genug, ihm keine Details zu verraten. »Für wen arbeiten Sie?«

»Für niemanden.«

»Woher wussten Sie denn, wo das Paket war? Es ist meins.«

»Ihres?« Sie streckte das Kinn vor. »Ich glaube kaum.«

Endlich, eine Reaktion. Sie war resolut. Stark. Bestimmt. Sogar ein bisschen wütend. Der böse Blick, den sie ihm im Rückspiegel zuwarf, sprach Bände.

»Na, Ihnen gehört es auf jeden Fall nicht.«

Sie seufzte. »Das stimmt nicht ... Es ist meins. Aber das war es vorher nicht.«

Vorbei war es mit dem Widerspruchsgeist. Sie ließ die Schultern sinken. Wie konnte er ihren Ton am besten beschreiben? Unbehagen oder ... Traurigkeit? Was auch immer sie fühlte, ihm war es unangenehm. Er hatte keine Übung mehr in emotionsgeladenen Gesprächen. Was sie sagte, ergab noch nicht einmal Sinn. Vielleicht war sie doch ein bisschen gaga. »Junge Dame, ich weiß nicht, wovon Sie reden. Aber wir könnten uns bestimmt einigen, *wenn* Sie aufhören würden so kryptische Andeutungen zu machen.«

Seine Finger schlossen sich fester ums Lenkrad. Warum zum Teufel interessierte es ihn überhaupt? Er hatte das Paket. Das war sein einziges Ziel gewesen und er hatte es erreicht. Aber gegen seine Neugier konnte er nichts machen. Wieso wollte eine cardigantragende Bibliothekarin etwas haben, das Titan gehörte?

Als ob sie seine Gedanken gelesen hätte, flüsterte sie nun leise: »Die Person, der das Paket gehört hat, hat mich gebeten es abzuholen.«

Sie gab nicht viel preis und ihre vage Antwort befriedigte seine Neugier überhaupt nicht.

»Sie haben unrecht. Ich hatte die Aufgabe, das Paket abzuholen.« Er wollte ihr keine Angst machen und möglichst vermeiden, dass sich jegliche Sympathie, die er sich erarbeitet hatte, wieder in Luft auflöste. »Der Besitzer hat meine Firma damit beauftragt, das Paket sicherzustellen.«

»Nun, Mr Winters, das ist wohl der Unterschied. Besessen hat, nicht besitzt.«

Mia führte diese Antwort nicht weiter aus und er überlegte, was sie damit meinte. Wovon redete sie da – besessen hat, nicht besitzt?

Er fuhr sich mit der Hand durchs Haar. Es war zu lang und ungepflegt. Er musste sich die Haare schneiden lassen und sich rasieren. Seine Bartstoppeln waren um einiges dichter als gewöhnlich, obwohl er gerne einen bedrohlich wirkenden Bartschatten stehen ließ. Männer mieden ihn und abenteuerlustige Frauen, die auf gefährliche Kerle standen, fühlten sich von ihm angezogen. Was wollte man mehr.

Er schob sich die Sonnenbrille zurecht und konzentrierte sich auf die Straße. »Fangen Sie doch mal ganz von vorne an.«

»Fangen Sie doch von vorne an!« Ihr Grinsen wirkte immer noch trotzig. Sie sah nicht wie eine Agentin aus und sie verhielt sich auch nicht professionell. Aber ihr herausforderndes Verhalten war nicht ohne.

Wenn man sich überlegte, was in der letzten Stunde passiert war, dann verhielt sie sich nicht ohne Grund so, aber es war trotzdem ungewohnt für ihn. Es gab wenige Leute, die ihm widersprachen. Wenige, die hinterfragten, was er tat. Und unter diesen wenigen Leuten hatte sich noch nie eine zierliche Frau befunden, die wie ein Osterei angezogen war. Aber Mia gab ihm Saures.

»Meine Fragen mit weiteren Fragen zu beantworten bringt uns nicht weiter. Obwohl ich Sie ziemlich amüsant finde.«

Sie verzog das Gesicht. »Was wollen Sie denn wissen?«

»Als erstes, wo sind Sie her?«

»Alexandria, Virginia. Direkt außerhalb von DC«, sagte sie.

»Na so was, da komme ich auch her. Was sagen Sie dazu?«
Ihre Augen funkelten.

Mit seiner sarkastischen Antwort war er zu weit gegangen. Er musste sich noch mehr zusammenreißen. Wieso bekam er eine solch einfache Vernehmung nicht hin? »Aus welchem Grund sind Sie nach Louisville gekommen?«

»Ein Klient hat mich um Hilfe gebeten.«

»Und dieser Klient heißt ...?« Er ließ die Frage so stehen, in der Hoffnung, dass sie antworten würde. Aber das tat sie nicht. Stattdessen konzentrierte sie sich darauf, ihr schulterlanges Haar glattzustreichen, das in alle Richtungen abstand. Das war seine Schuld, nachdem er sie wie eine Tasche mit Militärausrüstung über die Schulter geworfen hatte. »Scheint mir kein besonders guter Klient zu sein, wenn er Sie hierher schickt, um seine Drecksarbeit zu erledigen. Ein ganz schön fieser Spielzug.«

Fräulein Khaki-und-Cardigan schwieg.

»Sie sind direkt zwischen die Fronten geraten. Zwei Profiteams hatten dasselbe Ziel. Oder waren es drei Teams, Mia? Geben Sie es zumindest zu, wenn Sie auch mit dieser Operation beauftragt wurden.«

Ein paar Minuten vergingen schweigend. Mia tat so, als hätte er nichts gesagt. Ihre ganze Aufmerksamkeit galt ein paar Haarsträhnen, die sie um ihre Finger wickelte.

»Was meinen Sie mit Profiteams?«, fragte sie schließlich.

Wollte sie ihn verarschen? Ein Warnzeichen nach dem anderen sagte ihm, dass das hier nur eine unschuldige Frau war, die aus Versehen in diese Scheiße verwickelt worden war.

»Ich gehe mal davon aus, dass Sie nicht einfach die Unschuldige spielen und beantwortete Ihre Frage.« Er warf sich eine Handvoll Weingummis in den Mund, um die Anspannung zu lösen. »Ein Profiteam, eine Gruppe von Agenten in geheimer Mission. Jeder Agent weiß, welche Rolle er spielt: ob er gut oder böse ist oder eine verwirrende Mischung aus beidem. Aber jeder weiß es. Und es scheint, als ob Sie heute Zeit mit beiden Seiten verbracht hätten.«

»Ach so, und Sie sind wohl der Gute, was?« Mia schien zum ersten Mal an etwas interessiert zu sein, das er zu sagen hatte.

»Das würde ich gerne von mir behaupten, auch wenn ich sicher bin, dass viele mir da nicht zustimmen würden.« Er lächelte, wobei seine Zähne aufblitzten. Es war zu viel. Zu falsch. Er wusste es und war sich sicher, dass sie es auch wusste. »Wenn ich Ihnen wehtun wollen würde, dann hätte ich das längst getan. Sie sind einfach zusätzlicher Ballast, den ich nicht gebrauchen kann. Aber anscheinend sind wir hinter derselben Sache her und Sie haben meine Neugier geweckt. Deshalb verzögere ich meine Rückkehr bis ich die Antworten auf meine Fragen bekommen habe.«

»Warum sind Sie neugierig? Sie haben doch, was Sie wollten.«

Er wusste nicht, was er dazu sagen sollte. Niemand hätte ihn als unbeholfen beschrieben, aber aus irgendeinem Grund verhielt er sich momentan so. »Was machen Sie beruflich? Für was für ein Unternehmen sind Sie tätig, Mia?«

»Ich dachte, wir beantworten Fragen nicht mit weiteren Fragen.«

Aalglatte Antwort. Zeit, seine Strategie zu ändern. Er parkte vor einem weiteren Motel, drehte sich zu ihr um und starrte sie an. »Bleiben Sie hier. Bitte.«

Mia nickte und blieb tatsächlich auch sitzen, obwohl er sich nicht ganz sicher war, wieso. Er war sich auch nicht sicher, warum er das *Bitte* für nötig gehalten hatte. Er legte eine Handvoll Kabelbinder auf das Armaturenbrett.

»Ich werde die hier nicht verwenden. Weil ich Ihnen vertraue, dass Sie nicht abhauen.«

Er würde sie nicht fesseln und sie würde nicht flüchten. Ihre Körpersprache verriet ihm, dass er damit recht hatte. Wahrscheinlich, weil er immer noch das Paket hatte und sie es haben wollte. Ihm war egal, was ihre Beweggründe waren. So lange sie auf ihn hörte.

Er beeilte sich, mietete ein Zimmer, nahm sich einen Eimer Eis aus der Maschine vor der Rezeption und ging wieder zum Pickup zurück. Er hielt den Atem an, hoffte, dass sie noch da war – und das war sie. Er widerstand dem Impuls, zu lächeln.

Sie beobachtete ihn durch das Fenster, so als wollte sie ihm etwas sagen. Sie schaute ihn von oben bis unten an. Dabei registrierte sie jedes Körperteil, jede Einzelheit: seine Brust, seine Arme, seine

Beine, sogar die Narbe in seinem Gesicht. Er war einige Meter vom Auto entfernt, aber ihr intensiver Blick ließ ihn sich fühlen, als ob sie nur wenige Zentimeter vor ihm stand. Sie hielt seinem Blick stand und öffnete den Mund, als ob sie etwas sagen wollte.

Dann wandte sie den Blick ab und schaute sich auf dem leeren Parkplatz um. Er konnte sich einfach keinen Reim auf sie machen. Er ging ums Auto herum und stieg wieder ein.

Wenn sie nicht süß wie Zuckerwatte ausgesehen hätte, dann hätte er sich einbilden können, dass sie an ihm interessiert war, so wie sie ihn musterte. Aber nein, so eine war sie nicht. Eine wie sie gab sich nicht mit Männern wie ihm ab und einer wie er pflegte nicht die Gesellschaft von Frauen so zart und samthäutig wie sie. Er schüttelte den Kopf. Zart und süß. Über samthäutig wollte er gar nicht nachdenken.

Er fuhr den Pickup auf den Parkplatz hinter dem Motel, schloss alle Türen auf und machte die Kindersicherung raus. Dann nickte er ihr zu. Ihre Kleider waren schmutzig. Ihr Cardigan sah sogar ziemlich schmuddelig aus. So konnte sich eine Bibliothekarin nicht sehen lassen. Die Quetschungen auf ihrer sonst so makellosen Haut wurden immer dunkler. Er hätte diese Wichser im Motelzimmer einfach umbringen sollen, statt sie an den Tisch zu fesseln. Aber es brachte nichts, sich über Vergangenes aufzuregen. Seine Ausbildung verbot es ihm eigentlich etwas zu bedauern, was nicht mehr zu ändern war. Aber trotzdem musste er weiterhin darüber nachdenken, wie diese Männer dafür bezahlen sollten.

Sie stieg aus dem Pickup aus und ignorierte ihn. Er nahm sich seine Tüte Weingummis, schüttelte ein paar in seine Handfläche und warf alle auf einmal in seinen Mund.

Dann riss er seine Tür auf, stieg aus, schloss den Wagen ab und lehnte sich gegen die Kühlerhaube. Mia stand einfach nur da, inmitten des Unkrauts auf dem Parkplatz. Er warf ihr den Zimmerschlüssel zu. Überraschenderweise fing sie ihn ohne zu zögern auf und schaute auf die Zimmernummer. Sie drehte die Plastikkarte in ihrer Hand und kaute auf ihrer geschwollenen Unterlippe herum, ohne sich zu bewegen.

»Gehen Sie schon mal aufs Zimmer. Nummer hundertundzwei. Ganz am Ende.« Er hielt den Eimer hoch. »Ich hole Ihnen Eis.«

Mia lächelte halbherzig, nickte und machte sich auf den Weg. Wie sie sich bewegte, wie sie mit den Hüften wackelte ... das bemerkte er sehr wohl. Aber Hallo. Sein Puls ging schneller und er schaute ihr hinterher. Das hatte nichts damit zu tun, dass er ein Auge auf sie haben wollte, sondern nur damit, dass der Anblick so faszinierend war. Er rieb sich die Bartstoppeln und ging zur Eismaschine rüber.

Mit einem Eimer Eis im Arm klopfte er kurze Zeit später an die Tür und stieß sie mit der stahlkappenverstärkten Spitze seiner Kampfstiefel auf. Sie saß stocksteif auf dem Bett, die Handflächen gegen die blumengemusterte Bettdecke gepresst, die Knöchel übereinander geschlagen und die Knie zusammengepresst. Ihr Gesicht war noch blasser als vorhin. Der Adrenalinschub hatte nachgelassen und es sah ganz danach aus, als würde jetzt der Schock einsetzen.

Scheiße. Schock. Noch etwas, von dem er nicht wusste, wie er damit umgehen sollte. Er beobachtete sie aus dem Augenwinkel, während er das Eis in ein Handtuch einwickelte und dann zu ihr rüberging, um ihre Wange und ihre Lippe zu begutachten. Mit leerem Blick starrte sie auf die Wand vor ihr.

So sanft er konnte, hob er ihr Kinn an, um sich die Verletzungen besser anschauen zu können. Mias Haut war weich wie Samt, aber mit blauen Flecken und Kratzern verunziert. Sie hatte eindeutig Schäden davongetragen. Winters presste das selbstgemachte Eispack so vorsichtig wie möglich gegen ihre Wange. Sanfte Berührungen passten nicht zu ihm, aber sie zuckte nicht zusammen. Vielleicht schlug er sich gar nicht so schlecht.

»Wie geht es Ihnen?« Er versuchte seinen normalerweise zackigen Ton durch Mitgefühl zu ersetzen. Sie sollte wissen, dass er nicht der Feind war. Das war eine rein taktische Maßnahme. Sie war eine Informantin. Um die er sich kümmern musste. Wenn sie nebenbei noch gut aussah, dann war das ein extra Pluspunkt.

Sie zog die Schultern hoch und entriss ihm das Eispack. Sie warf ihm einen kurzen Blick zu und schaute dann wieder weg. Und wieder ein schneller Blick, nur um ihn gleich darauf abzuwenden. Für einen kurzen Augenblick sah er mehr als Erschöpfung und Leere in ihren Augen. Sie waren ... wunderschön.

Dieses Aufblitzen von Schönheit traf ihn tief in seinem Innersten. Ihm lief es kalt den Rücken runter, während gleichzeitig Hitze in Wellen durch seinen Körper fuhr. Der Schweiß stand ihm im

Nacken. Damit seine Handflächen nicht feucht wurden, rieb er sie an der Hose ab. So etwas hatte er noch nie gefühlt.

Eine so bemerkenswerte Frau sollte nicht so viel Angst haben. Verschlimmerte sich ihr Zustand, obwohl er sich um sie kümmerte? Stand sie kurz vor einem Zusammenbruch? Seine Sorge war berechtigt, so wie sie fast katatonisch die Wand anstarrte, aber das war nicht der Grund, warum sich sein Magen verkrampfte. Er schluckte den Kloß im Hals runter.

»Mia, geht es Ihnen gut?« Er zog die Wörter in die Länge, betonte jede einzelne Silbe, damit sie ihn auch hörte. Ihre Distanziertheit beunruhigte ihn. Sie legte das Eispack wieder auf ihre Wange und rutschte zum Kopfteil des Bettes hoch.

»Ich muss mich kurz hinlegen.« Sie ließ den Kopf aufs Kissen sinken.

Sie hörte sich so verzweifelt an, dass ihm das Herz in die Hose rutschte. Das hier war nicht richtig. Mia hatte heute die Schattenseite der Welt kennengelernt. Sie hat es nicht kommen sehen, und sein Verhalten hatte ihr nicht gerade geholfen. Hätte er sie wirklich über seine Schulter werfen müssen? Hätte er die Männer nicht auch ohne Tränengas überwältigen können?

Sie schaute zu ihm rüber und musterte ihn. Er konnte von hier aus sehen, wie sie schlucken musste. Die Anspannung breitete sich im ganzen Zimmer aus.

Beim Militär hatte er zwar gelernt, wie man überlebte, wenn man vom Feind gefangen genommen wurde, aber nichts hatte ihn auf ihre Angst vor ihm vorbereitet.

»Sie sind nicht mein Typ und dieses Zimmer ist sicher. Ruhen Sie sich aus.«

Sie nickte. Ihre Lider mit den langen Wimpern wurden immer schwerer. Sie schaute ihn ein letztes Mal an und ließ die Augen dann zufallen. Sofort war sie eingeschlafen. Jetzt, wo sie schlief, fiel die Anspannung von ihm ab. Er brauchte Schlaf anscheinend so dringend wie sie.

Als sie sich wieder regte, war es um einiges dunkler im Zimmer. Die

Sonne war fast untergegangen und eine Schreibtischlampe war die einzige Lichtquelle im Raum. Mehrere Stunden waren vergangen, seit sie todmüde auf das Motelbett gefallen war. Sie ließ ihn nicht wissen, dass sie aufgewacht war. Aber er merkte es doch. Ihr schlanker Körper bewegte sich und spannte sich unter der Decke an, mit der er sie zugedeckt hatte. Ihr Atem ging auf einmal nicht mehr regelmäßig und sie sog so scharf die Luft ein, dass es für ihn unmöglich zu überhören war. Die darauffolgende Stille war ohrenbetäubend. Machte sie sich Sorgen – oder, schlimmer noch, hatte sie Angst, weil er im Zimmer war?

»Gut geschlafen?« Was für eine doofe Frage. Er trommelte mit den Daumen auf die Tischplatte. Er hatte sie stundenlang beobachtet und war nur kurz weggewesen, um ein paar Sachen einzukaufen. Aber selbst dabei hatte er die ganze Zeit an ihren Anblick gedacht. Ihr mit blauen Flecken übersäter Körper hatte sich in sein Gedächtnis gebrannt und ließ ihn nicht mehr los.

Sie räusperte sich. »Wie lange habe ich geschlafen?«

»Eine Weile. Ich habe etwas zu essen besorgt. Außerdem habe ich im Laden gegenüber ein paar Sachen eingekauft, falls Sie gerne was Sauberes anziehen möchten. Pullover und so.«

Sich wie ein Gentleman zu verhalten hatte sich vorhin wie ein guter Plan angehört, aber jetzt fühlte es sich falsch und albern an. Die Taktiken, mit denen er normalerweise Informationen aus Leuten herausbekam, waren hier nicht angebracht und er hatte keine Ahnung, wie er weiter mit ihr verfahren sollte.

Deshalb paarte Jared ihn niemals mit unausgebildeten oder unschuldigen Leuten. Winters war dafür nicht einfühlsam genug und versagte für gewöhnlich, wenn er es probierte. Was er hiermit mal wieder bewies. Mia wirkte übernervös, als sie an ihren schmutzigen Klamotten herumzupfte.

»Also ...« Er drehte sich zum Tisch um. »Essen? Kleidung?«

»Ich bin am Verhungern.« Sie fuhr sich mit der Zunge über die Lippen. Vielleicht hätte er Lippenbalsam oder was Ähnliches mitbringen sollen. Frauen mochten das Zeug. Brauchten es. Oder nicht? Er atmete frustriert aus.

»Ich wusste nicht, was Sie mögen, also habe ich alles, von Erdnussbutter, Marmelade und Brot hin zu Brathähnchen. Aber das ist wohl nicht mehr heiß. Und Süßigkeiten. Ich liebe Süßkram. Aber ich bin sehr gerne bereit, mit Ihnen zu teilen, wenn Sie mir versprechen, dass Sie mich nicht mehr treten.«

Sie zog die Beine unter sich und beugte sich über den Tisch, auf dem die karge Mahlzeit angerichtet war. »Danke, Mister ...«

»Nennen Sie mich Winters.« Er musste seine Hände irgendwie beschäftigen. Auf einmal kamen ihm seine Arme ungeschickt und schlaksig vor. Er steckte die Daumen in die Hosentaschen.

Sie nickte und stand vom Bett auf. Nachdem sie ein, zweimal einen Blick über ihre Schulter geworfen hatte, richtete sie sich einen Teller an — nur dass der Teller in diesem Fall ein Stapel Servietten war. Er musste an Filmabende und Sonntagsessen im Kreise der Familie denken. Sichere, verantwortungsbewusste Aktivitäten, die für Leute, die keine Agenten waren, zum normalen Leben gehörten. Sein Hals schnürte sich zu, als er seine Verwirrung runterschlucken wollte.

»Sind Sie denn jetzt bereit, mir ein paar Fragen zu beantworten, Mia?«

»Eigentlich nicht.«

»Wir könnten mit etwas Einfachem anfangen.«

»Ich würde lieber gerne einfach was essen.« Sie nahm einen letzten Bissen von ihrem Sandwich und machte sich dann über einen Hähnchenschenkel her.

»Der Flughafen. Wieso waren Sie dort? Woher wussten Sie, wo Sie hinmüssen?«

Etwas an ihr war plötzlich anders. Und er bereute es sofort, sie gedrängt zu haben. Die frische Farbe auf ihren Wangen war Vergangenheit. Sie zupfte am Hähnchenschenkel herum, während sie ihn mit traurigen Augen anstarrte. »Sie sagten, mein Auftraggeber *ist* und ich sagte, mein Auftraggeber *war*. Sie sagten *besitzen* und ich sagte *hat besessen*.«

»Also arbeiten Sie nicht mehr mit ihm zusammen?«

»Er ist tot.«

Ihre Reaktion tat ihm in der Seele weh. Es war herzzerreißend. Sie schlug die Augen nieder. Ihre Stimme war voller Trauer. Sie presste die Lider zusammen und schluckte ein paar Mal. Was sie brauchte, war jemand, der ihr Trost spendete, Balsam für ihre Seele. Von beiden Sachen hatte er absolut keine Ahnung. Wieso fiel ihm nicht ein einziges tröstendes Wort ein? Er kannte sich mit so etwas einfach nicht aus. Also wich er auf das aus, womit er sich wohlfühlte. Die Informantin vernehmen.

»Wie ist er gestorben?« Er befürchtete, dass er ihr Leid damit nur noch verstärkte.

»Man hat mir gesagt, dass er sich umgebracht hat. Aber er war nicht selbstmordgefährdet. Er hatte Angst um sein Leben.«

»Und woher wussten Sie das?«

»Weil ich seine Therapeutin war. Und – ob ich es nun hätte sein sollen oder nicht – so etwas wie seine Freundin.«

Winters saß für einen Moment still da und beobachtete, wie sie gegen die Tränen ankämpfte. Schließlich wurden ihre Augen doch feucht. Der unschuldige Ausdruck wurde von Schmerz ersetzt. Er streckte unwillkürlich den Arm aus, um ihre Schmerzen zu lindern. Ihre Haut war so warm, als er sie berührte. Und wie schon zuvor überraschte es ihn, wie zerbrechlich sie sich anfühlte. Seine Finger strichen über ihren Arm.

Mias gesenkter Kopf schoss nach oben, Panik breitete sich in ihrem Gesicht aus und ihr Blick warnte ihn unmissverständlich, sofort zurückzuweichen.

Er riss die Hand weg so schnell er konnte, als hätte er sich die Finger verbrannt. Seine Fingerspitzen kribbelten. Warum, zum Teufel, hatte er sie berührt? Wo er so lange gebraucht hatte, bis sie ihn für einen der Guten hielt. Zumindest hoffte er das.

»Tut mir leid.« So unüberlegt zu handeln, war sonst gar nicht seine Art. »Ich weiß nicht, was das sollte. Tut mir leid.«

»Das ist in Ordnung. Also ...« Sie rieb sich den Arm. »Mein Klient sagte, dass ihm etwas zustoßen würde. Wenn er sterben sollte, müsste ich zum Flughafen fahren. Und unter den Stühlen nachsehen.«

»Wann ist er gestorben?«

Sie legte die Hühnerknochen auf ihre Serviette und wischte sich die Finger ab. »Vor zwei Tagen.«

Winters' Kiefer spannte sich an. Er hatte vor zwei Tagen diesen Auftrag bekommen und war aus DC hierher angereist. Sie biss sich auf die Lippe, wahrscheinlich unsicher, ob sie nicht zu viel verraten hatte.

Er musste der Frau versichern, dass sie das Richtige tat, wenn sie seine Fragen beantwortete. Sie brauchte Trost. Und es juckte ihn in den Fingern, sie zu trösten, aber er zwang sich, seine Hände bei sich zu behalten. Er musste seine Pfoten von ihr lassen, verdammt noch mal.

Denk an deinen Auftrag. »Wissen Sie, was in dem Paket ist?«

»Ja, und Sie?« Ihr unsicherer Blick verriet ihm, dass sie die Wahrheit sagte. Weder weiteten sich ihre Pupillen, noch ging ihr Atem schneller.

»Nein.«

»Nun, das ist wahrscheinlich der Grund, warum Sie mich noch nicht getötet und meine Leiche irgendwo abgeladen haben.« Es klang nicht mal ansatzweise sarkastisch.

»Sie haben immer noch Probleme damit, mich als einen der Guten zu sehen, was?«

»Sie sehen nicht wie einer der Guten aus. Sie sehen wie ein Killer aus. Sie sahen so aus, als ob Sie es genossen hätten, was vorhin im Motel abgelaufen ist.«

»Ich werde das als Kompliment auffassen, Schätzchen.« Er verzog die Mundwinkel zu einem schiefen Lächeln, um die Stimmung etwas aufzuheitern. »Und um die Wahrheit zu sagen, es hat Spaß gemacht.«

Die Fensterscheibe zerbrach. Das Geräusch der Kugel, die durch die Luft surrte und in die Wand einschlug, überrumpelte ihn. Sie ging nur wenige Zentimeter an Mias Kopf vorbei. Er stürzte sich auf sie und schubste sie neben das Bett.

»Unten bleiben!«

KAPITEL VIER

Winters rollte über das Bett und zog seine Glock aus dem Halfter. Er feuerte zwei Schüsse, steckte die Glock wieder weg und schnappte sich das M4-Sturmgewehr, das an der Wand lehnte. Er hielt es an seine Schulter. Das glatte Metall und das Gewicht in der Hand zu spüren tat ihm gut. Von dem unsicheren, zaghaften Schwächling von eben war nichts mehr übrig und er war wieder ganz der Alte. Er spähte durch das Visier, zielte auf den Parkplatz, von wo die Schüsse kamen, und betätigte in kurzen Abständen immer wieder den Abzug der halbautomatischen Waffe.

Wer auch immer die Kerle da draußen waren, sie gingen nicht besonders professionell vor. Sie hätten sie beide mit einem gezielten Schuss ausschalten können. Verdammt, sie hätten zuerst auf ihn zielen sollen.

Getroffen. Ein Mann ging zu Boden. Ein weiterer kletterte schnell in einen alten Lincoln und fuhr mit kreischenden Reifen davon.

Winters senkte das Gewehr, behielt es aber in der Hand. Ohne durch das Visier zu schauen, ließ er seinen Blick über den Parkplatz schweifen. Alles schien ruhig dort draußen. Im benachbarten Zimmer rief jemand etwas und der scharfe Geruch von Schießpulver hing in der Luft.

»Das Abendessen ist zu Ende. Kommen Sie. Wir müssen von hier verschwinden.« Er zog Mia am Arm vom mit Glasscherben bedeckten Fußboden hoch. Sie stand mit wackligen Beinen da und nickte, blieb aber ansonsten starr wie eine Statue.

»Gehen wir, Mia.« Mit einer schnellen Handbewegung lud er seine Pistole durch, hängte sich das Gewehr über die Schulter und steckte sein Kampfmesser in den Stiefel. Sie bewegte sich immer noch nicht. Er legte einen Arm um ihre Taille und trug sie aus dem Zimmer.

Er schaute sich ein letztes Mal um, ging zum Pickup rüber und setzte sie auf den Beifahrersitz. Sie hatte die Tasche mit den Klamotten in der Hand, die er für sie gekauft hatte. Wann hatte sie sich die geschnappt? In Windeseile ging er um den Pickup herum, stieg ein, rammte den Schlüssel ins Zündschloss und düste davon.

»Schön, dass mein Einkaufstrip nicht umsonst war.« Sie drehte sich langsam zu ihm um. »Es ist an der Zeit, dass Sie es mir endlich verraten. Was hat es mit dem Paket auf sich?«

Sie zitterte und starrte mit leeren Augen aus der getönten Windschutzscheibe. Ihre Zähne klapperten, als ob eine eiskalte Brise durch die Lüftungsschlitze ziehen würde. Sie hatte sich so am Rand des Sitzes festgekrallt, dass die Fingerknöchel weiß waren.

Er schnappte zweimal mit den Fingern. »Mia, Schätzchen. Das können Sie mir nicht antun, dass Sie jetzt in einen Schockzustand verfallen. Reißen Sie sich zusammen.«

Damit hatte er ihre Aufmerksamkeit wieder. Sie rutschte näher an ihn heran und lehnte sich gegen seinen Arm. »Die wollen mich umbringen. Ich werde sterben.«

»Und das werden wir nicht zulassen. Aber Sie müssen mir sagen, was hier los ist. Sie müssen mir vertrauen. Können Sie das?« Er schaute in den Seitenspiegel, um die Fahrbahn zu wechseln und warf auch gleich einen Blick auf Mia, die sich nicht mehr am Sitz festkrallte und auch nicht mehr mit den Zähnen klapperte. Das war ein Fortschritt.

Mann, fühlte sie sich vielleicht gut an, wie sie sich so gegen seinen Arm lehnte. Ihre Blicke begegneten sich und für einen kurzen Augenblick vergaß er, wo sie waren und was sie hier taten. Diese großen, dunklen Schlafzimmeraugen. Wie hatten die ihm vorhin nur entgehen können? Sie waren so dunkel wie seine eigenen, aber immer noch rot unterlaufen vom Tränengas.

Er zwang sich den Blick abzuwenden. Das gelang ihm nur für eine Sekunde, dann musterte er sie wieder. Diesmal bemerkte er weder den Cardigan noch die Schmutzflecken noch ihre Angst, sondern hatte nur ein Auge für die sanften Rundungen ihrer Brüste.

Wo hatte er bloß seinen Verstand gelassen? Er hatte ihn ganz sicher nicht dafür benutzt, seine Umgebung zu sichern, verdammte Scheiße. Um Essen und neue Kleider hatte er sich Sorgen gemacht. Dabei hätte er sich denken können, dass sie hinter ihm her waren. Oder hinter ihr.

»Mia, sagen Sie mir, was Sie wissen, und ich reime mir den Rest zusammen.« Ihr warmer Körper presste sich gegen seinen Arm.

»Ich bin Psychologin auf einem Militärstützpunkt außerhalb von DC. Einer meiner Patienten kam gerade von einer Geheimoperation in Südamerika zurück. Eigentlich Routine. Aber von einen Tag auf den anderen wurde er ...« Sie brach ab.

»Sie können es mir sagen. Das verspreche ich. Vertrauen Sie mir.«

Sie holte tief Luft. »Wurde er paranoid. Zumindest hielt ich ihn für paranoid. Er sagte, er wäre im Besitz einer Akte.«

»Einer Akte?«

»Ja. Er hat sie im Flughafen versteckt. Ein Menschenhändler war hinter ihm her. Er hat gesagt, wenn er tödlich ›verunglücken‹ würde, dann sollte ich die Akte zu einem Kontakt in DC bringen.«

Winters bemerkte, dass vor ihnen ein Polizeiauto fuhr und verlangsamte das Tempo, sodass er die vorgeschriebene Höchstgeschwindigkeit nicht überschritt. »Wieso hat er ihm die Akte nicht einfach selber übergeben?«

»Das weiß ich nicht.« Sie lehnte sich gegen seinen Arm

»Okay, und was ist dann passiert?«

»Die Militärpolizei ist in meiner Praxis aufgetaucht und hat Fragen gestellt. Sie haben mir erzählt, er sei von seinem Balkon gesprungen. Seine Wohnung ist im vierzehnten Stock.« Ihr kamen wieder die Tränen und sie blinzelte sie schnell weg. »Das ist nicht möglich. Er hätte das nie getan.«

Winters schaute zu ihr runter. »Wissen Sie, was in dieser Akte drinsteht?«

Sie zuckte mit den Schultern und schwieg.

Oh, sie weiß es.

»Ist es wert, dafür zu morden?« Er beschleunigte wieder und wartete gespannt auf ihre Antwort.

Mia nickte. »Wenn man ein südamerikanischer Menschenhändler ist, so ähnlich wie ein Warlord, dann ja. Es ist es wert, dafür zu morden.«

»Und Sie wissen, dass ich keiner bin, also sagen Sie mir, was in der Akte steht.« Er versuchte, sein vertrauenswürdigstes Gesicht aufzusetzen. Darin war er nicht besonders geübt.

Die Sekunden verstrichen. Ihre Augen wurden schmaler, ihre Finger zuckten und sie holte tief Luft. »Er sagte, es wäre eine Liste mit Geheimdienstagenten, die verdeckt in Südamerika ermitteln. Namen, Fotos und Identitäten der Agenten, die erfolgreich in die Kartells eingeschleust wurden.«

»Du großer Gott. Es geht also um Spione und Geheimagenten? Eine sogenannte *Nonofficial-Cover*-Liste? Sie haben sich auf die Suche nach einer NOC-Liste gemacht? Allein?« Sie hatte ganz offensichtlich keine Ahnung, wie gefährlich so etwas war. Für unausgebildete Zivilisten kam es einem Todeswunsch gleich und Fräulein Khaki-und-Cardigan war definitiv unausgebildet. Zielstrebig, das schon, aber das würde eine Kugel nicht davon abhalten, sie zu stoppen.

»Er hat sie einem Stammesanführer dort abgekauft, der sich mehr für das Geld interessiert hat als dafür, dass er damit US-Agenten ans Messer liefert.«

»Und jetzt hat jemand die Akte bis in die USA zurückverfolgt und will sie sich aneignen. Ich muss herausfinden, was mein Auftraggeber mit der Sache zu tun hat. Und woher er wusste, wo das Paket war. Scheiße, und woher die anderen Kerle es wussten.«

»Ich hab Notizen gemacht.« Sie verzog das Gesicht.

Er trommelte ungeduldig mit den Fingern aufs Lenkrad, während er darauf wartete, dass sie weitersprach.

»Ich habe mir Notizen in seiner Patientenakte gemacht. Ich wusste ja nicht, dass wirklich etwas dran war, an dem, was er mir erzählte. Ich habe es aufgeschrieben, damit ich es nicht vergesse, falls wir bei einer zukünftigen Sitzung wieder darauf zu sprechen kommen würden. Ich habe ehrlich gedacht, er hat Wahnvorstellungen.«

Winters drückte eine Taste auf seinem Handy, um Jared anzurufen. Nachdem er seinem Chef alles erzählt hatte, nickte er und legte auf. »Das andere Team muss aus Ihren Notizen von dem Ort erfahren haben.«

»Sie haben meine Patientenakte?« Mia packte ihn am Unterarm. Man konnte ihr eindeutig ansehen, dass sie aufgewühlt war – ob aus Wut oder Verlegenheit, vermochte er nicht zu sagen. Sie brauchte eine Antwort von ihm, irgendeine Antwort. Aber er hatte keine Ahnung, was er sagen sollte.

Scheiß drauf. Er legte ihr den Arm um die Schulter und drückte sie an sich. Das war schließlich auch eine Form von Trost. Keine, in der er besonders geübt war, aber Mia brauchte jetzt wenigstens das, und obwohl er nicht wusste, wie er ihren Schmerz lindern konnte, schien ihr Seufzer zu suggerieren, dass er bei seinem ersten Versuch gar nicht mal so daneben lag. Na ja, dem zweiten Versuch, wenn er die unbeholfene Berührung im Motelzimmer dazuzählte.

»Kensington«, flüsterte sie.

»Wie bitte?« Er hielt sie eng an sich gepresst und drückte sie sanft, um seiner Frage Nachdruck zu verleihen.

»Mein Nachname. Mia Kensington.«

Er lächelte sie an. Es war ein Lächeln, das vom Herzen kam – keins, das dazu diente, irgendwelche Informationen aus ihr herauszubekommen oder sie zu etwas zu bewegen, was sie nicht tun wollte. Es fühlte sich nicht schlecht an, war ihm aber so fremd. Doch er konnte sich ganz sicher daran gewöhnen. »Schön, Sie kennenzulernen, Mia Kensington.«

»Wie haben Ihre Leute von meinen Notizen erfahren, wenn Sie noch nicht mal meinen Nachnamen kennen?«

»So läuft das nun mal bei einer Geheimoperation. Jeder im Team hat seine Aufgabe. Meine war es, das Paket zu sichern. Aber dabei habe ich Sie aufgelesen. Die Jungs zu Hause passen auf mich auf, lassen mir Informationen zukommen und so weiter. Sie haben Sie wahrscheinlich auf einer Überwachungskamera im Flughafen gefunden und mit Hilfe eines Gesichtserkennungsprogramms herausgefunden, wer Sie sind. Was nicht allzu schwierig gewesen sein kann, wenn Sie auf einem Militärstützpunkt arbeiten. Sie mussten wohl nicht viele Datenbanken abklappern – ihren Dienstausweis werden sie schnell gefunden haben.«

»Oh.«

Sie roch nach Vanille und Zucker, selbst nachdem sie heute durch die Hölle gegangen war. Ihre weichen Haare strichen über seinen nackten Oberarm. Das Begehren, das in ihm aufstieg, bereitete ihm Gänsehaut. Seine Kehle schnürte sich zusammen und in seiner Leistengegend breitete sich ein heftiges Feuer aus.

»Mia ...« Die Luft war so voller Anspannung, dass es ihm die Sprache verschlug.

Sein Herz klopfte schneller. Jeder Wimpernschlag, jede ihrer

Berührungen wühlte ihn noch mehr auf. Das schockierte ihn. Er hatte einen Auftrag zu erledigen. Er durfte sich nicht ablenken lassen. Es war noch nie vorgekommen, dass er so die Kontrolle verloren hatte. Das war einfach unakzeptabel.

Doch sein Arm lag wie festgewachsen auf ihrer Schulter und bewegte sich nicht. Er starrte auf die unterbrochene weiße Linie auf dem Highway, die schnell an ihm vorbeizog. Das Summen des Motors störte seine Konzentration.

Er musste aus diesem Pickup raus. Er brauchte frische Luft, um sich wieder zu beruhigen. Und zwar jetzt. Tiefe Atemzüge, die ihn wieder zur Vernunft brachten. Er musste seinen disziplinierten Verstand wieder in den Zustand zurückversetzen, in dem er seine beste Arbeit leistete: Analysieren, agieren, Auftrag ausführen.

Winters nahm die nächste Ausfahrt und fuhr auf den Seitenstreifen. Er trat abrupt auf die Bremse, sodass die Reifen Schotter hochschleuderten. Der Wagen schlitterte, bevor er zum Stehen kam. Sein Herz raste. Sein Hals war eng. Der Geruch von verbranntem Gummi hing in der Luft.

Ach, was soll's. Er würde aus diesem Pickup nicht entkommen.

So unvermittelt wie er von der Straße runtergefahren war, zog er sie an sich. Ohne eine Sekunde zu zögern, presste er seine Lippen auf ihre. Sie sog vor Überraschung scharf die Luft ein, doch dann entspannte sich ihr Mund und sie ließ sich auf ihn ein. Ihre Zunge war so heiß und fordernd, dass ein Feuerwerk in seiner Brust explodierte und die Erschütterungen bis in die Fingerspitzen zu spüren waren. Sein Herzschlag verlangsamte sich nicht, sondern trieb seinen rasenden Puls nur noch an, bis das Blut wie wild durch seine Adern galoppierte und sich in seinem Innern eine Rakete nach der anderen entzündete.

Der Wahnsinn. Sie war der süße Wahnsinn.

Sein Atem ging keuchend und sein Verlangen nach ihr wurde immer stärker. Ihre Lippen waren so voll. Sie küsste besser, als er erwartet hatte, und er hatte einiges erwartet. Sie schürte das Feuer in seinem Inneren schneller, als er es je zuvor erlebt hatte. Ein Kuss wie kein anderer Kuss zuvor. Das konnte er nicht leugnen.

Seine Finger vergruben sich in ihren Haaren, er hielt sie eng an sich gepresst und küsste sie gierig. Doch sein Hunger wurde nicht gestillt; ihre seidige Haut, ihr warmer Körper weckten in ihm nur noch Lust auf mehr. Er bekam gar nicht mehr richtig Luft. Mit jedem verzweifelten, keuchenden Atemzug schmeckte, roch und inhalierte er ihre Weiblichkeit. Sie war eine Teufelin in Engelsgestalt und, möge Gott ihm beistehen, er wollte sie.

Ihre kleinen Hände fuhren unter sein T-Shirt, streichelten seinen Bauch, hielten sich an ihm fest. Seine Lippen wanderten über ihren Hals und sie stöhnte auf. Dieser süße Laut feuerte seine Leidenschaft nur noch an. Sie bekam Gänsehaut, jedes Mal, wenn er mit der Zunge über ihre Haut fuhr, und sie zitterte bei jedem heißen Kuss.

Sie schmeckte nach Schweiß und Tränengas, nach weicher Frau, nach fleischlicher Lust. Mia war kein bisschen schüchtern. Wieso hatte er sich angemaßt zu denken, er wüsste, was sie wollte? Wieso hatte er geglaubt, sie brauchte Trost und Streicheleinheiten? Anscheinend brauchte sie nur ihn. Hart. Derb. Habgierig.

Immer fordernder streichelte sie seine festen Muskeln. Sie sah so zerbrechlich aus, aber großer Gott, hatte er sich geirrt. Sie versuchte, die Beine zu spreizen. Auf dem Vordersitz hatten sie nicht sonderlich viel Platz, aber er beugte sich über sie, presste sich an sie, machte das Beste aus der Enge. Sie legte den Kopf in den Nacken. Stöhnend bot sie ihm ihren Hals da. Mit den Zähnen fuhr er über ihre köstliche Haut.

Dann waren seine Lippen wieder auf ihren. Sie bäumte sich ihm entgegen, als er sie hart küsste, stachelte ihn an, wollte mehr. Er presste sich noch enger an sie, wollte ihr süßes Fleisch an seinem spüren. Sein hartes Glied drückte gegen den Reißverschluss seiner Hose. Und, oh ja, sie war sich dessen bewusst. Das kleine Fräulein Khaki-und-Cardigan, dieselbe, die wie eine adrette Bibliothekarin ausgesehen hatte, begehrte ihn und ließ es ihn wissen.

Ihre Hände wanderten langsam aber zielstrebig von seinen Bauchmuskeln zu seinem Ständer, rieben ihn durch die Hose. Ein tiefes Stöhnen entfuhr seiner Kehle. Ihre Brustspitzen waren ganz hart, sodass er sie durch den dünnen Stoff ihres T-Shirts spüren konnte. Sie spornten ihn nur noch mehr an. Er wollte so gerne mit ihnen spielen, sie zwischen Daumen und Zeigefinger nehmen, bis sie vor lauter süßer Qual aufschrie.

Mit den Zähnen zog er am Halsausschnitt ihres T-Shirts, bis er über die Schulter gerutscht war. Er schob den Träger ihres BHs über die zarte Rundung. Seine Zunge näherte sich ihrer straffen Brust. So exquisit und weich.

Ein plötzlicher Lichtstrahl erleuchtete das Innere des Pickups. Hell wie eine Warnleuchte. Ein Auto nahm die Ausfahrt. Es fuhr zu schnell, raste auf sie zu. Mit einer geschickten Bewegung ließ Winters sie aus seinen Armen gleiten, sodass sie rücklings auf dem Sitz lag, wo sie von außen keiner sehen würde, und drückte sie sanft nach unten. Überrascht japste sie nach Luft. Ihr Körper wurde ganz steif. Winters verengte die Augen und musterte das Auto, das an ihnen vorbeifuhr. Er entdeckte nichts Verdächtiges. Nur jemand, der sie mit seinem Bleifuß ausgebremst hatte. Spielverderber.

Verdammt. Was, wenn es tatsächlich Ärger gewesen wäre? Und er machte sich gerade über die Frau her, die er eigentlich beschützen sollte. Irgend so ein Arschloch war hinter dem Paket her, das er hatte sichern sollen. Dafür war er verantwortlich. Und er begehrte die Frau, für die er nun auch verantwortlich war. Winters rieb sich die Bartstoppeln. Gefahr war nie zuvor ein so starkes Aphrodisiakum gewesen. Wieso trieb sie ihn jetzt zu so etwas?

Zum ersten Mal, seit er mit der Tränengasbombe in das Motelzimmer gestürmt war, schien sie nicht mehr verängstigt oder wütend zu sein. Stattdessen strahlte sie vor Verlangen, Lust und rücksichtsloser Begierde, wahrscheinlich genau wie er . Heiße Lust pulsierte durch seinen Körper wie ein gefährliches Gift. Wenn er sich davon ablenken ließ, würde er sie beide in tödliche Gefahr bringen.

Sie legte den Kopf zur Seite, lachte in sich hinein und setzte sich dann auf. »So gehst du wohl mit Stress um, was?«

Was hat sie gerade gesagt?

»Stress? Ich kenne keinen Stress, Schätzchen.« Sie dachte, er musste irgendwelchen *Stress* ablassen? Wenn sich in ihm etwas aufgestaut hatte, dann kam das doch wohl von ihrer ständigen weiblichen Ausstrahlung und dem süßen Duft ihrer Haut. Von der Art und Weise, wie sie mit den Händen unter sein T-Shirt gefahren war und ihn näher zu sich heran gezogen hatte. Davon, wie sie versucht hatte, die Beine für ihn zu spreizen. *Oh Gott.*

»Also war das jetzt nur ...?« Mia strich sich die Haare glatt.

»Komm schon, Mia. Du musst mich nicht mit deinem Psychokram analysieren. Es war das, was es war. Ein teuflisch guter Kuss.«

»Das war ein bisschen mehr als ein Kuss.«

Oh ja, er musste Dampf ablassen, am liebsten mit Training, mit einem Langlauf oder bei einem Übungskampf. Egal. Hauptsache, Mia Kensington hatte nichts damit zu tun. Stattdessen warf er ihr einen streitlustigen Blick zu, legte den Gang ein, trat mit dem Fuß aufs Gas und düste mit quietschenden Reifen davon.

KAPITEL FÜNF

Mia musterte Winters, wie er den Wagen steuerte. Er sah ganz entspannt aus, eine Hand lässig am Lenkrad, als ob sie nicht schon den ganzen Tag lang im Fadenkreuz von Scharfschützen gewesen wären. Er hatte vorhin genauso ausgesehen, bis zu dem überraschenden Moment, als sich ihre Lippen trafen. Sie hatte es nicht kommen sehen. Hatte es sich vielleicht gewünscht. Hatte es gewollt. Darüber nachgedacht. Aber sie hatte es sicher nicht erwartet.

Der Kuss war heiß und feucht gewesen. Hungrig. Seine Zunge suchte ihre, seine Bartstoppeln kratzten an ihrer Haut. Und jedes Mal machte ihr Herz einen Sprung. Seine raue Maskulinität überfuhr sie wie eine Dampfwalze. Der Überfall setzte ihre Nervenenden in Brand. Ihr Körper wollte ihn immer dringender, hungerte nach mehr. Es war fast schon schmerzhaft. Das Ganze dauerte nur wenige Augenblicke, fühlte sich aber wie eine Ewigkeit an. Sie verlor sich in ihm. Und als er sich von ihr löste, war ihr plötzlich kalt, so als ob eisige Finger über ihre Haut strichen.

Sie hatte überhaupt nicht nachgedacht, sondern sich ganz ihren Gefühlen hingegeben. Und sie wollte wieder auf seinen Schoß klettern. Ihr Blut war immer noch in Wallung, aber sie würde einen Teufel tun und sich das ihm gegenüber anmerken lassen. Er war cool und gefasst und konzentrierte sich auf die Straße.

Sie beobachtete ihn aus den Augenwinkeln. Sie könnte zumindest so tun, als sei sie auch nur annähernd so distanziert. Sie könnte sich auch uninteressiert und gelangweilt geben. Schließlich beruhte ihr Interesse an ihm ausschließlich darauf, dass er so taff und männlich wirkte. Dazu hatte sie heute so viel Adrenalin ausgeschüttet, dass man damit wahrscheinlich einen Elefanten umbringen könnte. Psychologie war in diesem Fall auf ihrer Seite.

Sein Arm lag nicht mehr über ihren Schultern, sondern ruhte neben ihr, während sie schweigend weiterfuhren. Das hier wäre für sie beide eine unangenehme Situation gewesen, wenn er so getan hätte, als ob ihn das Ganze auch nur die Bohne interessierte. Anscheinend tat es das nicht. Sie schmollte.

Er hüstelte und unterbrach somit ihre selbstmitleidige Diagnose. »Das *war* mehr als ein Kuss. Da hast du recht.«

Mehr als ein Kuss. Sie hatte nicht erwartet, dass er das zugeben würde, nach seiner verständlichen Reaktion. Sie fuhren im Affentempo den Highway entlang und er wechselte die Fahrbahnen, um die Autos vor ihnen zu überholen, als ob er damit etwas beweisen müsste. So taffe Männer wie er kannten keinen Stress? *So ein Schwachsinn.*

Er schaute verstohlen zu ihr rüber und sie konnte seinen Blick auf sich spüren wie eine heiße Umarmung. Er trat aufs Gaspedal und der Motor heulte auf, bevor er das Tempo wieder verlangsamte.

»Ich wollte dich nicht beleidigen, Winters. Ich verstehe, dass in deinem Beruf Stress wohl als Schwäche aufgefasst wird, die einem zum Verhängnis werden kann.« Der spitze Ton, mit dem sie ihm diesen Seitenhieb versetzte, fiel ihr erst auf, als sie die Worte schon gesagt hatte.

»In meinem Beruf?« Dieses Mal wandte er ihr den Kopf zu, um sie prüfend anzuschauen. Er zog einen Mundwinkel hoch und um seine Augen bildeten sich kleine Fältchen. Obwohl es dunkel war, konnte sie sehen, wie seine dunklen Augen leuchteten.

»Ja. Was auch immer das ist.« Mia machte eine wegwerfende Handbewegung und rollte mit den Augen. Sie hätte sich gerne auf die vorbeiziehende Landschaft konzentriert, konnte aber ihren Blick nicht von ihm abwenden.

»Was ist denn mit deinem Beruf? Eine Psychologin, was?« Er lehnte sich zurück, streckte seine langen Beine und rollte die breiten Schultern. Konnte er das mal lassen? Es machte sie ganz kirre. »Hast du mich auch schon analysiert?«

»Kann gut sein.« Sie kaute auf der Innenseite ihrer Wange herum. Wusste er denn nicht, dass sich seine Muskeln anspannten, wenn er sich streckte?

»Und das Urteil?«

Seine Stimme war tief wie eine Felsschlucht; so tief, dass sie sich auf seinen Schoß setzen und den mit Spannung vibrierende Abstand zwischen ihnen verringern wollte. Das war so was von unangebracht. Sie schüttelte den Kopf, um den Gedanken daran abzuschütteln.

»Mia?«

Ach ja, ihr Urteil. Tja, wo sollte sie da bloß anfangen?

»Du bist nicht so gefährlich wie du im ersten Augenblick erscheinst.« Sie versuchte, sich distanziert anzuhören. Das funktionierte überhaupt nicht.

»Das ist deine professionelle Einschätzung? Ich bin nicht so gefährlich?« Er legte seine Stirn in Falten. Ja, sie hatte ihn schonen wollen und war damit voll und ganz reingefallen. »Das ist ja so, als ob du sagen würdest, deine Reise zum Flughafen war ärgerlich, oder dein Aufenthalt im Motel war nicht so geplant gewesen. Du kannst das doch wohl besser. Komm schon, Mädchen. Zeig's mir.«

Er versuchte, sie herauszufordern. Da war sie sich sicher. Sie verengte die Augen. *Schön, du hast es ja so gewollt.*

»Meine professionelle Einschätzung ist … Nun ja, abgesehen davon, dass du anscheinend gerne kämpfst, unterscheidet sich dein Verhalten nicht von dem, was in unserer Kultur als normal angesehen wird. Es gibt keine Verhaltensauffälligkeiten. Mal abgesehen davon, dass du mich entführt hast.« Sie grinste. »Ich nehme an, dass du beim Militär warst. Es ist offensichtlich, dass du eine militärische Ausbildung genossen hast. Und trotz deines Drangs, den Retter in der Not zu spielen, bist du weder narzisstisch noch selbstunsicher-vermeidend noch paranoid.« Mia holte tief Luft. Sie hatte das alles so schnell gesagt, dass sie nicht wusste, ob es überhaupt Sinn ergab. »Na, wie war das? Professionell genug?«

Er nickte kurz. Aber sie würde ihn nicht so einfach davon kommen lassen. Nicht, wenn sie sich nach einer Reaktion seinerseits sehnte, obwohl sie sich dafür hasste, dass sie die brauchte.

»Aber dieser Kuss. Ich weiß nicht, ob du willst, dass ich den analysiere. Oder doch?«

Er verzog das Gesicht. Der taffe Kerl konnte es nicht aushalten, wenn sie ihm metaphorisches Feuer unter dem Hintern machte. Aber wenn sie es sich genau überlegte, dann wollte sie auch nicht darüber nachdenken. Denn wenn sie das tat, dann wollte sie wieder diese perfekten Lippen auf ihren spüren, obwohl sie sich sehr wohl bewusst war, warum er sie geküsst hatte. Vielleicht wollte er es nicht Stress nennen, aber es war eine Reaktion, die gänzlich auf den aufregenden Tag mit Kugeln und Kämpfen zurückzuführen war.

»Also Winters, erzähl doch mal was über dich? Für wen arbeitet denn unser Held Mister Retter-in-der-Not?«

Er konzentrierte sich aufs Fahren und trommelte mit den Fingern auf das Lenkrad. Er hatte Arbeiterhände mit Schwielen an den Fingern, aber sie musste trotzdem an die sanfte Berührung im Motel denken, als er ihr das Eispack angeboten hatte. Und sie war zurückgezuckt, als er ihre Wange berührt hatte. Panik und Erregung hatten sie gleichzeitig überrollt. Alle ihre Sinne waren plötzlich hellwach gewesen. Er ging ihr unter die Haut und sie ... genoss es.

»Sollte ich meine Einschätzung noch mal abändern und selbstunsicher-vermeidend hinzufügen?« Mia konnte ihr Grinsen kaum unterdrücken.

»Ich vermeide hier gar nichts. Aber es ist normalerweise nichts, das ich anderen Leuten mitteile. Das ist alles.«

»Ich soll dir doch vertrauen. Und du hast noch nicht eine einzige Sache mit mir geteilt.« *Abgesehen von dem Kuss.*

»Na gut, na gut, ich war ein SEAL. Mein letzter Einsatz war in Afghanistan.« Winters spannte den Kiefer an und beendete das Gespräch abrupt.

Aber das würde sie nicht zulassen. Sie musste die Unterhaltung weiterführen. Sonst würde sich ihre Fantasie in etwas reinsteigern.

»Ich wette, du hast da drüben ganz schön brutale Sachen gesehen.«

»Ja. So könnte man das wohl sagen.« Er rutschte auf seinem Sitz hin und her und rieb sich das Kinn.

»Was hast du denn dort drüben gemacht?«

»Strategische und operative Ziele verfolgt.«

»Vage. Und irgendwie auch berechenbar.«

»Ach ja?« Sein Blick schoss zu ihr hinüber. Er legte den Kopf schief, berührte ihr Knie mit einer Fingerspitze und fuhr damit dann an der Innenseite ihres Oberschenkels entlang, so schnell wie Eis an einem heißen Tag schmolz. Er hielt inne, kurz bevor er ganz oben angekommen war. »Habe ich mich bislang berechenbar verhalten?«

Sie bekam keine Luft mehr in ihre Lungen. Sie wusste nicht, was sie tun sollte, also wechselte sie abrupt das Thema und ignorierte, wie die Stelle neben seinem Finger immer heißer wurde. »Und für wen arbeitest du jetzt?«

Er schmunzelte, klopfte kurz mit dem Finger auf ihr Bein und zog dann die Hand weg. »Warum interessiert dich das?«

»Du bist so reizbar«, zog sie ihn auf. Ja, es war kindisch und sie sollte es besser wissen, aber sie konnte nicht anders.

Er knackte mit den Knöcheln der Hand, die gerade ihre Mitte in Brand gesetzt hatte. Sie hatte den unbändigen Drang, die Hand zu nehmen und sie wieder dort hinzulegen. Mia machte die Augen zu, holte tief Luft und schickte ein Stoßgebet zum Himmel. *Gott, gib mir Kraft.* Aber selbst die Atemübungen halfen nicht. Sie brauchte wohl eine Backsteinmauer zwischen ihnen.

»Titan«, sagte er. »Ich arbeite für ein privates Sicherheits- und Militärunternehmen namens Titan-Gruppe. Wir sind nur ein paar ehemalige Agenten und Soldaten, die ihren Spaß haben und die Weltherrschaft an sich reißen wollen.« Er schmunzelte. »Normalerweise trage ich einen Umhang, aber der ist gerade in der Reinigung.«

Hatte er tatsächlich einen Witz gemacht? Das fand sie toll. »Und trägst du auch so einen hautengen Ganzkörperanzug?«

»In deinen Träumen.«

Unweigerlich musste sie leise kichern. Ein sehr schöner Traum wäre das. »Ich dachte, du wärst eher so was wie GI Joe, aber jetzt, wo ich über den Umhang Bescheid weiß, hört es sich eher nach Superman an. Fliegst du von einem Auftrag zum nächsten, wenn ein Licht am Himmel erscheint oder die Polizei nicht in der Nähe ist?«

Ihr Vergleich schien ihn nicht sonderlich zu amüsieren. *Dann war's das wohl mit den Witzen.*

»Wir arbeiten mit Auftraggebern, wenn die bei ihren gewöhnlichen Anlaufstellen nicht weiterkommen. Oder wenn irgendwas so brenzlig ist, dass es für die offiziellen Kanäle überhaupt nicht infrage kommt.«

»Wie nobel von euch.« Sie lächelte. »Das hört sich doch schon mehr nach GI Joe an.«

Er grinste spöttisch. »Du hältst dich wohl für sehr schlau, was?«

»Vielleicht.« Sie konnte ein wenig mit ihm flirten und dabei noch etwas lernen. »Also, diese Kerle mit denen du zusammenarbeitest, ich nehme an, ihr seid alle tödlich, aggressiv und ... antagonistisch?«

»Nein, ich würde uns eher effektiv nennen.«

»Und retten die alle Frauen und küssen sie dann später, oder machst nur du das?« Ihr Herz klopfte so heftig in ihrer Brust, dass es fast zum Hals heraussprang. *Wo kommt diese Forschheit her?*

Winters schluckte so schwer, dass sie seinen Adamsapfel hervortreten sah. Das Adrenalin war inzwischen verbraucht. Mit den Impulsreaktionen hätte es längst vorbei sein sollen. Hätte. Sie wollte ihn immer noch küssen.

Mia wandte sich ihm zu und beugte sich vor, sodass ihr Gesicht nur Millimeter von seinem entfernt war. Der Pickup roch nach Mann und Munition. Seine rauen Wangen waren so verlockend; wie gerne würde sie ihr Gesicht an seine Bartstoppeln schmiegen. Sie waren so nah, aber sie hielt Abstand.

»Hat es dir die Sprache verschlagen, Winters?«

Das bisschen Luft, das sie trennte, wurde immer heißer. Ihre Blicke begegneten sich. Ihr Hals wurde eng und ihr Herz schlug laut. Sekunden verstrichen, während sich immer mehr Spannung zwischen ihnen aufbaute.

»Wir brauchen Benzin.« Er riss seinen Blick von ihr los und wandte seine Aufmerksamkeit dem Neonschild zu, das eine Tankstelle ankündigte und die Straße erleuchtete.

Was hatte sie nur getan? Sie musste unbedingt etwas sagen. »Wohin fahren wir?«

»Virginia.«

»Virginia? Wir fahren nach Hause? Das sind aber noch gut zwölf Stunden Fahrt«, sagte sie und ihre Stimme war eine Oktave höher als sonst. Sie starrte ihn erst ungläubig an und rutschte dann von ihm weg, ganz bis zum Beifahrerfenster.

»Das gefällt dir nicht? Dann musst du wohl woanders mitfahren.« Er hielt den Pickup vor der Tanksäule an und sprang aus dem Wagen, ohne sich umzudrehen. Mit einem lauten Knall schlug er die Tür zu.

Was ist da gerade passiert?

Das war ganz schön kalt. Er steckte den Zapfhahn in die Öffnung und ging dann in den Laden. Damit würde er aber nicht durchkommen. Er würde ihr verdammt noch mal erklären müssen, warum sie einmal quer durchs Land fuhren, statt einfach nach Hause zu fliegen. Mia sprang aus dem Wagen und folgte ihm in den Laden.

Er hatte sein Handy gegen das Ohr gepresst, ein paar Tüten Weingummis in der Hand, und ignorierte sie völlig. Mia ging zum Kühlschrank mit den Getränken und beobachtete ihn. Er redete mit Sicherheit über sie. Angestrengt versuchte sie zuzuhören, bekam aber nur das eine oder andere Wort mit. *Werde nicht nach Hause kommen. Arbeit. Ich hab dich lieb.*

Sie legte die Hand über den Mund. *Oh Gott. Er ist verheiratet? Hat eine Freundin?*

Sie nahm sich eine Dose Limo und begegnete ihm im Gang mit den Snacks. Er sah verunsichert aus, presste weiterhin das Handy ans Ohr. Mia griff übertrieben melodramatisch nach einer Tüte Salzbretzeln und rammte ihm die Tüte und die Dose in den Bauch. Der war immer noch so hart wie Fels, genauso wie vorhin, als er sich an sie gepresst hatte.

»Ich brauche die.« Wutentbrannt stürmte sie aus dem Laden. *Soll Colby Winters doch zum Teufel gehen.*

Draußen kam ihr die sofort die schwüle Abendluft entgegen. Der dreckige Betonboden verströmte den Geruch von Benzin. Der Parkplatz war leer und sonst war keine Zapfsäule besetzt. Nur Winters' Pickup füllte sich immer noch mit Benzin. Das leise glucksende Geräusch war das einzige, was sie hörte. Kein einziger Vogel zwitscherte. Keine einzige Grille summte.

Als sie endlich genug Abstand zwischen sich und ihm geschaffen hatte, drehte er sich um. Sein stahlharter Blick folgte ihr. Er steckte das Handy in seine Tasche und stand einfach da.

Er schien so groß wie ein Baum, mit genauso breiten Schultern, und seine Hose war genau an den richtigen Stellen abgenutzt. Ein tiefer Seufzer kam über ihre Lippen. Natürlich war nichts mehr von der Erregung zu sehen, die sie vorhin so deutlich in ihrer Hand gespürt hatte, aber seine Hose war immer noch so ausgebeult, dass es ihre Fantasie anregte. Sein T-Shirt lag eng an seiner schmalen Taille an. Obwohl man es von hier nicht sehen konnte, wusste sie, dass darunter auch noch eine Waffe versteckt war. Wie konnte jemand, der so bedrohlich wirkte, gleichzeitig so sexy sein? Sie schüttelte den Kopf. Nein, sie würde nicht weiter darüber nachdenken.

Sie hatte Psychologie nicht allein aus dem Grund studiert, damit sie die Probleme anderer Leute analysieren konnte. Sie konnte auch sich selber analysieren und wusste ganz genau, warum sie ihn so attraktiv fand. Es war einfach eine Reaktion auf diesen turbulenten Tag. An jedem anderen Tag wäre er nur ein Mann mit vielen Ecken und Kanten, dem sie besser aus dem Weg ginge. Bei dem sie vielleicht sogar auf die andere Straßenseite wechselte, um ihm aus dem Weg zu gehen.

Sie brauchte Schlaf, ein paar kohlenhydratreiche Mahlzeiten mit kalorienhaltigen Desserts und ein langes Schaumbad in ihrer übergroßen Badewanne, gerne mit einem Glas Weißwein in der Hand. Ihn brauchte sie jedenfalls nicht, egal, was ihr Körper ihr auch vormachen wollte. Wenn sie sich so richtig ausgeruht und erholt hatte, würde ihre chemische Reaktion auf ihn nichts als ein schlechter Traum sein.

Sie schaute wieder zu ihm rüber. Er sah sie mit schmalen Augen prüfend an. Nein, er begutachtete nicht sie, sondern ihre Umgebung. Das kleine Tankstellenschild beleuchtete die sonst dunkle Nacht. Kein Mond und keine Sterne. Ein Neonschild blinkte im Fenster des Ladens und machte Werbung für Lotto und Zigaretten. Es tauchte die Tankstelle abwechselnd in Gelb und Grün.

Begutachten war nicht das richtige Wort. Vielmehr schien es, als ob er Gefahr vorhersehen würde. Er ging zur Kasse, ohne seinen Blick von ihr abzuwenden.

Sein beunruhigender Blick ließ Schmetterlinge in ihrem Bauch flattern. Als ob er wüsste, was Böses in den Schatten lauerte. Er nahm dem Kassierer die Tasche ab und eilte dann aus dem Laden. Er schien hektisch. Panisch, sogar. Sein Gesicht verfinsterte sich hin zu einem Ausdruck von reiner Zerstörungswut.

Eine große Hand legte sich über ihren Mund und stopfte einen dreckigen Lumpen hinein, sodass ihre geschwollene Lippe brannte. Der raue Stoff scheuerte über ihre Zunge. Er schmeckte eklig und stank nach Tankstelle – Benzin, Schweiß und abgestandenem Zigarettenrauch. Magensäure stieg ihre Kehle hoch. Der Würgereiz war so stark, dass sich ihr Magen umdrehte. Sie fühlte sich benebelt und ihre Arme und Beine kamen ihr so schwer vor wie Blei. Die bunten Lichter verschwammen und drehten sich wie ein Kaleidoskop. Dann fiel sie in die Arme eines Fremden.

Sie wollte umkehren und sich von ihm befreien, aber sie konnte nicht kämpfen. Ihre Arme wollten sich einfach nicht bewegen, so als ob sie in Sirup schwimmen würde. Sie meinte zu ersticken und konnte nicht nach Winters rufen. Er war meilenweit entfernt, als sich alles plötzlich drehte und Gebäude und Zapfsäulen und Farben miteinander verschwammen. Leuchtendes Gelb und Grün wurden stumpfes Orange und Braun. Dazu mischte sich noch das Schwarz des Nachthimmels und bald wusste sie nicht mehr, wo oben und wo unten war.

Die Arme um ihren Brustkorb drückten zu, sodass sie kaum Luft bekam, und sie wurde gegen ihren Willen mitgezogen. Ihre Füße schleiften über den Boden, sie konnte sie nicht anheben. Ein Schuh schlüpfte halb von ihrem Fuß und die Hacke schrammte über den öligen Betonboden. Schmerzen an der Ferse und am Knöchel schossen bis in ihre gelähmten Beine hoch.

Ihr Angreifer schien Mühe mit ihr zu haben, keuchte und stolperte. Es war eine Leichtigkeit für Winters gewesen, sie über seine Schulter zu werfen. Aber dieser Mann hier hatte seine knöchrigen Arme um ihre Brust gelegt und versuchte sie zu ziehen. Vielleicht würde es Winters tatsächlich schaffen, rechtzeitig bei ihr zu sein.

Hilfe. Bitte, Winters. Ihre Gedanken wurden immer benebelter. Sie konnte die Lider kaum mehr offen halten. Fast erstickte sie an der schwülen Luft. Irgendwo hörte sie laute Geräusche, aber sie konnte nicht ausmachen, was es war. Und dann wurde alles schwarz.

KAPITEL SECHS

Irgendetwas hatte sich nicht richtig angefühlt, als er in den Laden gegangen war. Er hatte gelernt, sich auf seinen Instinkt zu verlassen, und der sagte ihm, dass etwas nicht stimmte. Er hatte dieses Kribbeln gespürt und er hatte recht gehabt. Der Kassierer hatte ihn mit mehr als nur einem neugierigem Blick angesehen. Er hatte gezögert. Winters machte andere Leute gewöhnlich etwas nervös, aber hier ging es um etwas anderes. Der Kassierer hatte vor irgendetwas Angst. Winters hatte nicht auf sein Bauchgefühl gehört – seine Intuition, die ihm sagte, dass Gefahr im Anmarsch war und er sich bereit machen sollte. Er war nicht ganz bei Sache gewesen.

Es gab nur ein paar mögliche Routen von Louisville nach Northern Virginia. Er hatte die Interstate 64 East gewählt. Sicher, schnell und anscheinend berechenbar. Der Weg führte mitten durchs Nirgendwo bis in die Appalachen und dann durch die dicht bevölkerten Vororte um DC.

Er steckte seine Glock wieder ins Halfter und zog das Handy aus der Tasche. Immerhin hatte er zwei Balken. Keine schlechte Verbindung hier.

Es klingelte zweimal, bis Jared abnahm.

»Was hast du jetzt wieder für ein Problem? Lass mich raten. Die junge Dame hat endlich getroffen, als sie dich getreten hat?« Jared lachte.

»Du kannst mich mal. Es gab einen Schusswechsel und sie haben sie geschnappt. Ich habe das Paket noch, aber die Frau habe ich verloren. Sie sind zu Fuß unterwegs. Ich werde ihnen folgen.«

»Verdammt, Winters. Du wärst nicht verantwortlich für sie, wenn du sie von Anfang an dort gelassen hättest.«

»Hab ich aber nicht und das bin ich jetzt nun Mal.« Sein Brustkorb wurde enger, als er versuchte Ruhe zu bewahren. Jetzt gerade war nicht der Moment, auszuflippen.

»Bring es wieder in Ordnung. Ich will den Namen Titan nicht in einer Lokalzeitung lesen.«

»Ich erstatte nur Bericht, Chef. Wir können Funkstille halten, wenn du willst.«

»Ich will nur wissen, wie zum Teufel das passieren konnte.«

Das Fensterglas des Ladens war zerbrochen. Kleine Stückchen Glas steckten noch in den Fensterrahmen, aber der Rest lag in Scherben auf dem Bürgersteig vor dem Laden. Ein paar Flämmchen flackerten auf dem benzingetränkten Parkplatz. Zumindest hatten sie keine der Tanksäulen in Brand gesetzt. Eine Alarmanlage tönte laut und ein orangefarbenes Blinklicht drehte sich. Das hier war weit und breit der einzige Laden und Durchgangsverkehr gab es kaum. Die Lichter und die Sirene alarmierten niemanden.

»Ich bin gerade mitten im Nirgendwo. Sie haben sich wahrscheinlich ausgerechnet, welche Route ich nehme, haben vielleicht sogar die Tankstellen auf dem Weg abgeklappert. Ich bin davon überzeugt, der Kassierer hier hat sie angerufen. Ich weiß es nicht. Vielleicht haben sie sich als Kopfgeldjäger ausgegeben. Haben viel Kohle versprochen.« Der Kassierer bereute diesen Anruf jetzt ganz bestimmt. »Ich konnte ein paar Schüsse abfeuern und musste dann in Deckung gehen. Und ich dachte, du würdest gerne wissen wollen, was zum Teufel hier abgeht. Das Paket, dieser Auftrag, sie sind heiß.«

»Parker versucht sein Bestes. Aber wir haben gar nichts. Der Alarm scheint mit keiner Überwachungsanlage verbunden zu sein. Es wurde auch kein Notruf gewählt. Und soweit wir es von hier aus beurteilen können, sind die Überwachungskameras nur Attrappen. Wir haben die Telefonleitung abgestellt. Du hast einen kurzen Moment Zeit, das Mädchen zu finden.«

»10-4«, bestätigte Winters mit Militärcode. *Du musst nur das Paket sichern, Winters. Ein einfacher Auftrag – ja, ganz genau!*

Sekunden verstrichen, während er seinen nächsten Zug plante. Der Kassierer hatte sich auf dem Fußboden zusammengerollt, hielt die Hände über die Ohren und wimmerte leise. Er bewegte sich nicht und sagte auch nichts. Zumindest musste er sich um den keine Sorgen machen. Winters trat über die knirschenden Glasscherben, um draußen wieder in die Offensive zu gehen.

Die Waffe gezückt, ging er hinter einem breiten Telefonmasten in die Hocke. In dem Waldstück hinter der Tankstelle mussten sich mindestens zwei Männer aufhalten. Das war die einzige Erklärung dafür, wie der dritte Mann genug Deckung hatte, um Mias schlaffen Körper in den Wald zu schleifen.

Als ob er sie danach gefragt hätte, wo sie genau waren, gaben sie Schüsse ab. Damit zeigten sie ihm, wo sie sich befanden, diese Amateure. Das war unerwartet, nachdem die Kerle am Flughafen sich einigermaßen professionell verhalten hatten.

Winters spähte hinter dem Mast hervor und verengte die Augen, um besser erkennen zu können, was im Waldstück vor sich ging. Er schwenkte sozusagen auf seine Kill-Zone ein. Gedanklich verband er dafür drei Punkte: die beiden Schützen und ihn. Er konnte die Männer nicht sehen, aber ihre Anfängerfehler waren vorhersehbar. Zwei weitere Kugeln in seine Richtung. Eine traf den Müllcontainer neben ihm. Die andere splitterte ein Stück vom Telefonmasten ab.

Genau darauf hatte er gewartet. Diese Grünschnäbel wären heute besser zu Hause geblieben.

Er drückte ab. Bumm. Bumm. Einer der Männer schrie auf. Der andere hustete gurgelnd. Keiner erwiderte das Feuer. Er hatte beide getroffen. Aber hatte er sie auch tödlich getroffen? Beide Schützen waren am Boden, da war er sich sicher, aber er brauchte Gewissheit. Er wartete. Zählte einundzwanzig, zweiundzwanzig. Er wollte zehn Sekunden abwarten, aber als er bei neunundzwanzig angekommen war, gab er auf. Ihnen die Gelegenheit zu geben, sich von Ort und Stelle zu bewegen, war die reiste Tortur. Er schüttelte den Kopf und zwang sich dazu, die Konzentration zu bewahren. Er würde keine große Hilfe mehr sein, wenn er in der Leichenhalle lag. Jede Sekunde, jeder Herzschlag machte das Warten unerträglicher.

Die einzigen Geräusche waren das hysterische Gemurmel des Kassierers und das rhythmische Kreischen der Alarmanlage. Winters gab seine Deckung auf und lief geduckt zum Müllcontainer. Niemand schoss auf ihn. Er ging in die Knie, lud die Waffe mit einem Magazin aus seinem Gürtel nach und rannte dann auf das Waldstück zu, in die Richtung, in die Mia verschwunden war.

Der Entführer hatte nicht versucht seine Spuren zu verwischen. Etwa dreißig Meter entfernt sah Winters einen Mann am Boden. Obwohl er blind in den Wald geschossen hatte, ohne seine Ziele zu sehen, war sein Instinkt so exakt gewesen, als hätte ein Laserpointer auf den Idioten gezeigt. Zertrampeltes Gras und Gebüsch zeigten ihm, wo der Kidnapper langgegangen war. Er fand Mias zweiten Schuh im Laub. Wut kochte in ihm hoch.

Jemand trat auf einen Zweig. Sekunden verstrichen. Nicht mal die plärrende Alarmanlage war noch zu hören. Der Kassierer musste sie ausgestellt haben. In ein paar Minuten würde die Polizei eintreffen, vorausgesetzt, der Kassierer hatte sich zusammengerissen und per Handy den Notruf gewählt.

Wieder ein knackendes Geräusch. Winters schoss herum und machte sich bereit, sich auf den Entführer zu stürzen. Der bewegte sich wieder. Sein Atem ging schwer; anscheinend hatte er seine Mühe mit Mia. Das ergab keinen Sinn. Das hier waren Amateure. Der Mann war so laut, dass er sich gleich ein blinkendes Licht auf den Kopf hätte setzen können. Was war denn mit dem halbwegs professionellen Team von vorhin passiert? Der Mann schwitzte und dunstete Whiskey und Tabak aus. Selbst wenn er nicht so geräuschvoll gewesen wäre, hätte Winters ihn riechen können.

Ich bin schon da, mein Schatz. Mach dir keine Sorgen. Ich werde den Wichser für dich umbringen.

Ohne sich durch einen einzigen Laut zu verraten, schloss Winters zu dem Mann auf. Er bewegte sich leise durch das dichte, abgelegene Waldstück in Kentucky und hatte sein Ziel jetzt vor Augen. Der Entführer keuchte noch stärker. Sein Schweiß stank nach billigem Gesöff und Zigarettenrauch. Er schien sich unsicher zu sein, in welche Richtung er sich bewegen sollte. Der Mann wirkte desorientiert, so als ob er nicht mehr wusste, in welcher Richtung sich sein Fluchtfahrzeug befand. Ein Anfänger hatte bestimmt Schwierigkeiten, sich in dem dichten Wald zurechtzufinden.

Mia schnappte nach Luft. Sie schien wild entschlossen, das Bewusstsein wiederzuerlangen, so scharf sog sie den Atem ein.

Keine dreißig Meter von ihm entfernt sah er die Bewegungen des Entführers. Ziel erfasst. Der Mann mühte sich jetzt richtig ab. Er war übergewichtig und total panisch. Sein Blick schoss umher. Er wusste, dass er gejagt wurde.

Winters schlich sich näher heran. Er würde sich einfach zu dem Mann vorarbeiten, ihn dann hinterrücks überfallen und ihm den Hals brechen. Er war jetzt der Sensenmann und so glücklich wie noch nie, diese Rolle übernehmen zu dürfen.

Zehn Meter. Er kletterte über einen Baumstamm. Der Mann blieb stehen. Mia bewegte sich wieder, brachte einen heiseren Schrei hervor. Er tat Winters in der Seele weh und brachte das Blut in seinen Adern noch mehr zum Kochen.

Fünf Meter. Der Mann hatte keine Ahnung, dass er gleich nicht mehr leben würde.

Mia brüllte laut. Sie stieß die Hand nach oben und traf ihren Entführer an der Nase. Winters konnte das Knacksen deutlich hören, als die Nase brach. Ein Lächeln breitete sich auf seinem Gesicht aus. *Das ist mein Mädchen.*

Mias Angreifer ließ ihre Beine los, um sich an die Nase zu fassen. Sie trat nach hinten aus und dem Mann einmal kräftig in die Eier, sodass er zusammenklappte. Er ließ sie los und hielt die Hände vor den Schritt. Mia fiel zu Boden, rappelte sich aber gleich wieder auf.

Ja, verdammt, gar keinen Zweifel. Das ist mein Mädchen.

Nicht, dass er die Ablenkung gebraucht hätte, aber Winters machte sie sich trotzdem zu Nutzen. Er brach dem Mann das Genick und ließ ihn los. Sein einziges Bedürfnis war jetzt, Mia in die Arme zu nehmen. Er versuchte, sie zu beruhigen, klopfte die Blätter und Äste ab, die an ihren Klamotten hingen. Sie wollte sich befreien und schlug wild um sich.

»Lass mich los.« Die Worte waren undeutlich, aber trotzdem schaffte sie es, zu schreien.

Er hielt sie mit einem Arm um ihre Taille fest und versuchte, die andere Hand an ihre Wange zu legen und ihren Kopf zu drehen, damit sie ihn sah. Er wollte ihr klarmachen, dass sie jetzt wieder sicher war. Sie biss ihn in den Finger.

»Verdammte Scheiße!« Er ließ ihre Taille nicht los, aber sie wehrte sich auch nicht mehr so sehr, als sie ihn erkannte und zu verstehen versuchte, was mit ihr geschah.

»Was?« Der Ausdruck in ihren Augen zeugte eindeutig von Verwirrung.

»Beruhig dich, Mia. Ich bin's. Colby.« Er flüsterte ihr beruhigende Worte ins Ort, in der Hoffnung, dass sie zu ihr durchdrangen. Seine Lippen berührten sanft ihre Schläfe. Ihre samtene Haut war einfach himmlisch. »Man hat dir ein Betäubungsmittel gegeben, aber jetzt ist alles gut.«

Sie hing schlaff in seinen Armen. Ihre Atmung ging jetzt regelmäßiger und das heftige Zittern hatte sich in ein leichtes Frösteln verwandelt. »Ich dachte, du nennst dich Winters.«

Er lachte. Die Bemerkung war albern. Anscheinend dachte sie nicht so wie andere Opfer und das faszinierte ihn ungemein.

Er setzte sie ab. Ihre nackten Füße berührten den Waldboden und er hielt sie an den Schultern fest, damit sie nicht zusammensackte. Er strich ihr eine Haarsträhne aus dem Gesicht. Sie mussten sich beeilen. Aber er brauchte noch etwas, um sicherzustellen, dass sie okay war. Dass sie sein war. »Du bist ein komisches Mädchen, weißt du das? Geht es dir gut?«

»Was für eine lächerliche Frage.« Sie schaute ihn böse an und versuchte, das Gleichgewicht wiederzuerlangen. Sie hatte die Arme ausgestreckt, um ihren schwankenden Körper zu zu in Balance zu halten. Ihre Worte waren immer noch etwas undeutlich, aber sie versuchte nicht mehr, ihn zu vertreiben wie eine lästige Fliege.

Winters lachte wieder und konnte dann gar nicht mehr aufhören zu grinsen. *Das ist meine Art von Frau. Gerade heraus und nicht auf den Mund gefallen.* Sie beeindruckte ihn und es war nicht erst das erste oder das zweite Mal, dass sie das hinbekam.

»Bist du bereit, hier abzuhauen, Schätzchen?«

Sie nickte, aber sie schwankte immer noch, also lehnte sie sich an ihn. Ihre Hände auf seiner Brust, auch wenn sie nur unsicher nach Halt tasteten, machten ihn fast verrückt. Er fuhr mit der Hand über ihren Arm und legte den Arm dann um ihre Taille. Das war gar nicht nötig, um sie zu festzuhalten, aber er hielt sie gerne richtig fest.

»Dann los. Ich muss herausfinden, wo ihr Wagen steht.«

Sie legte ihre Hände über seine und sie gingen los. Er tat einen Schritt in Richtung Highway. Dann fiel sein Blick auf ihre nackten Füße. Er hob sie kurzerhand hoch und trug sie in seinen Armen. Sie wehrte sich nicht und schmiegte sich an seine Brust. Sie passten perfekt wie zwei Puzzleteile aneinander.

Sie legte den Kopf an seine Schultern und jammerte, dass sie nicht genug Kraft hatte, selber zu gehen. Er ignorierte ihre Worte und genoss stattdessen ihre Wange an seinem Hals. Er konnte nicht leugnen, dass es sich unheimlich gut anfühlte, sie so zu halten.

»Wieso denn *ihr* Auto? Ich will unseren Pickup.«

Sie seufzte, ohne sich bewusst zu sein, wie verführerisch sich das anhörte. Er wusste, dass es keine Absicht war. Es hätte ihn nicht so erregen sollen. Aber es hörte sich wie ein Seufzer am Morgen danach an, heiser und kratzig, und es törnte ihn an.

Was zum Teufel war sein Problem? Ihr beider Überleben hing davon ab, dass er konzentriert blieb und alle seine Sinne geschärft waren. *Ihr* Überleben.

Heute Abend verhielt er sich einfach nicht wie er selber. Das hatte damit angefangen, dass er nicht auf die Anzeichen geachtet hatte, kurz bevor sie überfallen wurde, und jetzt war es auch nicht besser. Er sollte nicht mit einem Ständer hier rumlaufen. Sein ganzer Fokus sollte ihrer Sicherheit und der Disk in seiner Gesäßtasche gelten.

Er räusperte sich und bahnte sich einen Weg durch die Wälder. »Ich muss leider annehmen, dass die Polizei gleich bei der Tankstelle eintreffen wird. Den Pickup können wir also vergessen. Er war unter falschem Namen gemietet, also ist das kein Problem.«

»Colby?«

»Ja, mein Schatz?«

Er schritt durch das Gebüsch und hielt tiefhängende Äste zur Seite, damit sie sie nicht trafen. Sie kuschte sich an ihn.

»Danke, dass du mich gerettet hast. Wieder.« Sie schwieg für einen Augenblick. »Hört es bald wieder auf?«

Es brachte ihn schier um, so unschuldig hörte sie sich an. Wut, Lust und Beschützerinstinkt stiegen in ihm auf. Er knurrte: »Ja, verdammt, es wird aufhören. Mach dir keine Sorgen. Ich bringe alles für dich wieder in Ordnung.«

Winters legte sein Kinn auf ihr seidiges, verstrubbeltes Haar und atmete ihren Geruch ein. Das war schon wieder zu viel für ihn. Auch nach allem, was sie durchgemacht hatte, roch sie noch nach Karamell und Vanille. Ein unerwarteter Seufzer riss ihn aus seinen Gedanken. Es war sein Seufzer. Er musste mit den Augen rollen, seufzte aber noch einmal und küsste sie auf die Stirn.

Sie wurde ganz steif. »Bitte lass das.«

»Was soll ich lassen? Dich zu küssen?« Er wusste, er hätte es nicht tun sollen. Er machte einen großen Schritt über ein paar Äste am Boden und hielt dann einen Dornenbusch zur Seite. Warum hatte er sie gerade geküsst? Sie hatte Angst und er war bei der Arbeit. Wenn die Schießerei in der Tankstelle nicht Ermahnung genug gewesen war, dann wusste er auch nicht, was noch passieren sollte.

»Ja, lass es einfach.« Sie blieb völlig bewegungslos in seinen Armen liegen, wie ein Scharfschütze, der Deckung hinter einem Busch sucht.

»Das tut mir leid. Ich weiß auch nicht, was plötzlich über mich gekommen ist.« Er hatte sich heute bestimmt schon hundert Mal bei ihr entschuldigt. Das musste ein Rekord sein in Anbetracht der Tatsache, dass er sich so gut wie nie entschuldigte, ob es nun notwendig gewesen wäre oder nicht. Sonderbar. Mia stellte ihn wirklich auf die Probe. Scheiße, sonderbar war noch nicht mal ansatzweise der richtige Ausdruck, um sein Verhalten zu beschreiben.

»Es sollte dir auch leidtun.« Sie sah sauer aus. Sie hatte die Lippen zusammengepresst und die Nase gekräuselt.

Ihr Gesichtsausdruck verwirrte ihn. Das war der Grund, weshalb er sich nicht mit ihr hätte einlassen sollen. Wieso er sich nie mit einer Frau einlassen sollte, die mehr wissen wollte als seinen Vornamen. Andererseits gefiel es ihm zu wissen, dass Mia *Mia Kensington* war. *Was soll's.* Er hatte wahrscheinlich einen niedrigen Blutzuckerspiegel oder so. Er hielt wieder Ausschau nach dem Auto.

»Möchtest du gerne erklären, warum du mir die kalte Schulter zeigst?« Versuchte er gerade, sich um Dr. Phils Job als Talkshowmoderator zu bewerben? Mannomann.

»Ich habe dich in der Tankstelle am Telefon reden hören. *Ich hab dich lieb?*«, imitierte sie ihn spöttisch. »Du hast wohl mit deiner Frau oder deiner Freundin oder so geredet.«

Er lachte. *Echt zum Totlachen.* Natürlich hatte sie ihn gehört. Er hatte gewusst, dass sie in der Nähe war. Das war witzig, aber er gab ihr keine Erklärung, sondern drückte sie einfach fest. Oder eher, umarmte sie.

Ein verlassenes Auto stand auf einem Feldweg. Er eilte darauf zu, als wäre es ein Schild, mit dem Glock und Company einen

Sonderverkauf verkündete. Sie versuchte sich gegen seine Umarmung zu wehren, drückte ihre Schultern von ihm weg, aber das störte ihn nicht und er musste sich Mühe geben, nicht laut aufzulachen. .

»Du bist echt süß, wenn du eifersüchtig bist«, sagte er und küsste sie auf die Nasenspitze.

Sie fauchte und wehrte sich wieder gegen seine Arme. Dadurch rieb ihr Hintern unabsichtlich gegen seinen Unterarm.

Scheiße, diesen Tag würde er vielleicht nicht überleben. »Mia, kannst du das mal lassen? Du bringst mich ganz durcheinander.«

»Nein. Ich will hier weg.« Reib, reib, reib.

»Aha. Und wo willst du hin?«

»Das geht dich gar nichts an.«

Sie war einfach zu viel für ihn. Mit ihren bissigen Kommentaren und kecken Antworten. Sie trafen ihn direkt ins Herz. Mit jeder Bewegung ihres Hinterns grub er sich sein Grab. Und immer, wenn er bis auf den steinigen Grund gestoßen war, fing er wieder von vorne an.

Er blieb vor dem Auto stehen. »Da wären wir. Zu Befehl, ich lasse dich runter. Deine Kutsche erwartet dich.«

Sie verschränkte die Arme vor der Brust und tappte mit dem nackten Fuß.

»Na gut. Dann machen wir dasselbe wie vorhin.« Er nahm sie hoch, riss die Beifahrertür auf und setzte sie ab. Dann ging er ums Auto herum, zum Fahrersitz. Die Schlüssel steckten. *Fantastisch – dann kann ich mir sparen, das Ding kurzzuschließen.* Er drehte den Schlüssel im Zündschloss. Das Radio ging an. Elton Johns *Can you feel the love tonight.*

Lustig. Wirklich ungemein komisch.

»Fühlen tu ich auf jeden Fall was – aber eins verrate ich dir, Liebe ist es nicht.« Mia drückte den Knopf am Radio. Erst Rauschen, dann Musik in schlechter Qualität.

»Du bist so reizbar. Das ist süß.« Er stellte den Sitz richtig ein und schmunzelte. »Diese Eifersuchtssache ist einfach zum Anbeißen.«

Sie drückte den Knopf am Radio jetzt mit mehr Gewalt. »Eifersüchtig? Bei dir piept es doch! Halt die Klappe.«

»Du bist wütend, dass wir uns geküsst haben. Dass *du mich* geküsst hast. Du bist es wohl nicht gewohnt, von einem Ritter in glänzender Rüstung gerettet zu werden? Oder bist du sauer, dass du im Pickup so angetörnt warst? Er legte seine Hand an ihre Wange, um sie zu streicheln. Sie schlug die Hand weg.

»Ritter in glänzender Rüstung? Spinnst du?«

Sie schaute ihn böse an. Wenn Blicke töten könnten. Dann würde sich Winters schon längst die Radieschen von unten angucken.

»Manche würden das bejahen. Beides, das mit dem Ritter und das mit dem Spinnen. Aber von dir erwarte ich so etwas wie: strategisch-taktisches Genie. Schöner Mann, der dich die ganze Zeit rettet. So was in der Richtung.«

»Mit dir stimmt doch was nicht.«

»Ich dachte, du hättest mich schon analysiert und hättest nichts Beunruhigendes feststellen können.«

»Das war, bevor ich dich kannte.«

»Und was hat deine Meinung geändert? Ach ja, dass du mein Gespräch belauscht hast und mich ›Ich hab dich lieb‹ hast sagen hören.«

Sie stellte das Rauschen im Radio so laut, dass seine Ohren wehtaten. Sie zu provozieren war nicht gerade die beste Idee, aber es war besser, als sie zu ignorieren.

Er stellte die Lautstärke wieder runter. Mit einer Hand lässig am Lenkrad bog er auf die Straße ab und folgte ihr, bis er an der Tankstelle vorbeikam. Wie erwartet blinkte ein Streifenauto rot und blau. Die Ortspolizisten waren im Laden und wunderten sich wahrscheinlich gerade, was in der Tankstelle in ihrem kleinen Kaff wohl passiert sein mochte.

Es würde ihn doch sehr wundern, wenn sie die Leichen noch nicht gefunden hatten. In Hintertupfingen, Kentucky, hatte man eine Schießerei wahrscheinlich noch nicht erlebt und Mord als Todesursache kam hier sicher auch eher selten vor.

KAPITEL SIEBEN

Nach der Pleite an der Tankstelle und zwei Vorfällen in verschiedenen Motels befand sich Diego Cortes immer noch nicht im Besitz der Disk oder der Frau. Ein fähiger Partner half ihr dabei, zu flüchten. Sein Hemd war schweißnass. Wenn El Jefe mitbekam, wie jämmerlich er versagt hatte, dann würde er ihn einen Kopf kürzer machen. Juan Carlos Silva war genauso bösartig wie erfindungsreich. Die Situation war schlimm, aber er konnte sie immer noch retten. Diegos Ruf und sein Kopf standen schließlich auf dem Spiel, und wenn er je die Chance gehabt hatte, zu zeigen, was in ihm steckte, dann jetzt.

Für das Silva-Kartell zu arbeiten war eine große Ehre. Er würde Silva nicht enttäuschen.

Das Medaillon Unserer Lieben Frau vom Rosenkranz, das er umhatte, klebte an seiner Brust. Er zog es unter dem Hemd hervor und umschloss es mit den Fingern. *Santa Madre de Dios, bitte hilf mir.*

Diego war der letzte seiner Truppe, der noch übrig war, und wie Senor Silva ihm gesagt hatte, war es höchste Zeit, dass er seinen Verstand einschaltete. Er hätte das von Anfang an machen sollen, aber nein, sein Ego war dafür zu groß gewesen. Örtliche Kleinkriminelle für den Job anzuheuern war ein Fehler gewesen. Mehr als ein Fehler. Sie waren Amateure. Und jetzt waren sie tot. Er hatte eine Handvoll Dollarscheine versprochen, nachdem er ein paar zwielichtige Typen gefunden hatte, die einfach nur versessen auf Geld waren. Er hätte stattdessen in einen Profi investieren sollen.

Er kannte Senor Silva besser als die meisten. Diego hatte für ihn die Drecksarbeit gemacht, sich von ihm anlernen lassen, hatte sich mühselig sein Vertrauen erarbeitet. Dabei hatte er viel einstecken müssen. Aber am Ende hatte Senor Silva ihn damit belohnt, ihm bei der Jungfrau Maria ewige Treue schwören zu dürfen.

Wenn er seine Aufgabe nicht erledigte, würde Senor Silva seiner Hinrichtung mit Genuss beiwohnen. Er würde einen teuren Tropfen aus einem Kristallglas schlürfen, während er dabei zusah, wie er, Diego, ausblutete. Er würde sich damit amüsieren, seine Mama anzurufen. Senor würde sie foltern, indem er ihr erzählte, wie Diego das Kartell im Stich gelassen hatte. Seine Familie, sein Vermächtnis, ausradiert. Seine Mama würde bittere Tränen weinen, aus so vielen Gründen.

Nein. Er musste erfolgreich sein. Das heilige Medaillon glitt wieder in sein Hemd und verfing sich in seinem dunklen Brusthaar. Es ziepte und ein Haar riss aus. Der Schmerz war ein Mückenstich gegen das, was ihn vielleicht erwartete.

Er betete um Stärke und Erfolg. *Santa Maria, Madre de Dios.*

Winters beobachtete Mia aus dem Augenwinkel. Sie wollte das Fenster runterrollen und haute zweimal auf den Knopf, als der automatische Fensterheber nicht sofort funktionierte. Er sollte dasselbe tun, um den Gestank von Fast-Food-Resten und abgestandenem Zigarettenrauch auszulüften. Das Auto war eklig. Das Lenkrad war klebrig und leere Bierdosen rollten auf dem Boden umher. Er musste sich so schnell wie möglich die Hände waschen. Die Klapperkiste war widerlich, aber wenigstens nicht gestohlen, hatte ihm Jared versichert.

»Also, wen liebst du, Colby?«

Ihre Frage riss ihn aus den Gedanken. Er würde ihr nicht die Wahrheit sagen. »Was geht es dich denn an?«

»Dann eben nicht. Du bist so ein Arschloch«, schnaubte sie und rutschte weiter von ihm weg und näher an die Beifahrertür heran. Mit dem Fuß kickte sie eine Bierdose beiseite. Sie schob die Unterlippe hervor und er konnte ihren Groll förmlich in der Luft spüren. Wenn Mia eins konnte, dann war das Schmollen. Sein Entschluss geriet ins Wanken.

»Wow. Du kommst einem so adrett und analytisch vor. Ich bin

überrascht, wie tief du gesunken bist, dass du mit Schimpfworten um dich wirfst.«

»Du kennst mich nicht.«

»Das ist offensichtlich«, sagte er.

Sie wandte ihm ihr Gesicht zu. »Ich habe keine Ahnung, wer du bist. Ich habe keine Ahnung, wen du liebst. Und ich habe keine Ahnung, wieso ...«

»Wieso interessiert es dich überhaupt?« Das war ein bisschen barsch. Aber er wollte ihre Frage nicht beantworten. Er konnte es nicht. Er musste sich schützen. Er hätte sich an die wohldurchdachten Lügen halten sollen.

»Ich habe schon gesagt, dass es mir egal ist. Lass mich einfach in Ruhe.«

Aber er wollte sie nicht in Ruhe lassen. Das war ja das Problem. Winters schaute in den Seitenspiegel, bevor er die Spur wechselte, und warf ihr dabei einen schnellen Blick zu. Sie hatte immer noch einen Schmollmund und ihre Brauen waren zusammengezogen. Tränen glitzerten in ihren Augen. *Ich bin ein Arschloch.* Er schaute noch mal zu rüber. Ja, Tränen drohten zu fallen. *Oh Mann. Mach das nicht, bitte. Ich halte es nicht aus, wenn du weinst.*

Aber sobald er den Gedanken zu Ende gedacht hatte, war er ihm schon peinlich. Er brauchte sie nicht in seinem Leben. Er sollte ihr keine persönlichen Dinge erzählen. Es war einfacher, sich mit ihr zu streiten, als die Wahrheit zu sagen, aber das war es nicht wert, wenn er damit ihre Gefühle verletzte.

Winters schüttelte den Kopf. Er würde es ihr wirklich sagen. Ihr seine Geheimnisse offenbaren. Schon vor Stunden hatte er seinen üblichen Modus Operandi über Bord geworfen. Und jetzt gerade wollte er einfach nur verhindern, dass sie weinte.

»Mach kein Theater, Mia. Ich habe mit meiner *Mutter* telefoniert.«

Konnte er nicht einfach seinen Mund halten? Arbeit. Privatleben. Zwei völlig unterschiedliche Dinge. Diese beiden Welten sollten sich nicht vermischen. Aus Millionen von Gründen durften sie das nicht. Schweigen ist Gold. Und sein Privatleben war ihm mehr wert als alles Gold der Welt. Aber jetzt hatte er wohl gerade beschlossen, dass Reden auch in Ordnung war. Und das nur, weil diese schöne Schnitte schmollte? Er warf ihr einen Blick zu. Ein Gesicht wie ein Engel. Ja, das reichte anscheinend völlig.

Noch vor Tagen hätte er so etwas nicht zugegeben. Heute schien er keine andere Wahl zu haben. Er wollte ihren Schmerz und ihre Eifersucht genauso beseitigen, wie er ihre Angreifer beseitigt hatte.

Er öffnete den Mund, um weiter zu erklären: »Meine ...«

»Deine Mutter? Willst du mich verarschen? Der große, harte Typ ruft seine Mami an, weil er nicht von der Arbeit nach Hause kommt. Du bist ja noch schlimmer, als ich dachte. Du passt auf meine Arschloch-Skala ja gar nicht mehr drauf.«

Wie eine Klapperschlange hatte sie sich erst zurückgezogen und war dann mit genauer Treffsicherheit vorgeschnellt. Da er noch nie im Leben so offen seine Geheimnisse offenbart hatte, hatte er es nicht kommen sehen. Aber jetzt, wo sie zurückgeschlagen hatte, konnte seinetwegen das Spiel weitergehen.

»Meine liebe Mia. Dir wird gleich leidtun, dass du mit deinen nackten Füßen in dieses Fettnäpfchen getreten bist.«

»Ach ja? Das werden wir ja sehen.«

»Gerne. Meine Mutter *babysittet* für mich, Schätzchen. Ich habe eine Tochter. Ein Baby. Einen kleinen süßen Fratz. Und meine Mutter kümmert sich um sie, wenn ich arbeite.«

Mia fiel die Kinnlade runter. Ding, ding, ding – K.O. Genau das hatte er sehen wollen. Mia war sprachlos – und immer noch verdammt hübsch – und ihr fiel keine freche Antwort ein. Das hätte er heute nicht mehr für möglich gehalten. Er klopfte sich gedanklich auf die Schulter.

Dennoch zog sich sein Magen zusammen, weil es ihn beunruhigte, sein Geheimnis preisgegeben zu haben. Es war dumm, so viel verraten zu haben. Aber irgendwie brauchte er von ihr Bestätigung. Er warf ihr einen Blick zu, in der Hoffnung, dass ihre Reaktion das Vertrauen rechtfertigte, das er in sie setzte.

»Das wusste ich nicht.« Mia rutschte nervös auf dem Plastikbezug des Sitzes hin und her, schlug die Beine übereinander und trat dabei auf eine leere Essenspackung.

»Woher sollst du das auch wissen?«

»Man würde dich nicht für den väterlichen Typ halten.«

»Ich wette, es gibt vieles, für das man mich nicht halten würde.«

Sie starrte ihn überrascht an. Punkt für Team Winters. Er konnte sich ein Grinsen nicht verkneifen. Verdammt, wenn er vorher gewusst hätte, dass er so viel lächeln konnte. Seine Wangen taten ihm schon weh. Das waren wahrscheinlich die einzigen untrainierten Muskeln in seinem Körper.

»Und die Mutter des Kindes ist?«

»Es ist kompliziert.« Die Antwort war ein automatischer Verteidigungsmechanismus. Die Worte kamen über seine Lippen, bevor er darüber nachgedacht hatte. Er wollte mit dieser Haltung sein Baby beschützen, aber in diesem Augenblick tat sie nichts anderes, als Mia zu befremden.

Sie saß ganz still da, die Hände im Schoß gefaltet, und wartete auf eine einfache Erklärung. Die Psychologin in ihr war bestimmt gerade beim Analysieren. Eine einfache Antwort war weit von der Wahrheit entfernt. Das Wasser stand ihm sowieso schon bis zum Hals. Es war an der Zeit, Luft zu holen und unterzutauchen. »In meinem Beruf ist selbst ein gewöhnlicher Arbeitstag alles andere als gewöhnlich. Ich komme mit Personen und Situationen in Kontakt, mit denen meine Tochter nichts zu tun haben soll.«

Mia beobachtete ihn im Dunkel des Autos. Er wechselte grundlos die Spur, rieb sich den Nacken und schaute wieder in alle Spiegel, stellte sogar den Rückspiegel anders ein, obwohl es nicht nötig war. Er war so nervös, dass er schnell den Rückzug antrat. »Ich möchte mein Privatleben auch gerne eine Privatangelegenheit sein lassen.«

Sie sagte immer noch nichts. Das war wohl einer ihrer Taktiken als Psychologin. Mann, war sie gut darin. Er war kurz davor, mit der ganzen Geschichte herauszuplatzen. Er spielte an den Knöpfen für die Heizung herum und suchte einen Radiosender. Nichts als Rauschen. *Diese dummen Berge.* Mia schwieg immer noch, und jetzt blieb ihm nichts anderes übrig, als ihr alles zu erzählen. Kopfüber stürzte sich Winters in die Wahrheit.

»Vor einer Weile sind wir in eine richtig beschissene Situation geraten. Menschenhandel – Frauen wurden in die Prostitution gezwungen. Wir konnten nicht mehr vielen Frauen helfen, aber ein paar von ihnen konnten wir sicher zurück in die Staaten bringen. Sie haben alle eine neue Identität bekommen. Bis auf eine. Eigentlich noch ein Mädchen. Sie wollte keinen neuen Namen annehmen. Sie hieß Vanessa, sah aus wie eine Schönheitskönigin und war so zäh wie ... Sie war taff. Ein bisschen wie du.« Er brach ab, verärgert über sich selber, dass er wieder ohne nachzudenken alles erzählt hatte. »Na ja, also, sie wollte ihr Leben nicht aufgeben. College. Freunde. Obwohl sie keine Familie hatte. Ich wusste zu dem Zeitpunkt nicht, dass sie schwanger war. Ich habe keine Ahnung, wer der Vater war. Sie haben ihr schlimme Dinge angetan.«

»Das ist ja schrecklich«, sagte Mia, viel leiser, als wenn sie zum verbalen Schlagabtausch ansetzte.

»Vanessa ging wieder nach Kalifornien, um dort am College zu studieren. Ein paar Monate später stand das Jugendamt bei mir vor der Tür, mit einem Neugeborenen und einer Tasche voller Windeln. Vanessa war *unter mysteriösen Umständen* verstorben. Anscheinend hatte sie angegeben, dass ich der Vater des Kindes war. Und in ihrem Testament hatte sie den Schlüssel für ein Bankschließfach hinterlassen.«

Mia sagte kein Wort mehr. Sie war so still, er wusste nicht, ob sie den Atem anhielt.

»Was glaubst du, wie viele Studentinnen ein Testament verfassen? Keine. Sie wusste, dass diese Wichser sie finden würden. Sie wusste, wenn ihr irgendwas zustoßen würde, dann wäre das Kind bei mir sicher. In dem Schließfach lag ein Brief an mich, in dem sie mir alles erklärte. Jetzt weißt du, wen ich lieb habe. Meine Mutter und meine Tochter.«

Das Radio rauschte immer noch. Er drückte nicht noch mal auf den Knopf, um den Sender umzustellen, sondern konzentrierte sich auf die Straße. Es war das erste Mal, dass er seine Geschichte einer Fremden mitgeteilt hatte. Aber sie kam ihm gar nicht wie eine Fremde vor. Aus Angst wurde Erleichterung. Irgendwie war er damit im Reinen, dass er Mia alles offenbart hatte.

Sie streichelte mit den Händen über seinen linken Arm. Er bekam sofort Gänsehaut.

»Colby, ich lag total daneben. Es tut mir leid.«

»Du konntest ja nichts davon wissen. Wie dem auch sei, Clara ist erst ein paar Monate alt. Sie ist meine Welt. Und ich habe das Glück, dass meine Mutter und andere vertrauenswürdige Menschen für mich da sind. Nun gehörst du auch zu den Menschen, denen ich vertraue. Es ist eh besser, wenn du Bescheid weißt.«

»Wieso?«

Er musste ihr sowieso irgendwann von seinem Plan erzählen. Was für ein Plan das war ... wenn man es überhaupt so nennen konnte.

»Weil ich dich mit nach Hause nehme, bis wir herausgefunden

haben, was hier vor sich geht. Es wäre sicherlich etwas peinlich, wenn wir bei mir zu Hause ankommen und auf einmal vor meiner Familie stehst, ohne vorher von ihr gehört zu haben.«

»Wir fahren zu dir nach Hause?« Ihre Hände packten seinen Arm fester, sodass sich ihre Fingernägel in seine Haut gruben.

Er ignorierte ihre Reaktion und lächelte im Dunkeln. »Es ist der sicherste Ort, den ich kenne. Wir müssen irgendwo untertauchen, wo uns keiner findet. Ich habe noch nie jemanden in mein Haus gelassen außer meiner Familie und dem Team, also ist es für uns beide ein Abenteuer.«

Wenn Mia hätte raten müssen, was für ein Mann Colby Winters war, dann hätte sie falsch gelegen. Wenn sie hätte raten müssen, was passieren würde, nachdem sie den Entschluss gefasst hatte, die Disk in Kentucky abzuholen und dann mit ihm quer durchs Land zu fahren, dann hätte sie auch falsch gelegen. Nein, tatsächlich hätte sie das Ganze wahrscheinlich nicht überlebt.

Sie rasten den Highway entlang, unterwegs zu ihm nach Hause. Zu seiner *Familie*. Unweigerlich lief es ihr kalt den Rücken runter. Niemand würde sie als Familienmenschen beschreiben. Mit Familie verband sie nur die allerschlimmsten Erinnerungen und selbst, wenn Patienten über ihre Familie redeten, musste sie aufpassen, nicht das Gesicht zu verziehen. Was für eine Psychologin war sie überhaupt? Sicherlich nicht die vielen Ehrungen wert, die sie in ihrer Karriere bekommen hatte.

Andererseits ging es ja nicht um ihre Familie. Er wollte sie auch gar nicht in seine Familie einführen, noch sie *mit nach Hause* nehmen. Er wollte sie einfach nur an einen sicheren Ort bringen. Sie am Leben erhalten. Und das war im Moment so viel wert, dass sie mit Champagner anstoßen und sich auf die Lippen küssen sollten. Oder die Wangen. Auf die Wangen küssen wäre im Moment sicherer bei ihm.

Sie war so erschöpft, dass sie keinen klaren Gedanken mehr fassen konnte, aber dennoch beobachtete sie ihn und dachte an ihre Küsse. Er konzentrierte sich auf den dunklen Highway und nur die

Lampen am Armaturenbrett warfen ein schwaches Licht auf seinen angespannten Kiefer. Dieses männliche Kinn sah so aus, als ob es den einen oder anderen Schlag durchaus aushalten würde. Der Kampf von vorhin hatte keine Spuren hinterlassen. Und diese Lippen. Sie hatten ihr versprochen, dass sie bei ihm sicher war. Seine ganze Art war ... attraktiv. Im evolutionären Sinn. Frauen fühlten sich aus biologischen Gründen zu Alphamännchen hingezogen.

Außerdem war er nicht ihr Typ. Sicher und beständig waren die Eigenschaften, nach denen sie in einem Mann suchte. Obwohl seine distanzierte und düstere Art schon interessant war. Das musste sie zugeben. Wenn man dann noch bedachte, dass er für sie gerade seine Schutzmauern eingerissen hatte, dann wollte sie sich sofort an seine Brust schmiegen. *Das ist doch verrückt.* Aber psychologisch betrachtet ergab es Sinn. *Verfluchter Bad-Boy-Charme.* Ihr wurde heiß und ihre Brustspitzen stellten sich auf. Sie würde alles tun, um diesen Kuss noch einmal erleben zu dürfen. Sie strich sich mit dem Finger über den Mund. Ihre Lippen kribbelten, als sie daran dachte, wie er sie geküsst hatte. Das Adrenalin war längst weg, aber die Begierde war immer noch da. Schade, dass er sie nicht noch einmal so küssen würde. Männer wie er benutzten Frauen, um Druck und Anspannung los zu werden. Jetzt, wo der Gefahrenfaktor nicht mehr vorhanden war, war sein sexuelles Interesse an ihr geschrumpft. Wenn man es mit Essen verglich, dann war sie für ihn jetzt wahrscheinlich so etwas wie Haferbrei. Geschmacklos, farblos und man hatte nur Appetit drauf, wenn man gerade am Verhungern war. Als ihr das klar wurde, verschwanden auch ihre eigenen Lustgefühle. Sie schloss die Augen, um sein Antlitz im halbdunklen Auto nicht länger ansehen zu müssen.

KAPITEL ACHT

Die Straße wand sich durch die Berge, und bei jeder scharfen Kurve wurde Mia gegen ihren Gurt geschleudert. Ihr Kopf stieß gegen das Fenster und sie wachte auf. Sie gähnte müde, rieb sich die Augen und versuchte ihre verknoteten Haare zu glätten. Er hatte ihr stundenlang zugesehen, hatte immer abwechselnd auf sie und auf die weißen Linien geschaut, die an ihnen vorbeischossen.

Sie war einfach so süß, dass man sie anstarren musste, selbst im Dunkeln, und sie machte niedliche Geräusche im Schlaf. Tiefe Seufzer und schläfriges Gemurmel. Er würde sich daran erinnern, auch lange noch, nachdem dieser Einsatz zu Ende war.

Er hatte mehrmals an der Heizung gedreht, damit es ihr im Auto nicht zu kalt wurde. Das Radio war ganz leise, gerade laut genug, dass er wach bleiben und sich von ihr ablenken konnte. Hatte er zumindest gedacht. Es hatte nicht geholfen.

»Wie spät ist es?« Sie hörte sich nicht ausgeruht, sondern immer noch schlaftrunken an. So müde, wie sie geklungen hatte, kurz bevor sie eingeschlafen war. Mia brauchte etwas Ordentliches zu essen und ein paar Stunden richtigen Schlaf. Sie musste diesen höllischen - Roadtrip endlich hinter sich bringen. Wenn er arbeitete, dann war alles andere nebensächlich. Er schlief, wenn es notwendig war, und lebte von Proteinriegeln und Tüten Weingummis, die er in Tankstellen kaufte. Weingummis allein reichte ihm zur Not, und Schlaf war überbewertet. Aber mit Mia war das anders. Sie brauchte was Besseres. Mist, sie verdiente was Besseres.

»Colby? Geht diese Uhr richtig?« Sie wären schon viel näher an ihrem Ziel, wenn die Uhr im Auto richtig gehen würde.

Er schaute auf seine Armbanduhr. »Nein. Wir sollten eigentlich viel weiter sein, aber dank unseres kleinen Abenteuers an der Tankstelle ist uns Zeit verloren gegangen.« Er brach ab. Dann sagte er: »Ich muss sagen, du hast deine Sache heute wirklich gut gemacht. Nicht viele Leute sind so souverän wie du.«

»Souverän?«, fragte sie trocken.

»Oh, ein Fremdwort. Du dachtest wohl, ich hab nicht genug Grips für sowas, oder, Schätzchen?«

»Ich bin mir sicher, das hast du.«

»Das ist schon in Ordnung. Du hast gedacht, ich bin nur ein Muskelprotz, der deinen süßen Hintern vor diesen Ganoven rettet. Wie oft genau, einmal, zweimal? Nach dem Flughafen. Die Schießerei im Hotel. Ich bin dein Held.« Er stupste sie mit der Schulter an. Hauptsache, er konnte sie wieder berühren. »Wenn du mich gerne so sehen willst.«

»Na, dann vergiss mal nicht die Tankstelle.« Sie stupste ihn zurück an. »Ich hatte einen wirklich harten Tag. Du könntest dich wenigsten an alle meine Nahtod-Erfahrungen erinnern.«

»Natürlich. Das habe ich vergessen.« Er stupste sie wieder an. Großer Gott, wo waren sie denn hier? Auf einem Kinderspielplatz? Als nächstes würde er sie wohl an den Zöpfen ziehen. Er lachte und neckte sie: »Ja, wir sollten das besser richtigstellen. Nicht viele Leute haben das Vergnügen, entführt zu werden, Bekanntschaft mit Tränengas zu machen, als Zielscheibe für einen Scharfschützen herzuhalten und dann noch mal entführt zu werden. Und dann immer und immer wieder gerettet zu werden.«

Er zwinkerte ihr im Dunkeln zu.

»Ja, mein Tag war wirklich Scheiße. Aber ist das nicht ein gewöhnlicher Arbeitstag für dich?«

Diese Fahrt ging tatsächlich schnell herum, jetzt wo sie wach war. Wenn er es sich recht überlegte, hatte das auch zugetroffen, als sie noch geschlafen hatte. Eine so unterhaltsame Dienstfahrt hatte er bislang noch nicht gehabt. Und so viel von sich mitgeteilt hatte er auch noch nie. Zu offenbaren, wie er zu seiner Tochter gekommen war, war überwältigend. Und er hatte auch nie zuvor ein Opfer bewundert. Sie war mit allem auf ihre Weise umgegangen – vom Flughafen bis zur Tankstelle – ohne ihre Opferrolle anzunehmen.

»Ich glaube, du bist stark, Mia. Viel stärker, als ich am Flughafen gedacht hätte, als du wie eine Bibliothekarin aussahst.« Er brach ab, wohl wissend, dass es noch mehr zu sagen gab und die Stimmung dann umschlagen würde. Er knackte mit einem Fingerknöchel nach dem anderen und rutschte dann im Sitz hin und her.

»Was versuchst du mir gerade zu verheimlichen?«

Wie hatte sie gerade seine Gedanken erraten? »Wieso meinst du, dass ich etwas vor dir verheimliche?«

Sie schaute ihn direkt an, aber er richtete seinen Blick weiterhin auf die weißen Linien auf der Straße. »Du kennst dich mit Waffen aus, ich mit Körpersprache. Spuck's aus, Großer.«

Er schaute wieder in den Rückspiegel.

»Colby.«

»Okay. Ich sag's dir.« Sie war wohl irgendwie telepathisch veranlagt. Das würde ihm noch Probleme bereiten. »Wir sind mitten im Nirgendwo und es sind bestimmt noch zweihundert Kilometer bis zur nächsten Stadt. Bis dahin gibt es nichts als Tankstellen und Motels.«

»Du kannst aufhören, dich wie ein Reiseleiter aufzuführen. Das habe ich doch wohl selbst schon bemerkt. Ich dachte, ich wäre so souverän und so. Bitte, sprich weiter. Sag's mir.«

Eigentlich hätte er es ihr schonender beibringen wollen. Aber wenn sie meinte, dass sie damit klarkam ... dann musste er ihr wohl zustimmen. Na gut. Wie auch immer. Er würde es ihr ganz direkt sagen.

»Seit einiger Zeit folgt uns wieder jemand. Ich bin überrascht, dass sie so lange gebraucht haben, um uns zu finden, aber nun haben sie es. Und jetzt müssen wir sie irgendwie abschütteln.«

Sie schaute nicht in den Seitenspiegel. Schlaues Mädchen. Noch brach sie nicht in Panik aus. Ihr Atem ging nicht schneller und soweit er beurteilen konnte, blieb sie ruhig.

»Wieso hast du mir das nicht gleich gesagt?«

»Ich wollte nicht, dass du mit der Nase an der Fensterscheibe klebst, als ob ich versprochen hätte, Gucci-Schuhe würden vom Himmel fallen. Dann hättest du nämlich auch gleich ein Schild vors Fenster halten können, auf dem steht *Wir sehen dich.*«

»Bin ich der Typ, der auf Gucci-Schuhe steht?«

»Du bist eine Frau. Was weiß ich.« Er zuckte mit den Schultern.

»Typisch.« Sie lachte. »Du hättest einfach nur sagen müssen, *Guck dich nicht um, aber wir haben ein Problem.*«

»Versetz dich in deine Therapeutenrolle. Meinst du wirklich, dass das geklappt hätte?«

Sie schüttelte den Kopf. »Nein. Ich hätte geguckt.«

»Das war mein Dilemma. Stellt sich raus, ich hätte mir keine Sorgen machen müssen.« Er warf ihr einen schnellen Blick zu. Sie schien vollkommen gelassen. »Ich würde sie von der Straße abdrängen, aber diese scharfen Kurven hier sind nicht zu unterschätzen und du bist auch mit im Auto. Also werden wir sie nicht abdrängen. Wir werden sie stattdessen in eine Falle locken und das Problem eliminieren.«

»Das Problem eliminieren?«

Winters legte den Kopf schief. Er würde es ihr nicht näher erklären. Sie konnte sich wohl vorstellen, was er damit meinte.

»Du kannst es dir denken, Mia.« Er massierte seinen verspannten Nacken. »Sie sind an uns vorbeigezogen, haben umgedreht, haben sich dann unserem Tempo angepasst und sind uns immer schön mit genügend Abstand gefolgt, seit wir die Staatsgrenze überschritten haben. Das nächste Mal, wenn sie den Abstand etwas vergrößern, halte ich an einer Tankstelle an. Sie werden uns garantiert dort finden. Ich kümmere mich um sie und dann fahren wir weiter. Hört sich das nach einem guten Plan an?«

Sie streckte das Kinn vor. »Was auch immer du mir für eine Aufgabe zuteilst, ich kriege das hin. Ich bin kein hilfloses Mädchen.«

»Das habe ich schon vor fünfzehn Stunden gemerkt.«

Er griff nach ihrer Hand und verschränkte seine Finger mit ihren. Er bekam sofort Gänsehaut. So etwas hatte er nicht mehr gemacht, seit er mit sechzehn sein erstes Auto bekommen hatte. Es war der erste Schritt gewesen, eine Frau ins Bett zu bekommen – oder besser gesagt, auf die Rückbank. Sie drückte seine Hand und wieder lief ihm ein wohliger Schauer über den Rücken. Vielleicht hatte er immer noch dasselbe Ziel vor Augen wie damals, aber es fühlte sich ein wenig merkwürdig an. So als ob es nicht um das Ziel ging, sondern um den Moment. Oder irgend so einen Scheiß eben.

Mia wandte sich ihm zu, ihre Hand immer noch in seiner. »Du bist so gefasst.«

»Willst du, dass ich hektisch werde?« Er schaute noch einmal in den Rückspiegel, um ihre Verfolger im Auge zu behalten. Er war jederzeit bereit, auch wenn die Frau neben ihm eine ordentliche Ablenkung darstellte.

»Du tust so, als ob niemand hinter uns her wäre, der uns umbringen will.«

»Es ist nicht das erste Mal und es wird ganz sicher auch nicht das letzte Mal sein. Ich werde nicht zulassen, dass man dir wehtut.« Oh, die Männer, die hinter ihr her waren, konnten sich auf einiges gefasst machen. »Und mir kann man keine Angst machen.«

Er streichelte mit dem Daumen über ihre Hand. Wenn er einen Auftrag zu erfüllen hatte, dann erwartete er, dass es zu einem Kampf mit dem Feind kam. Aber für sie musste es der reinste Albtraum sein. Er wollte, dass sie sich bei ihm sicher fühlte. Er wollte, dass sie ihm vertraute.

»Aber ich habe Angst, Colby.« Mia kaute auf ihrer Unterlippe herum.

»Das weiß ich. Mach dir keine Sorgen, ich verspreche dir, dass dir nichts passieren wird.« Er drückte ihre Hand noch fester und brachte ihre Faust an seine Lippen. Er küsste sanft ihre Knöchel und hielt ihre Hand weiter dort. Sie war süß, aber tief in ihr drin steckte eine Frau, die sich behaupten konnte. Er hätte das schon wissen sollen, als sie ihm ihr Knie in die Eier rammen wollte. Mia hatte alle seine Vorurteile widerlegt. Unausgebildete Frauen waren nicht so schwach und wehrlos, wie er angenommen hatte.

Vor ihnen leuchtete das blinkende Neonschild eines Motels. *Zimmer frei. Lastwagenfahrer willkommen. Kabelfernsehen inklusive. Karaokebar.* Er fuhr vom Highway ab und bog auf den Parkplatz ein, auf dem ein paar große Laster standen.

Er hielt direkt vor dem Motel an. »Du kommst mit mir mit. Ich lasse dich nicht wieder allein.«

Sie trat auf eine leere Take-Away-Tüte, die vor ihrem Sitz lag. »Ich habe keine Schuhe an.«

»So ist das nun mal, Schätzchen. Barfuß und sicher. Na komm. Wir beeilen uns.« Der Plan, den er sich überlegt hatte, hatte ein enges Zeitfenster. Sie davon überzeugen zu müssen, mit auszusteigen, hatte er gar nicht mit einkalkuliert.

»Ich werde auffallen. Meine Klamotten sind völlig ramponiert.« Sie schaute nach unten und rieb mit einer Hand über ihr T-Shirt.

Er presste die Lippen zu einer dünnen Linie zusammen und

widerstand dem Impuls, sie sich einfach zu schnappen und wieder mit sich herumzutragen. So etwas konnte er jetzt nicht mehr machen. Aber es wäre viel effizienter. Überredungskünste anwenden war nicht sein Ding und er musste sich auch noch dabei beeilen. Er holte tief Luft.

»Süße, dieser Truck-Stopp hat schon viel Schlimmeres gesehen. Vertrau mir. Und wenn jemand dich zu offensichtlich anglotzt, dann werde ich ihn ablenken. Vielleicht, indem ich ihm einen Kinnhaken versetze.«

Sie legte den Kopf schief und ihr Lächeln war halb hinter ihrem Haar versteckt, das ihr ins Gesicht fiel. »Ich dachte, du bist immer ruhig und gelassen, wenn Gefahr im Anmarsch ist.«

Er versuchte einen frustrierten Seufzer zu unterdrücken, was ihm nicht richtig gelang. Die Zeit drängte und sie machte immer noch keine Anstalten auszusteigen. »Wenn dich jemand anstarrt, dann ist das sein Fehler. Schließlich kann er sehen, du gehörst zu mir. Und ich werde es persönlich nehmen, wenn dich jemand auf eine Art und Weise anschaut, die dir nicht gefällt. Oder die mir nicht gefällt.«

Das Blut kochte schon wieder in seinen Adern. Nach dem Tag, den sie gehabt hatten, würde er es in Erwägung ziehen, jeden umzubringen, der sie auch nur schief ansah, und es würde ihm nicht mal leidtun. Er war nun mal ein Krieger und sie war ... Mia war eine Priorität.

»Oh.« Sie machte die Tür einen Spalt auf, ein Anzeichen, dass sie bereit war, sich in der Öffentlichkeit sehen zu lassen, und drehte sich dann wieder zu ihm um. »Na gut. Dann wollen wir mal.«

Sie glättete ihren Cardigan. Sogar barfuß und in ramponierten Klamotten sah sie noch elegant aus. Nein, nicht nur elegant. Sie war auf unaufdringliche Art so unheimlich sexy, wie er es noch nie erlebt hatte. Er wusste gar nicht, wieso ihm das nicht von Anfang an aufgefallen war.

Das zerrissene T-Shirt zog seine Aufmerksamkeit auf sich. Es wäre so einfach, dort weiterzumachen und ihr mit einer Bewegung das T-Shirt vom Körper zu reißen. Scheiße, er konnte seinen Blick nicht mehr von ihrem Körper abwenden. Sie mochte vielleicht eine Priorität sein, aber die kam in Form von *sexier geht's nicht.*

»Colby?«

Er blinzelte und war sich durchaus bewusst, dass sie ihn dabei erwischt hatte, wie er ihr auf den Busen gestarrt hatte.

75

»Du lenkst mich ab, Mia. Weißt du das? Jedes Mal, wenn ich dich anschaue – ach, egal. Vergiss es. Lass es uns angehen.«

Er sprang aus dem Wagen und ging ums Auto rum. Er riss die Beifahrertür auf und sie stieg aus. Händchenhaltend gingen sie zur Rezeption. Hinter dem Tresen saß ein sommersprossiger Junge, der Mia neugierig musterte. Doch Mia schmiegte sich an Winters und versteckte ihr Gesicht an seiner Brust. Sie passte dort einfach perfekt hin. Ihre Körper waren genau die richtige Mischung aus Funken und C4. Führte man sie zusammen, würde es eine Explosion geben.

Er fragte nach einem bestimmten Zimmer, schob dem Jungen ein paar Scheine rüber und hielt dabei Ausschau nach ihren Verfolgern.

»Ihr Beleg und Ihr Schlüssel, Sir. Sind Sie sicher, dass sie ein Zimmer im hinteren Teil des Motels möchten? Direkt daneben ist die Karaokebar. Es ist laut und die Besoffenen sind kaum auszuhalten. Und das geht bis etwa fünf Uhr morgens so.«

Winters brummelte, dass ihm das nichts ausmachte. Hinter dem Motel konnten sie beobachten, wann ihre Verfolger ankamen. Die einzige Schwachstelle an seinem Plan war die Nähe zu einem Zimmer mit Bett. Aber deshalb waren sie schließlich nicht hier. Er sollte sich das immer wieder vorsagen, bis der Feind eintraf.

Der Rezeptionist beschrieb ihnen den Weg. »Doppelbett. Nichtraucher. Wenn Sie hier rausgehen, gehen Sie links, einmal ums Gebäude. Folgen Sie einfach der Musik.«

Doppelbett. Sein Schwanz war schon wieder halb hart und er unterdrückte einen Seufzer. *Hör auf, sie dir nackt vorzustellen.* Dafür war jetzt nicht der richtige Zeitpunkt.

Winters nickte dem Jungen zu und legte seine Lippen an Mias Ohr. Er musste sich unheimlich zurückhalten, nicht an ihrem Ohrläppchen zu knabbern. »Komm, Schätzchen. Locken wir sie aus der Reserve.«

KAPITEL NEUN

Winters Plan war nicht perfekt, aber für den Anfang war er nicht schlecht. Mia ging barfuß neben ihm her, ihre Hand immer noch in seiner. Das sanfte Geräusch ihrer nackten Sohlen auf den Fliesen lenkte ihn von der schmuddeligen Rezeption ab. Es kam ihm so rein vor, in Dissonanz mit der schäbigen Atmosphäre des Motels. Es war ein kompletter Gegensatz, genau wie ihre Anwesenheit in seinem Leben.

Sie gingen nach draußen. Am Himmel waren keine Sterne zu sehen. Die Motorengeräusche auf dem Highway wurden beinahe von den lauten Bässen der Musik aus der Bar übertönt. Winters beeilte sich zu ihrem Auto zu kommen und fuhr dann hinter das Motel, wo alles dunkel war.

»Bist du soweit?«, fragte er. Mann, er wollte sie nicht in diese gefährliche Lage bringen.

»Ich habe ja keine große Wahl.«

»Stimmt. Bringen wir es hinter uns.« Er machte die Tür auf und sie tat es ihm gleich.

Er sah sich um. Konzentrierte sich auf die Schatten. Merkte sich, wie viele und welche Autos hier standen. Alles schien ruhig zu sein.

Sie stand vor der Kühlerfigur, bog sie zurück und ließ sie wieder nach vorne schnellen. Sie war nervös. Das konnte er ihr nicht verdenken. Das hier war eine Offensive. Ihre erste mit ihm. Wahrscheinlich ihre erste überhaupt.

»Mia, bist du soweit?«

»Das hast du mich schon mal gefragt.« Ihre Stimme klang angespannt. Er wünschte sich, er könnte das ändern.

»Es wird bestimmt alles glatt gehen. Ich will nicht, dass du dir Sorgen machst, verstanden? Halt dich einfach an mich.«

Sie legte ihre Hand auf seine Gürtelschnalle. »Okay, tue ich.«

So hatte er es nicht gemeint, und sie wahrscheinlich auch nicht, aber seinetwegen sollte sie sich an ihm festhalten. *Halt dich an mir fest, wann immer du möchtest.* »Dann mal los, Schätzchen.«

Winters brachte sie zu einem leeren, dunklen Winkel und positionierte sie so, dass sie direkt vor ihm stand. Er drückte sich gegen die Wand, hielt sie eng an sich gepresst und schaute sich um. Von hier aus konnte er alle Eingänge beobachten. Die Einfahrt vor der Rezeption. Den Vorder- und den Hintereingang der Bar.

Sie lehnte sich gegen ihn und stieß einen langen, müden Seufzer aus. Jetzt gab es nichts weiter zu tun als zu warten. Und ihren unverwechselbaren Karamell- und Vanillegeruch einzuatmen. Der Feind konnte jeden Augenblick einmarschieren und er würde ihn ohne Gnade bekämpfen, aber jetzt brauchte er das. Mia lehnte sich gegen seinen Arm und schaute zu ihm auf.

»Geht's dir gut?«, fragte er. Ihr immer wieder dieselbe Frage zu stellen war sinnlos, aber er konnte nicht anders.

»Müde. Das ist alles.«

»Es tut mir leid, dass ich dich so antreiben muss.« Sobald all das hier vorbei war, würde er sichergehen, dass sie alles hatte, was sie brauchte. Er würde die Frau verwöhnen. Daran hatte er keinen Zweifel.

»Ich wollte mich nicht beschweren. Ich hasse ... das alles. Du wärst gar nicht in dieser Situation, wenn es mich nicht gäbe.«

Darum machte sie sich Gedanken? »Mensch Mia, so ist das doch gar nicht.«

Ja, wie war es denn eigentlich? *Oh Mann.* Er hatte sich so richtig in sie verguckt. Winters neigte den Kopf. Seine Stirn berührte ihre und es wurde ihm auf einmal ganz klar. Wenn sie bei ihm war, dann war sie sein. Sie war seine Schutzbefohlene. Und er durfte das genießen. Eine Frau wie Mia war rar. Zumindest hatte er noch genug Verstand, das zu merken.

Er hätte sie nie in diese Lage bringen dürfen. Er hätte sie einfach in ein Flugzeug setzen und zurück zur Ostküste schicken sollen. Jemand von Titan hätte sie beschützen können, während er seinen Einsatz beendete. Aber er war zu selbstsüchtig und neugierig gewesen, um sie wegzuschicken. Er konnte es einfach nicht, weil eine unbändige Lust in ihm wütete.

»Colby«, flüsterte sie heiser und ihr Atem kitzelte an seiner Wange. »Was sollen wir tun?«

Sein Puls raste und sein Arm legte sich noch fester um ihre Taille, sodass sie noch enger an ihn gepresst war.

Das hier ist ein Einsatz. Gefahr ist im Anmarsch.

Ihm waren vorhin die Anzeichen entgangen und das würde er nicht noch einmal geschehen lassen. Er hatte keine Zeit für sexuelle Fantasien.

Sofort gingen ihm Bilder durch den Kopf, die ihm den Atem nahmen. Er erinnerte sich an den Geschmack ihrer Zunge. Glühend heißer Zimt. Ein Aphrodisiakum, das süß und köstlich brannte.

Was sollten sie tun? Wo sollte er anfangen ... Er hatte tausend Ideen. Zum Beispiel, wie man die Wand hinter ihnen sehr gut nutzen könnte.

Noch nie hatte eine Frau sich so an ihn geschmiegt, so biegsam, geschmeidig und weich. Sie hatten ihn immer angesprungen wie notgeile Betthäschen. Diese Frauen waren betont sexy, eindimensional und langweilig – eine selbsterfüllende Prophezeiung, jede einzelne von ihnen. Und sie waren auf jeden Fall das genaue Gegenteil von Mia Kensington.

Bevor Mias Hände seinen Körper erforscht hatten, bevor sie ihm ihren wunderschönen Körper überhaupt gezeigt hatte, hatte sie mit seinem Verstand gespielt, so, als ob er der erste von vielen Spielplätzen wäre, auf denen sie sich gerne tollen würde. Und er wollte so gerne mit ihr spielen.

»Ich habe eine Liste angefangen.« Er küsste sie ganz sachte, nur für den Bruchteil einer Sekunde. »Soll ich dir davon erzählen?«

Sie blinzelte. »Was für eine Liste?«

»Wir sind zehn Meter von einem Bett entfernt. Was für eine Liste glaubst du denn ...« Ein betrunkenes Pärchen stolperte aus der Bar. Eigentlich sahen sie eher wie Freier und Prostituierte aus. Er hätte sie sehen sollen, bevor er sie gehört hatte. »Ich erzähl dir später mehr, Schätzchen.«

Männer waren auf dem Weg hierher, um ihr weh zu tun. Sein Ständer musste sich einfach einen anderen Zeitpunkt zum Spielen aussuchen.

»Okay, Mia, wir machen das folgendermaßen. Wenn sie hier ankommen, tu so, als ob wir uns die Kante gegeben haben. Wir haben zu viel getrunken.« Er zeigte mit dem Kopf in Richtung Karaokebar und ließ seine Lippen dann über ihren Hals wandern, bis sie neben ihrem Ohr verharrten. »Ich versuche dich dazu zu überreden, mit auf mein Zimmer zu kommen. Du sperrst dich nicht wirklich dagegen. Protestierst nur genug, um ein bisschen zu flirten.«

Er knabberte spielerisch an ihrem Ohrläppchen und sie sog scharf die Luft ein. Sein Magen machte einen Purzelbaum. Ihr Duft war so betörend, dass er wie eine Droge auf ihn wirkte. Versuchung war eine grausame Herrin. Sie zeigte ihm die Möglichkeiten und zwang ihn dann dazu, zu warten.

»Das ist dein Plan?«

»Nicht mein ganzer Plan. Aber das ist deine Rolle in dem Plan.« Er fuhr mit dem Mund über die samtweiche Haut an ihrem Hals. »Meinst du, du könntest ein kleines bisschen so tun, als ob du an mir interessiert wärst?«

»Du bist ja verrückt.« Ihre Stimme klang rau. »Leute wollen uns umbringen. Wie kannst du da an Sex denken?«

»Du nicht?«

»Ich bin ... ich bin ...«

»Du bist was? Ich tauche in meine Rolle ein. Das solltest du auch mal versuchen.«

»Du reibst dich an mir, das ist alles, was du tust. Ich kann deinen Ständer spüren.«

»Das gehört alles zu meiner Rolle dazu. Ganz schön glaubhaft, was?« Sie konnte aufhören, die Unschuld vom Lande zu spielen. Sie hatte mehr von Jessica Rabbit als Schneewittchen. »Wenn ich jetzt versuchen würde, dich ins Bett zu zerren, sag mir nicht, dass du nicht mitkommen würdest.«

Er wusste, was ihre Antwort sein würde. Er konnte es spüren, wie er ihren Körper an seinem spüren konnte. Sie war auch nicht in der Lage, gegen die Begierde anzukämpfen.

Ihr Atem ging schneller. Ihr Brustkorb hob und senkte sich, was ihn nur noch heißer machte. Winters nahm ihr Kinn in seine Hand und streichelte ihre Wange. Süße Mia. Wenn er diesen Moment festhalten könnte, würde er pausenlos die Wiederholtaste drücken.

»Das würde ich«, flüsterte sie. »Aber ...«

»Vergiss alles andere. Nur wir beide existieren.« Er strich mit dem Daumen über ihre volle Unterlippe.

Langsam vergruben sich seine Hände in ihrem Haar. Die kalte Nacht wurde erhitzt von ihrer brennenden Leidenschaft. Ihre dunklen Wimpern flatterten und ihre harten Brustspitzen pressten sich gegen seine Brust.

Wie schön würde sie nackt aussehen? Wie würde sie sich anfühlen? So unglaublich samtweich. Er würde sich stundenlang den empfindlichen Stellen an ihrem Körper widmen und beobachten, wie ihre runden, festen Brüste sich vor Erregung hoben und senkten. Er würde sie verrückt nach ihm machen. So verrückt, wie er nach ihr war.

Seine Finger vergruben sich in ihrem Haar und Mia legte den Kopf in den Nacken. Die Augen hatte sie geschlossen und ihr Atem ging keuchend.

»Solltest du nicht nach den bösen Männern Ausschau halten, statt mich zu quälen?«

Sie war völlig wehrlos, wie sie ihm den Hals hinhielt. Er fuhr mit den Zähnen über ihren Hals und sie fing an zu schnurren. Das Geräusch ließ sein hartes Glied noch härter werden.

»Meinst du nicht, dass ich mehrere Sachen auf einmal machen kann?« Er küsste sie hinter dem Ohr und seine Lippen tanzten über ihren Nacken. Er wollte sie nur ein kleines bisschen scharf machen. Ihr zeigen, was sie erwartete. Wenn er endlich die Gelegenheit bekam, sich ganz auf sie zu konzentrieren, dann würde er alles tun, was nötig war – lecken, küssen, streicheln – bis sie ihn anflehte, sie zu nehmen.

Seine Finger waren erst an ihrem Nacken, dann in ihrem Ausschnitt. Der Stoff ihres T-Shirts fühlte sich so dünn an. Jetzt gerade mochte er den Kampf gegen ein zerrissenes T-Shirt an einem hübschen Mädchen verlieren – aber, oh, seine Rache würde süß sein.

»Wie kannst du das machen ...«, ihr Kopf rutschte immer tiefer, in Richtung seiner Erektion, »... und dich noch auf irgendwas anderes konzentrieren?«

»Kannst du dir vorstellen, wie es zwischen uns sein wird, wenn ich mir über nichts anderes Gedanken machen muss als uns?«

Ein Lächeln breitete sich auf ihrem Gesicht aus, aber bevor Mia antworten konnte, wurde sie von dem Geräusch knirschenden

Schotters auf dem Parkplatz unterbrochen. Ein Auto. Sie wurde plötzlich ganz steif.

»Hast du das gehört?«, fragte sie. Die Lust war ihr offensichtlich vergangen.

»Ich achte drauf. Mach dir keine Gedanken.«

Er schloss die Augen und atmete tief ein. Zeit für den Krieger-Modus. Er würde kämpfen und töten, würde alles tun, was er tun musste, um mit ihr allein in diesem Motelzimmer zu enden.

Das Auto fuhr bis ans Ende des Parkplatzes und blieb dort stehen. »Das sind unsere Verfolger. Entspann dich und verlass dich ganz auf mich.«

»Ich kann mich nicht entspannen. Ich weiß nicht, was ich tun soll.«

»Doch, das weißt du.«

Panisch schaute sie gen Himmel. Ihre Muskeln waren immer noch so angespannt, dass sie sich hart wie Beton anfühlten.

»Vorhin hast du das doch auch sehr gut gemacht.« Er beobachtete das Auto über ihre Schulter hinweg und drückte sie kurz. *Du schaffst das, das weiß ich.* »Du hast gekämpft. Verhalte dich einfach so wie vorhin.«

»Sag mir, was da vor sich geht, Colby.«

»Du willst alles genau wissen?« Wenn man alle Informationen hatte, fühlte man sich, als hätte man die Kontrolle. Das ergab Sinn. Er spielte mit dem Riss oben an ihrem T-Shirt herum, spielte seine Rolle als Betrunkener, der mit etwas anderem beschäftigt war. Das T-Shirt würde bald im Mülleimer enden.

Sie nickte. Angestrengt hörte er zu, als der Motor ausging.

»Zwei Kerle. Sie sehen uns.«

Sie wurde wieder steif.

»Komm, Mädchen. Entspann dich. Wir dürfen uns nicht anmerken lassen, dass wir sie auch sehen.«

Er streichelte mit der Hand über ihren Rücken und massierte die angespannten Stellen. Langsam begann sie sich wieder zu entspannen.

»So ist es besser. Nachdem sie aus dem Auto ausgestiegen sind, gehen wir hier um die Ecke, damit sie uns nicht mehr sehen. Du musst mitspielen, vergiss das nicht. Ich verführe dich. Du lässt dich überreden. Wenn wir um die Ecke sind, dann muss ich dich loslassen, um mich um diese Kerle zu kümmern.«

»Pass auf, dass sie dir nicht wehtun.« Ihre Blicke begegneten sich und sie sah ganz ernst aus.

Wirklich? Sie wollte ihn doch nicht beleidigen, oder? Er lachte kurz und schüttelte den Kopf. »Mia, das nehme ich persönlich, wenn du so etwas sagst. Du solltest so etwas sagen wie *Schnapp sie dir, Killer* oder *Mann, hast du aber starke Muskeln.*«

Sie streichelte mit den Handflächen über seine Arme. »Mann, hast du aber starke Muskeln.«

Ihr nervöses Lachen elektrisierte ihn. Er wollte ihr gerne beweisen, dass er sie beschützen konnte. Nichts und niemand auf dieser Welt würde ihr wehtun.

»Das ist schon besser.«

»Vergiss einfach nicht, dass du nicht unbesiegbar bist.« Ihr Lächeln verschwand wieder. »Okay?«

Warum forderte sie ihn so heraus? Ihr Timing war nicht besonders gut. Er würde das noch mal mit ihr klären müssen, wenn sie mehr Zeit dafür hatten.

»Man kann vieles über mich sagen, Süße. Aber eins sicher nicht: dass ich mir Sorgen mache, dass mir jemand wehtut. Also, wenn es dir nichts ausmacht, streichle mein Ego ein bisschen oder halt deinen süßen Mund.«

Die Frau hatte sie wohl nicht mehr alle. Machte sich um ihn Sorgen. Hinterfragte sein Können.

»Also, los geht's.« Er löste sich von der Wand. »Es ist an der Zeit, unseren Zuschauern weiszumachen, dass wir gleich zusammen ins Bett gehen wollen.«

Sie riss sich von ihm los, tat einen Schritt zurück und tätschelte seinen Bizeps. Er folgte ihrer Vorgabe und zog sie an ihrem T-Shirt wieder näher an sich. Währenddessen bewegte er sich in Richtung der Ecke, um die sie gleich verschwinden wollten.

Er fand es nicht besonders schwierig, seine Rolle zu spielen. Er konnte es gar nicht abwarten, zum Motelzimmer zu kommen.

Sie legte den Kopf in den Nacken. Falsches, kokettes Lachen erschallte aus ihrer Kehle. Sie spielte ihre Rolle gut. Ihr kleines Spielchen feuerte Winters' Verachtung für die Männer, die ihnen zusahen, noch mehr an. Die Männer, die ihr zusahen. Sie war wirklich eine Augenweide und er würde ihnen wehtun, nur weil sie ihren Anblick genossen hatten.

Er hob sie hoch, sodass ihre nackten Füße Zentimeter über dem Boden schwebten, und ging mit ihr ganz langsam rückwärts, während er seine Wange an ihrer rieb.

Als ihr ein Seufzer entwich, dankte er Gott für seine Ausbildung. Wenn er nicht die Fähigkeit gehabt hätte, all seine Aufmerksamkeit auf den Feind zu konzentrieren, dann hätte er jetzt die Kontrolle verloren und alles versucht, um ihr noch einmal dieses Geräusch zu entlocken.

Sie gingen um die Ecke und Winters presste sie gegen die Wand. Sie konnte sich nicht wegbewegen, dennoch blieb ihm der Atem im Halse stecken, als er sich bewusst wurde, was für eine Macht sie über ihn hatte.

»Du bist einfach sündhaft sexy.« Er legte einen Finger auf ihre Lippen, um ihr zu bedeuten, still zu sein.

Sein klobiger Finger sah so riesig auf ihren Lippen aus. Er wünschte sich, sie würde ihn mit der Zunge berühren, vielleicht über den Finger bis in seine Handfläche lecken. Er stellte sich vor, wie sie eine feuchte, heiße Spur auf seiner Haut hinterließ, und sofort war er schon wieder hart. Was für ein unkluger Zeitpunkt für seine schmutzigen Fantasien.

Mia befreite sich aus seinem Griff, ohne sich zu beschweren oder noch mal mit diesen lächerlichen Fragen anzufangen, ob man ihm wehtun könnte. Sie hatte keine Ahnung, was er gerade gedacht hatte. Das brachte ihn zum Lachen. Dann wandte er sich der Ecke zu.

Winters konnte die Schritte seiner Feinde hören, die schnell näherkamen. Er hielt eine Hand hoch, um ihr zu signalisieren still stehen zu bleiben.

Der erste Mann kam um die Ecke. Winters schlug ihm ohne zu zögern mit der Faust ins Gesicht – so schnell, dass der Mann es gar nicht kommen sah. Es fühlte sich gut an.

Der zweite Mann beeilte sich, seinem Kumpel beizustehen und stellte sich dabei nicht besonders schlau an. Winters' Faust traf auf eine teigige Masse Fleisch. Der Mann stolperte rückwärts und fiel dann hin.

Mann Nummer eins stand wieder vor ihm und Winters legte die Hände um seinen Hals. Er drückte zu, sodass der Blutfluss in der Halsschlagader unterbrochen wurde. In zehn Sekunden würde der Mann bewusstlos werden und zusammensacken. Es wäre gut, wenn

Mann Nummer zwei, der auf dem Boden lag, so lange brauchen würde, um sich wieder zu fangen. Winters verpasste ihm einen Tritt ins Gesicht. Das würde ihm etwas mehr Zeit verschaffen.

Fünf. Vier. Drei. Werde endlich bewusstlos, du Arsch.

Der Mann versuchte sich gegen Winters' Griff zu wehren. Seine Augen und seine Venen traten hervor. Schweiß lief ihm das Gesicht runter und Speichelfäden hingen ihm aus dem offenen Mund. Scheiße. Mann Nummer zwei bewegte sich und sprang wieder auf die Beine, ein Messer in der Hand.

Winters löste den Griff um den Hals des Mannes nicht. Gleich würden ihm die Lichter ausgehen. Er wich dem Messer aus, mit dem der andere Mann jetzt versuchte auf ihn einzustechen. Winters sprang noch einmal zur Seite, als ob sie mit Schweizer Taschenmessern Himmel-und-Hölle spielten. Der Drang zu töten stieg in ihm auf. Er wollte die Männer ausschalten, aber übertreiben musste er es auch nicht. Mia sollte so bei so etwas nicht zuschauen müssen.

Und Gute Nacht. Mann eins war definitiv ausgeschaltet. Seine Beine bewegten sich nicht mehr. Seine Arme hingen am Körper runter. Winters ließ ihn zu Boden gleiten. *Einer ist erledigt, jetzt kommt der nächste.*

Mann Nummer zwei versuchte wieder auf ihn einzustechen. Winters bekam sein Handgelenk zu fassen und drehte ihm den Arm auf den Rücken. Das Messer fiel auf den Boden. Mit einem Ruck hatte er die Schulter des Mannes ausgekugelt. Er schrie auf. Winters versetzte ihm einen Schlag an den Kopf. Sofort war Ruhe. Er ließ ihn auf den anderen Mann fallen. *Arschlöcher. Ihr hättet euch nicht mit meinem Mädchen anlegen sollen.*

KAPITEL ZEHN

Winters stupste die Männer mit den Füßen an, durchwühlte ihre Taschen und entwendete ihren Autoschlüssel, bevor er sich wieder zu Mia umdrehte. Sie stand stocksteif da und hatte sich nicht von der Stelle neben der Wand gerührt. Ihr Kiefer war angespannt, ihre Lippen waren zu einer dünnen Linie zusammengepresst und ihre Augen schienen so groß und rund wie das O im Motelschild hoch über ihrem Kopf. Ihr Gesicht sah im Kontrast mit der dunklen Nacht besonders fahl aus.

Oh Mann. Er hatte so hart daran gearbeitet, dass sie ihm vertraute. Dass sie sich bei ihm sicher fühlte. Jetzt sah sie ihn mit Horror in den Augen an und machte den Anschein, als ob sie gleich weglaufen würde. Er hatte gedacht, sie wären inzwischen weit gekommen, aber jetzt befürchtete er, dass er sie wieder über die Schulter werfen musste.

»Mia, Schätzchen.«

Sie stand mit offenem Mund da und sagte kein Wort. *Das ist nicht gut. Gar. Nicht. Gut.*

»Das ist jetzt ein sehr blöder Moment, in einen Schockzustand zu verfallen.«

»Nein, ich bin nicht im Schock.«

»Was auch immer los ist, reiß dich zusammen.«

»Ich bin sicher. Du ... hast sie ausgeschaltet, genau wie du versprochen hast.«

Er klimperte mit den Schlüsseln, um sie aus ihrem Trancezustand zu bringen. Mia schaute ihn immer noch etwas benommen an. Er warf ihr den Schlüsselbund zu. Sie fing ihn mit einer Hand auf, während sie immer noch wie angewachsen vor der Wand stand. Gut gefangen.

»Hol ihr Auto und fahr es hier her.«

Sie nickte und löste sich von der Wand. Sie folgte seinen Anweisungen und parkte in einer dunklen Ecke, auf die er zeigte. Winters machte den Kofferraum auf und warf erst den einen, dann den anderen Mann hinein. Er schaute sich kurz auf dem Parkplatz um. Kein anderes Auto kam ihm verdächtig vor. Niemand kam aus der Karaokebar raus. Sie waren allein.

Gewalt war noch nie zuvor für ihn ein Aphrodisiakum gewesen. Eigentlich war es das immer noch nicht. Aber sie zu beschützen, die Gefahr zu beseitigen, die von diesen Männern für sie ausging, das machte ihn durchaus an. Er konnte spüren, wie sich bei ihm etwas regte.

Sie schaute ihn mit ihren dunklen Augen von Kopf bis Fuß an. Ihr Blick erregte ihn noch mehr. Schließlich zischte sie: »Ich hab dir doch gesagt, du sollst vorsichtig sein. Du hättest dich verletzen können.«

Sofort war bei ihr und drückte sie wieder gegen die Wand. O Gott, er sollte vorsichtiger sein. Aber ihr Gesichtsausdruck und das Funkeln in ihren Augen führten ihn einfach in Versuchung. Er konnte ihr nicht widerstehen.

»Hast du etwa an mir gezweifelt?«

»Nein. Nein. Ich habe nicht an dir gezweifelt. Ich ... ich wusste nur nicht, was ich sonst hätte sagen sollen.«

Er gab ihr keine Gelegenheit, denselben Fehler noch einmal zu begehen, und legte seine Lippen auf ihre. Es war einfach schon zu lange her, seit er sie geküsst hatte. Alles auf diesem Parkplatz war ein Spiel. Sie spielten immer noch ihre Rollen.

Er brauchte sie, um in ihren Armen Wut und Gewalt zu vergessen, die immer noch wie Feuer durch seine Adern jagten. Sein Bedürfnis zu kämpfen verschwand augenblicklich, als sie bereitwillig ihren Mund öffnete und ihre herrlich heiße Zunge seine berührte.

Mia vergrub ihre Hände in seinem Haar und zog ihn näher zu sich heran. Ihr Körper schmiegte sich eng an ihn. Es war, als ob ihre Münder, ihre Körper miteinander verschmolzen. Mia war genauso hungrig wie er. Das machte ihn nur noch mehr an.

Ein Bein legte sich um seine Hüfte und sie presste sich an ihn. Jetzt war es bei ihm mit der Vernunft völlig vorbei und er wehrte sich nicht mehr gegen die Impulse seine Körpers. Ihre Hände streichelten jetzt seinen Nacken und er wurde sofort hart. Fräulein Khaki-und-Cardigan hatte ihn tatsächlich getäuscht. Von außen so süß und unschuldig, steckte in ihr eine echte Verführerin.

»Vielleicht bin ich unverwundbar. Wie hast du mich genannt, GI Joe?«

»Halt die Klappe, Colby.« Um ihren Worten Nachdruck zu verleihen, küsste sie ihn heftig.

Ihr Zimmer war nur wenige Schritte entfernt und er hatte den Schlüssel in seiner Tasche. Sie hatte jetzt beide Beine um seine Hüften geschlungen und rieb sich an seiner Erektion. Gott, er musste es unbedingt bis in das Zimmer schaffen. Sie mussten unbedingt sofort allein sein. Ein Arm stützend unter Mias knackigem Hintern, stieß Winters die Tür auf und versetzte ihr einen Tritt, damit sie wieder hinter ihnen zufiel. Endlich hatte er sie nur für sich allein.

Im dunklen Zimmer hielt er kurz inne. Mit seiner freien Hand tastete er nach dem Lichtschalter. Er würde sich den Anblick ganz sicher nicht entgehen lassen.

Er knipste das Licht an.

Zwei Nachttischlampen gingen an und das billige Zimmer wurde in ein gelbes Licht getaucht. Sie verdiente etwas Besseres als das, aber das konnte er jetzt nicht ändern.

Winters lehnte sich über das Bett und ließ sie so schnell und vorsichtig wie möglich auf die Matratze gleiten. Er war ungeduldig und vielleicht nicht zärtlich genug.

Ihre Nägel gruben sich in seinen Rücken. Okay. Zärtlich war wohl nicht ihr Ding. Was hatte er auch erwartet? Wie bei dem Kuss im Pickup. Sie wollte. Sie brauchte. Das Funkeln in ihren Augen bestätigte das.

Dieser verführerische Riss in ihrem T-Shirt, der ihn schon den ganzen Tag lang auf die Probe gestellt hatte, war jetzt dran. Er griff nach dem Zipfel und zog daran. Das T-Shirt leistete keinen Widerstand, aber er konnte keine Erleichterung spüren. Stattdessen nahm ihm ihr Anblick den Atem und das Wasser lief ihm im Mund zusammen. Sie war atemberaubend.

»Ich mochte das T-Shirt sowieso noch nie.«

»Ich kauf dir ein neues. Dieses T-Shirt hat mich schon den ganzen Tag herausgefordert. Jetzt habe ich's ihm heimgezahlt.«

Ihr rosa Spitzen-BH war durchsichtig. Ihre vollen Brüste bettelten praktisch darum, geküsst zu werden. Er streichelte eine über dem Stoff und Mia bäumte sich ihm sofort entgegen. Ihr Kopf schlug auf dem Kissen hin und her. »Hier hat doch niemand irgendwen herausgefordert.«

»Na klar.« Das Bett senkte sich unter seinem Gewicht, als er ihre Beine spreizte und sich dazwischen kniete. »Du bist wunderschön. So schön, dass es einem den Atem verschlägt. So schön, dass es einen schier umhaut.«

Sie lachte und drehte sich weg.

»O nein, du bleibst schön hier, Mia.« Er beugte sich über sie, legte eine Hand an ihre Wange und zog sie wieder näher. »Ist alles in Ordnung? Bin ich zu weit gegangen?«

»Ich hab doch nicht gesagt, dass du schon aufhören sollst.«

Er streichelte mit der Hand über ihren flachen Bauch. Das zerrissene T-Shirt hing noch an den Seiten, rahmte ihren Oberkörper ein. Er lehnte sich vor und fuhr mit den Lippen über ihre Brustspitze. Sie stöhnte und brachte ihm ihr Becken entgegen. Ihre Khaki-Hose. Seine Militärhose. Sie waren so unterschiedlich, aber jetzt, in diesem Moment, konnte sie nichts trennen.

Jedes Mal, wenn er ihren harte Nippel in den Mund nahm, wand sie sich unter ihm, schrie auf und presste ihre Brust in seinen Mund.

»Das magst du, was?«

»Mmh«, nickte sie und streichelte damit sein Ego.

»Ich wollte dich nackt unter mir haben, seit wir zusammen ins Auto gestiegen sind.«

»Ich bin mir ziemlich sicher«, neckte sie ihn, »dass ich dir deshalb in die Eier treten wollte.«

»So ist das also, was?« Er nahm wieder ihre Brustwarze in den Mund und benutzte diesmal mehr seine Zähne als seine Zunge.

Sie gab einen wohligen Laut von sich und er verzehrte sich danach, ihre Lippen um seinen Schwanz zu spüren. Seine Finger wanderten langsam über die blasse, samtene Haut ihres Arms.

Er würde alles nehmen, das er kriegen konnte, alles, was sie ihm anbot, und es genießen. Denn viel zu früh würde das alles wieder verschwunden sein. Sein klopfendes Herz, die Anziehungskraft, die Mia auf ihn ausübte, all das war bestimmt nicht mehr da, wenn sie bei ihm zu Hause ankamen. Er musste es ausnutzen und über sie hinweg kommen. Bald würden seine Gedanken nicht mehr ständig um sie kreisen.

Winters nahm ihre Handgelenke, bog die Arme über ihren Kopf und hielt sie dort fest. Sie wehrte sich ein wenig und gab ihm einen so hungrigen Kuss, dass er für einen Moment lang an gar nichts mehr denken konnte. Ihre Hüften kamen ihm entgegen und dann biss sie ihm in die Lippe. *Oh ja.* Nicht die Reaktion, die er erwartet hatte. Das hier war viel besser.

»Lass meine Hände los, Colby.« Sie schlang ihre Beine eng um seine Oberschenkel. Ihre Haare lagen ausgebreitet auf dem Laken.

»Auf gar keinen Fall, Süße.«

»Das ist ungerecht.«

»Mia, Schätzchen, wenn du dich in einem fairen Kampf wiederfindest, dann hast du deinen Einsatz nicht richtig geplant.« Er wollte sehen, wie sie versuchte sich loszureißen, wie sie völlig die Beherrschung verlor, während er sie festhielt. Er wollte ihr dabei zusehen, wie sie losließ und sich einem erdbebenartigen Orgasmus hingab.

Als nächstes machte er ihren Hosenknopf auf. Und ganz langsam, wie in Zeitlupe, zog der den Reißverschluss runter. Es war eine so süße Qual, dass sein Glied pochte.

Er zwängte seine Hand in ihre enge Hose, bis zwischen ihre Beine und lächelte zufrieden, als seine Finger ihren feuchten Slip berührten. Der Reißverschluss grub sich in sein Handgelenk, aber das machte ihm nichts aus.

Sie rieb sich an seinen Fingern und versuchte gleichzeitig ihre Hose abzustreifen.

»Das ist meine Aufgabe. Ich werde sie dir ausziehen, wenn ich bestimmt habe, dass du soweit bist.«

»Jetzt, Colby«, keuchte sie voller Erregung.

Er legte sich neben sie und Mia spreizte immer noch ihre Beine und rieb sich an seiner Hand. Winters hielt sie fest, sodass sie sich nicht mehr bewegen konnte.

Er schob den feuchten Spitzenstoff ihres Höschens beiseite. Erst rieb er mit einem Finger, dann mit zweien. Er hatte sich vorgestellt, wie samtig und weich, wie feucht und willig sie sein würde, aber das war nichts gegen das, was er gerade erlebte. Sie dort zu streicheln bereitete ihm ein unglaubliches Vergnügen.

Ihre Hose rutschte über ihren Hüftknochen. Ein kleines Tattoo kam zum Vorschein. Ein Symbol. Es war klein und geschmackvoll.

»Du hast ein Tattoo.«

»Mmh-hmm.«

»Was bedeutet es?«

»Überlebende.«

»Das habe ich nicht erwartet.«

»Es scheint mir, dass du mich überhaupt nicht erwartet hast.«

Wie wahr. Seine Finger schlüpften für einen Augenblick in sie hinein, bevor er sie wieder herauszog. Ihr Körper zuckte. Er umkreiste den feuchten Lustknopf mit den empfindlichen Nervenenden.

Mia versuchte sich aufzurichten und seinen Griff abzuschütteln. *Möchte sie es sehen?*

Und als ob sie seine Gedanken gelesen hätte, sagte sie. »Ich möchte dir dabei zusehen.«

Er hatte gedacht, er könnte nicht mehr steifer werden, aber da hatte er sich getäuscht. Noch nie zuvor war er so nahe dran gewesen, die Kontrolle zu verlieren.

»Du kannst doch sehen.« Seine Stimme war so heiser, dass sein Hals wehtat. Er erkannte sie selbst nicht mehr wieder.

»Nicht so viel, wie ich sehen will.«

Er ließ ihre Hände los und sie richtete sich auf, hielt sich so fest an seiner Schulter, dass sich ihre Fingernägel in sein Fleisch gruben. Sie war wohl auf Blut aus. Wollte ihn kennzeichnen, ihn zu ihrem Eigentum machen. Seinetwegen konnte sie gerne Narben hinterlassen. Er würde sie mit Stolz tragen, als ewige Erinnerung an dieses Erlebnis.

Sie spreizte ihre Beine noch weiter, so weit es in der engen Hose ging. Dann ließ sie ihn los und machte den vorderen Verschluss ihres BHs auf, sodass ihre vollen Brüste vor ihm lagen und ihn in Versuchung führten. Das war bestimmt ihre Absicht gewesen. Das hier war ein Spiel, wer wen schneller in den Wahnsinn treiben konnte. Und es war das geilste Spiel, das er je gespielt hatte.

»Ich habe dir doch gesagt, dass ich hier das Kommando habe. Das ist der einzige Grund, warum ich deine Hände losgelassen habe.«

»Ich habe dich gebeten, meine Hände loszulassen, weil ...«

Er brachte sie zum Schweigen, indem er eine bloße Brustspitze in den Mund nahm und daran saugte.

Sie bäumte sich ihm entgegen und fuhr dann mit der Hand

liebkosend über ihre eigenen Brüste. »Du hast nicht schnell genug machst.«

Nicht schnell genug? Er hatte sich Sorgen gemacht, dass er zu schnell war. Seine Gedanken überschlugen sich. Verdammt, wenn er während dieses Einsatzes ums Leben kam, dann war das ihre Schuld, denn sie brachte ihn schier um.

Er hob ihren Hintern hoch, zog schnell die Hose und das klitzekleine Höschen runter und warf sie beiseite. Jetzt lag sie völlig nackt vor ihm und ein Lächeln breitete sich auf ihrem Gesicht aus. Sie wollte ihn. Vertraute ihm. Und das war gar nichts Selbstverständliches nach den Tagen, die sie gerade hinter sich hatte.

Sein Finger rieben wieder über die feuchte, ach so empfindliche Stelle. Jetzt übte er noch mehr Druck aus, bis ihr Kitzler richtig geschwollen war. Er konnte ihre Erregung in der Luft spüren. Ihm lief das Wasser im Mund zusammen.

»Besorg's mir richtig, Colby.«

»Schätzchen, wir haben doch erst angefangen.«

»Ich kann nicht mehr. Bitte lass mich kommen.«

»Das wirst du.« Es war ein Versprechen, das er mehr als einmal einhalten würde.

»Bitte.«

Er gab ihr zu verstehen still zu sein.

Mia packte ihn wieder an der Schulter. »Zwing mich nicht dazu, zu betteln.«

Er rollte sich auf sie und küsste sie zwischen den Beinen. Sie schmeckte wundervoll. Süß und unvergesslich. Sie hörte auf ihn anzuflehen und fing an zu keuchen.

»Du wirst so intensiv kommen, dass du vergessen wirst, was du für Höllenqualen erleiden musstest.« *Ich würde alles tun, um sie vergessen zu machen, was die Männer ihr angetan haben.*

»Versprich es mir.«

»Versprochen.«

Er spreizte ihre Beine noch weiter und brachte seine Zunge zum Einsatz. Ihre Feuchtigkeit benetzte sein Kinn. Mia kam ihm entgegen, rief laut seinen Namen. Oh ja, sollte sie ihn schreien, bis sie heiser wurde. Er liebte es, wie sich sein Name aus ihrem Mund anhörte.

Ihre Finger gruben sich in das Bettlaken, doch die andere Hand wanderte über ihren Bauch, zwischen ihre Beine, bis ihre Finger seine Zunge berührten. Sofort lief ihm ein wohliger Schauer über den Rücken. Sie hielt inne, genoss seine Küsse und rieb dann selber dort, wo er leckte. Sie schrie lauter, spreizte ihre Beine noch weiter und bäumte sich auf.

Er unterbrach sein Zungenspiel, um ihr zuzuschauen. Sie war nicht schüchtern und er dankte Gott dafür, denn das hier machte ihn noch heißer. Doch jetzt wollte er wieder Anteil haben an ihrer Lust, also beugte er sich wieder runter und Zunge und Finger machten sich wieder gemeinsam an die Arbeit.

»Mehr.«

Alles klar. Er würde sich von ihr Befehle erteilen lassen. Er ließ zwei Finger in sie hineingleiten. Was für eine schöne, enge Muschi. Heiß und feucht. Er würde sofort explodieren, wenn er in sie eindrang. Sie hatte etwas Besseres verdient als ein Acht-Sekunden-Rodeo – länger würde er es wahrscheinlich nicht aushalten. In Gedanken versuchte er sein Gewehr auseinanderzunehmen und zu säubern. Das funktionierte nicht. Dann versuchte er das Nato-Buchstabieralphabet vor sich her zu sagen. Rückwärts. Zulu. Yankee, X-Ray. Das half auch nicht.

»Colby«, brachte sie mühsam hervor. »Hör nicht auf. Härter. Ich brauche mehr.«

Härter. Er konnte es ihr härter besorgen. Er konnte alles machen, was sie ihm sagte. Er hielt ihren Hintern fest und presste ihre heiße Mitte gegen seinen Mund. Sie versuchte sich zu bewegen, aber es nützte nichts.

Schließlich hielt er es nicht mehr aus und knurrte wild, sein Mund immer noch auf ihre süße, feuchte Muschi gepresst. Die Vibrationen gaben ihr den Rest und sie erreichte endlich den Höhepunkt. Sie bäumte sich wie wild auf und ihre Hände vergruben sich in seinem Haar. Seinetwegen konnte sie seine Haare gerne ausreißen, wenn es bedeutete, dass dieser Orgasmus so intensiv wurde, wie er sich anhörte. Sie rief seinen Namen und verfluchte ihn. Er ließ nicht von ihr ab, bis die letzte Welle ihren Körper erschüttert hatte und jegliche Anspannung aus ihr wich.

Er atmete einmal, dann noch einmal tief ein. Dann ließ er sie los. Man konnte sehen, wo er sie festgehalten hatte, so hart hatte er sie gepackt. Aber das war egal, denn ihr zufriedener Gesichtsausdruck belohnte ihn dafür. Und er wollte sie nur noch mehr.

KAPITEL ELF

Die Pause dauerte nicht lange. Mia hob den Kopf vom Kissen und schaute ihn aus Schlafzimmeraugen an. »Ich brauche dich. Jetzt.«

Ja, Ma'am. Das ist mir mehr als recht.

Sie fuhr mit den Fingern durch sein Haar. Schön zu wissen, dass noch etwas davon auf seinem Kopf war und sie nicht alles ausgerissen hatte. Sie zupfte an seinem T-Shirt. »Zieh das aus.«

Erst in diesem Augenblick fiel ihm auf, dass er noch seine Waffe trug. Scheiße, er war ja wirklich ein Gentleman. Er stand auf und zog die Glock aus dem Halfter. Das glatte Metall fühlte sich kalt in seiner Hand an, ein starker Kontrast zu ihrem glühend heißen Körper.

Mit einer Hand betätigte er den Hebel, ließ das Magazin herausgleiten und entlud so die Waffe in einer geschickten Bewegung. Das Magazin fiel auf den Boden. Dann zog er den Schlitten nach hinten, um die Patrone im Lauf zu entfernen. Anschließend legte er seine Glock auf den Nachttisch.

»Du Angeber«, lachte sie und sah beeindruckt aus.

»Das hat dir gefallen«, sagte er und konnte die Aufregung in seiner Stimme kaum verbergen. Er wollte sie beeindrucken. Er wollte, dass sie etwas anderes in ihm sah als einen Muskelprotz, auch wenn das hier nur ein billiger Trick gewesen war.

Die Waffe, die er in einem Halfter am Knöchel trug, war immer noch geladen. Auf keinen Fall würde er zulassen, dass sie ganz ungeschützt waren. Ihre Finger machten sich an seiner Gürtelschnalle zu schaffen. Sein hartes Glied wollte unbedingt befreit und von ihr berührt werden.

»Beschweren kann ich mich nicht.« Sie fuhr mit den Händen in seine Hose, führte sie herum zu seinem Hintern und sorgte so dafür, dass seine Hose runterrutschte. Er zog sie ganz aus, entfernte das andere Halfter, legte die Waffe und sein Messer auf den Nachttisch und zeigte ihr dann, was er vorzuweisen hatte.

Sein Ständer, jetzt aus seinem Gefängnis befreit, streckte sich ihr entgegen und sie zögerte nicht. Mia nahm ihn in die Hand. Er zog ein Kondom aus seiner Hosentasche. Sie streichelte ihn, fuhr mit dem Daumen über die empfindliche Spitze und nahm ihm dann das Kondom ab. Sie riss die Packung auf und ließ es über seinen Schwanz gleiten. Sie steckte wirklich voller Überraschungen.

»Komm her«, flüsterte er heiser in ihr Ohr und hoffte, dass sie ihn nicht betteln lassen würde.

Sie legten sich in die Mitte des Bettes und er beugte sich über sie. Hatte es je ein hübscheres Gesicht gegeben, das ihn aus dieser Position angeschaut hatte? Ihre Unterlippe zitterte. Ihre Wangen hatten sich rosa gefärbt. Sie war der Wahnsinn.

Vorsichtig führte er seinen Schwanz an ihren engen Eingang. Ganz langsam glitt er in sie hinein und sie öffnete sich ihm. Großer Gott. Diese kleine Hexe würde ihm seine Seele stehlen, wenn er nicht aufpasste. Als er in sie eindrang, zog sie ihn zu sich heran. Sie hielt es nicht mehr aus. Und er konnte nicht mehr länger warten. Er nahm ihre Einladung an und glitt in sie hinein. Fast hätte er die Kontrolle verloren, als er zum ersten Mal zustieß.

Tiefer, dann noch tiefer. Das war immer noch nicht genug. Seine ganze Männlichkeit in ihrer engen Umarmung. War das richtig, dass sich das so verboten gut anfühlte? War es richtig, dass sie ihn so tief in sich aufnahm? Ihre Muskeln zogen sich zusammen und sie drückte ihm einen Kuss auf den Mund, nahm seine Unterlippe zwischen ihre Lippen und saugte daran.

Schweiß lief zwischen seinen Schulterblättern entlang. Feuchtigkeit war überall, von ihren Küssen hin zur glühenden Hitze ihrer Vereinigung. Sie schlang ihre Beine um seine Taille. Ihr ganzer Körper klammerte sich an ihm fest, angetrieben von einem wilden Hunger.

Er stieß noch härter zu. Fast zu hart. Das Geräusch ihrer zusammenstoßenden Körper dröhnte in seinen Ohren. Sie entzog sich ihm nicht. Nein, sie schien es genauso zu brauchen wie er und ihre Hüften kamen ihm mit voller Wucht entgegen, flehten ihn an, genau so weiterzumachen.

Die Lichter brannten. Die Frau war wild. Sie waren völlig außer

Kontrolle und hatten beide denselben Rhythmus. Sie war wie eine süße Droge. Er wollte mehr und rang gleichzeitig mit sich selbst, konnte aber keine Zurückhaltung üben. Schließlich gab er sich dieser hemmungslosen Lust einfach hin.

»Colby, bitte«, bettelte sie. Ihre Muskeln zogen sich um seinen Schwanz zusammen. »Mach, dass ich noch mal komme. Jetzt.«

Mehr brauchte er nicht, um jegliche Zurückhaltung über Bord zu werfen. Er hob ihren Hintern an, spreizte die Finger und hatte sie genau an der richtigen Stelle, um ihr zum Höhepunkt zu verhelfen. Er musste kommen, aber nicht, bevor er ihr hübsches Gesicht wieder im Zustand der absoluten Ekstase gesehen hatte. Er würde sie zum Orgasmus bringen, und wenn es ihn umbrachte.

Ein tiefes Knurren stieg aus seiner Kehle auf. Es war der verzweifelte Appell eines Mannes, der kurz vorm Explodieren stand. Sie legte den Kopf in den Nacken und schrie heiser auf. Ihre Muschi wurde enger und er konnte die Erschütterungen spüren, die sie in Wellen durchfuhren. Sie rief seinen Namen und es kam so tief aus ihrer Seele, wie er noch nie zuvor gehört hatte. Immer noch kam sie seinen Stößen entgegen und ihre Arme hatte sie eng um seinen Hals geschlungen.

Er kam direkt nach ihr. Jeder Muskel in seinem Körper spannte sich an. Ein letzter Stoß, dann brach er auf ihr zusammen. Er stützte sich schnell auf seine Arme, bevor er sie zerdrückte. Ihre schweißbenetzten Wangen aneinandergepresst, schnappten sie beide nach Luft.

Seine Lungen brannten. Seine Brust und seine Schultern gingen immer noch auf und ab. Er war atemlos, aber so zufrieden wie noch nie. Feuchte Haarsträhnen klebten an ihrer Stirn. An seiner Stirn. Er konnte ihre Wimpern an seiner Schläfe spüren. Seit heute Abend gab es einen neuen Maßstab für unglaublichen Sex. Besser als unglaublichen Sex. Und er konnte an nichts anderes denken als an sie.

Sie gehört mir.

Sein Besitzanspruch loderte wie Flammen auf, reckte die Fäuste gen Himmel und rief laut in die Nacht hinein: Sie war sein.

Minuten vergingen, ohne dass sie sich bewegten. Ganz langsam wurde ihrer beider Atem wieder ruhiger. Und noch langsamer löste sie sich von ihm, entspannte einen Finger nach dem anderen und ließ ihre Beine sinken.

Sie sagte kein einziges Wort. Gott sei Dank, denn er hatte keine Ahnung, was gerade passiert war.

KAPITEL ZWÖLF

Sie lag ganz still in Colbys starken Armen. Mia *war* einfach. Sie dachte nichts. Sie sorgte sich um nichts. Sie hatte gar keine Gedanken. Allein ihren entspannten Körper, der auf den zerwühlten Laken lag, konnte sie fühlen. Sie war matt und zufrieden. Es kribbelte in ihren Fingerspitzen. Das Blut dröhnte nicht mehr so in ihren Ohren. Aber der Nachgeschmack seines Kusses, die pulsierende Energie, konnte sie immer noch auf ihren Lippen schmecken.

Dieses unglaubliche Erlebnis würde ihr für immer in Erinnerung bleiben. Colbys Berührungen hallten in ihrem ganzen Körper und in ihrem Kopf nach.

Es fühlte sich an wie eine Nacht, in der sie neues Terrain beschritt. Das erste Mal, dass ein Mann sich über sie beugte, sein Bauch feucht von seinem und ihrem Schweiß. Nein, es war nicht das erste Mal. Das erste Mal, dass ein Mann sie dazu gebracht hatte, laut seinen Namen zu rufen. Das war *wirklich* zum ersten Mal passiert. Sie hatte die Kontrolle verloren und ihn angebettelt. Sie hatte vor lauter ungezügelter Leidenschaft seinen Namen gerufen, ohne darüber nachzudenken. *Ja, definitiv neues Terrain.*

Diese Nacht war anders. Mit wilder Kraft hatte er sie an den Rand des Abgrunds getrieben, dorthin, wo Vernunft und Verstand nicht mehr zählten, und gemeinsam waren sie gefallen. Sie zitterte als sie sich an sein schmerzverzerrtes Gesicht erinnerte, wie er die Zähne zusammengebissen und alle Muskeln in seinem Körper angespannt hatte. Er hatte sich für sie zurückgehalten.

Er sah aus wie ein herkulischer Krieger, mit Narben übersät. Der attraktivste Mann, der je ein Auge auf sie geworfen hatte, lag nun *auf ihr.* Und wenn er weiter in dieser Position verharrte, dann bräuchte Colby sie nur darum zu bitten, die bösen Kerle abzuknallen – ohne zu zögern würde sie abdrücken.

Seine Bartstoppeln rieben über ihr Kinn und er legte seine Stirn an ihre. Die Luft war so stickig, dass sie kaum atmen konnte. Sie seufzte.

Das hier fühlt sich viel zu sehr an wie ... mehr, als es war.

Und sie wollte nicht *mehr.* Diese Nacht konnte sie so genießen, sich voll und ganz ihren Fantasien hingeben. Aber es war unrealistisch, dass es mit ihm zu *mehr* führen würde. Mehr würde sie wahrscheinlich umbringen.

Es war gefährlich, viel gefährlicher als Schießereien und geheime Listen. Männer wie er brauchten das, um Druck abzulassen, brauchten Sex mit einer Frau, die sich an sie klammerte und ihren Namen schrie. Es schmeichelte ihrem Ego und bestätigte sie in dem, was sie taten.

»Geht es dir gut, Mia?« Seine Stimme war ganz tief und heiser.

Und dann fragte er sie noch, wie sie sich fühlte? Das war einfach zu viel für sie. Sie nickte und versuchte zu verdrängen, wie ernst er sich anhörte und wie sich ihr Herz zusammenzog.

Die Luft im Zimmer war warm und roch nach Sex. Wie der kräftige Mann, der sie in den Armen hielt. Sie würde das hier genießen, aber es würde schneller vorbei sein, als ihr lieb war.

Ihr Atem und das Summen der Klimaanlage waren die einzigen Geräusche im Zimmer. Es war fast wie ein weißes Rauschen, eine stille Anspannung. Die Ruhe nach dem Sturm. Nein, die Ruhe nach dem Orkan.

Colby hob den Kopf und ihre Blicke begegneten sich. Die brennende Glut, die sie in seinen Augen sehen konnte, entfachte wieder ein Feuer in ihr. Sie erzitterte und bekam eine Gänsehaut. Er beugte sich vor, um sie zu küssen. Hungrig und leidenschaftlich. Seine forschende Zunge ließ sie hoffen, dass er für eine zweite Runde bereit war.

»Gut. Mir auch.« Er löste sich von ihr, schmiegte sich aber an ihre Seite. Er hatte einen Arm um ihre Taille gelegt, sodass ihre Körper immer noch verbunden waren. Sein Finger kreiste um ihren Bauchnabel, tauchte immer wieder in die kleine Vertiefung ein.

Er sah wie eine gewaltige Bergkette aus, wie er so neben ihr lag, und sie kam nicht umhin, seine breiten Schultern und die einzelnen Muskelstränge zu bewundern, die so deutlich hervortraten. Er war kompakt und kräftig, sogar wenn er entspannt war. Der ultimative Krieger. Sie geriet schon wieder ins Schwärmen.

Colby rollte sich vom Bett. Auf einmal war ihr ganz kalt und sie begann zu frösteln. Er ging in Richtung Badezimmer, wobei er seine Arme über den Kopf hob, um sich zu strecken. Jeder einzelne Muskel, vom Nacken bis zum Hintern, spannte sich an. Erst als ihre Lungen brannten, merkte sie, dass sie vergessen hatte zu atmen.

Er hatte einen Körper, den sich Actionhelden nur wünschen konnten. Er lehnte sich über das Waschbecken, drehte den Wasserhahn auf und spritzte sich Wasser ins Gesicht. Er ließ das Wasser laufen. Dampf stieg auf und rahmte sein Profil ein. Im flimmernden Badezimmerlicht konnte sie beobachte, wie er die Arme auf das Waschbecken stützte und den Kopf hängen ließ.

Oh, oh. Das war keine sehr positive Haltung.

Es sah ganz danach aus, als ob er bereute, was sie gerade getan hatten. Und sie würde mit seinen Gewissensbissen bestimmt nicht gut umgehen können. Seine unterkühlte Seite hatte sie auch schon kennengelernt. Damals hatte sie auch nicht erwartet, dass er sich ihr gegenüber auf einmal so distanziert benehmen würde. Auch jetzt hatte sie es nicht kommen sehen. Wie hieß es doch noch gleich? *Wenn du mir was vormachst, dann solltest du dich schämen. Wenn du mir ein zweites Mal etwas vormachst, dann sollte ich mich schämen.*

Sie starrte wieder die Decke an. Vielleicht war er sich gerade der Tatsache bewusst geworden, dass er sie bis Virginia noch an der Backe hatte. Der One-Night-Stand, den er nicht loswerden konnte. *Ups. Pech gehabt, Rambo.*

»Wieso bist du mit mir hier, Mia?« Sein Kopf hing immer noch über dem laufenden Wasser.

Sie hatte es kommen sehen und nun war es so weit. Er würde sie wegstoßen. Seine Reue sprudelte immer mehr an die Oberfläche, wie bei einer heißen Quelle. Es war das reinste Klischee. Sie presste die Lippen zusammen, um nicht laut aufzulachen.

»Mach dir wegen mir keine Gedanken. Ich bin keine von der anhänglichen Sorte.« Auf so ein Verhör nach dem Sex konnte sie sehr gut verzichten, deshalb kam sie lieber gleich zur Sache.

»Himmel, Mia, so habe ich das doch gar nicht gemeint.« Er drehte ihr den Kopf zu und musterte sie. War das Wut oder Verärgerung, die sie da in seinen Augen sah?

»Na dann. Und was hast du damit gemeint, Colby?« Sarkasmus half ihr im Moment nicht viel weiter, aber trotzdem schüttelte sie unwirsch den Kopf. »Die Frage. Der Zeitpunkt. Das war doch ganz klar. Es gibt keinen Grund für dich, jetzt zurückzurudern.«

»Ich meinte damit, wieso hast du noch nicht die Polizei angerufen? Wieso hast du dich auf all das eingelassen, was bisher passiert ist? Meine Frage, warum du hier bist, sollte kein Verhör sein. Du hast es nur so interpretiert.«

Sollte er doch so tun, als ob; sie wusste, er hatte einen Rückzieher gemacht. Er kannte die Antwort schließlich. Es gab einen Grund, warum er sich so sicher war, dass sie mit ihm mitgehen würde, ob er sie dazu nötigte oder nicht.

»Das habe ich dir doch schon gesagt. Es war der letzte Wunsch meines Klienten.«

»Erzähl mir keinen Scheiß. Das ist doch kein Grund, und das weißt du auch.«

»Na gut. Ein paar Leute wollen mich umbringen. Vorhin sind mir die Kugeln um die Ohren geflogen. Ich will nicht wieder in einen Kofferraum gesteckt werden. Ist das ein Grund?«

»Nein.« Er sah sie prüfend an. Es war höchste Zeit, dass er sie damit in Ruhe ließ. Den schönen Moment danach hatte er schon ruiniert.

»Was willst du von mir hören?« Sie rollte mit den Augen. Wieso drängte er sie so? »Du kannst mich besser beschützen als die Polizei und außerdem muss ich so niemandem erklären, wie ich an Geheimdokumente gekommen bin.« *Außerdem bin ich zu abgelenkt und muss immer nur an deinen nackten Körper denken.* »Ist das akzeptabel für dich?«

Jetzt war es mit dem Nachglühen gänzlich vorbei und sie gab dem unbekleideten Ermittler die Schuld, der sie vom Badezimmer aus vernahm.

Oh ja, sie wusste Bescheid. Ihr langes Psychologiestudium hatte sie aufgeklärt. Aber eigentlich hätte man sich das Geld für das Studium auch sparen können. Schon seit der Grundschule hatte sie gewusst, dass Eltern ihre Kinder vermurksten und sich ein schlechtes Zuhause negativ auf die emotionale Entwicklung auswirkte.

Sie wusste, die Mauern, die sie um sich herum aufbaute, waren ein Zugeständnis, eine Notlösung, weil es keinen Zaubertrick gab, der sie heilen konnte. Aber das war okay. Sie war immer gut mit dem Schutzwall um ihr verletzliches Inneres zurechtgekommen.

Zumindest war das so gewesen, bevor Colby sich durch all ihre Barrieren geküsst hatte. Sie musste sie wieder aufbauen. Und zwar schnell.

»Ich bin realistisch. Pragmatisch. Du bist ein Mann, der auf One-Night-Stands steht. Das ist offensichtlich. Und ich habe mich einfach mitreißen lassen.«

»Du liegst völlig falsch und es ist dir noch nicht mal bewusst. Es ist ganz einfach: Du bist diejenige, die andere täuscht.« Er ließ den Kopf wieder sinken und schaute ins Waschbecken. »Du gibst eine Richtung an. Schlägst dann aber die andere ein. Du sagst etwas, aber ich kann deutlich sehen, wie es hinter deiner Stirn rattert. Du sagst nicht das, was du denkst. Schätzchen, ich kenne mich mit Täuschung verdammt gut aus. Aber meinetwegen, wenn du gerne solche Spiele spielen willst.«

»Ich werde deine Anschuldigungen nicht mit einer Antwort würdigen.«

»Ich hab ja nicht gesagt, dass es etwas Schlimmes ist.« Sein schiefes Lächeln ließ es bei ihr im Bauch kribbeln. Der Mann triefte nur so vor Testosteron. Sie wurde von Pheromonen geradezu überschwemmt. Mia wurde rot, als sie sich an den vorherigen Showdown im Bett erinnerte. Es kribbelte ihr in den Fingern, seinen muskulösen Rücken zu streicheln. *Anscheinend lasse ich mich immer noch mitreißen.*

»Ich habe es in deinen Augen gesehen. Du hast gefühlt wie ich. Du wolltest dasselbe wie ich. Du weißt es nur nicht.« Er brach ab und sah sie von oben bis unten an. »Doch. Du weißt, was du willst, nicht wahr? Ich bewundere das. Es ist verdammt sexy.«

Nee, nee, nee. Sie würde ihm nicht die Genugtuung geben, sie auch noch richtig einzuschätzen. Ihr Magen krampfte sich zusammen und sie presste die Lippen zusammen. Aber zugeben würde sie nichts.

Sie begegnete seinem Blick. Es war alles viel zu einfach gewesen. Er hatte sie nicht verurteilt, hatte einfach nur gehandelt. Sie hatte ihm von dem Augenblick an vertraut, in dem er sie in das Zimmer getragen hatte. Und in dem Moment, in dem er sich über das Waschbecken gebeugt hatte, war es mit dem Vertrauen vorbei gewesen. Auf einmal war alles vorbei.

Außer, Moment mal. Hatte er gerade gesagt, er fand sie sexy? Egal. Sie musste ihn ignorieren. Den Spieß umdrehen. Irgendwie. Denn er machte immer noch keine Anstalten, seine Kleider anzuziehen. Und nackt war er gefährlich. O Gott, war er gefährlich.

»Wer analysiert hier jetzt wen?« Wieso hörte sie sich so an? Ach so, weil ihr Körper sie mal wieder verriet. Sie musste unbedingt aufhören, so auf ihn zu reagieren.

»Gibst du auch mal eine ehrliche Antwort?« Er lachte ins Handtuch, während er sich das Gesicht abtrocknete, und warf ihr dann einen bohrenden Blick zu. »Wenn es um dich geht, *um Mia*, nicht deine Arbeit oder deine Klienten, gibst du dann jemals ehrlich zu, was du willst?«

Das hatte sie, vorhin, im Bett. Da war sie so ehrlich gewesen, wie sie sein konnte. So ehrlich, wie sie je gewesen war. Aber sie behielt dieses kleine Geheimnis für sich und drehte sich auf den Rücken. Es gab keine Zweifel, dass sie etwas gefühlt hatte. Aber das hatte nichts zu bedeuten. Adrenalin. Endorphine. Hormone. Die waren daran schuld, dass sie so erregt gewesen war. *Die* täuschten, nicht sie.

Natürlich konnte sie das alles analysieren ... ihrer beider Verhalten, die Blicke, die sie austauschten, und diese starken Gefühle, die sie kaum unterdrücken konnte, aber das wollte sie nicht.

Er machte die Dusche an und sie erwartete, dass er jeden Moment die Tür schließen würde. Sie hatte es verdient, dass er die Tür zuknallte. Sie hatte sich wie eine Zicke verhalten. Und es gab eigentlich keinen Grund dafür, außer, dass sie sich selber schützen wollte.

Duschen wäre jetzt toll. Verdammt, in diesem Augenblick würde sich heißes Wasser auf ihrer Haut einfach himmlisch anfühlen. Verbitterung und Verwirrung würden einfach davonschwimmen. Aber jetzt musste sie erst mal abwarten, bis so viel Kraft in ihre Beine zurückgekehrt war, dass sie aufstehen konnte.

Mia hielt ein Bein über die Bettkante, um es auszuprobieren. Es war völlig schlaff. Kraftlos. *Ja, das könnte noch etwas dauern.*

Seine Hand legte sich um ihren Knöchel. Sie wollte das Bein zurückziehen, aber er war schneller. Er hatte sich ganz leise herangeschlichen. Das Überraschungsmoment war so perfekt, dass sie noch nicht einmal Zeit hatte, sich zu erschrecken. Colby zog sie an die Bettkante und ließ ihre Füße auf den Boden fallen. Seine Augen leuchteten. Sie konnte deutlich die Lust in den dunklen Pupillen sehen. Das hatte sie nicht erwartet. Auch nicht, dass er schon wieder hart war.

»Du bekommst wohl nicht genug von mir, was?« Schon wieder Zicke. Sie sollte sich wohl besser den Mund zukleben, denn ihr Verstand hatte es anscheinend aufgegeben, sich rechtzeitig einzuschalten.

»Mann, Mia. Was soll dieser massive Schutzwall? Daran könntest du noch arbeiten.«

»Und das von einem knallharten Typen, der ein Doppelleben führt.«

»Wenigstens weiß ich, was ich will, und habe keine Angst davor.« Colby hob sie an den Armen hoch, sodass sie in der Luft hing. »Und ich will dich. Noch einmal.«

Sie fühlte sich völlig schwerelos an, so als ob ihre Sorgen sich in Luft aufgelöst hatten, als er sie hochgehoben hatte.

Sein Ständer berührte ihren Bauch und sofort breitete sich Hitze zwischen ihren Beinen aus. Er trug sie ins Badezimmer, ließ sie dort runter und ging unter die dampfend-heiße Dusche.

»Hat es dir die Sprache verschlagen, Miss Mia?« Er legte den Kopf schief und warf ihr einen Blick zu, der noch heißer war als der dampfende Wasserfall hinter ihm. Die dunklen Bartstoppeln. Die dunklen Augen. Die gefährlich aussehende Narbe unter seinem Auge. Das ließ ihn dreifach bedrohlich wirken. Aber davor hatte sie keine Angst. Wasser sprühte um seinen Kopf, aber sie blieb stehen, wo sie war. Er stellte ein Risiko dar. Ein süßes, verlockendes Risiko. Dennoch ein Risiko.

Colby streckte seine Hand nach ihr aus. Sie war so rau und schwielig und sie wusste schon, wie gut sie sich auf ihrer Haut anfühlen würde.

»Komm her. Ich brauche dich hier bei mir.« Seine Stimme war wie eine beruhigende Umarmung für ihre Ängste.

Wenn sie sich sarkastisch und distanziert gab, dann war Colby ehrlich und nachdenklich. Das waren keine Eigenschaften, die sie mit ihm in Verbindung gebracht hätte, aber sie ergaben Sinn. Sie war dabei, einen emotionalen Kampf zu verlieren, von dem sie sich gar nicht bewusst gewesen war, dass sie sich auf ihn eingelassen hatte. Ohne ihn noch mal infrage zu stellen, stieg sie zu ihm in die Dusche und ließ sich von ihm in die Arme nehmen.

»Das ist mein Mädchen. Du bist so eine Schönheit.« Er strich ihr das Haar aus dem Gesicht, hinter die Ohren.

Das Wasser war heiß. Die Temperatur war gerade so eben erträglich und sie schmiegte sich an seine breite Brust, um den brennenden Tropfen zu entkommen. Er strich ihr über den Rücken, bis seine Hände schließlich auf ihrem Hintern ruhten. Sie kam noch näher, bis ihre Lippen seine Brust berührten. Mit einer schnellen Bewegung drehte er sie beide um, sodass sie nicht mehr unter dem siedend heißen Wasserfall stand, sondern mit dem Rücken gegen die kalten, nassen Fliesen gepresst wurde.

Der Mann hatte es zu seiner persönlichen Mission gemacht, sie zu verführen, und es schien ihm zu gelingen. Jede Faser in ihrem Körper schrie nach ihm. Ein unbändiger Hunger benebelte ihren Verstand. Ihre Brustspitzen waren so hart, dass sie wehtaten, und sie presste sie in sein Brusthaar. Sie lehnte sich an ihm, um seine harten Muskeln und seine Männlichkeit an ihrer empfindlichen Haut zu spüren. Sie war immer noch etwas wund von vorhin, aber das änderte nichts daran, dass die Muskeln und Nervenenden in ihren intimsten Körperstellen schon wieder vibrierten.

Sie spürte seinen Atem an ihrem Ohr. Das Wasser wusch seinen Schweiß weg und sie konnte das Salz auf ihren Lippen schmecken. Seine starken Arme legten sich um sie und hielten sie. Er roch nach ihren Orgasmen.

»Gott, ich kann einfach nicht genug bekommen von dir«, sagte er, den Mund an ihren Hals gepresst. Ein wohliger Schauer lief ihr den Rücken runter.

Sie streichelte seine Wangen, konnte die Bartstoppeln rau gegen ihre Handflächen spüren. Sie wollte seine Brust und seinen Bauch erkunden, aber er war so eng an sie geschmiegt, dass das nicht ging. Stattdessen genoss sie, wie sein hartes Glied sich gegen sie presste. Sie musste das spüren. Ihn spüren. An ihr. In ihr. Auf jede erdenkliche Art und Weise.

Das Wasser lief über seinen Hinterkopf und tropfte auf sie herunter. Sein Haar duftete dezent nach Sandelholz. Heißer Dampf und Ekstase füllten die Duschkabine und die Schwaden hüllten sie ein. Alles, was sie sehen, fühlen und riechen konnte, war Colby Winters. Und sie verlor sich völlig darin wie in einem Delirium.

»Glaub mir. Es ist einfach nur der Stress. Warum du mich so sehr begehrst ...« Er biss ihr in den Nacken und Mia konnte den Gedanken kaum zu Ende bringen. »Es ist das Adrenalin. Ist das nicht, wie du dich gewöhnlich entspannst, nachdem du ... deine Arbeit erledigt hast?«

Seine Zunge vollführte irgendwelche akrobatischen Kunststücke an ihrem Hals. Sie versuchte, es zu ignorieren, doch das gelang ihr nicht.

Er hörte auf sie zu küssen und sagte: »Gerade hast du dich entspannt, da geht das schon wieder los. Ich habe dir doch schon gesagt, dass ich mich nicht stressen lasse.« Colbys Griff um ihren Hintern wurde fester und er begann, ihn zu massieren. »Aber du musst mich ja weiterhin analysieren. Willst unbedingt herausfinden, wie es in mir aussieht, was? Dann mach das. Errichte Schutzmauern um dich. Übe dich in kühlen Blicken. Ich werde alles wieder einreißen.«

Ihren immer schneller werdenden Atem vor ihm zu verbergen wurde ein Ding der Unmöglichkeit. Sie keuchte, die Stirn gegen seine Brust gepresst. »Aber so entspannst du dich. Oder? Ich versuche mein Bestes, mich nicht im Augenblick zu verlieren.« Sie sprach so leise, dass sie sich nicht sicher war, ob er sie gehört hatte.

»Nein, Schätzchen, so ...«, er schob einen Finger zwischen ihre Beine, » ... entspanne ich mich gewöhnlich nicht. Und ich würde etwas Fundamentales falsch machen, wenn du dich nicht im Augenblick verlierst. Wenn du gerade an etwas anderes denkst als an uns, habe ich noch einiges an Arbeit vor mir.«

»Ich denke ja an uns.« Sie versuchte, einen Seufzer zu unterdrücken, aber seine Finger ließen sie nicht in Ruhe. Er machte alles richtig. Colby wusste genau, wo er sie zu berühren hatte, was er zu tun hatte, damit sie sich nach ihm verzehrte.

»Aber nicht auf die richtige Weise. Du benutzt deinen Verstand dafür. Und das heißt, dass du nicht richtig loslässt. Lass dich gehen. Gib dich mir ganz hin, so wie vorhin. Komm für mich.« Seine Finger bewegten sich schneller, glühend heiß in ihr. »Aber nein, Mia. Ich mache das gewöhnlich nicht nach meinen Einsätzen. Ich gehe nicht mit Frauen unter die Dusche und frage sie, wie sie sich fühlen. Auch für mich ist das ein Blindflug, Süße. Ich habe keine Ahnung, was ich mache, aber ich mache es für dich.«

O Scheiße. Das hatte sie nicht erwartet. Das hatte sie ganz und gar nicht erwartet.

Sie rang nach Atem. Sie war kurz davor, zu kommen. »Du weißt, was du tust.«

»Ich rede nicht davon, es dir zu besorgen. Aber ich genieße jede Sekunde davon.«

»Ah, du hörst dich so an, als ob du mich für etwas Besonderes hältst.«

»Dich zum Stöhnen zu bringen ist etwas Besonderes. Es gefällt mir.« Er ließ seine Finger in ihre pochende Mitte gleiten. Ihre Muskeln zogen sich zusammen, sie öffnete den Mund und fing wie auf Knopfdruck an zu stöhnen. »Na los. Du hast dich vorhin auch im Augenblick verloren. Was ist jetzt anders?«

Es war nötig, dass es hier nur um Adrenalin ging. Nicht um Gefühle. Nicht um Emotionen. *Ach, wem will ich etwas vormachen. Das hier ist perfekt, egal, aus welchem Grund.*

Mia hob einen Fuß und ließ ihn über seinen harten Wadenmuskel gleiten. Sie stellte sich etwas breiter hin, damit er besseren Zugang hatte. Sie rollte den Kopf, bis ihre Wange an die kalte Fliese gepresst war. Grundgütiger, seine Finger mussten verhext sein.

Sie wollte seine Frage gerne beantworten und sich rechtfertigen. Sie wollte sagen, dass einmal zusammen ins Bett zu gehen ein unkompliziertes Vergnügen war. Sich ein zweites Mal in seinen Armen zu vergessen war zu viel für sie. Aber statt einer Antwort brachte sie nur ein kehliges Knurren hervor. Ihre Unfähigkeit, Worte zu formen, machte sie verlegen.

»Das war wundervoll.« Er zog einen Finger raus und ließ zwei wieder hineingleiten. Rein und raus, immer und immer wieder. Mit dem Daumen massierte er ihre Klitoris. »Stöhne noch einmal, nur für mich.«

Er war wirklich dabei, ihre unsichtbaren Mauern herunter zu reißen, bis in ihr Innerstes vorzudringen.

»Ich kann nicht«, ächzte sie.

»Lügnerin. Ich habe dich doch vorhin auch zum Schreien gebracht. Das will ich noch einmal hören.«

»Bitte tu mir das nicht an. Bitte.«

»Wieso nicht, mein Schatz?«

»Weil du mir wehtun wirst.«

Mist. Es war ihr entschlüpft, bevor sie es verhindern konnte. Seine Hand hielt für einen kurzen Augenblick inne. *Nein, nein.* Deshalb wehrte sie sich so gegen ihn. Sie gab mehr von sich preis, als sie sollte. Mehr als sie überhaupt wusste, dass es möglich war.

»Ich werde dich nicht verletzten, Mia.«

»Natürlich wirst du das. Nicht absichtlich, aber es wird trotzdem wehtun.«

»Vertraust du mir nicht?«

»Doch, das tue ich.«

»Dann entspann dich und lass los.«

Sein Daumen bewegte sich flink über ihren geschwollenen Venushügel. Sie konnte sich gerade so zurückhalten, sich an ihm zu reiben. Der ständige Druck auf die empfindliche Stelle, die vom letzten Mal noch wehtat, gab ihr fast den Rest. Alle Nervenenden waren bis aufs Äußerste gereizt. Alle ihre Sinne waren geschärft. Auch ihr Verstand.

Mit jedem Atemzug Dampf wurde ihre Begierde stärker. Mia konnte sich nicht daran erinnern, wann er seinen Arm um ihre Taille gelegt hatte, um sie zu halten. Ihre Beine waren gespreizt, ihr Hintern war auf seinem Arm abgestützt. Sie lehnte sich zurück, gegen die Fliesen. Sie Ihre Muskeln verkrampften sich um seine Finger.

Colby stieß seine Finger tief in sie hinein. Dabei presste sich seine Handfläche gegen ihren Kitzler und sie kam heftig. Seiner Kehle entfuhr ein ganz und gar männliches Grunzen, was sie noch höher katapultierte. Es war wie eine Explosion, die vom Kitzler ausging und die sie bis in ihre Finger- und Zehenspitzen fühlte. Hektisch sog sie Dampf und Wasser ein. Immer wieder rief sie seinen Namen. Sie warf sich hin und her, aber er hielt sie fest gegen die kalte Wand gepresst. Ihr Körper zuckte, als die letzte Welle ihres wundervollen Orgasmus sie überrollte.

»Ja, Mia. Das ist mein Mädchen.«

Sein Mädchen. Er hörte sich so besitzergreifend an. Und genau das brauchte sie gerade.

Colby presste seine Lippen auf ihre, musste sie nicht lange nötigen, den Mund für ihn zu öffnen, und drängte seine Zunge gegen ihre. Während sie sich langsam von ihrem Höhepunkt erholte, kreisten Mias Hände um seinen Schwanz und streichelten ihn.

Er hörte auf, sie zu küssen. Ein zerknirschtes Lächeln breitete sich auf seinem Gesicht aus, und sie hatte keine Ahnung warum. »Ich will dich so sehr.«

»Was hält dich zurück?« Sie küsste die Narbe unter seinem Brustbein und fuhr mit der Zunge über seine Schulter.

»Ich habe kein zweites Kondom«, sagte er mit einer Mischung aus Verzweiflung und Frustration, die zu seinem Gesichtsausdruck passte.

Mia verstärkte ihren Griff um seine heftige Erektion. »Das ist nicht ideal, aber gut, dass ich so erfinderisch bin.«

Sie nahm das kleine Stück Seife und seifte sich damit die Hände ein. Fragend hob sie die Augenbraue.

Er nickte bestimmt. »Oh ja.«

Ihre Hände waren bedeckt mit Seifenschaum. Das Stückchen Seife immer noch in der Hand, ließ sie die Hand über sein Glied gleiten und massierte sanft seine Hoden. Ihm entwich ein tiefes, genussvolles Stöhnen. *Das ist was Besonderes.*

Die Seife glitt ihr aus den Händen und fiel auf den Boden, wo sie sich im Ausfluss drehte. Ihre Hände wanderten zu seiner Eichel, die sie mit dem Daumen streichelte.

Colby legte eine starke Hand auf ihre und sie führten die Handbewegungen gemeinsam aus. Seine Bauchmuskeln und die Muskeln in seinen Oberschenkeln verkrampften sich. Die straffe Haut über den Muskeln schimmerte unter dem Wasser. Seine Zehen versuchten sich in den Fliesenboden zu graben. Sein Bizeps spannte sich an, als sie gemeinsam ihre Hände auf und ab bewegten. Seine Finger umschlossen ihre so eng, dass sie befürchtete, es würde ihm wehtun. Aber es schien ihn nur noch mehr zu erregen.

Jetzt war sie dran. »Ich will dich hören.«

Er biss die Zähne zusammen. Das intensive Vergnügen war ihm deutlich vom Gesicht abzulesen. »Es ist ja nicht so, als ob ich bisher keinen Mucks von mir gegeben hätte.«

»Komm für mich.« Der heutige Abend war so befreiend. Er war befreiend. Sie sagte ihm, was sie wollte, und ließ es dann wahr werden. Sollten die Mauern um sie herum doch zusammenbrechen und jegliche Zurückhaltung sich in Luft auflösen. »Jetzt, Colby. Komm für mich.«

Er fluchte leise und sein ganzer Körper krampfte sich zusammen. Sie massierte ihn gegen ihren nassen Bauch, während er kam. Er spritzte ab und sein heißer Samen ergoss sich über sie. Er lehnte die Stirn gegen seinen Unterarm, den er über Mia Kopf an der Wand abgestützt hatte. Sein Brustkorb hob und senkte sich.

»Mia«, keuchte er.

Sie standen einfach so bewegungslos da, bis das Wasser kalt wurde. Colby stellte die Dusche aus und nahm sich ein Handtuch vom Ständer. Er wickelte sie darin ein und streichelte ihren Rücken. Ihre Glieder fühlten sich an wie Wackelpudding. Wenn er sie nicht festgehalten hätte, dann wäre sie auf den Boden gesunken.

Er hielt sie eng an sich gepresst. Vielleicht war er sich dessen bewusst, wie erfüllt sie sich in diesem Augenblick fühlte. Dann nahm er sich selber ein Handtuch und rieb sich schnell damit trocken, ohne sie loszulassen.

Sie hatten sich nicht wirklich gewaschen, aber das heiße Wasser hatte dafür gesorgt, dass sie sich wieder sauber fühlte.

»Du bist unglaublich«, flüsterte sie gegen seine Schulter. »Ich bin noch nie im Leben so gekommen. Ich habe noch nie ... gesagt, was ich will.«

»Aber vorhin im Bett hast du das getan.«

»Das war nur ... in der Hitze des Gefechts. Hier. Jetzt. Das war nicht im Affekt, ich war mir dessen voll bewusst.«

»Du und deine psychologischen Fachbegriffe. Schätzchen, du warst dir dessen voll bewusst, seit wir das erste Mal geküsst haben.« Er strich ihr eine Haarsträhne aus dem Gesicht. »Ich habe noch nie eine Frau so sehr begehrt, wie ich dich begehre.«

Er begehrte sie. So einfach war das.

»Ich bin fix und fertig wegen dir.« Sie lächelte ihn an und lachte sogar kurz. »Ich bin erschöpft. Mehr als erschöpft. Bist du nicht müde?«

In seinen Augen glaubte sie zu erkennen, dass er stolz auf sich war. Sein Lächeln änderte sein sonst so stoisches Erscheinungsbild. »Möchtest du hier bleiben?«

Mia nickte. »Wo sollen wir denn sonst hin?«

»Wir sollten eigentlich weiterfahren, wenn wir nach Hause wollen.«

»Ich will in deinen Armen schlafen.« So etwas zuzugeben nahm ihr schier den Atem. Es war mutig, aber sie fühlte sich wohl damit.

Colby hielt inne und sagte nichts.

Oh nein. Vielleicht hätte sie sich nicht so wohl fühlen sollen.

Mia kniff beschämt die Augen zusammen. Wieso hatte sie ihm gebeichtet, wie es in ihrem Inneren aussah? Das war nicht besonders clever. Nein, es war richtig dumm.

»Komm, Schätzchen.« Er ließ sein Handtuch fallen, sodass er nackt vor ihr stand, und entwendete ihr das Handtuch, in dem sie ihre Finger verkrallt hatte. Sie bekam Gänsehaut. »Die trockenen Laken werden sich viel besser anfühlen als diese dünnen Handtücher. Lass uns unter die Decke schlüpfen und uns aufwärmen.«

Sie nahm die Hand, die er ihr hinhielt, und folgte ihm benommen. Er schlug die Decke zurück, glättete die zerwühlten Laken, arrangierte die Kissen richtig und hob sie dann ins Bett. Bevor sie es zur anderen Seite des Bettes geschafft hatte, hatte er seinen warmen Körper schon an sie gekuschelt. Er zog sie in seine Arme, schob sich noch ein Kissen unter den Kopf und schmiegte sich von hinten an sie.

»Das ist nicht das, was ich von dir erwartet habe.«

»Willkommen im Club.«

»Was soll das heißen?«

»Du hast auch noch nicht eine der Sachen getan, die ich von dir erwartet habe.«

»Oh.« *Oh?* Mehr fiel ihr dazu nicht ein? Aber sie war so erschöpft und er blieb ein Rätsel, das sie nicht lösen konnte.

KAPITEL DREIZEHN

Mia kuschelte sich an ihn und Winters genoss jede Sekunde davon. Er lauschte fasziniert ihren gleichmäßigen Atemzügen, die ab und zu von leisem Schnarchen unterbrochen wurden. Sie war wunderschön und verführerisch, distanziert und eine gequälte Seele. Ihre Ausreden zogen bei ihm nicht. *In der Hitze des Gefechts – das glaube ich dir nicht.* So einen Mist kaufte er ihr nicht ab. Nicht nach dem, was sie zusammen im Bett erlebt hatten. Es war nicht das Adrenalin gewesen, das sie so aufgeputscht hatte. Er hatte keine Ahnung, was genau es gewesen war, aber auf jeden Fall mehr als eine schnelle Nummer, mehr als das übliche Fick-und-weg.

Wärme überrollte ihn immer noch in Wellen, obwohl Mia schon vor einer ganzen Weile eingeschlafen war. Seine Zunge fühlte sich belegt an und seine Kiefer waren so fest zusammengepresst, dass er Kopfschmerzen hätte haben sollen. *In der Hitze des Gefechts?* Er fühlte sich persönlich beleidigt.

Vorhin hatten sie sich geliebt, auf eine Art und Weise, die er noch nie zuvor erlebt hatte. Der Sex, ja, der war fantastisch gewesen. Aber es war mehr als das. Etwas, das in seinem Inneren ein wahres Feuerwerk explodieren ließ. Und das Unglaubliche daran war, dass er mehr davon wollte. Es war wie eine Sucht. Und dann in der Dusche ... Was hatte er erwartet, als sie schließlich auch mit in die Kabine gekommen war? Kondome hatte er keine mehr gehabt und er hatte sein Glück gar nicht fassen können, dass sie ihm dennoch zum Höhepunkt verholfen hatte. Selbst jetzt begehrte er sie wieder. Einmal war nicht genug gewesen. Zweimal auch nicht.

Er hätte darauf bestehen sollen, dass sie sich ins Auto setzen und nach Virginia fuhren. Aber er hatte es einfach nicht übers Herz gebracht, nachdem sie ihm gesagt hatte, dass sie neben ihm schlafen wollte. Und in diesem Augenblick, als sie gleich einem unschuldigen Engel an seine Brust geschmiegt schlief, da gehörte sie ihm.

Ein Lächeln breitete sich in seinem Gesicht aus, als er daran denken musste, wie panisch sie im Badezimmer ausgesehen hatte. Er hatte eine Sekunde lang gebraucht, bis er sich bewusst gewesen war, dass er dasselbe wollte: sie, schlafend, in seinen Armen. Vor lauter Schock war ihm das Handtuch runtergefallen. Und wie erschrocken ihr niedliches Gesichtchen ausgesehen hatte, als sie schnell versucht hatte, auf dem Bett von ihm weg zu kriechen. Das war amüsant gewesen, aber noch mehr Vergnügen hatte es ihm bereitet, sie zu beruhigen und in den Schlaf zu wiegen.

Die Erinnerung an diese Nacht wollte er behalten. Er wollte sie für dunkle Tage aufbewahren, wenn sie ihm Hoffnung, Glauben und Überlebenswillen schenken würde. Er war clever genug, einen ganz besonderen Moment als solchen zu erkennen, wenn er ihn erlebte.

Winters zeigte auf das Schild, das eine Raststätte ankündigte. »Kaffee?«

»Nein.«

»Hast du Hunger?«

»Nö.«

Die Nachmittagssonne schien hell durch die Windschutzscheibe und Winters klappte die Sonnenblende runter. Seit Tagesanbruch waren sie nun schon in dieser alten Karre unterwegs und, abgesehen von einem schnellen Seitenblick, hatte Mia ihn völlig ignoriert, so als ob er irgendeine ansteckende Krankheit hätte. Er war kurz davor, seine Leuchtpistole rauszuholen und ein Team zu seiner Rettung zu alarmieren. *Was zum Teufel habe ich falsch gemacht?*

Sie schien unaufmerksam, unbeteiligt, uninteressiert. Ihre ganze Aufmerksamkeit galt der Landschaft, die an ihnen vorbeizog, und jeden seiner Versuche, ein freundliches Gespräch anzufangen, hatte sie ignoriert. Er hätte mehrstimmige Chansons trällern können und es wäre ihr gar nicht aufgefallen.

Scheiße. Er hatte keine Ahnung, wie man sich am Morgen danach benahm. Und ihrem Verhalten nach zu urteilen, gelang ihm nicht alles beim ersten Versuch. Er war wohl nicht der tolle Hengst, für den er sich hielt.

Aber was machte es schon für einen Unterschied, wenn die Frau sich nichts aus ihm machte? War es nicht egal, dass sie keinen Appetit hatte — weder auf Essen noch auf ihn? Was wollte er überhaupt von ihr? Dass sie ihn mit Schlafzimmeraugen träumerisch anschaute oder ihn mit Küssen bedeckte, die eine Wiederholung der letzten Nacht versprachen? Nun, er hatte weder das eine noch das andere bekommen. Nur ein kurzes Nicken und ein kaltes »Guten Morgen«, bevor sie sich schnurstracks ihre schmutzigen, zerrissenen Klamotten wieder angezogen hatte. Er musste schmunzeln. Sie hatte gute Arbeit darin geleistet, das T-Shirt wieder zu flicken. Wenn sie nicht so steif und formell wie eine Schulmeisterin getan hätte, dann hätte er ihr das gerne gesagt.

»Magst du mir vielleicht mal erzählen, was ich falsch gemacht habe?« Er rieb sich das Kinn und bereute jetzt schon, dass er gefragt hatte.

»Du hast gar nichts falsch gemacht.«

»Trotzdem bist du so einsilbig oder ignorierst mich völlig. Du scheinst mir keine von den Frauen zu sein, die Spielchen spielen, Mia.« Er brach ab und wartete auf irgendeine Antwort. »Aber jetzt spielst du wieder die Eisprinzessin.«

Ein sarkastischer Ton war bestimmt auch nicht hilfreich, aber egal. Er fuhr vom Highway ab. Das hier war die letzte Raststätte für viele Kilometer.

»Ich bin nicht. Colby, ich ... ach, egal. Es ist gar nichts mit mir los. Ich bin einfach nur müde.« Sie zuckte mit den Schultern und inspizierte dann ihre Fingernägeln, so als ob es im Augenblick nichts Wichtigeres gäbe.

»Blödsinn. Aber du kannst mir gerne später davon erzählen und mir erklären, warum du mich ignorierst. Erzählen wirst du es mir sowieso.«

Sie schwieg. Sie hatte ihre Hände jetzt in ihrem Schoß verknotet.

Winters ließ sie damit davonkommen. So konnte er seinen Besuch bei Titan am Nachmittag planen. Es gab vieles, über das sie sich unterhalten mussten, angefangen mit der NOC-Liste bis hin zu einem Plan, Mia außer Gefahr zu bringen.

Schließlich kam er in seinem Wohnviertel an. Ihre Sicherheit war oberstes Gebot und er konnten sie nur beschützen, wenn sie sich dem Feind stellten. Sie mussten dem Biest den Kopf abschlagen, statt sich mit diesen Kleinkriminellen abzugeben, die sich ihnen in den Weg stellten.

Er räusperte sich. »Du hast fünf Sekunden Zeit, um mir zu sagen, was los ist, Mia. Drei. Zwei. Eins. Okay, dann reden wir später.«

Er verlangsamte das Tempo und hielt vor einem großen schmiedeeisernen Tor. Eine hohe Mauer lief um das ganze Grundstück herum. Die Einfahrt war gesäumt von alten, dicken Bäumen, deren Kronen ein grünes Dach bildeten, als sie unter ihnen hindurch zum Haus fuhren. Es war schön, wieder zu Hause zu sein, aber noch schöner war es, dass sie bei ihm war. Und das, obwohl sie keine drei Worte zu ihm gesagt hatte, seit sie gestern Abend in seinen Armen eingeschlafen war.

»Als du von deinem Haus geredet hast, meintest du wohl *Anwesen?*«, sagte Mia staunend.

»Es zahlt sich aus, einer der guten Kerle zu sein. Ich schätze meine Privatsphäre und die ist hier gut geschützt.«

»Das kann ich sehen.« Ihr Mund stand immer noch offen.

Er konnte den männlichen Stolz nicht verleugnen, der ihn erfüllte, als er ihre Reaktion sah. Sie war beeindruckt und es war das erste Mal, dass er eine Frau getroffen hatte, bei der er sich etwas daraus machte.

»Du kannst es dir hier gemütlich machen, während ich mich mit meinem Team treffe. Ich verspreche dir, dass es keinen sichereren Ort gibt. Und meine Mutter wird dir eine ordentliche Mahlzeit kochen. Brathühnchen. Kartoffelbrei. Hausmannskost. Und du kannst Clara kennenlernen.« Er warf Mia einen Blick zu. *Komm ein bisschen aus deinem Schneckenhaus, okay?* Er schüttelte den Kopf. Jetzt hörte er sich wie ein weinerliches Mädchen an. Toll. »Ist es dir alles zu viel?«

»Nein. Nicht zu viel. Tu einfach das, was du tun musst, damit ich wieder in mein altes Leben zurückkehren kann. Bitte.«

Er schüttelte wieder den Kopf. Ihr Leben würde nie wieder so sein wie früher, allein schon aus dem Grund, dass sie entführt und mit Gewalt konfrontiert worden war. Sie war Psychologin. Sie sollte so etwas wissen, dass diese Dinge einen veränderten. Er lebte damit tagein, tagaus, und es war eine schwere, dunkle Last, die er auf den Schultern trug.

»Das kriegen wir schon hin.«

Winters parkte vor dem großen, weißen Haus im Kolonialstil. Seine Mutter, ein Baby im Arm, machte ihnen die Tür auf. Sie macht winke, winke mit dem Arm des Kindes und zeigte auf ihn, aber die Kleine schien mehr interessiert daran, die silbergrauen Haarsträhnen ihrer Großmutter aus dem Dutt zu ziehen.

Er merkte, dass Mia das Gesicht verzog und nervös die Hände an der Hose rieb. »Oh Gott, Colby. Das ist keine gute Idee. Es ist schrecklich. Ich habe noch nicht mal Schuhe an. Was wird deine Mutter von mir denken? Ich habe seit Tagen diese dreckigen Klamotten an. Sie darf mich so nicht sehen. Niemand darf mich so sehen.«

»Na ja, du kannst dich nicht im Auto verstecken. Und es wird ihr egal sein. Wahrscheinlich fällt es ihr gar nicht auf.«

»Natürlich wird es ihr auffallen. Ich habe keine Schuhe an. Mein T-Shirt ist mit Tesafilm geflickt. Jedem würde es auffallen.«

»So viel hast du heute mit mir den ganzen Tag noch nicht geredet. Seit du aufgewacht bist.«

Ihre Wangen färbten sich rot. Alles, was er wollte, war, dass sie sich an ihn lehnte. Dass sie ihn küsste. Er wollte, dass sie aufhörte, sich selbst zu quälen. Das war doch nicht zu viel verlangt.

Sie war die Therapeutin. Vielleicht versuchte sie, das Erlebte irgendwo separat in ihrem Hirn abzuspeichern. Packte es gedanklich irgendwo weg, damit sie es erst mal vergessen konnte. Abgesehen von den roten Flecken auf ihren Wangen und am Hals zeigte Mia keine Reaktion auf ihn oder vermittelte ihm den Eindruck, dass sie irgendwie an ihm interessiert wäre. Es war zum Verzweifeln.

Er konnte sich nicht zurückhalten und strich ihr sanft mit der Hand über die gerötete Wange. Er war viel besser darin geworden, seit sie sich kennengelernt hatten. Sie war so weich, und ob sie ihn ignorierte oder nicht, er konnte nicht anders, als sie zu streicheln.

Er nahm ihre Hand, drückte sie und stieg dann aus dem Auto. Er küsste seine Mutter auf die Wange und nahm das Baby in die Arme. Er hob sie hoch über seinem Kopf und Clara kicherte und strampelte vor Freude. Ihre blonden Locken und ihr Lächeln erwärmten jedes Mal sein Herz.

Er hörte Mia hinter sich. Ihre nackten Füße traten ein paar Steine in der Einfahrt los. Er drehte sich zu ihr um. Sie hatte die Arme vor dem Bauch verschränkt.

»Mom, das ist Mia. Mia, meine Mutter.« Winters stellte die beiden Frauen einander vor, wandte sich dann ab und konzentrierte sich auf Clara. Es war schon viel zu lange her, dass er sie in den Armen gehalten hatte. Es war jedes Mal dasselbe: Er hielt das Baby und die Welt um ihn herum verschwand. Er schloss die Augen und atmete tief Claras Duft ein, eine Mischung aus Shampoo, Babypuder und kindlicher Unschuld.

Als er seine Augen wieder öffnete, sah er, wie seine Mutter Mia die Hand gab. Die Verwirrung und Überraschung, die sich in ihrem Gesicht spiegelten, erinnerten ihn an ihren Gesichtsausdruck, als er das erste Mal mit dem Baby bei seiner Mutter vor der Tür gestanden hatte.

»Mia, schön, Sie kennenzulernen. Nennen Sie mich Judith.«

Judith schaute ihren Sohn fragend an. Noch nie zuvor hatte er ihr eine Klientin oder überhaupt eine Frau vorgestellt. Und ganz bestimmt hatte er noch nie eine nach Hause gebracht, zu seiner Tochter. Er wurde ein ganz kleines bisschen rot – niemandem außer seiner Mutter wäre es aufgefallen. Er war kein Muttersöhnchen. Das war er nie gewesen. Aber ihre Beziehung hatte sich geändert, seit er vor ihrer Tür gestanden und das Baby in zwei Händen gehalten hatte, als sei es eine Bombe, eine Tüte Windeln über der Schulter, die ihm das Jugendamt mitgegeben hatte und mit denen er nichts anzufangen wusste. Seitdem war sie seine Freundin oder auch seine Mentorin.

Er war starr vor Angst gewesen. Und seine Mutter, die Gute, hatte es ihm nicht unter die Nase gerieben. Sie hatte ihm einfach geholfen. Mit Windeln kannte sie sich aus und als erstes hatte sie ihm beigebracht, dass entgegen seiner ursprünglichen Annahme Paketband nicht notwendig war, um eine Windel zusammenzuhalten, sondern die Klettstreifen an der Seite völlig ausreichten.

Sie wusste, dass die Aktivitäten der Titan-Gruppe nicht immer ganz legal waren. Sie wusste, dass er sich jedes Mal in tödliche Gefahr begab, wenn er für einen Auftrag unterwegs war. So viel hatte er ihr verraten. Aber seit er Clara hatte, hatte er ein paar große Änderungen vorgenommen. Seine Entscheidungen basierten nicht mehr ausschließlich auf missionsentscheidenden Informationen.

Er musste das Baby mit einbeziehen. Es war wichtig, dass er nach jedem Einsatz wieder zu Clara nach Hause kam. Er musste Routinen entwickeln, sich an einen festen Tagesablauf halten. Und immer einen Babysitter einplanen. Es war schon witzig. In voller Kampfmontur Babymilch und Babybrei einkaufen zu gehen war seine liebste Freizeitbeschäftigung geworden. Die entsetzten Blicke, die er auf sich zog, waren zum Totlachen. Er hatte sich schon mal überlegt, sich das Gesicht auch noch mit Tarnfarbe anzumalen, wollte sich das aber für einen Tag aufsparen, an dem er Aufheiterung wirklich nötig hatte.

Er war alles andere als beständig gewesen, bevor er Clara aufgenommen hatte. Und auch jetzt noch hatte er Schwierigkeiten, ein beständiges Leben zu führen. Aber er wollte Clara ein stabiles Zuhause bieten und tat sein Bestes, um das umzusetzen. Und seine Mutter war seine Rettung.

Sie schien Mias nackte Füße und ramponierte Kleider nicht zu bemerken. Aber er wusste sehr gut, dass dem nicht so war. Sie verhielt sich sehr diskret. So viel war sicher. Der Frau entging nichts. Aber sie behielt ihre Gedanken schön für sich. Später würde er sie sicher zu hören bekommen. Er war sich nur noch nicht sicher, welche Strategie sie anwenden würde. Würde sie ihn später vernehmen oder die feindlichen Linien unterwandern und geschickt Mia ausfragen?

Vielleicht hätte er sie mit einem Anruf vorwarnen sollen. Das schien ihm auf einmal mehr als offensichtlich. *Zu spät.* Er hatte das auch nicht vor Mia machen wollen und nach dem, was beim letzten Mal passiert war, als er Mia allein gelassen hatte, um zu Hause anzurufen, hatte es für ihn auch außer Frage gestanden, sich wieder von ihr zu entfernen.

Das Baby auf der Hüfte, beobachtete Winters Mia, die neben seiner Mutter stand. Seine Mutter hatte ihren Kopf ein wenig schräg gelegt. Eine Augenbraue war gerade so weit hochgezogen, dass es nur ihm auffallen würde. All das waren für ihn Warnzeichen, dass ihm ein Verhör bevorstand.

Mia hatte dagegen sichtlich Schwierigkeiten, ihn und Clara nicht mit großen Augen anzustarren. Ihr Verhalten ließ seinen Magen rumoren. Ihm war auch so komisch warm ums Herz. Es war ein sonderbares Gefühl, das er bisher noch nicht erlebt hatte. Er konnte es nicht genauer definieren.

»Mom, würde es dir etwas ausmachen, uns etwas zum Mittag zu kochen? Ich könnte jemanden für eine warme Mahlzeit umbringen und ich denke, auch Mia könnte solide Hausmannskost jetzt gut vertragen. Ich glaube, sie hat in den letzten vierundzwanzig Stunden nichts anderes als eine Tüte Bretzeln gegessen.«

Mia wurde rot. »Oh, ich helfe natürlich gerne. Ich muss mich nicht bedienen lassen ...«

»Man sieht es ihr gar nicht an, aber auf Mia wurde ein paar Mal geschossen und eine Tränengasattacke hat sie auch über sich ergehen lassen müssen. Obwohl das meine Schuld war.« Um die Wahrheit zu sagen war er stolz auf sein Mädchen, dass sie alles so gut überstanden hatte. Winters zwinkerte Mia zu, sprach aber weiter mit seiner Mutter. »Ich glaube, deine tollen Kochkünste würden wahre Wunder bewirken. Und Mia, du musst dich ausruhen. Ich werde später deine Hilfe brauchen. Also iss was und leg dich dann hin. Ich muss für eine Weile weg, aber wir werden uns schon um alles kümmern. Ist das in Ordnung für dich?«

Ihr Mund öffnete und schloss sich wieder, aber sie brachte kein Wort hervor. Sie führte die Hand zum Mund, eine Geste, die genauso verloren wirkte, wie die Worte, die sie nicht finden konnte. Sie trat unsicher von einem Bein aufs andere und nickte dann. Ihre rot angemalten Zehennägel gruben sich in den Schotter.

Seine Mutter machte Anstalten, wieder ins Haus zu gehen. »Colby, deine Freundin kann sich ja etwas frisch machen, während ich mich ans Kochen mache. Vielleicht habe ich ein paar Klamotten für Sie, Mia, die Ihnen passen. Ich lege sie auf die unterste Treppenstufe. Colby zeigt Ihnen bestimmt, wo das Badezimmer ist.«

»Ja, vielen Dank.« Ihr Lächeln drückte Dankbarkeit aus

Winters balancierte Clara auf seiner Hüfte und hob mit der anderen Hand Mias Kinn, damit sie ihn ansah. Er wandte seinen Blick nicht von ihr ab, obwohl Clara ihren Spaß damit hatte, an seiner Sonnenbrille zu ziehen. »Entspann dich. Du fällst hier nicht zur Last. Und du bist auch nicht im Weg. Du bist nichts anderes als eine angenehme Überraschung, glaub mir.«

»Als angenehm würde ich mich momentan nicht beschreiben.« Sie schluckte schwer und zupfte nervös am Saum ihres geflickten T-Shirts.

»Also, ich versuche es einfach noch einmal. Wie ein alter MP3-Player, der hängt. Was ist los?«

Mia kaute auf der Unterlippe herum und schwieg. Hatte sie irgendwo gelernt, wie man einem Verhör standhielt?

»Na gut, Schätzchen. Ich zeige dir, wo alles ist. Du kannst dich gerne ausbreiten, hast ein gemütliches Bett und ein luxuriöses Badezimmer für dich allein. Mom wird hier bei Clara bleiben, während ich weg bin. Sie wird dir bestimmt gerne behilflich sein, wenn du irgendwas brauchst. Mit ihr kommt man sehr gut aus, das verspreche ich dir.«

Winters ließ ihr Kinn los und nahm ihre Hand. Clara quietschte und versuchte an seinen Bartstoppeln zu zupfen. Mia wirkte schon ein kleines bisschen weniger widerwillig, als sie ihm ins Haus folgte. Sie betraten die große Eingangshalle mit Marmorboden und teuren Tapeten. Ihr Blick wanderte sofort zur Alarmanlage und den Bildschirmen der Überwachungskameras, die neben der Tür angebracht waren.

»Stör dich nicht daran. Das dient nur zu deinem Schutz. Ich bin etwas paranoid, wenn es um die Sicherheit meiner Familie geht. Mein Motto ist, dass man gar nicht vorsichtig genug sein kann.«

»Colby?«

Er drehte sich zu ihr um und drückte ihre Hand. »Ja?«

Mia seufzte, aber es hörte sich eher wie das Wimmern eines ängstlichen Welpen an. Eines ängstlichen, süßen kleinen Welpen. »Ich komme mit *Familie* nicht klar. Ich habe keine. Ich weiß nicht, wie ich damit umgehen soll. Ich ... äh ... kann mich nicht daran erinnern, wann ich das letzte Mal mit einem Mann händchenhaltend in seinem Haus herumgelaufen bin, während seine Mutter in der Küche stand.« Mias Hand war schweißnass. Ihr Blick schnellte im Raum umher, womöglich, um einen Fluchtweg zu finden.

Scheiße. Das war also ihr Problem? Da wäre er nie im Leben drauf gekommen. Aber das würde er schön für sich behalten.

KAPITEL VIERZEHN

»Ich habe dich ja vorgewarnt, dass die Situation ein bisschen peinlich werden könnte.« Winters lachte und zwinkerte ihr zu. Er wollte sie gerne aus ihrem Schneckenhaus holen. Er hätte gerne seine Mia wieder. Nicht die schweigsame, unterkühlte Fremde, die während der letzten paar Hundert Kilometer neben ihm im Auto gesessen hatte. Nein, er wollte die hitzköpfige, etwas verrückte Mia zurück, die ihren kleinen Unfall verursacht und wiederholt versucht hatte, ihm in die Eier zu treten.

Sie drehte sich zu ihm um und lächelte ihn unsicher an.

»Niemand verlangt irgendwas von dir. Das hier ist ganz einfach mein Leben. Und wie ich schon gesagt habe, es ist der sicherste Ort, an dem du dich aufhalten kannst, während ich alles für dich wieder in Ordnung bringe. Meine beiden Welten sind irgendwie durcheinandergeraten. Sonst habe ich meine Arbeit von meinem Privatleben getrennt gehalten. Auch für mich ist das hier neu.« Er schwang ihre verschränkten Hände vor und zurück. »Aber sich zu viele Gedanken darüber machen bringt auch nichts. Kannst du deine Nervosität etwas abschütteln?«

Ihm wurde schon wieder ganz warm und er hatte dieses komische Gefühl im Magen, das sich seltsam angenehm und erschreckend fremd anfühlte. Scheiß drauf. Er drückte ihre Hand, eher leidenschaftlich als tröstend. Seit sie aus dem Auto ausgestiegen waren, hatte er ihre Hand immer und immer wieder gedrückt. Er konnte einfach nicht anders.

»Es ist ganz einfach. Der Kuss in der Ausfahrt hat irgendwie alles durcheinander gebracht. Und was im Motelzimmer passiert ist.« Sein

Herz raste. War das Angst oder Erregung? »Ich weiß auch nicht, was ich davon halten soll. Und du hast bislang so gut wie nichts dazu gesagt. Also versuchen wir es doch mal mit kleinen Schritten. Soll ich deine Hand wieder loslassen?«

Sein Herz klopfte laut in seiner Brust. Einmal. Zweimal. Wenn sie ihm nicht gleich antwortete, dann wäre das Gespräch zu Ende – und von seinem männlichen Stolz würde er sich auch gleich verabschieden können.

»Nein.« Sie schüttelte den Kopf.

Es war ihm egal, dass sie so aussah, als ob sie sich gleich übergeben würde. Auf keinen Fall würde er ihre Hand loslassen. Jemand würde ihn ins Visier nehmen müssen, um sie auseinander zu bringen. Und selbst dann würde er ducken und Deckung suchen, statt sie freizugeben. Sie war dort, wo die Welt ihr nichts antun konnte, und bis er wusste, wie er ihr helfen konnte, wollte er sie auch hier behalten.

»Wunderbar. Ich hatte auch gar keine Lust, deine Hand loszulassen.« Er streichelte mit dem Daumen über ihren Handrücken.

Die Versuchung war groß, Clara der Obhut seiner Mutter zu übergeben, Mia in sein Zimmer zu ziehen und ihr dort die Klamotten vom Leib zu reißen. Aber das wäre nicht richtig. Erstens würde er sie damit in eine mehr als peinliche Situation bringen und zweitens hatte er Verantwortung für Clara. Er würde sie nicht einfach abschieben, wann immer ihn die Lust überkam. Und die Lust überkam ihn regelmäßig, wenn er mit Mia zusammen war.

Sie gingen den Flur entlang und die Treppe hoch, schnappten sich die sauberen Klamotten, einen extra Pullover und Flip-Flops, die Judith wie versprochen auf eine Stufe gelegt hatte.

Mia schaute ihm direkt in die Augen – so viel Aufmerksamkeit hatte sie ihm den ganzen Tag nicht geschenkt. »Ich werde mich jetzt umziehen.«

»Wie du magst.« Dann würde er sie wohl loslassen müssen.

Er zeigte ihr das Badezimmer. Nur eine kurze Weile später kam sie sauber und umgezogen wieder hinaus. Die Frau brauchte nicht lange, um wieder picobello auszusehen. Als sie aus der Tür kam, fiel ihm auf, dass sie ihre dreckigen Kleider in den Mülleimer gestopft hatte. *Die in den Korb zu knallen hat sich wahrscheinlich wie ein Slam Dunk beim Basketball angefühlt.*

Er nahm wieder ihre Hand und führte sie weiter die Treppe hoch. »Das Badezimmer kennst du ja jetzt.«

»Ja.«

»Hier ist das Spielzimmer.«

Sie betraten ein eiskaltes Zimmer, das nur von ein paar Computerbildschirmen beleuchtet war. Es gab keine Fenster. Keine weiteren Möbel. Nur Regale an den Wänden und den Schreibtisch in der Mitte.

»Spielzimmer?«

»Mein Spielzimmer. Für Erwachsene. Aber nicht das, was du jetzt denkst.« Er grinste sie schelmisch an. »Mein Handwerkszeug sozusagen. Meine technische Ausrüstung. Das hier ist zum Beispiel ein winziges Abhörgerät. Das da sieht wie eine Packung Kaugummi aus, aber wenn man zwei Stücke zusammenklebt, dann verursacht das Rauch. Es gibt aber keine Explosion oder so. Es dient bloß zur Ablenkung. Ich versuche den Sprengstoff vom Baby fernzuhalten.«

Sie lachte, mittlerweile schon etwas weniger angespannt. »Das ergibt Sinn.«

»Das hier ist auch sehr cool. Egal, in welche Flüssigkeit man das tut, hinterher hat sie Trinkwasserqualität. Und das hier sieht so aus wie die Abdeckung für eine Steckdose, ist aber in Wirklichkeit eine Kamera mit hoher Auflösung. Die per Bewegungsmelder eingeschaltet wird.«

»Du bist ja wie ein Kind in einem Süßigkeitenladen.«

Er zuckte mit den Schultern, wohl wissend, dass er ihr gar nichts von dem hätte zeigen sollen, was sich in diesem Raum befand. Eine Geheimoperation war keine mehr, wenn andere wussten, welche Geheimwaffen eingesetzt wurden. Aber er wollte sie gerne ablenken. Scheiße, nein, er wollte sie beeindrucken. *Schon wieder?*

»Schau dir das hier an.« Er zog ein kleines, durchsichtiges Stück Stoff von einem Stück Wachspapier ab und klebte es auf ihren Arm. »Das ist Biostoff, aber ungefährlich. Sobald es mit Haut in Kontakt kommt, zerstört es sich selber. Es ist sozusagen ein biologischer Tracker. Wenn er aktiviert wird, kann ich deine Bewegungen auf diesem Monitor verfolgen.«

»Ich sehe es gar nicht mehr.«

»Das ist Sinn der Sache. Der Feind kann etwas nicht wieder entfernen, wenn er es nicht sieht.«

»Oh.« Sie kicherte und schaute fasziniert auf das unsichtbare Pflaster.

»Ist das lustig?«

»Nein. Es ist nur so: Alles, was ich für meine Arbeit benötige, ist mein DSM-IV, mein Leitfaden für psychische Störungen, und du brauchst diese ganze Spionageausrüstung.« Sie fröstelte. »Wieso ist es so kalt hier drin?«

»Meine Ausrüstung, Waffen und Fahrzeuge bewahre ich alle immer bei genau neunzehn Grad Celsius auf. Das ist für mich die ideale Temperatur zum Arbeiten. Aber euch beiden muss hier drin kalt sein. Weiter geht's mit der Führung ...« Er ging wieder in den Flur und zeigte auf die nächsten Türen. »Hier ist mein Zimmer, gegenüber von Claras Kinderzimmer.«

Mia schaute in das Kinderzimmer hinein und machte große Augen, als sie die lila Wände und weißlackierten Möbel sah. Es war ganz anders als die eher robuste Einrichtung im Rest des Hauses. Dunkle Möbel. Lederbezüge. Dicke Teppiche. Das Kinderzimmer wirkte so hell und unbeschwert wie Claras Lächeln. Es passte zu dem glücklichen Baby. Er hatte dafür gesorgt, dass es perfekt für seine geliebte Tochter wurde. Wenn es möglich gewesen wäre, hätte er wahrscheinlich Wände aus Zuckerwatte für sie errichtet und Sterne an die Decke gehängt.

»Ein Gästezimmer. Noch ein Gästezimmer. Du kannst gerne dieses hier nehmen, wenn du magst. Man hat einen schönen Ausblick auf den See hinter dem Haus und es hat ein angrenzendes Badezimmer. In meinem Badezimmer gibt es einen Jacuzzi. Den kannst du gerne benutzen. Ich habe gehört, Frauen sitzen gerne im sprudelnden Wasser.«

»Das hast du gehört, was?«

»Ja.«

»Hat dir nie eine deiner Freundinnen gesagt, wie gerne sie da drin sitzt?« Sie hob eine Augenbraue. »Oder vielleicht hast du live miterlebt, wie sehr sie es genossen hat?«

»Nein. Du bist die erste Frau, die dieses Haus betritt und keine Verwandte von mir ist.«

Er musterte sie für einen Augenblick. Sein ganzer Körper schrie nach ihr. Er wollte, dass sie bei ihm blieb, in seinem Schlafzimmer, in seinem Bett. Er verzehrte sich danach, ihre Haut an seiner zu spüren, ihr beim Schlafen zuzuschauen, während sie sich nackt an ihn kuschelte. Aber nachdem sie ihn den ganzen Tag ignoriert hatte, wollte er sich keine unnötigen Hoffnungen machen.

»Na gut. Sich im Jacuzzi entspannen, hört sich wundervoll an. Dein Haus ist toll. Colby, danke, dass du dich um mich kümmerst«, flüsterte sie.

Das haute ihn fast um. Da war es wieder, dieses unbeschreibliche Gefühl, das ihm weiche Knie bereitete. Es fühlte sich fast an wie ein Adrenalinschub, aber er spürte es nicht im Kopf, sondern in der Herzgegend. So ähnlich wie Sodbrennen.

»Du solltest dich ein wenig entspannen. Tu einfach, was du kannst, um abzuschalten, okay?«

»Das werde ich. Aber ich könnte das genauso auf einer Couch, mit Fast Food. Mir ist es unangenehm, dass ich deiner Familie zur Last falle. Sobald es da draußen wieder sicher für mich ist, werde ich euch nicht mehr behelligen.«

Leichte Enttäuschung machte sich in ihm breit, dass sie ihn nicht wollte. Nein, keine leichte Enttäuschung. Es tat weh wie Dolchstiche in seinem Herz. Er wollte, dass sie ihn genau so sehr begehrte, wie er sich nach ihr verzehrte. Aber seine Begierde war mit etwas anderem vermischt, das er nicht genauer definieren konnte. Freude. Vernarrtheit? Was auch immer es war, ihm gefiel dieses Gefühl und es ließ ihre Bemerkungen zur Couch und baldigen Abreise unbedeutend wirken.

Das Klingeln des Telefons unterbrach seine sich überschlagenden Gedanken. Er bekam eigentlich wenige Anrufe. Höchstens von Titan oder seiner Mutter. Ohne zu zögern, nahm Mia ihm Clara aus dem Arm, damit er beide Hände frei hatte. Er nickte ihr dankbar zu und nahm dann den Anruf entgegen. Er meldete sich in seiner üblichen kurzangebundenen, spröden Art und ging zum nächsten Fenster.

»Ich bin froh, dass du deinen Hintern endlich nach Hause bewegt hast. Das hat ja lange genug gedauert«, sagte Jared.

»Dafür bin ich jetzt nicht in Stimmung, Chef. Was hast du über unseren Auftraggeber herausgefunden?«

»Er ist in Ordnung. Er hat uns über deinen Freund von der CIA kontaktiert. Diese NOC-Liste darf nicht in falsche Hände geraten. Bei ihm sind die Identitäten der Agenten sicher aufgehoben. Du musst die Liste bloß zu uns bringen.«

»Nicht in falsche Hände geraten? Ich hätte dir sagen können, dass es sich um höchst vertrauliche Informationen handelt. Ich bringe sie heute Nachmittag vorbei. Wir müssen über Sicherheitsvorkehrungen für Mia Kensington reden. Die Männer, die hinter ihr und der Disk her sind, haben sich schon einiges einfallen lassen. Sie werden nicht einfach das Interesse an ihr verlieren.«

Er wollte nicht, dass Mia mit anhörte, was er sagte. Aber sie beachtete ihn gar nicht. Sie hielt Clara hoch und zeigte aus einem anderen Fenster. Die Kleine zog an ihren Haaren und Mia flüsterte ihr irgendwas Beruhigendes zu, und tippte gegen die Fensterscheibe, um ihr einen Vogel zu zeigen. Oder vielleicht einen Baum oder etwas ganz anderes.

»Jared, ich rufe dich zurück.«

Er beendete das Gespräch, ohne auf eine Antwort zu warten, steckte das Handy weg und ging zu Mia rüber. Er streichelte über ihre Haare und küsste sie auf den Mund, was sie sichtlich überraschte. Dennoch erwiderte sie seinen Kuss und entzündete damit ein Feuer in seinen Lenden.

Mist, er konnte sich einfach nicht zurückhalten. Seine Frau und sein Kind. Es sah einfach richtig aus. Es fühlte sich richtig an. So wie es sich wahrscheinlich angefühlt hätte, wenn er ein normales Leben geführt hätte und er nicht jemand wäre, der in voller Kampfmontur zur Arbeit ging. Und sie nicht Arbeit wäre, die er mit nach Hause gebracht hatte.

Er hätte sie den ganzen Tag lang küssen können. Ihre vollen Lippen fühlten sich gut an. Der Kuss linderte das brennende Verlangen, das er spürte, wenn er sie nicht berührte. Gott sei Dank hatte sie seinen Kuss erwidert. Es hätte ihn völlig fertig gemacht, wenn nicht.

Er hatte immer noch die Augen auf und starrte sie an. Sie war so nah, so wunderschön. Sie hatte ihre Augen geschlossen. Er nahm Mias Wärme in sich auf, während sie ihn zärtlich küsste. Sein Herz schlug schneller, als sie sich entspannte und sich – das Baby noch im Arm – an ihn schmiegte. Clara zog immer noch an ihrem Haar und Mia hielt sie nicht davon ab. Es war wie aus einem Bilderbuch oder einem Disneyfilm. Er hätte seine Augen nicht schließen können, wenn er es gewollt hätte.

Er legte seine Stirn an ihre. »Ich möchte nicht, dass du im Gästezimmer schläfst.«

»Und ich will auch nicht im Gästezimmer schlafen.« Ihre Blicke begegneten sich und sein Bauch verkrampfte sich.

»Ich verlange nicht von dir, dass du mit mir Familie spielst. Ich verstehe das. Du hast es nicht so mit Familie, hast du gesagt. Und ich ... kann es nicht. Aber ich halte es nicht aus, wenn du neben mir stehst und ich dich nicht in die Arme nehmen kann. Du bist total verrückt, die Couch überhaupt zu erwähnen.« Er streichelte ihr über die Wange. »Ich kann nicht im selben Haus mit dir schlafen, ohne deinen wundervollen Körper in meinen Armen zu halten.«

Um ehrlich zu sein, würde er auch nicht schlafen können, wenn sie irgendwo anders war. Er brauchte sie in seinem Haus, in seiner Obhut. Er würde sicherstellen, dass sie an seiner Seite blieb, solange er diesen Auftrag noch nicht zu Ende gebracht hatte.

Er war sich jeder Sekunde bewusst, die vorbeiging. Jeder Atemzug brannte in seiner Brust und sein Herz fühlte sich ganz warm an. Nachdem sie ihn den ganzen Tag ignoriert und jede seiner vorsichtigen Annäherungen abgewiesen hatte, hätte er nervöser sein müssen. Aber das war er nicht. Er hatte das einfache fundamentale Bedürfnis, mit ihr zusammen zu sein, und jetzt, wo er es war, ging er ganz in dem Moment auf.

»Das Mittagessen ist fertig. Ich mache ein Fläschchen warm«, rief Judith von der Küche aus hoch.

Ein köstlicher Geruch breitete sich im Haus aus. Das würzige und schwere Aroma von Brathähnchen. Der Duft von frischgebackenen Biscuits.

Mia lächelte und sah dabei so friedvoll aus wie ein Sonnenaufgang über einem See. An der Oberfläche regte sich nichts. Sie schien keine Bedenken zu haben. Sie strahlte eine friedliche Ruhe aus. Es war ein kleines Wunder. Er würde wieder von vorne anfangen müssen, wenn sie erneut in Panik geriet.

»Hast du Hunger, Colby?«

»Ich bin am Verhungern.« Ihn hungerte nicht nur nach Essen, aber das war jetzt irrelevant.

»Ich auch. Gehen wir.« Das Baby immer noch auf der Hüfte, nahm sie seine Hand und führte ihn die Treppe hinunter in die Küche.

Es entging Colbys Mutter nicht, dass Mia mit dem Baby auf der Hüfte in die Küche kam. Mias Magen verknotete sich, als die Frau kaum die Augenbrauen hob, sich aber eindeutig einen Reim darauf machte, wie sie und Colby zueinander standen. Seine Mutter ließ sich aber ihr gegenüber nichts anmerken, und insofern Mia das beurteilen konnte, auch Colby gegenüber nicht.

Der Tisch bog sich fast unter den Speisen, die Judith aufgetischt hatte. Alles sah so gut aus wie in einer Kochsendung im Fernsehen. Sie merkte, dass sie viel hungriger war, als sie gedacht hatte. Richtig ausgehungert.

Der Flaschenwärmer auf dem Küchentresen piepte. Judith nahm die Flasche heraus und testete die Temperatur der Milch auf ihrem Handgelenk. »Sie müssen am Verhungern sein«, sagte sie zu Mia. »Aber Sie können ihr gerne die Flasche geben, wenn Sie möchten.«

Mias Wangen färbten sich rot. »Ich kenne mich überhaupt nicht damit aus. Ich habe noch nie ein Baby gefüttert.« Außerdem war sie sich sicher, dass das Baby in ihren Armen jeden Augenblick merken würde, wie unsicher sie war, und losschreien würde.

»Es ist ganz einfach. Sie macht dabei die ganze Arbeit. Halten Sie sie einfach so.« Judith positionierte Clara richtig in Mias Armen und reichte ihr die Flasche. »Und halten Sie die Flasche hoch. Eine Hand unter das Köpfchen. Sie hört auf zu trinken, wenn sie genug hatte.«

Mia schaute Colby an. Er schenkte ihr ein ermutigendes Lächeln. Na gut, vielleicht war es nicht so schlimm, Clara zu halten wie einen Entfesselungskünstler.

Die Kleine schaute sie mit großen Augen an. Ihre dicken Bäckchen blähten sich auf und höhlten sich aus, jedes Mal, wenn sie am Nuckel saugte. Clara war hinreißend. Mia war wie verzaubert von ihr. Clara erweckte in ihr den Glauben an familiäres Glück, den sie vor langer Zeit verloren hatte. Jetzt verstand sie, warum Frauen von der tickenden biologischen Uhr sprachen. Sie hatte davon gelesen. Hatte das Phänomen studiert. Aber bis jetzt hatte sie es nicht nachvollziehen können. Süße Unschuld und bedingungsloses Vertrauen schauten zu ihr auf. Ihre schlimmsten Ängste begannen sich aufzulösen. Familie. Kinder. Eltern.

»Schau sich das einer an.« Colby stellte sich hinter sie und lehnte sich gegen den Stuhl. Seine Gegenwart machte sie nervös. Was, wenn er nicht wollte, dass sie das hier tat? Was, *wenn* er es wollte?

Er massierte ihre verspannten Schultern. Mit dieser Berührung verschwanden ihre Ängste und Bedenken sofort. »Clara macht süchtig. Sieh dich vor, mein Schatz. Ich muss mein Mittagessen leider mitnehmen, denn es ist höchste Zeit, dass ich zur Arbeit fahre.«

Er füllte eine Tupperdose mit Essen. Bei dem Anblick musste sie lachen. Der große, starke, taffe Colby Winters – in Wirklichkeit war er ein Familienmensch, der ein Baby herumschleppte und sich sein Mittagessen von Zuhause mitnahm. Er mochte muskelbepackt sein und ein stoisches Gesicht zur Schau tragen, darunter versteckte sich ein ehrlicher Mann, der versuchte, die Welt zu retten. Eine Tränengasattacke nach der anderen.

»Das ist absolut nachzuvollziehen. Sie ist perfekt, Colby. Du kannst dich glücklich schätzen.«

Glücklich. Fröhlich. Warmherzig.

Es war nicht so, dass sie diese Dinge überhaupt nicht mit sich selber in Verbindung bringen konnte. Sie war eben anders. Familie war ihr fremd. Vor langer Zeit hatte sie ihre eigene in den Schatten der Erinnerung verbannt.

Ihre Kindheit war stark reglementiert gewesen. Und reglementiert war noch untertrieben. Ihren Vater musste sie den *Colonel* nennen. Ihre Mutter wehrte sich gegen die Regeln und Vorschriften des Colonels auf passive Weise – mit Pillen und Alkohol. So konnte sie völlig gleichgültig bleiben. Sie setzte sich nie für Mia ein, selbst dann nicht, als der Colonel Mia ein Messer an die Kehle hielt, um sie einzuschüchtern, oder sie so lange mit dem Gürtel auspeitschte, bis sie sich übergeben musste. Die Striemen taten noch Tage später weh.

Mia schüttelte den Kopf. Es gab keinen Grund, in diesen schlimmen Erinnerungen zu schwelgen. Sie musste sich nicht daran erinnern, warum Familie nichts für sie war. All die Schmerzen und Qualen, die sie in ihrer Kindheit erfahren hatte, hatten zu ihrer Berufswahl geführt. Jetzt half sie anderen. Mia war darauf spezialisiert, Soldaten und ihren Familien zu helfen, nachdem die Soldaten von Auslandseinsätzen zurückkamen. Sie hoffte, dass sie eines Tages einem jungen Mädchen ein Familienleben wie ihres ersparen konnte.

Aber in diesem Augenblick genoss sie es, Zeit mit dieser Familie – mit Judith, Colby und Clara – zu verbringen.

Und sie genoss es ganz besonders, mit dem Mann zusammen zu sein, der es sich zur Aufgabe gemacht hatte, den Helden für sie spielen. Egal, wo sie waren oder was sie taten, Colby brachte ihr Herz wie wild zum Schlagen. Wenn er sie mit seinen Augen, die dunkel wie die Nacht waren, ansah, fühlte sie sich stärker und begehrenswerter, als sie je für möglich gehalten hätte. Und wenn er sie nicht ansah, wenn er nicht im selben Zimmer war wie sie, dann erfüllte sie allein der Gedanke an Colby mit heißem Verlangen.

Er legte ein Handy auf den Tisch neben sie. »Und du, meine Schöne ... Ich rufe dich später an. Das ist ein Handy mit Prepaid-Karte. Kann nicht zurückverfolgt werden. Noch eins meiner tollen Spielzeuge. Wenn du jemanden anrufen musst, um Bescheid zu sagen, dass es dir gut geht, dann benutze dieses Handy. Wenn du mich erreichen willst, meine Nummer ist eingespeichert.«

Colby gab ihr einen Kuss, der ihr schier den Atem nahm. Alle ihre Sorgen und Bedenken, die sie in seinem Haus hatte, bei seiner Familie, fielen auf einmal von ihr ab. Stattdessen genoss sie das Begehren, das sich warm in ihr ausbreitete. Sie war zu überwältigt von diesem Gefühl, als dass sie bemerkt hätte, ob Judith den leidenschaftlichen Kuss sah.

Clara hatte mittlerweile die Flasche ausgetrunken und ihre Lider wurden schwer. Colby nahm sie ihr ab und legte sie über seine Schulter. Das Baby hatte einen pinkfarbenen Strampler mit Blümchen an und eine dazu passende Strumpfhose mit Rüschen am Hintern. Der Kontrast zu Colby in Kampfstiefeln und Militärhose war schon fast komisch.

Mia wusste, dass er seine Glock im Halfter unter dem T-Shirt stecken hatte und sie sah das Kampfmesser, das er an der Wade trug. Beide Waffen waren sicher außerhalb der Reichweite des Babys.

Clara machte ihr Bäuerchen und er trug das Kind aus der Küche. Als er wieder kam, hatte er ein Babyphone in der Hand und stellte es auf den Küchentresen. Mia konnte die letzten paar Töne der Spieluhr hören, die ein Schlaflied spielte, während er ihr und seiner Mutter zum Abschied zuwinkte, seinen Schlüsselbund nahm und durch die Hintertür in die Garage ging.

KAPITEL FÜNFZEHN

Der Hauptsitz der Titan-Gruppe war eine Festung, ein High-Tech-Bollwerk, sicherer als Fort Knox. Hier konnte niemand eindringen. Sein zweites Zuhause.

Winters starrte über Parkers Schulter auf eine Wand mit Flat-Screen-Bildschirmen. Computersysteme, von denen die NASA nur träumen konnte, durchforsteten hier tagein, tagaus Daten und Satellitenbilder. Die Wand war eine elektronische Tapete. Einsen und Nullen tanzten den binären Tango. Topografische Karten von Orten, an denen Geheimoperationen stattfanden, wechselten sich ab. Von diesem Kontrollzentrum aus wurden Operationen auf der ganzen Welt geleitet. Teams, die er nicht kannte, denen er aber sofort zur Hilfe eilen würde, wenn man ihn darum bitten würde, waren nichts als kleine Punkte auf den Monitoren, umgeben von all den Informationen, die ihnen irgendwie helfen konnten.

»Wo ist Jared?« Winters strich mit der Hand über den großen Tisch in der Einsatzzentrale, auf dem schon einige Schlachtpläne mit hohem Einsatz geschmiedet worden waren.

Parker wendete seinen Blick nicht von den Bildschirmen ab. »Höchstwahrscheinlich denkt er sich gerade neue Foltermethoden aus.«

Wenn Jared gerade neue Foltermethoden entwickelte, dann würde Winters diese liebend gerne an den Arschlöchern ausprobieren, die hinter Mia her waren. Er würde alles versuchen, ob es neu und unerforscht war oder nicht, so lange es auf einen langsamen, qualvollen Tod hinauslief.

»Wir müssen uns einen Schlachtplan überlegen. Sonst bin ich bald so weit, dass ich jeden umlege, den ich nicht kenne. Titans Anwaltskosten werden in bisher unbekannte Höhen schießen.«

Parker schwenkte auf seinem Drehstuhl herum. »Es wird dir sicher nicht gefallen, aber ich wette meine Ducati gegen dein neues WaveRunner Speedboot, dass er Mia als Lockvogel benutzen will.«

»Nein Das hat uns schon mal in Schwierigkeiten gebracht und ich werde das Risiko nicht noch mal eingehen. Wir können die NOC-Liste als Köder benutzen. Oder mich. Scheiße, meinetwegen hänge ich mein Speedboot als fetten NOC-Listenköder an den Haken. Aber Mia kommt dafür nicht infrage.«

»Wer auch immer diese Kerle sind, sie werden ihr folgen. Sie ist ein leichtes Opfer für sie.«

»Man würde ja meinen, du mit deinem scheißhohen Intelligenzquotienten und Jared mit seiner *Ich hab alles schon gesehen*-Attitüde, ihr hättet euch mal etwas Originelleres ausdenken können.« Winters pulte an seinen Fingernägeln rum. »So ein Scheiß. Leichtes Opfer. So etwas will ich gar nicht hören.«

»Hör auf zu jammern, Winters. Mach das mit Jared aus, wenn du ihn siehst. Ich brauche hier noch ein paar Stunden, du kannst also ruhig Mittagessen gehen oder so.« Parker steckte sich die Kopfhörer in die Ohren und drehte sich wieder zu den Bildschirmen um.

»Wäre ja nett gewesen, wenn Jared das erwähnt hätte, als er mir gesagt hat, ich soll zur Arbeit kommen.« Winters drehte sich um und machte sich sofort auf den Weg zu seinem Auto. Er konnte gar nicht früh genug nach Hause kommen.

Juan Carlos Silva versuchte den ganzen Vormittag über Diego telefonisch zu erreichen. Er nahm einfach nicht ab. Er spielte gedanklich die Möglichkeiten durch. Im besten Fall war er tot oder im Gefängnis. Vorzugsweise tot. Wenn Diego in einem amerikanischen Gefängnis saß, dann würde Juan Carlos ihn später umbringen müssen.

Juan Carlos rieb sich die Hand über die glattrasierte Wange. Er war so nahe dran, die Liste und die Frau zu bekommen. Und jetzt wollte er sie richtig. Als Entschädigung für seine Mühen. Als Wiedergutmachung für die Kopfschmerzen, die ihm dieser Ausflug nach Amerika bereitet hatte.

Es war ja nicht so, als ob er irgendeinen Handlanger dorthin geschickt hätte. Nein, er hatte einen fähigen, gefährlichen Mann mit dem Auftrag betreut. Diego hatte ihn noch nie zuvor enttäuscht. Bislang hatte er ihn noch nicht bestrafen, ermutigen oder unterweisen müssen. Nein, Diego wollte es ihm recht machen. Er wollte ganz oben mitmischen. Er hatte Juan Carlos noch nie einen Grund dafür geliefert, seine Hinrichtung zu planen. Je mehr sich die Dinge änderten, desto mehr blieben sie im Grunde gleich. Er war Diegos Lehrmeister gewesen und hatte Diego zu seiner Marionette gemacht. Trotzdem war Diego entbehrlich. Genauso wie alle anderen.

Juan Carlos ließ seine Fingerknöchel knacken und trank den letzten Schluck des bernsteinfarbenen Getränks in seinem Highball-Glas. »Bring mir Alejandro.«

Irgendwer war immer in der Nähe, der auf seine Befehle hörte. Seine Angestellten würden seinen zweiten Mann sofort suchen und herbringen lassen, obwohl niemand von ihnen sich ihm nähern würde, es sei denn, er hatte so befohlen.

Alejandro sah aus wie ein Gorilla, hatte ein Lächeln wie ein Barrakuda und stank wie ein schweißüberströmter Gladiator in der Mittagssonne. Wenn er ihm nicht eine so große Hilfe gewesen wäre, hätte Juan Carlos ihn keine hundert Kilometer an sein Anwesen herangelassen. Aber er war nützlich und hatte sich seine Rolle als zweiter Mann mehr als verdient. Alejandro hatte Foltermethoden entwickelt, bei denen selbst Juan Carlos zusammenzuckte.

Bevor er sich aus der Kristallkaraffe nachschenken konnte, kam Alejandro Suarez in den Raum geschlendert. Er trug eine Uzi über der Schulter, als handelte es sich dabei um einen Rucksack, aber nichtsdestotrotz begrüßte er Juan Carlos mit einer unterwürfigen Kopfbewegung. »Sie wollten mich sprechen, Senor.«

»Diego hat versagt. Wenn er nicht schon tot ist, wird er es bald sein.«

Alejandro nickte. Vielleicht hoffte er, dass ihm diese Aufgabe zufallen würde.

»Tu alles, was nötig ist, um mir die Frau und die Liste zu bringen.

Flieg heute Nachmittag nach Washington, DC. Was immer du brauchst, um den Auftrag zu erledigen, bekommst du.«

Alejandro verzog seinen Mund zu einem sadistischen Grinsen, das Juan Carlos davon überzeugte, dass er sein Problem für ihn lösen würde. Seine Nummer zwei wollte die Frau. Es war schon zwei Wochen her, dass er ihm eine Frau gegeben hatte. Das war ungefähr so, als ob man einem Rottweiler einen saftigen Knochen hinwarf. Schon am nächsten Tag reinigte er sich gewöhnlich mit einer blankgenagten Rippe die Zahnzwischenräume.

Juan Carlos hasste es, Bestseller zu opfern, besonders wenn es sich um einen potenziellen Verkaufsschlager von Mia Kensingtons Kaliber handelte. Sie war ein bisschen älter, als er bevorzugte, aber sie hatte Krallen gezeigt. Männer mochten so etwas und zahlten gerne dafür. Aber wenn Alejandro Erfolg hätte, dann würde er dem Mann geben, was er wollte.

»Alejandro, *mi amigo*, wenn sie dir gefällt, dann darfst du sie als Belohnung für deine ausgezeichnete Arbeit gerne behalten.« Ohne weiter über das schreckliche Schicksal der jungen Frau nachzudenken, wandte sich Juan Carlos wieder seiner Buchhaltung zu.

KAPITEL SECHZEHN

Winters hatte einen Kloß im Hals, seit er Mia vorhin mit Clara gesehen hatte. Und der Kuss am Fenster hatte auch etwas dazu beigetragen. Er hatte ja keine Ahnung gehabt, dass er sich trautes Heim und Familie überhaupt wünschte. Aber der Anblick von Mia, wie sie seine Tochter in den Armen hielt, hatte Mia für ihn sozusagen in intergalaktische Sphären befördert, direkt an der Milchstraße vorbei.

Schnurstracks war er nach Hause gedüst, hatte das Gaspedal durchgedrückt, weil er es kaum erwarten konnte, ihr seine neuen Erkenntnisse mitzuteilen. Jetzt hatte er ihren frisch geduschten Körper in seinen Armen und atmete verzückt den Duft seines Shampoos ein, der in ihren Haaren hing. Er widerstand dem Drang, es mit den Fingern durchzukämmen. Sie waren im Wohnzimmer. Das Haus war leer, abgesehen von ihnen. Schade, dass er nicht rechtzeitig zurückgekommen war, um noch mal mit ihr unter die Dusche zu gehen.

»Das hier könnte kompliziert werden.« Er rieb ein paar dunkle Strähnen ihres nassen Haares zwischen seinen Fingern. »Es fühlt sich kompliziert an. Es fühlt sich wie *etwas* an, und, Schätzchen, ich bin *überhaupt nichts* gewohnt.«

Er löste sich von ihr und rieb sich den Bart. Er bekam ein immer schlechteres Gefühl. Er sagte das Falsche. Mia sagte gar nichts und er plapperte einfach immer weiter.

Ohne darüber nachzudenken, wanderten seine Hände wieder zu ihren Haaren. »Es tut mir leid, dass ich dich hier mit reingezogen habe. In mein Haus, in meine Familie.«

»Es ist ja nicht so, als ob es mir hier nicht *gefällt*.« Sie versuchte, seine Hände aus ihren Haaren zu entfernen, aber es brachte nichts. Er konnte seine Hände einfach nicht für sich behalten.

»Ach, tatsächlich?« Er lachte und hob ihr Kinn an. »Dann beantworte mir doch folgendes, Fräulein Psychologin. Woher kommen deine ganzen Ängste?« *Und dabei kannst du mir auch gleich verraten, wo meine herkommen.*

»Das willst du gar nicht wissen. Und ich möchte es dir auch nicht erzählen.«

»Wieso nicht? Du weißt Dinge über mich. All meine Geheimnisse. Ich habe dir von Clara erzählt und wie sie in mein Leben gekommen ist. Du weißt, meine größte Angst ist es, meine Familie nicht beschützen zu können. Dass sich meine Arbeit irgendwann negativ auf Clara auswirkt, dass ihr wehgetan wird.« Er holte tief Luft. Er hörte sich wie eine Frau an. »Ich habe alles mit dir geteilt. Wieso scheust du dich, dasselbe zu tun?«

»Willst du die Wahrheit hören?«, fragte sie unsicher.

»Jetzt hast du praktisch schon angefangen, oder?«

»Ja, das stimmt.« Das Ticken der großen Standuhr schallte durchs Zimmer. Tick. Tock. »Ich hab es nicht so mit Familie ...«

»Das hast du schon gesagt.«

»Weil, na ja, vielleicht ist es einfacher, wenn ich es dir zeige. Schau dir das hier mal an.« Sie drehte sich um, zog die Hose ein Stückchen runter und zeigte ihm eine alte Narbe an ihrem Hintern.

Er verengte seine Augen und sein Kiefer spannte sich an. Waren das Narben? *Wieso habe ich die vorher nicht gesehen?* Er hatte sie unter sich und vor sich gehabt, aber nicht von hinten. Eine Linie neben der anderen. Sie waren verblasst, aber definitiv Narben.

Sie hob ihr Kinn, nahm seine vor Wut verkrampfte Faust, bog die Finger auseinander und zog dann mit seinem Zeigefinger eine Linie am Hals nach. »Und hier. Schnitte. Sie erinnern mich daran, wo ich herkomme und was ich vermeiden muss.«

Innerlich rasend, stand er schweigend da, weil er nicht wusste, was er sagen sollte. Ihm fielen keine tröstenden Worte ein: er konnte gar keine klaren Gedanken fassen. Er würde dieses Arschloch umbringen.

»Und ich habe noch ein paar Narben hinten an den Oberschenkeln. Direkt unter meinem Hintern. Sie sind etwas wulstiger und breiter.«

Wulstiger? Breiter? Er war so ... abgelenkt gewesen. Er war so ein Idiot. Wie hatte ihm das nicht auffallen können?

»Mia, Süße, ich habe nicht ...«

»Man sieht sie auch nicht, wenn man nicht weiß, dass sie da sind. Sie sind ganz alt. Aber vergessen werde ich sie nie.«

Dicke Tränen standen ihr in den Augen, kündigten Sturzbäche an. Aber sie fielen nie, sondern wurden von einem Willen zurückgehalten, den man nur als eisern bezeichnen konnte.

»Mia ...« Was konnte er bloß sagen? Er hasste sich selber dafür, dass er nicht die richtigen Scheiß-Worte fand. Dafür, dass er nicht wusste, wie er den Schmerz lindern konnte, den sie gerade fühlen musste.

»Meine Mutter hat gesoffen wie ein Loch. Mit dem Fusel hat sie die Pillen runtergespült. Riesige, dicke Pillen. Rosa und blau. Gelb und weiß. Eckig und rund und dreieckig. Sie liebte Pillen jeder Art.«

Daher kamen die Schutzmauern. Ihr Sarkasmus. Nun ergab alles Sinn.

»Sie hat dir wehgetan?«, fragte er, obwohl egal war, was für eine Antwort sie gab. Jemand hatte ihr wehgetan, jemand, der ganz sicher dafür zahlen würde.

»Oh nein. Sie hat mir nie wehgetan. Sie hat sich ganz aufs Wäschewaschen konzentriert oder aufs Fernsehprogramm. Aber manchmal, an den Tagen, an denen ich dachte, dass sie mich unmöglich weniger lieben könnte, ist sie spazieren gegangen. Wenn ich jetzt darüber nachdenke, dann hat das mehr wehgetan als jeder kleine Schnitt.«

Wie konnte eine Mutter bloß ihrem Kind wehtun? Das würde er niemals verstehen. Er hatte sein Leben damit verbracht, Probleme wieder in Ordnung zu bringen, mit denen andere selber nicht klarkamen. Mia gab alles, vor ihm nicht in Tränen auszubrechen. Es hätte nicht zu so etwas kommen dürfen. Sie hätte diese Erinnerungen und Narben niemals haben dürfen.

»So wie ich das sehe, hat sie dir wehgetan.«

»Das kann man wohl so sehen.«

»Dein Vater? War er es, der dir das angetan hat?«

Sie lachte einmal kurz und abgehackt und es hörte sich nicht lustig an. »Du meinst den *Colonel*? Ja, das war er. Er verursachte gerne Schmerzen, mit was auch immer ihm gerade in die Hände kam. Was auch immer er gerade als amüsant oder als interessanten Zeitvertreib in seinem armseligen Leben empfand.«

Winters hätte nichts lieber getan, als dieses Arschloch umzubringen. Aber zuerst würde er ihn jede einzelne Verletzung, die er Mia zugefügt hatte, selber spüren lassen. Winters versuchte sich zusammenzureißen, ballte die Hände zu Fäusten und steckte sie in die Hosentaschen. Die Wohnzimmereinrichtung zu zertrümmern würde Mia jetzt auch nicht helfen. Eine Napalmbombe hochgehen zu lassen auch nicht.

Er musste ihr zuhören. Musste sich etwas ausdenken, wie er ihr helfen konnte. Ein Amoklauf würde nur ihm etwas bringen. Seinen Rachefeldzug konnte er verschieben. Aber dann würde er es Feuer vom Himmel regnen lassen.

»Süße ...« Sein Brustkorb fühlte sich ganz eng an.

»Sag nicht Süße zu mir. Oder Schätzchen. Das kann ich nicht gebrauchen.«

Er zupfte an seinem Kragen. »Sind sie noch am Leben?«

»Nein.«

»Gut.«

Sie nickte. »Finde ich auch.«

»Jetzt verstehe ich, wieso du diese Mauern um dich herum aufgebaut hast.« Er nahm sie in die Arme. Nicht, weil er ihre Brüste spüren wollte oder das Verlangen hatte, ihren Körper an seinen zu schmiegen. Nein, er wollte sie einfach nur trösten, ihr die Schmerzen nehmen.

Mia lachte wieder, diesmal in seine Brust. Sie kuschelte sich eng an ihn. »Meine Schutzmauern sind gar nichts. Ich bin Psychologin geworden, um meine Seele wieder zu heilen. Anderen zu helfen ist nur ein Bonus.«

»Wir sind die Summe unserer Teile. Ein einziges Teil bestimmt nicht, wer wir sind.«

»Auf dich mag das wohl zutreffen. Was mich betrifft, bin ich mir nicht so sicher.«

Wie konnte sie so etwas bloß denken? Er löste sich von ihr und hielt sie mit ausgestreckten Armen von sich. »Nein, Mia, da liegst du falsch. Das ist es nämlich, was dein Studium dir nicht beibringen konnte. Du *bist* perfekt. Du *bist* stark.«

»Ich bin nicht ...«

»Du versetzt mich ständig in Staunen. Weißt du, was das bedeutet? Du hast so viel Energie und unheimlich viel Kraft. Erzähl mir doch, wie du es von deinem Elternhaus auf einen Militärstützpunkt geschafft hast? Erzähl mir doch, wie du die letzten Tage überstanden hast, dein wunderschönes Lächeln ständig im Visier des Feindes?«

»Aber ...«

»Du hättest das alles nicht geschafft, wenn du nicht im tiefsten Inneren eine zähe Kämpferin wärst. Und dazu bist du noch die schönste Frau, die ich jemals gesehen habe.«

Eine Träne rollte über ihre runde Wange. Ihre Lippen bebten und wenn es überhaupt möglich war, dann wurde sie mit jeder Sekunde, die vorbeiging, noch schöner.

»Ich habe nicht darum gebeten, dass du mich aufmunterst.«

»Das waren keine aufmunternden Worte. Das war nichts als die Wahrheit.«

»Ich möchte nicht mehr darüber reden.«

»Das musst du auch nicht.« Was sollte er jetzt tun. »Vergiss das einfach alles und erzähl mir, was immer du willst. Erzähl mir einen Witz, was dein Lieblingsessen ist oder ob du ein Haustier hast.«

»Fragt ein Reporter einen Scharfschützen, was er gespürt hat, als er jemanden mit einem präzisen Schuss umgebracht hat.«

»Was redest du da?«

Ein Lächeln huschte über ihre Lippen. »Na ja, es ist kein Witz. Aber es ist ganz lustig. Fragt ein Reporter einen Scharfschützen, was er gespürt hat, als er jemanden mit einem präzisen Schuss umgebracht hat. Der Scharfschütze schaut den Reporter an und sagt?«

»Keine Ahnung. Er sagt ... Nein, keine Ahnung.«

»Den Rückstoß. Er hat den Rückstoß gespürt.« Sie lachte.

Gott sei Dank. Sie lachte. »So, so, Mia. Ein Waffenwitz. Das gefällt mir.«

»Blaubeeren. Wassermelone. Sushi.«

»Was?«

»Warum bist du so langsam? Du hast mich gefragt, was ich gerne esse. Blaubeeren, Wassermelone. Sushi. Scharfe Thunfisch-Rolle. Mit Gurke und Avocado. Und ich hätte gerne einen Hund. Nach diesem aufregenden Erlebnis werde ich mir, glaube ich, einen zulegen. Ich habe es mir verdient.«

»Das hast du wohl. Was willst du mir noch erzählen?«

»Seitdem Judith mit Clara zu ihrem langen Spaziergang aufgebrochen ist, habe ich mich danach verzehrt, dass du nach Hause kommst und mich küsst.«

»Danach verzehrt. Das hört sich ja dramatisch an. Wie wäre es mit, du hast es dir gewünscht? Du hast Lust darauf gehabt?«

Sie lachte. Er liebte ihr Lachen. »Du bist unmöglich.«

»Das gefällt dir doch«, flüsterte er ihr ins Ohr, bevor er sie küsste. Mia stellte sich auf die Zehenspitzen.

»Ja, das stimmt. Und jetzt möchte ich mehr als diesen Kuss.«

Ihr Atem fühlte sich warm an seiner Wange an, als sie das sagte.

»Wenn das so ist, dann habe ich dich in fünf Sekunden in meinem Schlafzimmer!«

Sie sank zurück auf die Fersen. »So lange? Das ist aber enttäuschend.«

Oh Mann. Nach diesem Kommentar hob er Mia hoch und rannte die Treppe hoch. Winters schlug die Tür hinter sich zu und ließ sich mit ihr aufs Bett fallen. *Das waren weniger als fünf Sekunden, oder?*

»Dein freches Mundwerk wird dich irgendwann noch mal in Schwierigkeiten bringen.«

Ihre Augen funkelten. »Du kannst dir gar nicht vorstellen, was ich mit dem Mundwerk noch so alles anstellen kann.«

Oh, seiner Vorstellungskraft waren keine Grenzen gesetzt. Jede Fantasie, die er einmal gehabt hatte, drang jetzt wieder an die Oberfläche seines Bewusstseins. Das Blut schoss in seinen Schwanz und jeder Muskel in seinem Körper spannte sich an, damit er nicht die Beherrschung verlor. Ihm wurde ganz heiß beim Gedanken daran, wie sie ihn in den Mund nahm. Es war fast zu viel für ihn. Fast.

»Du kannst nicht viel machen, wenn ich dich so festhalte.« Aber er konnte ihr nichts vormachen. Was er sagte, war sinnlos. Als ob man einem Raketenwerfer, der schon darauf programmiert war, den Feind zu treffen, Richtungsanweisungen gab.

»Dann wollen wir doch mal sehen, ob sich da was machen lässt.« Sie fuhr sich lasziv mit der Zunge über die Oberlippe.

Bevor er auch nur einen klaren Gedanken fassen konnte, hatte sie ihre Hände schon gegen seine Brust gestemmt. Ungeachtet der Tatsache, dass er hundert Kilo oder mehr pure Muskelmasse war, hatte sie ihn in Nullkommanichts unter sich. Sie hätte ihn wahrscheinlich nur mit dem kleinen Finger anstupsen müssen, um ihn auf den Rücken zu befördern, denn er war Wachs in ihren Händen. Aber das machte ihm nichts aus.

Mia saß rittlings auf ihm wie eine Domina, die ihre Aufgabe ernst nahm. Sie schob sein schwarzes T-Shirt hoch und zog es ihm zielstrebig über den Kopf. Keine Frage, sie hatte eine Mission. Ihre Finger gruben sich in sein Brusthaar. Die Berührung ihrer kalten Hände brannte auf seiner Haut. Sie wiegte ihre Hüften und drückte den Rücken durch.

»Mach die Augen auf, Colby.« Ihr sanfter Befehl bildete einen krassen Gegensatz zu ihren Worten, die ein Inferno in ihm entfachten. Fast hätte er mit *Ja, Ma'am* geantwortet. Wenn sie gerne Spielführerin sein wollte, dann ließ er sie diese Runde gerne sagen, wo es langging.

Seidiges Haar strich über seine Brust, als sie sich vorbeugte, um ihn leidenschaftlich zu küssen. Mit dem Fingernagel fuhr sie eine alte Narbe oben rechts auf seiner Brust nach, dann kämmte sie mit den Fingern durch sein raues Brusthaar.

Er presste seine Mitte gegen ihre und noch mehr Hitze entstand. Auch sie kam ihm mit den Hüften entgegen, in einem langsamen, steten Rhythmus. Sie wusste, was sie wollte. Sie bedeckte seine Brust mit feuchten Küssen. Dann rutschte sie weiter runter – für ihn die reinste Folter – bis ihr Gesicht und ihre Lippen über seinem Bauch schwebten, gleich einer strahlenden, untergehenden Sonne. Ihre Küsse hinterließen eine heiße Spur auf seiner Haut.

Sie zerrte an der Schnalle seines Armeegürtels. Er war wirklich nützlich, nur in einer solchen Situation nicht. Aber sie schaffte es, ihn abzuschnallen. Als nächstes machte sie den Hosenknopf auf und zog den Reißverschluss runter. Wenn man im Paradies leiden konnte, dann war er dort.

Mia sah zufrieden aus. Stolz. Tonangebend. So wie sie rittlings auf ihm saß, hätte sie auch genauso gut Sprengstoff an seiner Brust befestigen können. Bei den vielen sprühenden Funken würde er sowieso explodieren und in Millionen Stücke zerspringen.

»Ich kann es schon den ganzen Tag nicht abwarten, dich zu küssen.« Sie brach ab, während er ihr half, seine Hose und Boxershorts auszuziehen. »Und zwar genau hier.«

Ihre Zunge tanzte über seine Eichel, weich und sanft und

geschmeidig. Dann umschloss sie sein Glied mit ihren Lippen. Ein Feuer entbrannte in seinem Inneren und ein Stöhnen kam tief aus seiner Kehle.

»Geht es dir gut?«

»Ja, verdammt. Hör. Nicht. Auf.«

Er war so verzweifelt, dass er kurz davor war, sie anzuflehen. Er war bereit ihre Seele, ihren Verstand, alles zu stehlen, wenn sie ihm nur noch eine weitere Liebkosung schenkte.

Ihm wurde noch heißer. Großer Gott. Seine Hände vergruben sich in ihrem Haar und er sah ihr dabei zu, wie sie ihn ganz in ihren Mund nahm, ohne ihren Blick von seinem Gesicht abzuwenden.

Er verfluchte ihren heißen Mund und ihre heiße Zunge. Er verfluchte die Stromstöße, die durch seinen Körper zuckten. Bald konnte er sich nicht mehr zurückhalten. Mia summte und er vibrierte wie Klaviersaiten, die von einem Virtuosen gespielt wurden. Sie massierte ihn, streichelte ihn und trieb ihn immer weiter an den Abgrund. Noch konnte er sich an der gefährlichen Klippe festhalten, aber bald würde er sich kopfüber nach unten werfen.

»Mia, meine Süße.« Er keuchte. Er bettelte. Er brauchte sie so sehr. Was auch immer noch von seiner Selbstbeherrschung übrig war, drohte sich in Luft aufzulösen.

Er sollte sich von ihr lösen. Er musste an einen alten Ausbilder denken, der immer geblafft hatte: Ein Fünf-Sekunden-Zünder brennt nur drei Sekunden.

Aber er brachte kein Wort hervor. Also tat er sein Bestes, unter ihr wegzurutschen. Doch sie hatte ein klares Ziel vor Augen und ließ es nicht zu. Winters hörte auf sich zu wehren und presste sich ein Kissen auf den Mund, um seine Schreie zu ersticken, während die Flammen durch seinen Körper schossen.

»Oh Gott, Mia«, rief er, während er in ihren Mund kam. Sie ließ ihn nicht los, sondern hielt ihn fest, bis er fertig war.

Unglaublich. Die Frau hatte einiges drauf und noch mehr.

Mia nahm das Kissen von seinem Gesicht und grinste ihn an. Und sie sah so verdammt sexy aus mit ihren leicht geschwollenen Lippen und geröteten Wangen. Ihr Lächeln ließ sein Herz schneller schlagen. *Womit habe ich sie nur verdient?*

»Ich komme nicht gegen ...«

Sie ließ ihn den Satz nicht beenden, sondern legte ihre Lippen auf seine. Ihre Zunge stahl sich in seinen Mund und er drückte sie eng an sich. Wieder durchfuhr ihn die Lust – es war schon Zeit für die Zugabe. Er begehrte sie so sehr.

Das würzige Aroma von Sex füllte das Zimmer. Er küsste Mia und zog sie dabei so schnell wie möglich aus. Haut an Haut, die nackten Körper aneinandergepresst, brannte Winters immer noch vor Sehnsucht nach ihr. Auf aufregende Weise. Jeder Nerv war gereizt, jede Faser in seinem Körper schrie nach ihr.

»Mia. Mia. Mia.« Seine Kehle schnürte sich zusammen. Eine unsichtbare Hand drückte ihm die Luft ab. Er musste Liebe machen, bis diese Lust befriedigt war und diese Gefühle Erfüllung fanden, die seinen Verstand benebelten und sein Herz so zum Rasen brachten, als hätte er sich gerade einen Speedball durch die Nase gezogen.

Moment mal.

Liebe machen. Liebe machen?

Mias Finger fuhren durch sein Brusthaar, erkundeten seine Brust und seinen Bauch. Ihre feuchte Mitte rieb gegen seine Erektion. Er beugte sich vor und nahm eine harte Brustspitze in seinen Mund. Er leckte und saugte daran und beobachtete ihre Reaktion. Sie legte den Kopf in den Nacken, lehnte sich zurück und drückte ihm ihre volle Brust in den Mund.

Meins. Definitiv alles meins.

Er machte die Schublade seines Nachttischs auf, zog ein Kondom heraus und streifte es sich über. Winters streichelte über Mias seidenes Haar, während sie sich direkt über ihm positionierte und dort einen quälend süßen Moment lang verharrte, bis sie sich auf ihn setzte. Er lächelte und schloss die Augen.

Sie nahm ihn ganz in sich auf. Jeder seiner Sinne konzentrierte sich nur auf sie. Er konnte nur sie sehen, sie hören, an sie denken. Und sie hinterließ ein Mal auf ihm.

»Ich habe mich mein ganzes Leben nach dir gesehnt, Mia. Und ich wusste davon nichts«, flüsterte er, die Augen immer noch geschlossen. *Habe ich das laut gesagt?* Ihre Fingerspitzen tanzten über seinen Oberkörper. *Hatte sie das gehört?*

Er öffnete seine Lider und blickte in Mia Kensingtons dunkle, vertrauensselige Augen. *O ja, sie hat es gehört.*

Mia bewegte sich langsam vor und zurück. Ihr Atem ging schneller und ihr Tempo beschleunigte sich. Er fühlte sich größer und steifer und mehr wie ein Mann als je zuvor. Sein täglicher Job war nichts gegen ihre süßen, verzückten Schreie.

Großer Gott, er würde – konnte – das hier nicht zu Ende gehen lassen.

Sie bewegte sich auf und ab und sah dabei aus wie eine Liebesgöttin. Ihre Finger vergruben sich in ihrem Haar, ihr Schoß zog sich um ihn herum zusammen und sie wiegte sich zu einem Rhythmus und einer Musik, die er fast selber hören konnte. Er fasste sie an den Hüften. Sein Schwanz wollte mehr Tempo. Doch sein Kopf wollte sie zuerst kommen sehen.

»Mia, ich ...«

»Ich bin hier. Und ich bleibe hier«, fiel sie ihm ins Wort.

Was zum Teufel hatte er denn sagen wollen? *Ich brauche dich? Ich will dich?*

»Versprich es mir.«

Als ob er einen magischen Satz aus dem Kama Sutra gesagt hätte, trat ein entrückter Ausdruck auf ihr Gesicht und ihre Muskeln krampften sich um ihn herum zusammen. Er hielt sie fest, während sie gleich einem tanzenden Derwisch in seinen Armen kam.

Sie brach auf ihm zusammen. Ihre Wange schmiegte sich an seine. Perfekt. Er wollte spüren, wie sie wieder zu ihm zurückkam, strahlend und köstlich wie Ambrosia. So etwas hatte er noch nie erlebt, bevor Mia in sein Leben gekommen war wie ein Bombenangriff, der alles plattmachte.

Vorsichtig drehte er sich, sodass sie unter ihm lag, wobei er aufpasste, dass er nicht aus ihr hinausglitt. Sie sah aus wie ein Engel, das Haar um ihren Kopf herum ausgebreitet, die ganzen Kissen um sich herum. Ihre Beine hatte sie immer noch um seine Taille geschlungen. Ihre Finger fuhren durch sein Haar. Er versuchte so sanft wie möglich zu sein, doch es wollte ihm nicht gelingen. Winters zog seinen Schwanz aus ihrer feuchten, süßen Höhle und stieß ihn dann wieder ganz in sie hinein.

Er strich ihr das Haar aus dem Gesicht und konzentrierte sich auf die makellose Symmetrie ihrer Wangenknochen. Schweiß tropfte von seinem Hals, von seinen Schläfen. Er rieb einen Finger über ihren Kitzler. Zusammenflogen sie immer höher. Mias Körper bebte, vibrierte, trieb sie beide an den Rand des Orgasmus.

Sie flüsterte, nein, schnurrte in sein Ohr. Die wundervollen Laute wärmten sein Herz.

Verstand sie, wie er sich fühlte? Wenn ja, dann verstand es wenigstens einer von ihnen.

Er war noch nicht bereit dafür, dass es zu Ende ging, weil er das Gefühl hatte, er wollte ihr mit diesem Akt etwas sagen. Aber gleichzeitig konnte er es kaum mehr abwarten, zu kommen.

»Bitte, Colby, komm mit mir zusammen. Ich brauche dich bei mir.«

Er verlor die Beherrschung und sog tief den Atem ein. Sie hatte den Schlüssel im Schloss umgedreht und damit die Tür zu einem freien Durchgang aufgeschlossen. Jetzt rannten sie zusammen auf den Abgrund zu, denn er wollte nichts lieber, als ihren Wunsch zu erfüllen.

Mia kam wieder so heftig, dass er die Erschütterung von tief unten bis hoch in die Ohrläppchen spüren konnte. Sie riss ihn mit und das Ende war vollkommen. Gemeinsam erreichten sie den Höhepunkt. Sie keuchten und kämpften, schrien und stöhnten im Einklang.

Schließlich ließ er sich neben ihr aufs Bett fallen, nahm Mia in seine Arme und betete, dass sie sich nicht gleich wieder von ihm lösen würde. Er brauchte einfach noch ein paar Minuten in stiller Zweisamkeit mit ihr. Er wollte das Gefühl der perfekten Erfüllung genießen.

KAPITEL SIEBZEHN

Selbst im Zustand der glücklichen Erschöpfung konnte sie ihre Ängste und Sorgen nicht ganz abschalten. Aus gemütlichen Sekunden wurden stille Minuten, während es im Zimmer immer dämmriger wurde. Durch das Panoramafenster konnte sie sehen, wie sich der Himmel violett und orange färbte. Die Atmosphäre im Schlafzimmer war so dicht, dass sie schwerer wog als das emotionale Gewicht seiner Worte.

Ich habe mich mein ganzes Leben lang nach dir gesehnt. Seine Worte tanzten in ihrem Kopf und prägten sich für immer in ihr Gedächtnis. Was er wohl gesagt hätte, wenn sie ihn nicht unterbrochen hätte? Was hätte sie ihn sagen hören wollen? Irgendwas. Nichts. Alles. Wer wusste es schon? Ihr Herz und ihr Kopf fingen beim Gedanken daran laut an zu pochen, immer abwechselnd, wie eine Wippe, die auf- und abging.

Es tat ihr im Herzen weh, dass sie sich nach etwas so Vergänglichem und Gefährlichem sehnte. Doch es war einfach absurd, ihre Gefühle für Colby mit irgendwelchen logischen Argumenten zu bestreiten.

Es war einfach absurd, die Schmetterlinge in ihrem Bauch zu ignorieren, wenn er ihr ein warmes Lächeln schenkte, oder das wohlige Schauern zu verleugnen, das sie jedes Mal überkam, wenn er sie in die Arme nahm. Es war absurd, diesen Hoffnungsschimmer zu ignorieren, der zum allerersten Mal in ihrem Leben am Horizont erschien. Es war vielleicht doch nicht ihr Schicksal, alleine zu sein, und vielleicht hieß das, dass sie in Zukunft nicht mehr so tun musste, als würde sie sich für die langweiligen und weniger vertrauenswürdigen Männer interessieren, mit denen sie sonst ausgegangen war.

Wenn sie gewusst hätte, dass es Männer wie Colby Winters gab, hätte sie denen in der Vergangenheit die kalte Schulter gezeigt. Jetzt versprach jeder langsame Kuss und jeder kurze Blick mehr, als ihre vorherigen, kurzen Beziehungen überhaupt an Potenzial gehabt hatten.

Er hielt sie ganz eng an sich gepresst und seine entspannten Atemzüge waren ein krasser Gegensatz zu seiner unnachgiebigen Art. Mia genoss diesen Moment und ging ganz darin auf. Keine Ängste. Keine Sorgen. Keine Vergangenheit. Nur die Gegenwart existierte. Er und sie. Sie schmiegte sich in seine Arme.

»Ich dachte, du wärst eingeschlafen«, flüsterte er.

Gänsehaut breitete sich auf ihrer warmen Haut aus. Sie konnte lügen und sagen, dass sie gerade erst aufgewacht war, aber es gab keinen Grund dafür. Er streichelte ihr ganz sanft und liebevoll mit den Fingerspitzen übers Haar.

»Ich fühle mich bei dir sicher.« Das war nicht gelogen.

»Gut. Das solltest du auch.«

»Ich rede nicht von dem Albtraum, der uns verfolgt. Ich rede von dem Albtraum, den ich mein ganzes Leben lang verdrängt habe.«

»Gut.«

»Das ist eine kurze und bündige Antwort, Colby.«

»Süße, wenn du darüber reden willst, was passiert ist, tu das. Ich höre dir zu. Aber du weißt, dass ich kein Engel bin und ich habe weiterhin vor, mit dem Teufel zu tanzen. Wenn jemand dir jemals wieder so wehtun sollte, dann würde ich alles tun, um dich zu beschützen. Und um sicherzugehen, dass man dir nie wieder wehtun kann.«

Sie nickte. In ihren Augen war er ein Engel, egal mit wem er tanzte.

Er zeichnete die Narbe unter ihrem Kinn nach. »Diese Narbe ist für mich ein Ruf zu den Waffen. Sie löst in mir Wut und Hass aus und den starken Drang, Rache zu üben.« Er küsste ihre nackte Schulter. »Aber ich musste nicht diese Narben sehen, um zu wissen, dass meine Welt an dem Tag aus den Fugen geraten ist, an dem ich dich traf.«

Sie hatte ihre Tränen bisher ebenso tapfer zurückgehalten, wie sie sich dagegen gewehrt hatte, ihm nahezukommen. Jetzt brannten ihr wieder die Tränen in den Augen. Ihre Kehle schnürte sich zu. Aber in seinen Armen und nachdem er das alles gesagt hatte, erlaubte sie sich endlich zu weinen.

Mia bewegte sich nicht. Sie schniefte und schluchzte nicht. Aber die Tränen fingen an zu laufen.

»Weinst du?«

Und wieder gab es keinen Grund zu lügen. Sie lächelte. »Ja.«

Colby lehnte sich über sie und presste sie dabei aufs Bett. Sein Kiefer war angespannt und er suchte ihren Blick. Er war so intensiv. Wieder bekam sie Schmetterlinge im Bauch und Gänsehaut am ganzen Körper.

»O Gott, es tut mir leid. Ich wollte nicht ...«

»Nein. Nein, das hier ist eine gute Sache.« Eigentlich wollte sie lachen, aber es hörte sich mehr an wie ein Schnauben. *Sehr attraktiv.*

Er lachte. »Wenn Sie das sagen, Dr. Freud. Lachen und Weinen gehören eigentlich nicht zusammen.«

»Doch, jetzt schon.«

»Und wieso?«

»Weil meine Welt auch aus den Fugen geraten ist.«

Das war eine komplette Untertreibung. Sollte es in ihrer Zukunft wirklich einen attraktiven Mann und einen Hund geben? Ihr jahrelanges Psychologiestudium schien auf einmal für die Katz. Denn nichts davon ergab Sinn. Es schien völlig unrealistisch. Und trotzdem war sie jetzt hier. Überlebende einer Entführung und mehrerer Schießereien. Befreit durch die einfachen Worte eines Kriegers.

Befreit. Sie dachte über dieses Wort nach, ließ es sich immer wieder durch den Kopf gehen. Es war der richtige Ausdruck und entsprach der Wahrheit. Das war eine ganz schöne Leistung und damit hatte sie verdient, zu bekommen, was sie wollte. Ein kuscheliger kleiner Welpe mit einem passenden Namen wie Rambo oder Killer. Ein sexy Mann, der nichts lieber wollte, als sie zu beschützen und mit ihr ins Bett zu gehen. Das Leben war wundervoll.

»Was hältst du von einem Abendessen?«, fragte er.

»Ich habe keinen Hunger.«

»Nein, ich meine, möchtest du morgen Abend mit mir Essen gehen?«

»Wie bei einem Date?« Das Zimmer lag mittlerweile im

Halbdunkeln, aber es entging ihr trotzdem nicht, dass er rot anlief.

»Ja, ein Date, Schätzchen. Mit Kerzenlicht und Rosen.«

Ein Date mit Kerzenlicht und Rosen? Er überraschte sie immer dann, wenn sie es am wenigsten erwartete – obwohl das ja die Definition einer Überraschung war. Sie musste sich ihn in Anzug und schickem Hemd vorstellen und bekam weiche Knie, obwohl sie im Bett lag. Würde sie es bei dem Anblick überhaupt hinbekommen, ein vernünftiges Gespräch mit ihm zu führen, oder würde sie ihn nur verzückt anstarren?

Dann rutschte ihr das Herz in die Hose. Es war perfekt und sie würde alles mit ihrer Antwort verderben. »Ich habe nichts zum Anziehen. Ich kann da ja schlecht in der Jogginghose und dem T-Shirt deiner Mutter hingehen. Sehr sexy.«

»Da fällt uns bestimmt was ein.«

»Was denn? Willst du mein tapferer Ritter und ein Fashionista sein?«

»Ich will dein was-auch-immer-ich-tun-muss-um-dich-glücklich-zu-sehen-*ista* sein.«

Was auch immer er tun musste? Sie sollte das vielleicht näher definieren, damit er nicht dauernd im Dunkeln tappte.

»Ich könnte morgen Vormittag einkaufen gehen«, sagte sie.

»Keine Cardigans. Oder Khakihosen.«

Sie konnte das Lächeln in seiner Stimme hören. »So etwas ziehe ich nicht immer an. Ich habe für meinen Ausflug nach Louisville nun mal nicht mehr als ein Outfit eingeplant gehabt.«

»Am besten wäre etwas, das kurz und eng ist.«

Sie lachte. »Jetzt hast du auch noch Ansprüche.«

»Und tief ausgeschnitten wäre auch nicht schlecht.«

»Colby.« Hitze stieg ihr in die Wangen. »Ich kann schon selber was zum Anziehen für mich finden!«

»Ich lasse dich nur an meinen Gedanken teilhaben. Bist du denn fertig mit dem Lachen und Weinen?«

Ihr Magen krampfte sich zusammen. Hatte er das nur gesagt, damit sie aufhörte, zu weinen? »Du musst mich nicht zum Essen ausführen, damit ich vor dir nicht in Tränen ausbreche.«

»Lass das, Mia. Du ziehst schon wieder die Schutzmauern hoch.«

»Tue ich gar nicht ...«

»Doch, das tust du. Ich will dich zum Essen ausführen, weil du so etwas magst und ich dich mag. Es ist ganz einfach. Ihr Seelenklempner wisst doch, wie das funktioniert, oder? Der ganze *Was dich glücklich macht, macht mich glücklich*-Kram?

»Ich bin kein Seelenklempner.«

»Aber du redest am Thema vorbei. Absichtlich, nehme ich an.«

»Ich habe weder Kreditkarten noch Bargeld. Ich muss ...«

»Bargeld findest du in einer Schublade in der Küche, direkt neben der Überwachungskamera. Die Autos stehen in der Garage. Du kannst dir eins aussuchen. Die Schlüssel hängen an einem Brett neben der Tür.«

»Ich werde ganz sicher kein Geld von dir annehmen.«

»Glaubst du wirklich, das macht mir was aus, nachdem wir beide zusammen einem Kugelhagel entkommen sind? Aber wenn du lieber in Moms Jogginghose essen gehen willst, Süße, dann ist das für mich auch in Ordnung. Mir macht das nichts aus. Ich habe dir nur mein ideales Outfit für dich beschrieben. Aber wenn du vor mir sitzt, dann habe ich sowieso nur Augen für dich und nicht, was du anhast.«

»Äh.« Was sollte sie dazu sagen?

»Lass mich einfach wissen, wann du gehen willst und wohin, damit ich sichergehen kann, dass ich da bin oder dir jemanden von Titan als Personenschutz abstellen kann. Ich muss morgen Vormittag arbeiten, aber den Rest des Tages können wir gerne gemeinsam verbringen und machen, was immer du willst.«

»Danke.« Was immer sie wollte? Hier in seinem Haus zu bleiben stand ganz oben auf ihrer Liste. Mia setzte sich auf und gab ihm einen Kuss. »Hast du die NOC-Liste noch?«

»Ja. Ich bewahre sie an einem sicheren Ort auf.«

»Wieso hast du sie noch?«

»Ich werde sie niemandem außer meinem Chef geben. Er war nicht da und ich bin wieder gegangen.«

»Nachdem wir die Liste los sind, bin ich dann wieder in Sicherheit?«

»Theoretisch schon.«

»Das beruhigt mich ja sehr. Und wie sieht es in der Praxis aus?«

Er antwortete nicht. Das war auf mehr als eine Art beunruhigend.

»Colby?« Sie würde sich gleich das Schlimmste ausmalen, wenn er nicht bald mit einer Antwort rausrückte. Verdammt, sie war schon dabei.

»In der Praxis werden diese Arschlöcher einen Hass auf uns haben. Und sie werden sicher etwas unternehmen wollen, um sich an uns zu rächen. Aber wir werden einfach dafür sorgen, dass sie sich mit Titan anlegen und nicht mit dir, und dann werden wir uns irgendwie mit ihnen einigen.«

»Ich weiß nicht, was das bedeuten soll.«

»Es bedeutet, wir treffen ein Abkommen. Es wird sich für sie nicht rechnen, dich weiterhin zu verfolgen, weil die Kosten zu hoch sein werden.«

»Die Kosten?«

»Mittel. Männer. Sie sitzen in Südamerika. Sobald sie wissen, dass sie an die Liste nicht rankommen, ist alles weitere, was sie unternehmen, reine Vergeltung. Aber sie sind Geschäftsleute. Alles hat seinen Preis. Je nachdem, was ihnen ihre Zeit und ihre Aufmerksamkeit wert ist. Irgendwann wird es sich für sie nicht mehr rechnen. Am Ende geht es um Dollar und Cents.«

»Aber in der Zwischenzeit werden sie noch mehr Menschen wehtun. Sie könnten dir wehtun«, sagte sie mit scharfer Stimme.

»Darüber haben wir doch schon geredet. Sie können mir nicht wehtun.«

»So ein Unsinn. Natürlich kann man dir wehtun. Du könntest sterben.« Das war es ganz sicher nicht, was sie wollte. Sie wollte diesen Albtraum vergessen, den sie gerade so eben überlebt hatten, und in ihrer Märchenwelt leben. Aber nein, er wollte wieder Räuber und Gendarm spielen.

»Süße, das ist mein Job. Es ist mein Leben. Ich habe nichts daran geändert, als Clara zu mir kam, und ich werde auch nichts daran ändern, jetzt, wo du mir wichtig geworden bist. Es tut mir leid.« Er streichelte über ihren Arm, über den Ellenbogen bis hin zum Handgelenk. »Es ist kompliziert, aber ich verspreche dir, dass ich dich beschützen werde und dass ich immer nach Hause kommen werde.«

Das Zimmer war jetzt dunkel. Die Nacht war längst angebrochen und das Mondlicht warf einen milchig weißen Schimmer auf den hellen Teppich.

»Wenn das hier alles vorbei ist, wenn du mich nicht mehr beschützen musst, willst du dann überhaupt noch Zeit mit mir verbringen?« Sie legte den Arm übers Gesicht, so als ob sie sich vor seiner Antwort verstecken wollte. Wenn er nein sagte, dann würde der Mond vom wolkenlosen Himmel fallen und nichts als eine traurige, tiefschwarze Leere zurücklassen.

»Natürlich. Ich denke mir doch hier nicht deinetwegen irgendwas aus«, sagte er und streichelte ihren Arm.

»Dann denkst du es dir deinetwegen aus?«

Er schüttelte den Kopf und legte seine Arme um sie. »Sei nicht albern. Lass es mich anders ausdrücken. Alles was ich getan habe, habe ich deinetwegen getan, aber ich habe dich nie angelogen. Das zwischen uns ist etwas ganz Besonderes. Gehen wir doch am besten einen Tag nach dem anderen an und sehen mal, wie es läuft. Vielleicht kannst du mich nach unserem Date gar nicht mehr leiden. Vielleicht benutzt du mich einfach nur für Sex.«

»Vielleicht.«

»Nun ja, es gäbe Schlimmeres.«

Sein Telefon klingelte. Er löste sich von ihr, schnappte sich das Handy vom Nachttisch und nahm den Anruf entgegen. Ein paar kurze Worte später lag er schon wieder neben ihr.

»Waren das die Bösen, die angerufen haben, um sich zu ergeben?« Sie lachte leise.

»Du bist süß, wenn du sie die Bösen nennst. Nein. Ich muss morgen in Herrgottsfrühe auf der Arbeit antanzen.«

»Was?«

»Ich muss so früh raus, dass du wahrscheinlich morgen ganz alleine aufwachen wirst. Das tut mir leid.«

»Ich nehme an, jetzt willst du mir auch noch erzählen, dass wir schlafen müssen, wenn wir gemeinsam im Bett liegen.«

Sie lachten beide. Der Moment war entspannt und lustig.

»Wohl schon. Aber es gibt auch etwas Positives. Ich kann garantieren, dass diese Bettwäsche weicher und sauberer ist als die im Motelzimmer.« Er küsste sie auf die Nase. »Außerdem brauche ich meinen Schönheitsschlaf. Ich habe morgen ein heißes Date.«

»Oh, ich auch.«

»Das muss ja ein Glückspilz sein.« Er gab ihr noch einen Kuss. »Träum süß, Prinzessin.«

Wenn sie alle ihre Träume und Wünsche und Sehnsüchte aufgeschrieben hätte, dann hätte es das hier ganz sicher nicht bis ganz nach oben auf der Top-Hundert-Liste geschafft. Es hätte es nicht auf die Die-Welt-geht-unter-und-es-ist-höchste-Zeit-für-eine-Liste-von-Dingen-Liste geschafft. Dafür war sie nicht kreativ genug und so etwas hätte sie nie zu träumen gewagt.

Niemals hätte sie sich vorstellen können, dass ein kampferprobter Held sie zu einem Traumdate einladen und sie Prinzessin nennen würde. Niemals hätte sie sich erträumt, dass dieser Mann mit ihr in den Armen einschlafen würde. Zweimal hintereinander.

Niemals.

Aber er war hier. Und das hier geschah wirklich. Und ein Traum, den sie nie zu träumen gewagt hätte, wurde wahr.

KAPITEL ACHTZEHN

Die Fahrgeräusche beruhigten ihn nicht. Nein, seine Gedanken kreisten genauso schnell wie die surrenden Reifen auf dem Asphalt. Winters trommelte mit den Fingern auf das Lenkrad und nahm schon zum zehnten Mal das Handy in die Hand, um Mia anzurufen, nur um es gleich wieder wegzulegen.

Draußen war es immer noch dunkel und der Sonnenaufgang würde noch etwas auf sich warten lassen. Was gab es für einen Grund, sie aufzuwecken? Er verfluchte die unschuldigen Autofahrer vor ihm, die sich an das Tempolimit hielten, während er versuchte, so schnell wie möglich zum Hauptsitz von Titan zu gelangen.

Er war so glücklich aufgewacht, mit ihr in seinen Armen. Er hatte ihren wundervollen Geruch immer noch in der Nase. Er hatte überhaupt keine Lust gehabt, das warme Bett zu verlassen. Wenn es bei diesem Einsatz nicht darum ginge, Mia zu beschützen, dann hätte er Jared vielleicht gesagt, dass er ein paar Tage frei nehmen wollte. Überstunden hatte er genug angesammelt. Wahrscheinlich standen ihm einige Wochen Urlaub zu. Das erste, was er fragen würde, wenn er gleich durch die Tür stürmte: *Wo ist der Leitfaden für Mitarbeiter?* Den gab es doch bestimmt, oder?

Aber würde da vielleicht auch drinstehen, dass sexuelle Beziehungen mit Klienten verboten waren? Heute Abend hatte er schließlich ein heißes Date mit einer Klientin. Streng genommen war sie wohl keine, aber das war ihm auch egal, denn kein Unternehmensgrundsatz würde ihn von dieser Verabredung abhalten.

Er knurrte herausfordernd, obwohl ihn niemand hörte, und fuhr dann in die Titan-Parkgarage. Bevor er seinen Kollegen gegenübertrat, musste er diesen bin-gerade-neben-einer-nackten-Frau-aufgewacht-Gesichtsausdruck loswerden. Es war viel zu früh am Morgen, um sich solchem Spott auszusetzen und er hatte noch nicht genug Kaffee getrunken oder Weingummis gegessen, um darauf vorbereitet zu sein.

Er kniff die Augen zusammen, holte tief Luft und ging zur ersten Tür. Er gab den Code ein und die Stahltüren öffneten sich. Noch eine Tür. Retina-Scan. Wieder eine Tür und wieder eine. Er überwand alle Hürden, die Parker sich für diese Woche ausgedacht hatte. Verdammte Sicherheitsvorkehrungen. Gut, dass er sie sehr schätzte.

Winters eilte einmal quer durch den Kontrollraum direkt in die Küche, in der Hoffnung, dass jemand schon eine Kanne Kaffee aufgesetzt hatte. Nein. Pech gehabt. In seinem Schrank lag auch keine angefangene Tüte Süßigkeiten mehr. Scheiße, er fühlte sich wie eine Frau. Stimmungsschwankungen. Süßigkeitengelüste. Er sollte wirklich weniger von dem Zeug essen.

»Was ist denn mit dir los, Winters?« Parker musterte ihn, als er wieder in den Raum mit den vielen Computern zurückging. Trotz der Hitze, die die vielen elektronischen Geräte abgaben, war es dort eiskalt. »Gestern bist du aus dem Gebäude gestürmt, als ob du unter feindlichem Beschuss wärst, und heute bist du so unruhig, dass du nicht stillstehen kannst.«

»Ich musste wo hin.« Dann hatte er es wohl nicht geschafft, während der Fahrt den Kopf frei zu bekommen. »Wo zum Teufel sind denn alle? Ich dachte, es soll eine Einsatzbesprechung stattfinden, oder nicht?«

»Seit wann hast du es denn so mit Pünktlichkeit?« Parker schwang den Drehstuhl herum und schaute ihn von oben bis unten neugierig an.

Scheiße. Sollte er sich vielleicht ein Schild um den Hals hängen, auf dem stand *Mich hat's erwischt*, oder gleich zugeben, dass in seinem Bett eine Frau auf ihn wartete? Er rieb sich das Kinn.

»Vergiss es einfach. Ich will das nur endlich zu Ende bringen. Dieser Auftrag nervt.«

»Junge, *du* nervst. Seit wann interessiert es dich denn, ob es Komplikationen gibt? Ich dachte, du findest es toll, wenn irgendwo richtig die Hölle los ist und du mitten drin steckst.«

Die Kerle, die Mia und ihn durch die Mangel genommen hatten, waren echte Arschlöcher. Wenn sich jemand mit ihm angelegt hatte, dann konnte er ihm das verzeihen. Aber nicht, wenn es Mia anging. Wer sich mit ihr anlegte, der hatte es sich gründlich mit ihm verscherzt.

Winters starrte Parker nur böse an, als Jared in den Raum kam. Er trug dabei die übliche Attitüde zur Schau. Er war Army Ranger gewesen und hatte die feinste Ausbildung genossen. Das Militär konnte ihn nicht lange halten, bevor er samt seiner Ich-bin-hier-der-Boss-Einstellung in den Privatsektor wechselte und seitdem allen, die mit ihm arbeiteten, zu nettem Profit verhalf.

»Da ist was dran, Winters.« Jared schaute sich eine topografische Karte auf dem Tisch an.

»Woran? Dass ich es nicht so mit Pünktlichkeit habe? Oder dass der erste im Büro nicht die Kaffeemaschine angestellt hat?« Winters warf Parker einen finsteren Blick zu.

Ein paar weitere Männer traten ein und nahmen an dem großen runden Tisch Platz, während sie sich darüber beschwerten, wie früh es noch war. Parker teilte Papiere aus und alle blätterten durch ihre Stapel. Jared nickte Parker zu, um ihm zu signalisieren, dass er anfangen sollte.

»Ich habe hier Aufnahmen von Verkehrsüberwachungskameras, Mautstationen und Überwachungskameras an den Orten, an denen Winters war.« Parker legte ein paar Fotos in chronologischer Reihenfolge auf den Tisch. »Flughafen. Das erste Motel.«

Alles sah richtig aus. Parker fand überall und jederzeit Bilder von irgendwas, wenn es dort in der Nähe eine Kamera gab.

Er zeigte auf ein paar Fotos. »Die beiden Männer sind Winters von Washington bis Louisville gefolgt. Das sind Handlanger von Juan Carlos Silva. Ein kolumbianisches Kartell. Die handeln hauptsächlich mit Frauen und Drogen.«

Jared knurrte: »Ich habe ja Kartellbosse so satt, die mit Mädchen handeln.«

Haben wir das nicht alle?

Parker zeigte ihnen ein anderes Foto. »Dieser hässliche Mistkerl ist Diego Cortes, anscheinend einer von Silvas Spitzenmännern. Die Männer im Flughafen haben in seinem Auftrag gehandelt. Wahrschein hat er Panik bekommen, nachdem du sein Team ausgeschaltet hast, und schnell ein paar Kleinkriminelle angeheuert, um den Job zu Ende zu bringen. Beim zweiten Motel hat er die Sache selber in die Hand genommen.«

Die Männer schauten sich der Reihe nach die vergrößerten Fotos an. Winters musste sie nicht sehen. Er war dabei gewesen. Ihm fiel auf, dass Parker grinste.

Parker legte ein weiteres Foto auf den Tisch, ganz langsam, und klopfte dann mit der Faust darauf. »Hier haben wir die Karaokebar, vor der sie Winters angegriffen haben. Laut der Polizei wurden die Leichen von Cortes und einem weiteren Mann im Kofferraum eines Wagens auf dem Parkplatz des Motels gefunden.«

Als wenn ihn jemand mit der Faust in die Magenkule geschlagen hätte, erkannte Winters, was auf dem Foto vor sich ging. Mia hatte ihn gegen die Wand gepresst. *Verdammt, Parker, das wirst du bereuen.*

Jemand am Tisch machte Kussgeräusche. Jemand anders lachte. Er würde ihnen allen eine reinhauen.

Winters schaute sich das Foto genauer an. Er konnte sich rausreden. Es war schließlich eine Variante der Honeypot-Falle: Der Agent musste so tun, als ob er mit etwas anderem beschäftigt war, um den Angreifer anzulocken. Diese Taktik funktionierte jedes Mal und sie alle wendeten sie häufig an. Aber es war nicht unbedingt was, was man auf Film festhalten musste. Er würde Parker später um die Ecke bringen. Ihm zumindest eine verpassen.

Aller Blicke waren auf dem Foto – Mias offenes, verstrubbeltes Haar, ihre Lippen an seinem Hals, sein Gesicht, das keinen Zweifel daran ließ, wie sehr ihm gefiel, was sie da tat. Das würden sie ihn nie vergessen lassen. Er würde sich das für den Rest seiner Zeit hier anhören müssen.

Dann musste er eben alle im Raum umbringen.

»Vielen verkackten Dank auch, Parker.«

Parker lachte und warf den Kopf in den Nacken. Winters konnte sich richtig vorstellen, wie er ihm den Hals umdrehte. Er schnalzte mit der Zunge und versuchte, diesen unschönen Zwischenfall hinter sich zu bringen. »Also, wie geht es jetzt weiter. Sind noch mehr von Silvas Männern auf dem Weg hierher? Denken Sie, die NOC-Liste ist noch auf dem Markt?«

»Der Gerüchteküche zufolge ist Juan Carlos Silva stinkwütend.

Wenn du seine Männer nicht umgebracht hättest, dann hätte er es selber getan. Silva will die NOC-Liste und das Mädchen. Er verspricht sie seinen Männern als Bonus, wenn sie ihm die Liste bringen.«

Als Bonus? Sicher nicht. Gib mir die Koordinaten. Ich schalte ihn aus.

Jared räusperte sich und befahl Winters damit wortlos auf seinem Stuhl sitzen zu bleiben.

Parker ging zum großen Bildschirm und zeigte mit dem Finger darauf. »Wir haben gehört, dass Silvas Männer hier, hier und hier aufgetaucht sind.«

Er hinterließ überall schmutzige Fingerabdrücke, wo er hingezeigt hatte.

Sollten die Arschlöcher nur kommen. Winters war mehr als bereit, diesen Scheiß-Auftrag zu beenden.

Eine neue Karte erschien auf dem Bildschirm. Helle weiße Punkte blinkten auf der Route von Kentucky nach Virginia, die sie gestern genommen hatten. »Hier sehen wir, dass Silvas Team dir bis nach DC gefolgt ist. Sie sind mit Sicherheit schon längst hier und haben Mia Kensingtons Büro und Wohnung durchsucht.«

»In welchem Safe House ist sie denn?«, fragte Jared.

»Sie ist nicht in einem von Titans Häusern.« Winters versuchte sich so desinteressiert wie möglich anzuhören und verfolgte die Punkte auf dem Bildschirm.

Dabei konnte er praktisch sehen, wie sich die Rädchen in den Köpfen aller Männer am Tisch drehten. Es herrschte Totenstille. Alle Blicke waren auf ihn gerichtet.

»Na, dann mal raus mit der Sprache, Winters. Wo könnte die kleine Miss Mia Kensington denn sein, wenn sie nicht in einem Safe House von *Titan* ist?« Jared hob eine Augenbraue.

So wie bei einem Konzert die Leute manchmal erst zögerlich klatschten, bevor sie in Beifall ausbrachen, breitete sich jetzt auch das Lachen am Tisch aus. Ein Mann verbarg sein Lachen unter einem Husten, dann war der nächste dran und schließlich die ganze Bande. Ach, die konnten ihn mal.

»Sie ist bei mir zu Hause. Belassen wir es dabei.«

»Bei Clara?«, konnte sich Parker nicht verkneifen zu sticheln.

»Und deiner Mutter?«, fragte Jared, obwohl sich seine raue Stimme wie immer anhörte. Aber sein Chef hob eine Augenbraue und verzog sogar die Mundwinkel zu einem Lächeln.

Winters presste die Lippen zusammen. »Ich mache euch alle fertig, ihr Arschlöcher. Was geht es euch überhaupt an?«

Jetzt musste sogar Jared lachen und lehnte sich auf seinem Stuhl zurück. »Mann, Winters. Das ist ja süß. Was meint ihr, Jungs? Hat Winters eine Freundin gefunden?«

Jetzt hielt sich keiner mehr zurück und alle brachen in schallendes Gelächter aus.

Aber was hatte er auch erwartet? Natürlich hätten sie es früher oder später herausgefunden. Es war ja nicht so, als ob er ein Geheimnis daraus machen wollte. Aber dass sie bei ihm zu Hause war, hätte ja nicht gleich erwähnt werden müssen, nachdem alle das Honeypot-Foto gesehen hatten.

»Ihr könnt mich mal.« Wenn er sie nicht alle einzeln beleidigen konnte, dann war das leider alles, was ihm einfiel. Und so sagte er es wieder und wieder – was nur für noch größere Heiterkeit sorgte. *Gott verdammt.*

Als Jared anscheinend beschlossen hatte, dass er genug gelitten hatte, schaltete er sich ein. Mit seinem üblichen miesepetrigem Gesichtsausdruck sagte er: »Also gut, also gut. Das reicht jetzt. Silva wird sich in DC wieder auf die Suche nach der Liste machen. Es ist seine letzte Chance, bevor mein Auftraggeber sie zerstört. Winters wird die Liste übergeben. Parker, du und Loverboy hier werdet euch darum kümmern, dass Mia nichts passiert, wenn sie wieder in ihr altes Leben zurückkehrt.«

Winters Handy piepte und sofort machte sich ein ungutes Gefühl in seiner Magengegend breit. Er wusste, was dieses Geräusch bedeutete, ohne auf das Display schauen zu müssen, also unterbrach er Jared. »Wir haben ein Problem.«

»Ja, dein Handy nervt«, rief jemand am Tisch.

»Der Alarm auf meinem Grundstück wurde gerade ausgelöst.«

Er fand Mias eingespeicherte Nummer und rief sie an. Niemand nahm ab. Er versuchte es noch mal. *Komm schon. Komm schon.* Er wollte nur wissen, dass es ihr gut ging. Es nahm immer noch niemand ab. Er legte auf und tippte jede Zahl einzeln ein. Es klingelte und klingelte. Nichts. Er drückte den Knopf, um den Anruf zu beenden, ließ den Kopf hängen und fluchte vor sich hin.

»Winters, dein Tor ist doch auch mit einem Alarm gesichert, oder?«, fragte Parker. »Und du hast Sensoren an den Mauern? Wenn die nicht losgegangen sind, dann hat vielleicht Mia ausversehen diesen Alarm ausgelöst. Ich meine, wenn niemand das Grundstück betreten hat ...«

»Red doch keinen Unsinn, Mann. Es ist durchaus möglich. Auch mit einer so tollen Alarmanlage wie meiner.« Er presste die Wahlwiederholung. Nur um sicher zu gehen. »Irgendwas stimmt hier nicht. Parker, hack dich in meine Alarmanlage. Und versuch gar nicht erst, so zu tun, als ob du das nicht kannst.«

Parker schaute Jared an, der nickte, und rollte dann mit seinem Drehstuhl zu dem Keyboard unter der Wand mit den Bildschirmen. Winters hielt sich immer noch das Handy ans Ohr. Je länger es klingelte, desto größere Panik breitete sich in ihm aus. Es war zwar noch früh, aber Mia war bestimmt schon aufgestanden. Sie hätte ihr Handy hören müssen. Er legte auf und wählte seine Festnetznummer. Mit demselben Ergebnis. Aber Mia würde sein Telefon bestimmt nicht abnehmen.

»Wo ist die NOC-Liste?«, fragte Jared.

Winters zog sie aus seiner Tasche und gab sie seinem Chef, während er aufsprang, um den Raum zu verlassen. »Nimm du sie. Ich muss mich darum kümmern.«

»Moment mal, Mr Einzelkämpfer. Wenn es ein Problem gibt, dann kümmern wir uns alle darum.«

Er wollte widersprechen. Scheiße, er wollte ihn einfach ignorieren und abhauen.

Jared konnte seine Gedanken lesen. »Setz dich wieder, Winters.«

Parkers Finger flogen über das Keyboard. Ohne innezuhalten stellte er Winters ein paar Fragen. Die Bildschirme füllten sich jetzt mit Bildern der Überwachungskameras in seinem Haus. Parker zappte durch die Kanäle, bis er etwas sah.

Die Übertragung war so gut, dass es sich anfühlte, als ob er in seiner Küche stand. Es war niemand dort. Eine Kaffeetasse lag auf dem Boden, der Kaffee auf den Holzdielen verschüttet. Parker wechselte von Kamera zu Kamera. Im Wohnzimmer, auf den Fluren und im Kinderzimmer sah alles normal aus.

»Parker, ich habe eine Kamera im Kinderzimmer, die direkt auf das Babybett zeigt. Sie ist in der Ecke. Kannst du die finden?«

Parker tippte etwas auf dem Keyboard ein. Winters Magen krampfte sich immer mehr zusammen, bis ein Bildschirm aufleuchtete, erst Schneegestöber zeigte und dann ein leeres Bettchen.

»Scheiße!«

Winters rief seine Mutter an. Sie nahm beim zweiten Klingelton ab. Ohne die Begrüßung abzuwarten, sagte er: »Hast du Clara?«

»Was? Nein, sie ist zu Hause bei Mia. Du hast gesagt ...«

Winters legte auf. Er versuchte sich auf seine Ausbildung zu besinnen und blaffte Parker an, er solle die Aufnahmen zurückspulen. Parker arbeitete. Winters ging auf und ab. Endlich spulten die Kameras im Minutentakt zurück.

»Schneller.«

»Mann, ich bin dabei.«

Jetzt spulten die Kameras schneller zurück. Als sich etwas bewegte, hielt Parker die Aufnahme an. Das Bild war klar. Mia saß am Küchentisch, eine Tasse Kaffee in der Hand, das schlafende Baby im anderen Arm und ein halbleeres Fläschchen auf dem Tisch vor sich.

»Jetzt drück Play.« Jared mischte sich nicht ein, als Winters Parker Befehle gab. Keiner der Männer mischte sich ein. Winters konnte kaum atmen. Sein Körper schaltete völlig in den Kampfmodus um und ignorierte die lähmende Angst.

Alle starrten wie gebannt auf den Bildschirm, als Mia aufstand und zum Küchenfenster ging. Überraschung zeichnete sich auf ihrem Gesicht ab. Die Tasse fiel auf den Boden und zerbrach. Das Baby wachte auf und fing an zu weinen. Mia nahm die Flasche und steckte den Nuckel in Claras Mund. Winters wurde schlecht, als er die Panik in ihren Augen sah. Eine Sekunde später rannte Mia aus der Küche.

Parkers Finger flogen übers Keyboard und Winters schrie ihn an: »Finde sie. Wo sind sie hin?«

»Ich gucke ja schon.«

»Guck schneller.«

Der Bildschirm wurde schwarz. Die durch Bewegungsmelder aktivierten Lichter gingen an, als Mia mit Clara durch die Tür in die Garage gerannt kam. Parker schaltete auf den riesigen Flachbildschirm in der Mitte des Raumes um. Niemand wagte es zu atmen. Sie sahen Mia dabei zu, wie sie einen Schlüssel vom Brett neben der Tür riss, den Arm ausstreckte und die automatische Zentralverriegelung betätigte. Die Lichter seines Hummers leuchteten auf und sie riss eine der hinteren Türen auf, verschwand mit Clara im Auto und kam dann allein wieder raus. Dann machte sie die Fahrertür auf, öffnete das Fenster einen kleinen Spalt und lief dann wieder zur hinteren Tür, um durch die verdunkelten Scheiben zu spähen.

»Was zum Teufel macht sie da?«, fragte Jared. Mias Kopf schnellte herum. Die Panik stand ihr ins Gesicht geschrieben. »Haut sie ab?«

Niemand bewegte sich. Alle starrten wie gebannt auf den Bildschirm. Sie lief wieder zur Tür in die Küche zurück und machte die Lichter aus.

»Was hat sie mit Clara gemacht?«, brummte Jared verärgert.

»Kindersitz«, murmelte Winters.

»Kindersitz?«

»Ja, du Arsch. Sie hat mein Kind gerade im Auto versteckt.«

Bei allen Männern im Raum fiel gleichzeitig der Groschen mit einem kollektiven: »Oh.«

Winters unterbrach sie: »Kannst du mir die Aufnahmen von draußen zeigen, damit wir sehen, was sie durch das Küchenfester entdeckt hat?«

Er wollte so gerne dort sein, aber er war zu weit weg. Er konnte es nicht rechtzeitig nach Hause schaffen. Was sie da sahen, war Geschichte. Es gab nichts Schlimmeres, als wenn man wusste, man konnte nicht mehr eingreifen. Ihm wurde schwindlig.

»Ich bin dabei«, murmelte Parker. »Bis ich die richtige Kamera finde, schaut euch das an.«

Er spielte die Aufnahmen im Schnellvorlauf ab. Mia lief durch die Küche. Dann den Flur. Die Treppe hoch und in sein Schlafzimmer.

»Ist die Frau verrückt geworden?«, fragte Jared.

»Scheiße, Mann.« Parker zeigte auf einen anderen Bildschirm in der Ecke. Er spulte die Aufnahme zurück und drückte dann Play. Ein Helikopter landete mehre hundert Meter vom Haus entfernt. Das erklärte, wie der Alarm auf seinem Grundstück losgegangen war.

Ein paar Männer stiegen aus. Sie schienen überhaupt keine Eile zu haben, wohlwissend, dass es kein Entkommen gab. Sie schlenderten an der Kamera im Außenbereich vorbei. Parker schaltete zur Kamera in der Eingangshalle um. Die Haustür explodierte. Zwei Männer traten ein. Die anderen blieben draußen.

Alle im Raum starrten auf die Bildschirme, gespannt darauf, wo die Männer zuerst hingehen würden. Winters hatte keine Ahnung.

Das hier war wie eine Reality-Show seines eigenen persönlichen Albtraums.

Er wusste nicht, was er tun sollte, also blaffte er Befehle. »Spul vor. Na, mach schon.«

Parker hielt eine Hand hoch. »Warte. Schau mal.«

Mia, die oben im Flur stand, zuckte zusammen und knallte dann eine Tür nach der anderen zu. Sie wartete und schrie dann laut auf. Sie lenkte die Aufmerksamkeit der Männer direkt auf das obere Stockwerk und sie fielen sofort darauf rein und rannten nach oben.

Innerhalb von Sekunden hatten sie Mia in ihrer Gewalt. Sie schlug und trat um sich, versuchte ihnen die Augen auszukratzen, rammte ihnen die Knie in die Eier. Winters kannte diese Aktionen nur zu gut. Trotzdem gelang es den Männern, sie zu knebeln und ihre Hände zu fesseln. Sie hörte nicht auf, sich zu wehren. Als sie mit ihr durch die aufgesprengte Eingangstür gingen, stand ihr die Erleichterung deutlich ins Gesicht geschrieben.

»Und gute Nacht.« Jared pfiff anerkennend. »Die Frau hat diese Kerle von Clara weggelockt. Parker, wie viel Zeit ist vergangen?«

»Sie haben rein und raus keine dreieinhalb Minuten gebraucht.«

»Orte so schnell wie möglich den Helikopter.« Gott sei Dank gab Jared jetzt die Befehle, denn Winters war so schlecht, dass er würgen musste.

Er hörte, wie Jared am Telefon ein anderes Team beauftragte, schnellstens ihre Ärsche aus dem Bett und zu Winters Anwesen zu bewegen. Er endete den Anruf mit der Anweisung *Holt das Baby.* Er betete zu Gott, dass Clara schlief. *Bitte mach, dass sie schläft. Bitte.*

Er rief wieder seine Mutter an.

Sie nahm sofort ab. »Colby, was ist los?«

»Mom, wir hatten ein Problem. Clara geht es gut.«

»O Gott. Was ist passiert?«

Er ließ das Handy sinken. Er hatte keine Zeit, es ihr zu erklären. »Hey, Jared. Wer holt Clara?«

»Brock.«

Er hielt sich das Telefon wieder ans Ohr.

»Hallo? Colby Winters, rede mit mir«, rief seine Mutter.

»Ich bin hier. Du kennst doch Brock, oder? Er bringt dir Clara vorbei. Bitte behalte sie bei dir und kümmere dich für ein paar Tage um sie.«

»Kannst du mir vielleicht mal sagen, was ...«

»Kann ich nicht. Gib Clara einen Kuss von mir. Ich ruf dich später an.« Er legte auf und ließ sich in einen Stuhl fallen. Er war sich der Tatsache gar nicht bewusst gewesen, wie er auf und ab gegangen war.

»Dem Baby geht es gut«, sagte Jared. »Deine kleine Freundin hat sich da wirklich was einfallen lassen. Ziehst du jetzt den Schwanz ein oder kannst du dich zusammenreißen? Wir müssen diese Arschlöcher vom Kartell finden.«

Den Schwanz einziehen? Ganz bestimmt nicht.

»Ich bin so bereit wie noch nie«, sagte er resolut. Jared würde nie wieder eine seiner Entscheidungen, die seine Familie betrafen, infrage stellen.

»Als erstes müssen wir herausfinden, wo sie sie hingebracht haben. Parker, hast du den Helikopter schon gefunden?«

»Fast.«

Winters schnellte herum. Er hatte Informationen für Jared, die helfen konnten. »Sie hat einen Tracker auf der Haut. Es ist eine lange Geschichte, aber sie hat einen. Wenn wir ihn aktivieren, dann haben wir noch acht Stunden lang ein Signal.«

»Was habt ihr für perverse Sachen gemacht?«, rief einer der Männer am Tisch.

»Halt die Klappe, Cash.« Winters sah Parker grimmig an. »Kannst du den Tracker orten?«

»Ich versuch's. Zwei Minuten. Höchstens«, sagte Parker.

Jared sagte zu Winters: »Schön zu hören, dass du so viel Verwendung für die Ressourcen unserer Firma findest.«

Winters rollte mit den Augen. »Ich halte nicht aus, wie lange das dauert. Jetzt mach schon.«

Parker stellte die Aufnahmen der Überwachungskameras ab, abgesehen von der Live-Übertragung der Kamera in der Garage. Winters starrte auf den dunklen Bildschirm. Parker machte sich wieder an die Arbeit. Nummern und Code-Sequenzen erschienen auf dem Bildschirm vor ihm. Endlich leuchte der Bildschirm auf und zeigte GPS-Koordinaten.

»Sie haben irgendwo Halt gemacht. Fairfax County, Virginia. Nicht weit weg von hier. Satellitenbilder in drei, zwei, eins ...«

Auf dem Bildschirm erschien ein eingezäuntes Gelände. Der

Hubschrauber stand auf einem Landeplatz. Daneben ein baufälliges Haus mit schiefen Fensterläden, einer weißen Fassade, die abblätterte, und eine zur Hälfte mit Brettern vernagelte Eingangstür.

»Was ist das für ein Grundstück?«, fragte Winters.

»Dem Katasteramt zufolge ist das der Geschäftssitz von Silva Enterprises. Ich wette fünf Pesos, dass es eine Scheinfirma der Kolumbianer ist, die nur der Geldwäsche dient. Da arbeitet zumindest niemand. Das Haus sieht so aus, als ob es schon lange keiner mehr betreten hat.«

»Das wäre von Vorteil. Dann gibt es dort keine Sicherheitsvorkehrungen.« Jared zeigte auf einen anderen Bildschirm.

Brock betrat Winters' Garage. Er hielt inne und ging dann direkt auf den Hummer zu. Er machte die Tür auf und schaute hinein. Winters Telefon klingelte und er nahm den Anruf entgegen, bevor Brock auf der Leinwand sein Handy aus der Tasche zog.

»Wir haben wohl ein paar Sekunden Verzögerung«, sagte Parker.

»Das Kind schläft«, sagte Brock. »Ich habe keine Ahnung, wie ich sie aus dem Sitz holen soll. Sie wurde richtig ... gesichert.«

Gott sei Dank. Erleichterung machte sich in ihm breit. Wenn Winters Mia gefunden hatte, würde er ihr auf Händen und Knien dafür danken, dass sie Clara beschützt hatte.

Er gab Brock Anweisungen, Clara zu seiner Mutter zu bringen. Vielleicht sollte er sie anrufen und ihr kurz erzählen, was passiert war. Sie würde Brock sonst so lange ausfragen, bis er klein beigab.

Jared räusperte sich. »So, nachdem wir das erledigt haben, ist es an der Zeit, diesem Kartell mal richtig in den Hintern zu treten.«

KAPITEL NEUNZEHN

Im Kontrollraum vibrierte die Luft, als Jared einen Befehl nach dem anderen bellte und Aufgaben an die Männer verteilte. Sie würden sich alle am Zielort wiedertreffen. Noch nie zuvor war ein Angriff so wichtig gewesen. Winters zog sein T-Shirt über die schusssichere Weste und schnallte ein Halfter an sein Bein.

Jareds Telefon klingelte und er nahm den Hörer ab. »Was?«

Er schwieg. Etwas stimmte nicht. In Zeiten wie diesen wünschte sich Winters, dass Jareds Pokerface irgendeinen Tell hätte. Aber sein Gesichtsausdruck verriet nichts.

»Verdammte Scheiße.« Jared knallte den Hörer auf die Gabel und kniff sich in den Nasenrücken. Na, wenn das mal kein Tell war.

Der Raum wurde plötzlich ganz still. Winters stand neben seinen Kollegen, die alle gerade ihre Kampfanzüge anlegten, und wartete. Wenn sein Bauchgefühl ihn nicht trog, dann hatte Jared keine guten Nachrichten für sie. Na ja, Bauchgefühl war gut – sein Magen war ein einziger Knoten.

»Planänderung. Kommando zurück. Wir bleiben erst Mal in der Warteschleife«, sagte Jared.

Winters ging zu ihm rüber. Er konnte die Magensäure, die ihm die Kehle hochstieg, kaum zurückhalten. Er ballte seine Hände zu Fäusten und steckte sie in die Hosentaschen. Es brachte nichts, wenn er seiner Wut freien Lauf ließ. Jared zu schlagen würde ihnen beiden nur Kopfschmerzen und gebrochene Rippen bescheren, aber an der Situation nichts ändern. »Was willst du damit sagen, wir müssen warten?«

»Sie sind wieder unterwegs.«

»Dann kommen wir ihnen doch entgegen.« Das war nicht die schlauste Maßnahme, aber es *war* eine Maßnahme. Und Winters musste irgendwas tun. »Wir suchen und zerstören sie.«

»Jedes Schiff kann ein Minensuchboot sein ... und zwar genau einmal. Vergiss das nicht, du Arschloch. Dieses Team ist kein Kanonenfutter. Und außerdem ist der Plan für den Arsch. Benutz deinen Verstand, Winters.«

»Wir haben sechs, vielleicht sieben Stunden Zeit, bis der Tracker kein Signal mehr gibt.«

»Verstanden. Wir wissen ziemlich sicher, welchen neuen Aufenthaltsort sie ansteuern. Gib Parker ein paar Minuten, um die Informationen zu bestätigen. Wir können sie nicht abfangen, bevor sie wieder abheben ...«

»Abheben? Wieder?« Winters war stinkwütend.

»Sie sind schnell. Fliegen in Richtung Südwesten auf eine private Landebahn zu. Ich nehme an, dass sie dort in einen Jet umsteigen.«

Winters kniff die Augen zu und versuchte ruhig zu bleiben. »Verdammte Scheiße, Mann. Wenn die gleich abheben, dann ist sie in sechs Stunden in Kolumbien.«

»Parker schaut sich gerade Flugpläne an und erstellt eine Liste mit Silvas Immobilien. Hier und in Südamerika. Wir werden schnell herausfinden, wo sie sind, und können dann mit Hilfe von Satellitenbildern sehen, was dort passiert.«

»Du verschwendest zu viel Zeit. Wir wissen doch, dass sie nach Kolumbien fliegen. Sag Parker, dass er uns den Zielort mitteilen soll, wenn wir in der Luft sind. Los.«

»Vorsichtig, Winters.« Jared baute sich breit vor ihm auf und sah ihn aus schmalen Augen einschüchternd an.

Winters war das herzlich egal. »Na los, mach schon. Ruf an.«

Jared ging im Zimmer auf und ab und murmelte etwas vor sich hin. Dann schaute er die Männer an. Niemand bewegte sich. Nicht mal Winters. Nein, Winters betete stumm. Er betete, dass Jared schnell handelte. Betete für einen blutigen Rachefeldzug. Er feilschte mit Gott, bat ihn darum, dass seine Kugeln ihr Ziel nicht verfehlten. Im Gegenzug bot er ihm ... alles an.

Jared hielt inne und winkte Winters herüber. »Na gut. Wir tragen den Kampf zu ihnen. Aber wir machen es auf meine Weise, verstanden?«

Danke, lieber Gott. Seine verzweifelten Gebete waren erhört wurden.

Mia konnte das Zittern nicht unter Kontrolle bringen. Ihre Tränen konnte sie auch nicht wegwischen. Ihre Hände waren gefesselt und sie stand Todesängste aus. Ihre Entführer hatten sie einfach auf den Boden geworfen. Sie rollte auf der Ladefläche des Flugzeugs hin und her wie eine Puppe. Jedes Mal, wenn es Turbulenzen gab, wurde ihr übel und sie bekam noch mehr Angst. Der Flug musste Stunden gedauert haben, aber jetzt waren sie dabei zu landen. Das Getriebe heulte auf. Die Landeklappen quietschen, als die Räder ausgefahren wurden. Sie hatten ihr Ziel erreicht, wo auch immer das war. Sie hatte das Gefühl, dass sie sich übergeben musste.

Bei der unsanften Landung flog sie einmal quer über den dreckigen Boden und ihre Zähne schlugen aufeinander. Sie versuchte ein Auge unter dem Tuch, mit dem man ihr die Augen verbunden hatte, aufzumachen. Das Flugzeug holperte über Schlaglöcher. Mit jedem Ruck rieb ihre Wange gegen den splittrigen Boden und kratzte die verschorften Abschürfungen wieder auf. Sie konnte Dreck und Blut schmecken.

Es war schon der zweite Flug, seit sie ihr in dem heruntergekommenen Haus die Waffe in den Rücken gedrückt hatten. Sie brüllten ihr irgendwelche Befehle auf Spanisch zu und sie konnte nur raten, was sie bedeuteten. Beweg dich. Lauf. Setz dich. Stopp. Ihr Spanischlehrer auf der Highschool hatte ihr immer gesagt, sie solle sich mehr Mühe geben, da Spanischkenntnisse ihr irgendwann zugutekommen könnten. Aber nö. Sie war damit beschäftigt gewesen, sich in ein Buch nach dem anderen zu flüchten, um ihr miserables Leben zu vergessen Natürlich leider alle nur auf Englisch.

Das Frachtflugzeug kam plötzlich mit einem Ruck zum Stehen, so als ob der Pilot vergessen hatte, dass man es auch langsam ausrollen lassen konnte. Ihr Kinn stieß gegen einen Metallhaken, der im Boden verankert war. Ein weiterer Kratzer zusätzlich zu den Dutzenden, die sie sich während dieses Fluges schon geholt hatte. Wenn diese Reise eines erreicht hatte, dann war es, ihrem Körper weitere Narben zuzufügen.

Sie konnte nichts sehen, aber den ganzen Haken, Schienen und Gurten nach zu urteilen, über die und in die sie gerollt war, gab es in Frachtflugzeugen viele Möglichkeiten, etwas fest- und anzuschnallen. Was es nicht gab, waren Sitzen und Sitzgurte. Der erste Flug war mit einem Privatjet gewesen und sie hatte einen Sitz gehabt. Was für ein Luxus. Sie hatte aufgrund der Augenbinde nichts gesehen, aber den Sitz hatte sie sehr wertgeschätzt. *Mucho* wertgeschätzt, wie die Einheimischen sagen würden. Sie war aber keine Einheimische. Scheiße. Sie stand schon wieder kurz vorm Nervenzusammenbruch. Jetzt hätte sie ihren DSM-IV-Leitfaden gut brauchen können.

Was für eine Ironie. Eigentlich hätte sie jetzt Colby beim Abendessen gegenüber sitzen und ihn in seinem Anzug bewundern sollen. Die Welt hatte sich gegen sie verschworen. Sie hatte es ja immer schon gewusst.

Zeit, mit dem Selbstmitleid Schluss zu machen. Ich muss das hier überleben.

Ein lautes, schrilles Geräusch und sie hörte, wie sich die Heckklappe des Frachtflugzeugs öffnete. Das Licht blendete sie durch die Augenbinde. Schwüle Hitze erfüllte das Flugzeug. Grobe Hände packten sie und zogen sie hoch. Mia versuchte mit ihren Entführern Schritt zu halten, aber da sie die Unebenheiten am Boden nicht sehen konnte, stolperte sie mehr, als dass sie ging.

Man riss ihr die Augenbinde mit so viel Feinfühligkeit vom Kopf, wie der Pilot beim Landen des Flugzeugs an den Tag gelegt hatte. Sie blinzelte und versuchte, ihre Augen an die blendende Sonne zu gewöhnen. Sie waren definitiv nicht mehr in den USA. Ihre Entführer unterhielten sich und taten so, als ob sie gar nicht existierte. Sie versuchten weder ihre Gesichter noch ihre Waffen noch ihr völliges Desinteresse an ihrem Wohlergehen vor ihr zu verbergen.

Sie traute sich kaum, den Kopf zu bewegen und schaute nur verstohlen nach rechts und nach links. Männer mit automatischen Waffen über den Schultern und großen Pistolen an der Hüfte bewachten die Landebahn. *Das hier könnte ein Filmset in Hollywood sein.* Aber es sah realistisch aus, weil es realistisch war. Niemand bemerkte, wie fehl am Platz sie hier aussah, weil es niemanden interessierte.

Ein Mann packte sie so grob am Arm, dass ihre Fingerspitzen kribbelten.

»Beweg dich. El Jefe hat einen Platz für dich«, sagte er in gebrochenem Englisch.

Sie konnte seinen sauren Atem deutlich riechen. Er stank nach altem Schweiß und billigem Fusel. Wieder dachte sie, sie müsse sich übergeben – wahrscheinlich direkt auf seine Uniform. Das hier war die Hölle.

Desorientiert schaute sich Mia um. Üppige Vegetation umgab den Landeplatz. Der *Regenwald*. Als Kind hatte sie den Inhalt ihrer Spardose immer für die Rettung dieses scheißverdammten Orts gespendet.

In der Ferne entdeckte sie schneebedeckte Berggipfel. Sie gingen auf eine alte Holzhütte zu, die so aussah, als ob sie gleich aus allen Fugen brechen würde. Die weiße Farbe war fast vollständig abgeblättert. Weitere bewaffnete Wachen in Uniform standen vor der kaputten Tür.

Die Hütte kam immer näher. Ein kalter Schauer lief ihr über den Rücken, so als ob sie gerade einem Geist begegnet wäre. In dieser Hütte konnte nichts Gutes passieren. Ein paar Meter vor der Hütte ließ der Mann sie los und stieß sie nach vorne. Mia streckte gerade noch rechtzeitig die vor ihrem Körper gefesselten Hände aus, bevor sie auf dem staubigem Boden landete. Ein heftiger Schmerz durchfuhr ihre Arme bis in den Nacken. Ihre Kiefer krachten beim Aufprall zusammen und sie konnte Blut schmecken. Sie fuhr sich mit der Zunge über die Stelle, wo ihre Vorderzähne die Unterlippe aufgerissen hatten.

Jemand trat sie in den Hintern und beförderte sie so in die fensterlose Hütte. Es war dunkel und stank nach Verwesung. Es war so stickig, dass Dreckpartikel förmlich in der Luft standen. Ihre Augen juckten und ein Belag bildete sich auf ihrer Zunge. Ein metallenes Klicken. Das Rasseln von Ketten. Sie war sicher vor diesen Monstern. Zumindest, bis sie die Tür wieder aufschlossen.

Was würde Colby wohl tun, wenn er hier wäre? Wahrscheinlich würde er sich aus Bambus eine Bazooka basteln, sich freischießen und zum Abendessen schon wieder zu Hause sein.

Spanische Wortfetzen und der Geruch von Zigarettenrauch drangen von draußen durch die Fugen ihres Gefängnisses. Colby hatte mittlerweile bestimmt schon herausgefunden, dass sie in Gefahr schwebte. Und er würde sie retten, rauchende Pistolen in den Händen und ein Messer zwischen den Zähnen. Ihr Retter in der Not, vierte Runde. *Damit verdient er seinen Lebensunterhalt. Er rettet Leute. Einsatz. Explosionen. Evakuierung.*

Er würde kommen.

Bitte komm.

Draußen vor der Hütte johlten die bewaffneten Männer. Insekten krochen über ihre Haut. Alle möglichen hungrigen Tiere lauerten in der Nähe. Sie konnte sie hören, wusste aber nicht, was größere Gefahr für sie bedeutete: Die betrunkenen Männer ohne Moral oder die knurrenden wilden Tiere im Dschungel.

Das laute Gelalle verwandelte sich nach und nach in tiefes Schnarchen.

Es kühlte in der Nacht nicht ab. Bei Tagesanbruch war ihr ganzer Körper mit Mückenstichen übersät. Ihre Jogginghose und Colbys Hemd klebten an ihrer verschwitzten Haut. Die verknoteten Haare fielen ihr ins Gesicht. Sie hatte nicht eine Sekunde geschlafen.

Die Zeit verging nur langsam, bis sie hörte, wie jemand schweren Schrittes auf die Hütte zukam. Ein Schlüsselbund rasselte. Mia drückte sich in eine Ecke. Sie zitterte am ganzen Leib.

Ein untersetzter Mann mit einer hässlichen Narbe im Gesicht packte sie, riss sie hoch und zog sie mit sich. Wie viele von denen es wohl gab? Zu viele, um sich alle zu merken. Aber dieser hier, Senor Kluftgesicht, würde nur schwer zu vergessen sein.

Mia betete stumm um Hilfe. Um eine Fluchtmöglichkeit. Um Colby. *Wo ist er?*

Senor Kluftgesicht ließ sie abrupt los und sie fiel hin. Sie schluckte zweimal, aber ihre Kehle blieb staubtrocken.

Als sie aufschaute, ragte ein gutaussehender Mann über ihr auf und ihre Angst verwandelte sich in Wut. Er tropfte förmlich vor Macht und Arroganz. Sein weißes Seidenhemd und die gebügelte Leinenhose wirkten obszön in Anbetracht dessen, wo sie gerade die Nacht verbracht hatte. Er war glattrasiert und hatte seine Haare ordentlich mit Gel frisiert. Nicht ein einziges Haar war, wo es nicht hingehörte. Er roch nach einem exotischen Rasierwasser. *El Jefe.*

Sie blinzelte ein paarmal. Es wollten ihr keine Worte einfallen. Aber er schien sowieso nicht an einer Konversation interessiert. Mia rappelte sich auf und stellte sich gerade hin, so als ob sie gleich einen Vortrag halten würde.

»Ah, Miss Mia Kensington. Vielen Dank, dass sie uns hier im schönen Kolumbien mit ihrer Anwesenheit beehren.« Er gab Senor Kluftgesicht ein Zeichen, der die schmerzhaften Fesseln mit einem Messer durchtrennte. »Ich muss mich bei Ihnen für die Maßnahmen entschuldigen, die nötig waren, um Ihre sichere Ankunft zu garantieren. Aber es war das Beste so. Sind Sie hungrig? Kann ich Ihnen etwas bringen lassen?«

Was zum … Was?

Ja, ein Privatflugzeug, damit ich zurück in die Staaten fliegen kann. Mit einem Sitz.

Sein Englisch war perfekt, mit einem Hauch eines schönen Akzents. Man konnte ihn nicht anders beschreiben als … erlesen. Alles an ihm sah, roch und wirkte teuer und in seinen makellosen Kleidern verkörperte er Eleganz.

»Wer sind Sie? Und was wollen Sie von mir?« Sie wusste, wer er war, und wollte sich taff und bedrohlich anhören. Sie wollte all ihre Wut für irgendwas Nützliches einsetzen und ihn so sehr schocken, wie er sie geschockt hat. Kartellbosse sollten nicht elegant und geschliffen sein.

»Miss Kensington, ich habe Sie freundlich willkommen geheißen. Ihre Einstellung wird Ihnen nicht helfen.« Er schürzte die Lippen und seine braun gebrannte Nase kräuselte sich vor Belustigung. »Wir sollten wohl noch mal von vorn anfangen. Ein neuer Anfang für zwei noch neuere Freunde, Miss Kensington. Also, willkommen in meinem Paradies. Bitte leisten Sie mir beim Mittagessen Gesellschaft.«

Er drehte sich um und ging weg. Senor Kluftgesicht schubste sie, damit sie ihm folgte. Sie gingen auf eine Pergola zu, die im Schatten lag. Die Stoffbahnen an den Seiten bewegten sich in der dicken Luft. Ein Holztisch, mit einer strahlend weißen Tischdecke bedeckt, wurde von bewaffneten Männern bewacht.

Auch rechts und links von El Jefe gingen Wachen mit Waffen. Sie schauten sich ständig nach einer möglichen Bedrohung um. *Sein Name ist Colby Winters und diese Gorillas können ihm gar nichts anhaben.* El Jefe blieb stehen und bedeutete ihr mit einer eleganten Handbewegung, sich doch bitte an den Tisch zu setzen.

Eine ältere Frau füllte ihre Gläser mit Eiswasser. Sofort bildeten sich Kondenstropfen. Mia hätte jemanden für ein kaltes Getränk umbringen können, traute sich aber nicht aus dem Glas zu trinken.

»Mein Name ist Juan Carlos Silva. Verstehe ich richtig, dass Sie sich in den USA in meine Geschäfte eingemischt haben?« Dank seines Akzents hörte sich diese bedrohliche Anschuldigung charmant an.

Mia schüttelte den Kopf. Haarsträhnen blieben an in ihrem verschwitzten Gesicht kleben, aber sie gab sich keine Mühe, sie wieder wegzuwischen.

»Meine Liebe, bitte lügen Sie mich nicht an. Hätten Sie gerne einen Teller Obstsalat? Ich nehme an, Sie haben während ihres Aufenthalts hier bislang noch keinen Snack zu sich genommen.« Er schnippte mit den sorgfältig manikürten Fingern.

Nein, sie hatte noch keinen Snack zu sich genommen. Arschloch.

Die ältere Frau stellte je ein Kristallschälchen mit Obstsalat auf ihre Teller.

»Das Essen und das Wasser sind in Ordnung. Sie werden davon nicht krank werden und ich werde es als persönliche Beleidigung auffassen, wenn Sie nicht mit mir zusammen speisen. Ich glaube, es gibt auch noch eine Platte mit köstlichen Sandwiches.« Er aß ein Stück Ananas. »Einfach deliziös. Bitte, fangen Sie doch an.«

Sie analysierte sein Verhalten und seine Gesten. Die übertrieben extravagante Art und Weise, mit der er seinen Salat aß, zeige ihr, wie narzisstisch und selbstverliebt er war. Das bedeutete, ihre Chancen standen schlecht. Mia nahm die schwere Gabel aus Silber in die Hand und spießte ein Stück Honigmelone auf. Juan Carlos beobachtete sie, wie sie vorsichtig kaute und das Obst runterschluckte.

»Wundervoll, meine Liebe. Und jetzt trinken Sie besser ihr Wasser. Sie sind im kolumbianischen Dschungel. Die Hitze und Feuchtigkeit hier werden Sie umbringen, wenn Sie nicht genug Flüssigkeit zu sich nehmen.«

Dehydrierung würde sie umbringen? Wohl kaum.

Er sprach mit stärkerem Akzent, wenn er so tat, als würde ihr Wohlbefinden ihn interessieren. Interessant. Sie nahm einen Schluck Wasser und musste sich zurückhalten, das Glas nicht in einem Zug zu leeren. Schweiß lief zwischen ihren Brüsten und ihren Schulterblättern entlang. Ihre Hände waren dreckig und die Fingernagelränder schwarz. Ihm schien das nicht aufzufallen.

»Vielen Dank, Mr Silva.« Sie hatte keine Ahnung, was sie sonst sagen sollte. Vielleicht hatte sie ja größere Überlebenschancen, wenn sie sich gut benahm.

Juan Carlos' Lippen verzogen sich zu einem dezenten Lächeln und er legte den Kopf schräg. »Nein, ich danke Ihnen. Ich schätze Respekt und Höflichkeit sehr. Um ehrlich zu sein war ich mir nicht sicher, wie eine Amerikanerin sich unter solchen Umständen verhalten würde. Und nach unserem ersten Gespräch musste ich annehmen, meine Befürchtungen würden sich bewahrheiten.«

Mia nickte, wieder unsicher, was sie darauf antworten sollte. Sie hatte Angst, dass sie sterben würde, bevor Colby es schaffte, messerschwingend zu ihrer Rettung zu kommen. Colby würde dafür sorgen, dass El Jefes gegelten Haare durcheinander gerieten und seine sauberen Kleider dreckig wurden. Sie konzentrierte sich auf diesen Tagtraum.

»Miss Kensington, warum haben Sie meine Disk gestohlen?«

Sein freundliches Lächeln und netter Umgangston waren auf einmal verschwunden. Seine Halsschlagader trat deutlich hervor.

Ihre Hände zitterten und die Gabel stieß mit einem lauten Klirren gegen die Kristallschüssel.

»Ich weiß nicht, wovon Sie reden.« So einfach würde sie es ihm nicht machen.

»Dann lassen Sie mich Ihnen auf die Sprünge helfen, meine Liebe. Meine Männer sind der Disk nach Amerika gefolgt, bis zu dem Ort, an dem der Soldat sie versteckt hat. Sehr clever von dem jungen Mann, sich seiner Therapeutin anzuvertrauen. Aber dann haben Sie mich verärgert. Sie haben die Disk an sich genommen. Sie und ihr Partner. Ihr *compadre*. Nun habe ich nicht meine besten Männer geschickt, um die Disk zu holen. Das war mein Fehler. Aber Amateure waren sie auch nicht. Irgendwie ist es Ihnen gelungen sie abzuschütteln. Mit der Hilfe Ihres Partners. Jetzt sind Sie hier und der Mann wird herkommen und versuchen, um Ihr Leben zu feilschen.«

Er wusste mehr, als sie gedacht hatte. Es war an der Zeit, ihre Taktik zu ändern. Sie schüttelte den Kopf. »Mr Silva, wenn Sie wissen, was auf der Disk drauf ist, dann müssen Sie auch wissen, dass er sie nicht gegen mich tauschen wird. Ich bin nichts als ein Kollateralschaden. Er wird nicht kommen. Seine Aufgabe war es, die Disk in Sicherheit zu bringen. Bestimmt hat er das mittlerweile getan.« Sie betete im Stillen, dass das nicht der Wahrheit entsprach.

Bitte, lieber Gott, mach, dass Colby so schnell wie möglich kommt. Bitte.

»Ich glaube, Sie unterschätzen ihn, Miss Kensington. Männer wie er beschreiten einen dunklen Pfad. Aber einen, den sie als ehrenwert betrachten. Männer wie er leben für den Kampf, aber sie überlassen eine Frau nicht dem sicheren Tod. Sie helfen. . Das betrachten sie als ihre Aufgabe. Und es tut mir leid, dass ich Ihnen das so unverblümt sagen muss, aber sofern Ihr Freund und ich nicht zu einer Einigung gelangen, werde ich Sie aus Prinzip sterben lassen müssen. Es ist alles Business, meine Liebe. Ich hoffe, Sie verstehen das.«

»Vielen Dank, dass Sie mir gegenüber so ehrlich sind.« Sie konnte den höhnischen Ton nicht unterdrücken, obwohl sie wusste, dass sie sich damit keinen Gefallen tat. In dieser drückenden Hitze konnte sie nicht richtig denken und sie musste die Sache mit Köpfchen angehen. Vielleicht konnte sie sich etwas mehr Zeit verschaffen, um die Chancen zu erhöhen, dass Colby tatsächlich zu ihrer Rettung kam.

»Sarkasmus ist völlig unnötig.« Juan Carlos zeigte seine makellosen weißen Zähne, als er wie ein Haifisch lächelte. Er reichte ihr die Hände, als ob er sie in seiner Familie willkommen heißen wollte. »Ich habe Sie meinem zweiten Mann versprochen. Aber wenn Sie etwas zu bieten haben, wenn Sie Ihren Partner hierherbringen können, dann kann ich Ihnen diese Unannehmlichkeit ersparen.«

Mia konnte nicht klar denken. Ihr Kopf schmerzte. »Ich verstehe nicht ganz. Was wollen Sie von mir?«

»Dummes Weib.« Er schlug mit den Fäusten auf den Tisch, sodass die Teller und das Besteck laut klirrten.

Das Geräusch war wie ein Weckruf für Mia. »Ihre Männer haben mich aus seinem Haus entführt. Mittlerweile wird er gemerkt haben, dass ich nicht mehr da bin.« *Sag ihm, was er sowieso schon weiß. Verschaffe dir Zeit.*

»Ich bin kein Idiot. Sie werden mit ihm reden und ihm sagen, dass ich gewillt bin, einen Handel einzugehen. Sie gegen die Disk.«

»Ich habe ihn gerade erst kennengelernt. Die letzten Tage waren eher ungewöhnlich. Ich habe keine Ahnung, wie ich ihn erreichen kann.« Das entsprach eigentlich der Wahrheit.

Silva wurde stinkwütend und knallte wieder mit der Faust auf den Tisch. Sie zuckte zusammen. »Wenn ich sein verstecktes Haus finden kann, dann kann ich wohl auch seine Telefonnummer herausfinden. Verschwenden Sie nicht meine Zeit.«

»Das tue ich nicht. Wirklich nicht.« Ihr kamen die Tränen.

»Miss Kensington.« Er wurde ein kleines bisschen ruhiger, aber seine Worte waren immer noch messerscharf. Er trank einen langen Schluck Eiswasser und tupfte seine Lippen mit der Serviette ab. »Sie werden meiner Aufforderung nachkommen, oder ich übergebe Sie an Alejandro, meinen zweiten Mann.«

Zum ersten Mal fiel Mia auf, dass Alejandro ein paar Meter abseits stand. Ihr Magen drehte sich um, als er sie mit einem Glitzern in den Augen und einem höhnischen Lächeln im hässlichen Gesicht anschaute. Alejandro leckte sich die Lippen und fasste sich an den Schritt. Er sah ein bisschen so aus wie ein Wachhund, den nur eine Kette davon abhielt, sich auf sie zu stürzen. Die Sabber lief ihm schon das Kinn runter. Sein Gesicht war voller Pockennarben, sonnenverbrannt, fettig und haarig. Er war füllig um die Mitte herum, hatte aber breite Schultern und muskulöse Arme. Schweißflecken bildeten sich unter seinen Armen und seine Hose war voller Flecken. Das war sein zweiter Mann?

Mia schüttelte den Kopf, ihren Blick immer noch auf Alejandro geheftet. »Mr Silva, ich bin für ihn den Tausch nicht wert. Er wird nicht darauf eingehen.«

»Alejandro mag vielleicht nicht so aussehen, aber er ist mir sehr wichtig. Sehr wichtig für mein Geschäft. Sie wären eine Belohnung für seine durchweg exzellente Leistung.«

Alejandro leckte wieder seine Lippen.

Ein kalter Schauer lief ihr über den Rücken. »Moment.« Sie wusste nicht, was sie sagen sollte. Sie würden sie umbringen, aber vorher würden sie sie auch noch vergewaltigen und foltern. Jeglicher Mut verließ sie. Sie wimmerte: »Ich tu's.«

»Natürlich werden Sie das.« Juan Carlos gab ein Zeichen, woraufhin die Sandwiches serviert wurden. Mit flinken Händen legte die ältere Frau mehrere Sandwiches auf die Porzellanteller. Die Kruste der weißen Toastbrotscheiben war abgeschnitten worden, als wäre das hier eine englische Teeparty. Es konnte wohl keinen größeren Gegensatz geben. Ein so vornehmes Mittagessen mit Monstern in der Hölle. Narzisstisch war noch eine viel zu schwache Bezeichnung für ihn. Soziopathisch, pathologisch und geistesgestört musste man wohl noch anfügen.

Sie saßen schweigend da, während er die kleinen Sandwiches

verschlang. Mia knabberte an ihnen herum, um ihn nicht zu verärgern. Sie würde seinen Aufforderungen nachkommen, sich fügen und sich so verhalten, wie es ihm gefiel. Sie würde tun, was auch immer sie musste, bis Colby hier auftauchte.

Er tupfte sich die Lippen mit der Stoffserviette ab und musterte sie. »Wenn er kommt, dann zu meinen Bedingungen. Aber für den Fall, dass einer von Ihnen versucht, mich zu hintergehen, kommen Sie mit mir in mein Haus.«

Mit ihm? Nicht ganz so furchterregend, aber auch kein Grund zur Freude.

Er stand elegant auf und entfernte sich vom Tisch. Eine Schar bewaffneter Wachen folgte ihm. Alejandro und Senor Kluftgesicht waren sofort an ihrer Seite. Sie fesselten wieder ihre Hände und schubsten sie einen Pfad entlang. Sie gingen um eine Kurve und blieben vor einem Geländewagen stehen. Senor Kluftgesicht warf sie auf die Ladefläche und sprang dann auch darauf. Alejandro stieg in die Fahrerkabine ein.

Bei jedem Schlagloch auf dem unebenen Feldweg rutschte sie auf der heißen metallenen Ladefläche hin und her. Sie fuhren tiefer in den Dschungel. Mia schloss die Augen und wünschte sich, mit Colby telepathisch verbunden zu sein. Sie fühlte sich so allein.

Kapitel zwanzig

Der Geländewagen hielt vor einem imposanten Holztor an, das von einem halben Dutzend bewaffneter Männer bewacht wurde. Eine sechs Meter hohe Mauer umgab das Grundstück. Die Wachen warfen gelangweilte Blicke auf den Pickup, bis sie Mia sahen. Dann johlten und pfiffen sie. Tiere. Sie waren alle Tiere.

Das Tor öffnete und schloss sich wieder. Sie saß jetzt auf diesem Anwesen fest. Schließlich hielten sie vor einer großen Villa im spanischen Missionsstil mit stuckverzierten Fassaden und großen Fensterbögen, vor der sich eine große, gepflegte Rasenfläche befand. Es sah aus wie ein Bild in einem Architekturmagazin. Wenn nicht überall bewaffnete Wachen herumgewuselt wären wie die Ameisen in ihrer Kolonie.

Senor Kluftgesicht zog sie aus dem Geländewagen und in Richtung Villa. Als sie vor dem Eingang standen, öffneten sich die Türen aus Massivholz wie von Zauberhand. Herrlich kühle Luft wehte ihr entgegen, als sie in die vollklimatisierte Villa trat. Es war himmlisch.

Mia schaute sich um und konnte endlich wieder richtig tief atmen. Die Luft war so angenehm, dass sie sich gleich viel besser fühlte. Der Marmorboden glänzte, die Decken waren schwindelerregend hoch und teure Wandteppiche zierten die Wände in den Fluren. Alles war äußerst dekadent. Perfekt für einen manischen Narzissten, der sein Geld mit illegalem Handel verdiente.

Sie gingen auf einer Seite der breiten Doppeltreppe hoch und weiter bis zum letzten Zimmer am Ende eines Korridors. Hier waren die Ziegelsteinmauern nicht mit Wandteppichen behangen und Senor Kluftgesichts schwere Stiefel hallten in dem leeren Flur wieder. Er entriegelte die Tür, schubste sie ins Zimmer und schmiss dann die Tür mit einem lauten Knall hinter ihnen zu. Senor Kluftgesicht baute sich davor auf – an Flucht war also nicht zu denken.

Die einzige Lichtquelle in dem fensterlosen Raum war eine kleine Glühbirne, die von der Decke hing und das Zimmer in orangefarbenes Licht tauchte. Sie sah ein Bett, eine Decke und eine kleine, geschlossene Tür. Er löste ihre Fesseln und zeigte auf die Tür.

»Duschen. Saubermachen. Jetzt.«

Er bedachte sie mit einem anzüglichen Blick, ging dann aber aus dem Zimmer und schob von außen den Riegel vor. Sie bekam am ganzen Körper Gänsehaut. In dem muffigen Zimmer herrschte jetzt Totenstille.

Hier waren viele grauenvolle Dinge passiert.

Sie ging ins Bad. Man hatte ihr ein Kleid zurechtgelegt. Es gab keinen Spiegel. Kein Licht. Sie ließ die Tür einen Spalt breit offen, damit es nicht völlig dunkel war, und ging unter die Dusche.

Die Striemen von den Fesseln schmerzten an ihren Handgelenken. Sie hatte am ganzen Körper blaue Flecken. Die Insektenstiche juckten. Eine kalte Dusche würde ihr dabei helfen, den Kopf frei zu bekommen. Sie brauchte einen Plan. Sie musste wie Colby denken. Was würde Colby tun? Aber ihr fiel nichts ein. Sie schloss die Augen, um die Tränen zurückzuhalten.

Jemand klopfte so heftig an ihre Tür, dass es sich anhörte, als ob die Tür einbrechen würde. Die harsche Realität kam schnell zu ihr zurück.

»Vamanos. Vamanos. Los geht's«, rief ein Mann auf der anderen Seite der Tür. Die Angst stieg wieder in ihr hoch und mit ihr wäre fast auch der Obstsalat von vorhin wieder hochgekommen. Sie drehte das Wasser ab und wickelte sich schnell in ein Handtuch ein. Sie hoffte, die Stimme würde draußen bleiben. Sie ignorierte die aufgeschürften Hautstellen und Kratzer und schlüpfte schnell in ihre Unterwäsche und das Kleid – Sekunden, bevor der Riegel aufgeschoben wurde und jemand mit schweren Schritten ins Zimmer kam.

Alejandro war sofort an ihrer Seite. Er drängte sich an sie und roch an ihr. Mias Magen drehte sich um und sie bereitete sich auf das Schlimmste vor, aber er lachte nur und schubste sie in den Flur. Sie gingen durch das Labyrinth der Flure und kamen schließlich in einem edel eingerichteten Wohnzimmer an. Juan Carlos saß auf einer makellosen weißen Couch und nippte einen Espresso. Sein blumiges Rasierwasser und der Duft von aromatischem Kaffee vermischten sich. Alles sah perfekt aus. Bis auf die Tatsache, dass Alejandro sie vollsabberte und sie wie ein nasser Hund in dem Sommerkleid aussah, dass das Kartell ihr vermacht hatte. Ihre Beine zitterten und sie presste die Knie zusammen, damit die Männer nicht bemerkten, wieviel Angst sie vor ihnen hatte.

»Sind Sie bereit, Ihren Freund von Titan zu kontaktieren?«

Sie wusste nicht, ob sie den Blick gesenkt halten sollte oder nicht. Mia beschloss ihm direkt in die Augen zu schauen und Selbstvertrauen vorzutäuschen.

»Natürlich. Ja, Mr Silva.«

Er legte seine Fingerspitzen zusammen und antwortete nicht. Alejandro verließ den Raum. Ihr Magen wurde immer nervöser. Schweigen. Juan Carlos wollte noch etwas anderes von ihr hören. Aber was?

»Danke, dass ich duschen durfte.«

Überraschung huschte über sein Gesicht, bevor er ihre *Dankbarkeit* mit einem Nicken quittierte. Alejandro kam zurück und gab Juan Carlos ein Zeichen. Der nahm das schnurlose Telefon, das auf dem Couchtisch lag, und reichte es Mia. Sie presste das Telefon an ihr Ohr. Es klingelte.

Ein Anrufbeantworter nahm an. *Guten Tag! Vielen Dank, dass Sie die Nummer der Titan-Gruppe gewählt haben. Bitte wählen Sie jetzt die Durchwahl der Person oder Abteilung, die sie erreichen möchten. Wenn Sie die Durchwahl nicht kennen, bleiben Sie bitte dran. Einer unserer Mitarbeiter wird gleich für Sie da sein.*

»Ich kenne die Durchwahl nicht«, flüsterte sie.

Juan Carlos antwortete nicht. Sie biss sich ungeduldig auf die Unterlippe. Sie wusste nicht, was sie tun sollte, also wartete sie einfach. Sie wusste nicht viel über Titan, aber es schien ihr nicht die Art von Firma, die eine Rezeptionistin am Eingang sitzen hatte. Das Telefon klingelte noch drei Mal.

»Hallo?«, antwortete ein Mann.

»Äh, hallo. Kann ich bitte mit Colby Winters sprechen?« Sie zitterte und versuchte, sich zusammenzureißen.

»Mia?«

»Ja.«

»Ich bin's«, sagte der Mann.

Nein, das ist nicht Colby. Wer ist das? Seine Stimme hörte sich vertrauenswürdig an. Weder Sorge noch besonderes Interesse schwangen darin mit.

»Tut mir leid. Ich habe dich noch nie übers Telefon gehört.«

»Macht doch nichts. Ich bin froh, deine Stimme zu hören. Wo bist du? Wer ist bei dir? Ich habe auf meinen Überwachungskameras gesehen, wie du entführt wurdest.«

Mia hielt die Hand über das Telefon, um Juan Carlos zu zeigen, dass sie ihn um Erlaubnis bat, stellte aber sicher, dass Titan sie trotzdem hören konnte. »Mr Silva, er möchte gerne wissen, wer bei mir ist. Und wo wir sind.«

»Sie können ihm sagen, dass Sie mein Gast sind und dass Sie nicht verletzt sind. Den Rest kann er sich selbst denken. Ihr Freund wird wissen, was ich will, und ich bin bereit, zu verhandeln.«

Sie nahm die Hand wieder vom Hörer. »Winters, mir geht es gut. Ich bin Gast in Mr Juan Carlos Silvas wundervoller weißer Villa. Die Gärten sind bezaubernd.«

Juan Carlos schlug mit der Handfläche auf den Tisch. Sein Akzent wurde stärker, als er sagte: »Genug. Ich habe gesagt, keine Einzelheiten.«

Tränen brannten in ihren Augen. Natürlich würde Juan Carlos merken, dass sie ihnen Hinweise auf ihren Aufenthaltsort geben wollte. »Es tut mir leid, Mr Silva. Ich wollte nur zum Ausdruck bringen, wie nett Sie zu mir gewesen sind. Das Essen. Die Dusche. Danke.«

Er schien ihr das abzunehmen. »Na gut. Fahren Sie fort.«

»Ja, Sir«, sagte sie, bevor sie wieder ins Telefon sprach. »Ich bin nicht verletzt. Mr Silva ist bereit zu verhandeln, wenn er bekommt, was er will.«

»Und er will?« Der Mann von Titan hörte sich völlig gleichgültig an.

»Die Liste.«

»Natürlich. Und ich nehme an, er möchte die Liste gegen dich tauschen?«

»Ja.«

»Aber er möchte nicht mit mir reden?«

Sie hielt ihm das Telefon hin. Juan Carlos schüttelte den Kopf.

»Nein, jetzt nicht. Er muss erst noch über die möglichen Konsequenzen nachdenken.«

Das Telefon wieder ans Ohr gepresst sagte sie: »Jetzt nicht.«

»Mach dir keine Sorgen. Wir werden uns bald wiedersehen. Entspann dich einfach und mach, was Mr Silva sagt. So ist es am sichersten für dich. Das verspreche ich.«

Gott sei Dank. Wer war das? Er muss einer von Colbys Kollegen sein. Aber warum hat er Colby nicht ans Telefon geholt? Wir sehen uns bald wieder? Hoffnung keimte in ihr auf.

»Oh, toll. Danke.«

Der Mann legte auf. Mist, sie hatte nicht so hoffnungsvoll klingen wollen. Mia reichte Juan Carlos das Telefon. Er musterte sie eindringlich.

Er legte wieder die Fingerspitzen zusammen. »Was ist toll?«

»Nichts. Er hat mir nur versichert, dass sich alles zum Besten wenden wird.«

Er verzog das Gesicht zu einem höhnischen Grinsen. »Wie rührend.«

Juan Carlos trank noch einen Schluck Kaffee und winkte dann Alejandro rüber. »Bring sie auf ihr Zimmer. Aber vergreif dich nicht an ihr. Beschädigte Waren werden mir nicht dabei helfen, die Disk wiederzubekommen.«

Sie fühlte sich jetzt schon beschädigt. Aber die Kratzer und Abschürfungen hatte er nicht gemeint. Das Verlangen in Alejandros Augen verhieß nichts Gutes für Mia. Er schien gerade abzuwürgen, was besser war – dem Chef zu gehorchen oder mit den Konsequenzen zu leben. Leider sah es so aus, als würde er sich um die Konsequenzen nicht sonderlich sorgen. Mia schluckte schwer. Die Angst drückte ihr die Kehle zu.

KAPITEL EINUNDZWANZIG

Das Satellitentelefon klingelte im Jet, als sie irgendwo über der Karibischen See waren. Winters hätte abgenommen, wenn er gekonnt hätte, in der Hoffnung, dass seine tausend Fragen beantwortet würden. Stattdessen war er dazu gezwungen, während des ganzen Fluges stillzusitzen. Alle Blicke waren auf ihn gerichtet und alle machten sich sichtlich Sorgen darum, ob er seine Wut runterschlucken konnte. Ihr Plan basierte auf strategischen Annahmen und Rätselraten, aber Kartellbosse verhielten sich nicht immer nach Plan.

Jared drückte den Lautsprecherknopf. »Wir würden gerne gute Nachrichten hören, Parker.«

»Gut? Wir wäre es mit fantastisch? Mia hat gerade angerufen. Ich bin mir sicher, sie wusste, dass ich nicht Winters bin, hat sich aber nichts anmerken lassen. Sie ist cool geblieben, hat ihren Aufenthaltsort beschrieben und ich habe das nachgeprüft. Ihr Jungs seid auf dem Weg zum richtigen Ort.«

Sein Mädchen war am Leben. Am liebsten hätte er Amen und Halleluja geschrien.

Jared warf Winters einen verwirrten Blick zu. Winters zuckte mit den Schultern.

»Wieso hat Silva sie Titan anrufen lassen?«, fragte Jared.

»Er will mit Winters verhandeln und dachte, er wäre noch hier.«

Winters stand auf und ging im Flugzeug auf und ab. Er blieb stehen und trommelte mit den Fingern auf den Tisch.

»Also können wir das Überraschungsmoment ausnutzen«, sagte Jared. »In Anbetracht der Tatsache, dass wir fünf es mit einer ganzen

Armee aufnehmen, ist das auch bitter nötig. Sonst noch was?

»Was? Eine Standortbestätigung und der Beweis, dass sie noch am Leben ist, sind nicht genug?«, fragte Parker.

Beweis, dass sie noch am Leben ist. Winters hätte sie niemals allein lassen dürfen. Das war sein Fehler gewesen. Diese Erkenntnis erschütterte ihn und er rieb sich verzweifelt das Kinn.

»Wieviel Zeit bleibt Winters, um sich bei ihm zu melden?«, fragte Jared.

»Ich glaube, unser Junge sollte ihn anrufen.« Parker schwieg für einen Moment. »Ihm die NOC-Liste im Austausch für Mia anbieten. Ich glaube, Silva wollte gerne, dass die Informationen ein bisschen sacken, bevor sie die Sache bereden.«

»Sacken?«, fragte Winters.

»Ich hatte das Gefühl, Silva wollte Winters ein bisschen ins Schwitzen bringen. Zumindest hält er sich nicht an das übliche Vorgehen bei einer Lösegeldforderung.«

»Was für ein Arsch. Na gut. Dann stell uns mal zu der Nummer durch, von der Mia angerufen hat.« Jared signalisierte Winters sich bereit zu machen.

Er nickte.

»Verstanden«, sagte Parker.

Ein Klingelton hallte im Inneren des Flugzeugs wieder. Die langen Pausen zwischen dem Klingeln waren pure Folter für ihn. Nach dem fünften Klingeln nahm eine Frau ab.

»Colby Winters für Juan Carlos Silva. Er erwartet meinen Anruf.«

»Si.« Die Leitung wurde still. Er hob die Augenbrauen und fragte sich, ob sie noch verbunden waren.

Eine unsichtbare Last hatte sich auf seine Schultern und auf seinen Verstand gelegt. Er wollte sich strecken. Er wollte kämpfen. Und er musste sich die ganze Zeit ausmalen, was alles passieren konnte.

»Ah, Mr Winters.« Eine eiskalte Stimme tönte aus dem Lautsprecher. »Sie haben wohl den Ernst der Lage begriffen. Es muss Ihnen etwas daran liegen, dass Ihre liebe Freundin sicher zu Ihnen zurückkehrt.«

»Sicher wäre besser.« Silva wollte spielen? Das konnte er auch.

»Also sind Sie sich durchaus bewusst, dass sie auf verschiedene Arten nach Hause kommen kann. In einem Flugzeug. In einer Kiste. In einem oder mehreren Stücken.«

»Was wollen Sie, Silva?« Seine Finger krümmten sich, so sehr wollte er die Hand durch das Telefon stecken und dem Arschloch die Kehle zerfetzen.

»Aber das wissen Sie doch. Ich will die Liste. Sie geben mir die Liste, ich gebe Ihnen Ihr Mädchen. Und sie ist doch *Ihr* Mädchen, nicht wahr? Für so etwas habe ich ein Auge. Das macht mich so gut in meinem Job.«

Die Kehle zerfetzen wäre zu einfach. Zu schnell. Zuerst würde er die Innereien entfernen. Ihm dann bei lebendigem Leibe die Haut abziehen.

»Sie ist etwas ganz Besonderes«, sagte Silva. »Selbst mit blauen Flecken.«

Winters biss die Zähne zusammen. Nur mit Mühe bekam er seine Kiefer wieder auseinander.

»Rühren Sie sie nicht an. Unberührt und unversehrt. Sonst gibt es keine Liste.« Er versteckte seine Wut. Sie würde sich richtig angestaut haben, wenn er Juan Carlos Silva gegenüberstand. Aber sein ruhiger Ton verriet nichts davon.

»Die Verletzungen waren Unfälle während der Reise. Ihr wird nichts mehr zustoßen, wenn wir uns einigen können. Wenn nicht, dann habe ich sie einem meiner besten, wenn auch brutalsten Männer versprochen. Ich bin mir sicher, dass das nicht gut für sie enden würde.«

Sein Herz raste vor Wut. Er fühlte sich so schuldig, dass jeder Atemzug wehtat. Juan Carlos spielte mit ihm. Winters wusste das.

»Die Liste gehört Ihnen. Aber eins kann ich Ihnen versichern, Silva: Wenn Mia sich in Ihrer Obhut auch nur so viel wie einen Schnupfen einfängt, dann werde ich dafür sorgen, dass Sie einen schnellen Tod herbeisehnen.«

»Mr Winters, es gibt doch gar keinen Grund für Drohungen. Ich stehe zu meinem Wort. Wenn Sie mir die Liste bringen, dann wird sie zu Ihnen zurückkehren. Völlig unversehrt. Wenn ich die Liste nicht bekomme, dann ... wird sie versehrt. *Comprendre?*«

Wenn Winters mit ihm fertig war, dann würde Silva auch viele Dinge verstehen. *Lektion Nummer eins. Leg dich nicht mit meinem Mädchen an!*

Winters schüttelte den Gedanken an Lektion Nummer zwei ab. »Wie soll das Ganze ablaufen?«

»Fliegen Sie mit einem Privatjet nach Medellin. Ich erwarte Sie dort um Mitternacht unserer Zeit. Ein Fahrer wird Sie zu mir nach Hause bringen. Kommen Sie allein. Bringen Sie keine Waffen mit. Jede Missachtung meiner Anweisungen wird katastrophale Folgen haben.«

Es war noch nie sein Ding gewesen, sich an die Regeln zu halten. »Wo werden Ihre Männer mich hinbringen?«

»Was macht das für einen Unterschied? Ich organisiere den Transport für Sie.«

»Ich soll Ihnen einfach so vertrauen, dass Sie mich zurück zum Flughafen bringen? Ohne dass mir etwas zustößt? Das hört sich für mich wie eine Menge gequirlte kolumbianische Scheiße an.«

»Wie Sie reden! Ich habe keinen Nutzen für Sie beide. Ob Ihnen gefällt, was ich tue, oder nicht, ich habe einen ausgezeichneten Ruf. Mein Wort ist Gold. Wenn ich spreche, wenn ich ein Versprechen mache, dann sollten Sie zuhören.«

Winters war sich sicher, dass Mia diesen Dreckskerl schon aufs Feinste analysiert hatte.

»Abgesehen davon, haben Sie eine andere Wahl?«, fragte Silva.

»Na gut, ich werde Ihre Bedingungen erfüllen. Ich werde um Mitternacht in Kolumbien sein.«

Adios, Arschloch. Er bedeutete Jared mit der Halsabschneidergeste, aufzulegen. Jared drückte einen Knopf und Parker unterbrach die Verbindung. Niemand sprach, bis bestätigt wurde, dass die Verbindung weg war.

Winters zwang sich dazu, seine Muskeln zu entspannen und pfiff durch die Zähne. »Er hat keine Ahnung, dass wir auf dem Weg zu ihm sind, oder?«

Jared schürzte die Lippen. »Vielleicht doch. Wenn es uns zu einfach vorkommt, dann tappen wir in eine Falle. Silva ist nicht dort angekommen, wo er ist, ohne gerissen zu sein. Mittlerweile sollte er einige Dinge über Titan in Erfahrung gebracht haben. Ich würde sagen, ihr habt gerade ein kleines Trainingstänzchen hingelegt.«

Winters zerknüllte einen Fetzen Papier, der auf dem Tisch lag, und warf ihn in den Mülleimer. »Der kann mich mal. Ich werde im Schnellschritt über seine hässliche Visage tanzen.«

»Du wirst dich an die Befehle halten.«

»Ja, ja. Ich verstehe schon. Es ist dein Rodeo, Jared.«

»Da hast du verdammt noch mal recht. Also, wenn es dir nichts ausmacht, dann lass uns die Einzelheiten des Plans durchgehen.« Er nahm die Fernbedienung zur Hand und zappte durch Satellitenbilder. »Die Bäume hier, gegenüber vom Tor, eignen sich am besten zum Ausspähen. Cash, du schiebst da Wache. Du kümmerst dich um alle unerwarteten Störenfriede, wenn wir auf das Gelände eindringen, und gibst uns Deckung, wenn wir wieder rauskommen.«

Cash nickte, den Cowboyhut tief in die Stirn gezogen. Er nahm sich einen Stapel ausgedruckter Fotos und sah sie durch.

»Brock, du kümmerst dich um Probleme am Haupttor.« Jared zeigte auf den Bildschirm. »Rocco, du bist unser Fahrer. Wir sollten einen gepanzerten Range Rover zur Verfügung haben, wenn wir landen. Er gehört dir. Unsere Kontaktmänner in Kolumbien haben alles, das nicht in den Wagen gepasst hat, an unserem Treffpunkt deponiert. Sprengstoff und Zünder. Extra Waffen und Munition. Wenn ihr irgendwas braucht, das nicht da ist, sagt mir Bescheid.«

Brock und Rocco wussten, was sie zu tun hatten. Jared wandte sich Winters zu. »Und Winters, ich werde dich so heftig in deinen teuflischen lederhäutigen Hintern treten, dass du von Kolumbien bis nach Washington und wieder zurück fliegst, wenn du da reinläufst, als würde dein Schwanz in Flammen stehen.«

Winters grunzte. Er antwortete Jared nicht. Er schaute ihn noch nicht mal an.

»Ich mache keine Scherze, Winters. Wenn du dich nicht beherrschen kannst, dann wirst du auf die Ersatzbank verbannt. Du bleibst in diesem Flugzeug, bis wir wieder zurück sind. Ich werde Brock da rein schicken und dein Mädchen retten lassen.«

Brock verzog seinen Mund zu einem schiefen Lächeln und hob eine Augenbraue: »Da habe ich nichts dagegen, Kumpel.«

»Leck mich.« Winters Blick ging von einem Mann zum nächsten. »Und du kannst mich auch mal.«

Brock lachte und schlug Winters auf den Rücken. »Ich habe dich noch nie so auf Hundertachtzig gesehen. Wer hätte gedacht, dass das überhaupt möglich ist?«

Jared mischte sich ein. »Okay, okay. Winters, du bist ein genauso cooles und berechnendes Arschloch wie sonst auch immer.«

»Ja, ja. Schon verstanden.« Winters schaute böse in die Runde und ließ die Fingerknöchel knacken. »Ich habe nur das Ziel vor Augen.«

»Wie schön, dass du alles unter Kontrolle hast, Loverboy.«

Kapitel zweiundzwanzig

Alejandro zeigte zu viele Zähne und sein Atem ging viel zu schnell für den kurzen Weg in ihr Zimmer. Als er sie den Korridor entlang zog, wurde sein Griff um ihren Arm immer enger. Alejandro hielt vor der offenen Tür an. Sein saurer Atem stieg ihr in die Nase. *Bitte geh weg. Lass mich in Ruhe.* Ihr Herz hämmerte laut in ihrer Brust.

Als ob er plötzlich von ihr angewidert wäre, schubste er Mia ins Zimmer und knallte die Tür hinter ihr zu. Jetzt war sie allein in dem fensterlosen Raum. Sie war momentan dankbar für jedes kleine Wunder. Wenn Alejandro sie in Ruhe ließe, dann zählte das als eins.

Der Riegel wurde vorgeschoben und schien ihr Schicksal zu besiegeln. Alejandro war nur Zentimeter von ihr entfernt und alles, was sie vor ihm beschützte, war eine dicke Tür aus Holz. Schade, dass er den Schlüssel hatte. Sie konnte immer noch seine böse Aura spüren. Sie hörte keine Schritte, die sich von der Tür entfernten. Ihr Puls dröhnte in ihren Ohren während sie nervös wartete. Er ging nicht weg. Ihr Mund wurde ganz trocken. Panik stieg in ihr auf wie Magensäure in ihrer Kehle.

Geh weg.

Jetzt hörte sie, wie er sich bewegte. Plötzlich war nicht mehr genug Sauerstoff im Raum zum Atmen. Sie bekam keine Luft. Wandte er sich ihr zu? Oder entfernte er sich? Ein schlurfender Schritt. Ihr Verstand spielte ihr einen Streich. Das Geräusch wiederholte sich. Angestrengt lauschte sie, um zu bestimmen, in welche Richtung er ging.

Stille.

Bitte geh weg. Bitte.

Ein weiterer Schritt. In ihre Richtung oder von ihr weg? Sie konnte es einfach nicht sagen.

Ihre Unterlippe bebte. Sie bedeckte ihren Mund mit einer Hand, um den Schluchzer zu ersticken, der ihr zu entweichen drohte. War sie stark genug, die perversen Ausgeburten seiner kranken Psyche zu überstehen?

Wieder ein Geräusch. Es klang jetzt weiter weg. Er ging weg. Die ganze Panik, die sich in ihr aufgestaut hatte, brach aus ihr hervor und sie musste würgen. Mia beugte sich nach vorne, die Arme um den Körper geschlungen. Heiße Tränen liefen ihre Wangen runter.

Bringt mich doch einfach gleich um. Das hier war mehr, als sie ertragen konnte. Die Wände kamen immer näher, bis sie glaubte, ersticken zu müssen. Die Luft schien plötzlich so dünn, dass sie sie hektisch in ihre Lungen sog. Sie war zu schwach. Nicht so stark, wie Colby ihr versichert hatte. Wie hatte sie ihm etwas vormachen können? Es war schon fast beschämend, wie einfach es war, sich in eine Ecke zurückzuziehen und darum zu betteln, dass man ihr einen einfachen Ausweg bieten würde.

Die Arme immer noch um ihre Mitte geschlungen, sank Mia zu Boden. Das schummrige Licht erhellte den Raum, aber vor lauter Tränen konnte sie kaum etwas sehen. Sie schniefte und wischte sich die Nase mit dem Handrücken ab.

Dieses Geflenne musste aufhören. *Stell sofort auf den Kanal Shock-and-Awe-Taktik um — finde das Selbstbewusstsein, den Gegner zu überraschen und zu verunsichern. Finde ihn. Mach schon. Jetzt.*

Sie fuhr mit dem Finger über die Fugen zwischen den kalten Bodenfliesen. Die hysterischen Tränen versiegten langsam. Sie konnte sie wegblinzeln. Sich dazu zwingen, mit dem Weinen aufzuhören. Wie zum Teufel sollte sie aus dieser Situation bloß wieder rauskommen? So etwas wie eine Bambus-Bazooka war ihr bisher nicht eingefallen.

Eine Haarsträhne klebte an ihrer nassen Wange. Mia versuchte sie wegzupusten, aber sie bewegte sich nicht. Sie brachte kein zweites Mal Kraft dafür auf. Vor Erschöpfung fielen ihr die Augen zu, die schon ganz verquollen waren von dem verantwortungslosen, selbstmitleidigem Geheule.

Juan Carlos und Alejandro hatten nichts preisgegeben, das ihr irgendwie dabei helfen würde, das hier zu überleben. Sie hätte ihr

Verhalten und ihren Umgang miteinander beobachten und auf Schwächen untersuchen sollen. Sie hätte ein psychologisches Profil erstellen sollen. Aber das hatte sie nicht getan.

Wo war Colby?

Sie in Kolumbien zu finden schien ihr ein Ding der Unmöglichkeit. Woher sollte er wissen, wo sie war? Sie hatte versucht, dem Mann am Telefon ein paar Hinweise zu geben, aber wie viele weiße Häuser mit Gärten gab es wohl in diesem Land? Wahrscheinlich viele.

Colby würde *Jagd um die Welt – Schnappt Mia Kensington* spielen müssen. Nur mit automatischen Waffen statt einem rotem Trenchcoat und Hut.

Mia verzog das Gesicht, nachdem sie hatte auflachen müssen. Er war ein taffer Kerl mit einem Herz aus Gold. Er würde sie finden.

Ich habe mich mein ganzes Leben nach dir gesehnt, Mia. Und ich wusste davon nichts. Seine Worte hallten in ihrem Kopf wider. Gerade als alles so neu und sicher, so ungeheuerlich optimistisch ausgesehen hatte, hatte das Leben ihr einen Strich durch die Rechnung gemacht. Sich in ein Märchen hineinzusteigern war idiotisch gewesen.

Sie konnte wieder Schritte hören, die sich der Tür näherten. War das wieder Alejandro? Oder Colby? Sie zog die Brauen zusammen und lauschte konzentriert. Die Stille dröhnte in ihren Ohren. Ihr Trommelfell war kurz davor, zu explodieren. Ihr Verstand spielte verrückt, lachte sie aus, als sie versuchte, wach und bei der Sache zu bleiben. War das Dehydrierung? Nein, es war nur eine Wahnvorstellung.

Sie hätte diese doofen Sandwiches hinunterschlingen sollen. Das Wasser in einem Zug austrinken müssen. Sie konnte nur hoffen, dass der Schlaf sie bald übermannte. Sie legte die Stirn auf die gefalteten Arme. Sie presste sich gegen den harten Boden, in der Hoffnung, damit zu verschmelzen und von hier zu verschwinden. Colby würde kommen. Das würde er. Sie hatte ihn doch nicht gefunden, nur um ihn gleich wieder zu verlieren. Er brauchte sie. Oder nicht? Colby ...

Die Tür ging auf und sie war mit einem Ruck wach. Sie war völlig desorientiert und benommen. Ein Monster zeichnete sich bedrohlich in der Tür ab. Definitiv nicht Colby. Zähne blitzten im Dunkeln auf. Ein übler Geruch ließ sie richtig wach werden. Eine Hand packte sie und presste einen Lumpen gegen ihre wunden Lippen.

Mia versuchte sich loszureißen und kratzte seine Hände. Sie

waren so derbe, dass man ein Streichholz daran hätte entzünden können – es konnte niemand anders als Alejandro sein.

Er zog sie aus der Tür und schleppte sie durch die Korridore. Um eine Ecke nach der anderen, bis sie ganz die Orientierung verloren hatte. Das Tuch, was man ihr in den Mund gestopft hatte, war in irgendeine Flüssigkeit getränkt worden, die ihr jetzt scharf in die Nase stieg. Der bittere Geschmack scheuerte an ihrer Zunge. Ihr drehte sich der Magen um. Ihre Augen rollten hin und her, ohne dass sie etwas dagegen machen konnte, und ihr Blick war schon so getrübt von dem Betäubungsmittel, dass sie nichts mehr klar erkennen konnte. *Oh, nicht schon wieder.*

Sie krachte in Alejandros Seite, der gerade stehen geblieben war. Sie wollte sehen, was hier vor sich ging, aber nur mit Mühe gelang es ihr, die Augen aufzuhalten.

Juan Carlos Silva.

Sie versuchte, ihren Blick auf ihn zu heften. Versuchte ihn zu mustern, wie er da hinter seinem Schreibtisch saß. Mit seiner Scheiß-Kaffeetasse. Und seinem Scheiß-Rasierwasser. Sie konnte schon ihre Zunge nicht mehr spüren, oder ihr Gesicht oder ihr … Sie konnte fast gar nichts mehr spüren, außer, wie sie die Müdigkeit überkam. Sie konnte nicht dagegen ankämpfen, obwohl sie noch stand. Das Summen in ihrem Kopf lullte sie ein, bis sie nichts mehr spürte.

Rocco verstellte das Lenkrad des Range Rovers, um seine Sitzposition zu verbessern. Winters saß auf der Rückbank, zwischen Brock und Cash eingequetscht, und versuchte, sich etwas mehr Platz zu verschaffen. Er hatte keine Lust, Knie an Knie mit ihnen zu sitzen. Nervosität und Adrenalin pulsierten durch seinen Körper. Wie hatte er nur den Arschlochsitz in der Mitte erwischt?

Er fuhr mit der Fingerspitze über die vor kurzem geschärfte Klinge seines Kampfmessers. Die Zacken glänzten. Das Metall fühlte sich warm in seiner Hand an. Er spielte schon mit dem Messer rum, seit sie zur Landung angesetzt hatten. Seine Hände wollten unbedingt etwas zu tun haben, während sein Verstand ihm andauernd Streiche spielte. Noch nie zuvor hatte er seine Arbeit als etwas Persönliches betrachtet und das hier ging sogar weit darüber hinaus. Zweifel und Wut nagten an ihm und hinterließen einen bitteren Geschmack in seinem Mund.

Winters räusperte sich. »Wenn irgendetwas schief läuft, wenn mir irgendwas passiert, dann tu alles, was du kannst, um Mia nach Hause zu bringen.«

Jared ignorierte ihn.

Cash rollte mit den Augen. »Mensch, Winters. Hier wird nichts schieflaufen. Wir sind doch nicht den ganzen Weg hierher gekommen, um dein Mädchen im Stich zu lassen, wenn dir jemand eine Kugel in den hübschen Hintern jagt.«

Er konnte sich einfach nicht zurückhalten. »Sie ist mir sehr wichtig.«

»Ja, das haben wir schon gemerkt.«

Winters steckte sein Messer wieder weg und wischte sich die Hände an der Hose ab. Er hatte zu viel aufgestaute Energie. Und in seinem Kopf gingen zu viele Was-passiert-wenns herum.

Jared, der auf dem Beifahrersitz saß, drehte sich um. »Hör zu, Mann, tu einfach alles, was du da draußen tun musst. Und wir machen dasselbe. Wir wissen, dass dein erbsengroßes Hirn denkt, dass sie dir wichtig ist, also ist sie uns auch wichtig. Und damit basta.«

Jared unterstrich seine Aussage mit einem knappen Nicken und drehte sich dann wieder um. Sie holperten über den Feldweg. Herunterhängende Äste schlugen gegen die Windschutzscheibe. Winters war sich nicht ganz sicher, ob das hier überhaupt ein Weg war. Aber egal. Hauptsache, es war die schnellste Route von A nach B.

Rocco kam mit einem Ruck zum Stehen, parkte den Wagen und alle stiegen aus. Cash verschwand im Dickicht. Und weg war er. Verdammte Scharfschützen, und typisch Cash. Er schlich sich irgendwo ein und schlich sich wieder raus. Der Mann verschmolz mit Schatten.

Brock hatte schon den Kofferraum aufgemacht und eine Ladung Sprengstoff herausgeholt.

Jared ging an Winters vorbei. »Los geht's. Gib mir Deckung.«

Sie rannten zur Mauer und schlichen sich dann im Eiltempo an das Haupttor heran, so als ob sie auf Satans offenen Rachen zuliefen. Auf der anderen Seite erwartete sie die Hölle, Maschinengewehre im Anschlag.

Brock entfernte sich auf eine Handbewegung von Jared hin. Winters schaute auf seine Armbanduhr. Die Zeit verging einfach nicht schnell genug. Sie ließen sich auf den Boden fallen. Warteten. Beobachteten. Bereiteten sich vor.

Die erste Detonation war zu hören. Das Haupttor explodierte. Holzsplitter und Betonstücke regneten aus einer Wolke von Rauch und Feuer. Bevor die Erschütterungen zu Ende waren, kam die zweite, kleinere – und hoffentlich unbemerkte – Detonation, die ein Loch in die Mauer sprengte. Alarmsirenen heulten. Wachen brüllten. Auf dem Gelände herrschte Verwirrung.

Jared und Winters krochen langsam vor, die Gewehre im Anschlag, und beobachteten das Loch in der Mauer. Uniformierte Männer rannten auf das Haupttor zu und stellten sich auf, um den noch unsichtbaren Feind abzuwehren.

Ducken und Laufen. Jared und Winters sprinteten durch das Loch in Richtung Haus. Dort angekommen brachen sie eine Tür ein. Dienstmädchen in Uniform liefen an ihnen vorbei, den Blick immer schön auf den Boden gerichtet. Anscheinend war es nicht das erste Mal, dass sie angegriffen wurden. Er schaute sich schnell um, um die Situation einzuschätzen. Er sah keine Zielperson, die eine Kugel wert war.

Jared gab ihm ein Zeichen und ging einen verwinkelten Korridor lang. Winters versuchte angestrengt, auszumachen, ob es irgendwo Anzeichen für andere Personen, Angreifer oder Mia, gab, doch die schrillen Alarmglocken machten es ihm nicht leicht.

Das Haus schien menschenleer. Jared schlich sich so vorsichtig und lautlos voran, dass ihn niemand bemerken würde. Auf einmal war er sogar aus Winters' Blickfeld verschwunden.

Winters ging langsam weiter, ein vorsichtiger Schritt nach dem nächsten, das Gewehr immer bereit, einen Finger am Abzug. Nachdem er sich vergewissert hatte, dass ihm keiner auflauerte, ging er um eine Ecke und versuchte, etwas in dem jetzt dunklen Korridor auszumachen. Die Sirenen schrillten immer noch.

Winters ging immer weiter und schaute in jedes Zimmer rein, das vom Korridor abging. Wieder ging es um eine Ecke. Dieses Haus war das reinste Labyrinth. Auf einmal blieb ihm das Herz stehen: Er hörte den erstickten Schluchzer einer Frau.

Nur noch eine Tür am Ende des Korridors.

»Nein!«, vernahm er ihren müden, verzweifelten Ruf ganz deutlich. Er war schon drauf und dran, die Tür einzurennen, besann sich aber dann und drückte die Klinke runter. Die Tür ging langsam auf und eröffnete ihm einen Blick auf seinen schlimmsten Albtraum.

Juan Carlos Silva hatte sie am Hals gepackt und schüttelte ihren bewegungslosen Körper, während er wie wild auf etwas zeigte, was draußen vor sich ging. Eine Flut von Schimpfwörtern regnete auf sie herab und sie hatte den leeren Blick eines traumatisierten Soldaten. Silva warf sie hin und her, als wäre sie eine Puppe. Ihre Arme hingen schlaff am Körper herunter und ihre Knie knickten ein.

Winters musste das Überraschungsmoment nutzen, das er jetzt hatte, weil er Gott sei Dank die Klinke runtergedrückt hatte.

»Nimm die Hände von ihrem Hals, Silva.« Winters' Stimme grollte so tief, dass er sie selbst nicht wiedererkannte.

Silva riss Mia herum und hielt sie im Würgegriff. Ein Messer glitzerte in seiner anderen Hand. Mia stand Winters jetzt gegenüber, schien ihn aber nicht wahrzunehmen. *Scheiße.*

Sie konnte ihn noch nicht mal direkt anschauen. Ihr Kopf fiel nach vorne und Silva schüttelte sie wieder wach. Der Drang, Silva umzubringen, pulsierte durch seinen ganzen Körper.

»Wie sind Sie hier reingekommen?« Silva schaute sich um.

Alles seine Wachen waren beschäftigt. Große Explosionen hatten diesen Effekt. *Danke, Brock.*

»Ich bin ein verfluchter Zauberkünstler, Arschloch.«

»Bleiben Sie, wo Sie sind.« Silvas Augen glitzerten gefährlich und sein Blick schien zu sagen, dass er nichts mehr zu verlieren hatte. Sein Gesicht verzog sich verächtlich.

Winters senkte seine Waffe.

»Haben Sie uns wirklich nicht erwartet? Das überrascht mich. Denken Sie, ich würde sie einem Raubtier wie Ihnen überlassen?« Winters schnalzte mit der Zunge.

Silva hielt das Messer an ihre Kehle. Mia schien davon nichts zu merken. »Sie gehört Ihnen, wenn Sie mir die Disk geben.«

»Nein.« Dieses einfache Wort stachelte Winters noch mehr an, bestärkte seinen Entschluss, diese Sache mit viel Blutvergießen zu beenden.

Eine Detonation erschütterte das Zimmer, gefolgt vom Rattern eines Maschinengewehrs. Winters lächelte. Jared war schon dabei, Ihnen einen Weg nach draußen zu bahnen.

Mit einer übertriebenen Handbewegung schaltete Winters das Mikrofon an seinem Helm an. »Zielperson gefunden. Zweiter Stock. Drittes Zimmer nördlich vom Mittelgang.«

Er bekam keine Antwort, war sich aber sicher, dass die anderen verstanden hatten. Sein Team war für ihn da. Beobachtete alles. Hörte alles mit.

»Sie machen mir keine Angst, Winters.« Silva spuckte seinen Namen förmlich aus.

»Dann sind Sie ein Idiot. Sie haben nur ein paar Sekunden Zeit, eine Entscheidung zu treffen, bevor Sie sterben.« Winters ging rückwärts auf eine große Holzkiste zu. Mit einem wütenden Stoß hatte er sie vor die Tür geschoben. »Und jetzt gibt es kein Entkommen mehr.«

KAPITEL DREIUNDZWANZIG

Etwas Scharfes bohrte sich in ihren Hals und ließ sie langsam zu sich kommen. Sie stand aufrecht und befand sich nicht mehr in dem fensterlosen Zimmer. Vage kehrte die Erinnerung zurück: Alejandro hatte sich auf sie gestürzt. Schnell vergewisserte sie sich, dass sie noch atmete. Kalter Schweiß bedeckte ihren Körper. Sie schien keine Kontrolle mehr über Arme und Beine zu haben. Was geschah mit ihr?

Sie nahm ihre Umgebung nicht mehr verschwommen war, sondern konnte Gegenstände um sich herum erkennen. Es war heller als in ihrem Zimmer. Ein dumpfes Pochen füllte ihren Kopf. Ein heftiger Migräneanfall kündigte sich an. Wieder verschwamm alles, weil sich ihre Augen mit Tränen füllten. Langsam liefen sie ihre Wangen runter.

Gemurmel. Es hörte sich ganz weit weg an. Flüstern. Sie versuchte sich zu konzentrieren. Die Spinnweben abzuschütteln, die sich um ihren Verstand gelegt hatten.

»Mia.«

Die Stimme kam ihr so bekannt vor. Ihr Name. Er hallte in ihrem Kopf wider, im Takt mit dem Pochen ihrer Kopfschmerzen.

Sie kniff die Augen zusammen und wollte schlucken, aber ihr Mund war staubtrocken. Sie musste husten. Ihr Hals tat wieder weh. Diesmal schlimmer. Es brannte.

Hitziges Kauderwelsch. Es war kein Englisch.

Silva. Gefangenschaft. *Oh Scheiße.* Ganz langsam wurden ihre Gedanken wieder klarer. Genau wie nach der Entführung von der Tankstelle.

»Mia.«

Colby. Seine Stimme kam ihr so weit weg vor wie in einem Traum.

Sie versuchte sich wieder zu konzentrieren. Bunte Flecken reihten sich aneinander. Gegenstände wurden schärfer. Ihre Sinneseindrücke sammelten sich und formten ein Ganzes. Das Zimmer war hell. Es roch nach Rauch und Rasierwasser.

Mia rollte den Kopf zur Seite. Juan Carlos Silva verstärkte den Würgegriff um ihren Hals. Das schreckliche, bekannte Gefühl eines Messer, das sich in ihren Hals ritzte, ließ die Erinnerungen an den Colonel wieder hochkommen. *Der Kreis schließt sich.*

Sie riss den Kopf nach hinten, um der schmerzhaften Messerklinge zu entkommen. Sie hörte Colby. Sie konnte Colby spüren. Er würde nicht zulassen, dass Juan Carlos ihr den Hals durchschnitt. Sie blinzelte und da war er, ihr Held.

Er schien immer noch Kilometer weit weg, aber trotzdem streckte sie ihre Arme nach ihm aus. Sein eiskalter Blick war nicht auf sie gerichtet. Er sah aus wie ein wütender Stier. Größer, als sie ihn in Erinnerung hatte. Wild und grimmig.

Juan Carlos schüttelte sie mit aller Kraft. Ihre Arme und Beine zitterten wie Wackelpudding. Er stieß sie in Colbys Richtung und zog sie dann wieder zurück. Es gab kein Entkommen aus dem Teufelskreis. Sie konnte ihre Worte nicht ausmachen. Sie stritten sich laut, aber was sie sagten, erschloss sich ihr nicht.

Die Tür in Colbys Rücken wölbte sich und rüttelte in den Angeln. Immer wieder donnerte es irgendwo. Die Vibrationen schüttelten auch sie weiter wach.

Juan Carlos brüllte über ihre Schulter: »Meine Männer werden die Tür einbrechen. Sie werden beide sterben.«

»Nehmen Sie das Messer von ihrem Hals weg.« Colby verengte die Augen und starrte Juan Carlos mit einem blutrünstigen Blick an. Er schien immer größer und breiter zu werden; ein Killer, bereit für den Angriff.

»Ich werde sie jetzt umbringen.« Juan Carlos schüttelte wieder ihren schlaffen Körper. »Sie werden sie niemals lebend hier raus bringen.«

Er zog Mia zum Fenster. Draußen tobte das Chaos. Über der Mauer stieg Rauch auf und der Garten war in Brand gesetzt worden. In der Ferne hörte sie Schüsse. Colby war mit einer ganzen Armee hier aufmarschiert. Juan Carlos fluchte in ihr Ohr.

Er wandte sich vom Fenster ab und Colby war wieder in ihrem Blickfeld. Trotz allem, was gerade passierte, lächelte sie. Doch der Moment war schnell vorüber. Juan Carlos zog sie wieder zum Fenster.

Schwarze Rauchsäulen schlängelten sich gen Himmel. Sie konnte den Rauch schmecken. Alarmsirenen läuteten. Die Männer dort draußen sahen aus wie Spielzeugsoldaten. Sie waren so weit weg. War das ein Traum?

Das Fenster explodierte und die Druckwelle katapultierte sie in die Mitte des Zimmers. Warm, scharf, rot. Juan Carlos ließ sie los. Mias Körper fühlte sich an wie aus Gummi. Ihre Knie gaben nach. Sie landeten beide mit einem dumpfen Knall auf dem Boden. Er landete auf ihr. Etwas Warmes quoll aus ihm raus. Ein unangenehmer, metallener Geruch stieg ihr in die Nase. Die Gesichtszüge entstellt, die Augen weit aufgerissen, blutüberströmt, mit Glas gespickt. Und tot.

Tot.

Colby war sofort bei ihr. Er nahm sie in seine Arme und warf sie über seine Schulter. Das ging so schnell, dass sie wieder die Orientierung verlor. Ihr Magen drehte sich um. Ihre Kopfschmerzen breiteten sich bis in die Zehen aus. Ihr ganzer Körper pulsierte, aber dann fiel ihr Blick auf Juan Carlos Silva, der tot auf seinem schönen Teppich lag. Umgeben von Blut und Glas.

Erleichterung wollte sich nicht einstellen. Wo blieb sie? Ein Gefühl. Eine Emotion. Irgendwas. Aber nichts passierte. Sie war wie benebelt. Ihr Gesicht und ihre Haare waren mit einer klebrigen Masse bedeckt und der Gestank von Blut breitete sich im Raum aus. Sie rieb sich panisch das Gesicht. Magensäure stieg ihr in den Rachen. Ekel überkam sie. Das war das Blut eines Wahnsinnigen.

Sie hing immer noch über seiner Schulter. Sie drückte ihr Gesicht an seinen Rücken. Aber sie musste nichts sehen, um zu wissen, dass die Tür aufgebrochen wurde. Sie konnte die Männer in den Raum kommen hören. Ihre Rufe und Drohgebärden verstummten bald, bis nur noch das Geräusch von Colby Schüssen den Raum füllte.

Er hielt sie fest, eine Hand auf ihrem Hintern, und trat die leblosen Körper beiseite, während er sich einen Weg durch die Tür bahnte.

Als er mit ihr die Treppe runterlief, plumpste sie nach jeder Stufe gegen seinen harten Körper. Jeder Schritt schüttelte sie durch. *Das sollte mehr wehtun. Irgendwas stimmt nicht.*

Er blieb stehen und ließ sie von seiner Schulter gleiten. Ihr Kopf schwankte hin und her und sie kniff die Augen zusammen. Er hielt sie unter den Armen fest, damit sie gerade stand. Seine Hände konnte sie spüren. Ihr Gewicht war zu schwer. Sie war zu müde, um ihm zu helfen. Zu erschöpft, um zu fliehen.

»Mia.« Colby versuchte, durch den dichten Nebel, der sich um ihren Kopf gelegt hatte, zu ihr durchzudringen.

Sie würde ihm entgegenkommen. Später. Wenn sie sich stärker fühlte.

»Mia. Komm schon, Schätzchen. Hier. Ich bin hier.« Seine Stimme hörte sich jetzt dringlicher an. Bestimmter. Eigentlich nervte er ganz schön, wenn sie es sich recht überlegte.

Er nahm ihr Kinn in seine Hand. Mit dem Daumen strich er über ihre klebrige Wange. Sie öffnete die Augen zu Schlitzen. Sein schönes Gesicht war direkt vor ihr und er sah sie mit besorgtem Blick an.

»Colby«, hauchte sie. Sein Name gab ihr wieder ein klitzekleines bisschen mehr Willenskraft. Nicht viel, aber genug, um sich auf ihn zu konzentrieren.

»Hallo, Süße. Ich bringe dich hier raus.«

Er hörte sich so ruhig an. Vielleicht brauchte er ja auch ganz dringend Schlaf.

Hinter ihm im Korridor leuchteten helle Lichter auf.

»Wir müssen los. Halt dich an mir fest.«

Wütendes Gebrüll kam immer näher, doch sie verstand nicht, woher. Er warf sie wieder über seine Schulter. Das Blut stieg ihr in den Kopf. Der Geruch von Schießpulver mischte sich mit dem seines Schweißes. Sie kämpfte dagegen an, nicht das Bewusstsein zu verlieren. Mit schwindelerregendem Tempo rannte er um eine Ecke. Sie hörte Schüsse. Er ging weiter, sprang über irgendwas rüber und presste sich dann wieder an die Wand. Mia sah das Blut auf dem weißen Teppich. Drei Leichen, Arme und Beine ausgestreckt, die Augen weit aufgerissen.

Oh.

Sie balancierte immer noch auf seiner Schulter. Er lud seine Waffe nach. Ein lauter Knall hallte durchs Haus.

»Ich habe das Paket«, flüsterte Winters. »Bereit für den Rückzug.«

Er sprach nicht mit ihr. Sein Team war hier. Irgendwo.

»Ich wiederhole. Ich brauche Deckung. Aus.«

Er fluchte leise und zog irgendwas aus seiner Brusttasche. Sie hörte ein Klicken. Winters warf etwas und ging mit ihr dann wieder um die Ecke und in Deckung. Ein Knall folgte.

Ach so, eine Handgranate. Aber wo ist die Bambus-Bazooka?

Schnell ging es weiter und sie musste sich nur an ihm festhalten. Wenn sie irgendwas im Magen gehabt hätte, das sie hätte erbrechen können, dann hätte sie es getan. Ihr war schlecht von den ganzen Drehungen und Richtungsänderungen, dem schnellen Tempo und seinen hastigen Bewegungen. Übelkeit war aber immer noch besser als Tod.

Eine laute Explosion erschütterte den Flur. Eine Wolke aus Rauch und Staub legte sich über sie. Ihre Augen brannten wie damals, bei der Tränengasattacke. Das Husten zerrte an ihrer Kraft. Es war viel einfacher, das Bewusstsein zu verlieren.

Aber ihr Körper wurde durchgerüttelt und sie riss die Augen wieder auf. Er kämpfte sich durch die Rauchwolke. Bei jedem Schritt bohrten sich ihre Rippen in seine Schulter. Die Tür stand in Flammen und er trat einmal kräftig zu, um sich einen Weg nach draußen zu bahnen.

Frische Luft. Frisch mit einem Hauch von brennendem Gebäude. Sie holte tief Luft, wurde aber enttäuscht. Die Luft war so stickig, dass man kaum atmen konnte. Und so wie sie lag, konnte sie nicht in den Bauch atmen. Ihre Lungen füllten sich nicht richtig. Aber trotzdem, die Luft war rein. Und sie waren etwas näher dran, es lebend hier raus zu schaffen.

Schüsse ratterten. Colby warf sich auf den Boden. Es gelang ihm nicht, ihren Aufprall abzufedern. Mia fiel auf den Rücken. Ihr Kopf prallte einmal, zweimal auf den Rasen ab. Sie bekam plötzlich keine Luft mehr. Sie war ganz starr vor Schrecken. Ihr Herz klopfte laut in ihrer Brust. Sie hörte es. Konnte es spüren. Aber regen konnte sie sich trotzdem nicht.

Endlich japste sie nach Luft. Ihr Körper erlaubte ihr einen Atemzug. Dann einen zweiten. Sie würde nicht sterben, zumindest nicht in diesem Augenblick.

Kühles Gras schmiegte sich an ihren Hinterkopf und streichelte ihre Arme und Beine. Das angenehme Gefühl half ihr dabei, sich wieder zu erholen.

»Geht es dir gut?« Er war hinter einer niedrigen Steinmauer in Deckung gegangen. Einige Meter von ihnen entfernt standen Statuen im Garten und das Plätschern eines Springbrunnen vermischte sich mit den Gewehrsalven in der Ferne.

»Können dich deine Kollegen nicht hören?« Ihr Hals tat ihr weh und sie hörte sich ganz kratzig an. Sie kam endlich richtig zu sich. Wurde sich ihrer Umgebung bewusst, die ihr ganz und gar nicht gefiel. Was auch immer für eine Droge sie ihr verabreicht hatten, sie schien ihre Wirkung zu verlieren.

»Mach dir keine Gedanken. Es gibt einen Grund dafür, dass wir alles bis ins kleinste Detail planen.« Er zwinkerte ihr zu und schenkte ihr ein schiefes Lächeln. Das hier war ein gewöhnlicher Tag in Colby Winters' Leben. Er war weder nervös noch verängstigt. Es gehörte zu seinem Arbeitstag dazu, dass ihm Kugeln um die Ohren flogen.

Er nahm ein Magazin aus seinem Gürtel und lud seine Waffe. Ein kurzer Blick über die Mauer und er griff nach dem Messer im Beinhalfter und ließ es durch die Luft fliegen. Ein kurzer Schmerzensschrei folgte.

»Arschloch«, murmelte er und war nun fertig mit dem Laden der Waffe. »Mia, wir müssen gleich die Beine in die Hand nehmen. Sobald wir um die Kurve sind, gibt uns ein Scharfschütze Deckung. Aber für eine Minute oder so sind wir Freiwild. Kannst du laufen? Ich kann mit beiden Händen schießen, wenn ich dich nicht tragen muss.«

Mia nickte. Adrenalin schoss durch ihre Venen. Sie war zu sehr eine Kämpfernatur, um hier im Gras zu liegen und Rauchwolken zu zählen.

»Das ist mein starkes Mädchen. Sag Bescheid, wenn du soweit bist.«

»Jetzt. Ich bin jetzt soweit. Hol mich hier raus.« Sie zog die Beine unter sich und ging in die Hocke, testete ihre Balance, indem sie auf den Zehen und Fingerspitzen wippte. Sie nickte wieder.

Winters stand auf, in jeder Hand eine Waffe. »Los.«

Er rannte schnell, die Arme ausgestreckt, und sie hechtete hinter ihm her. Sie gab ihr Bestes, mit seinem Tempo mitzuhalten. Die Ecke der Villa war ganz nah. Das war ihr Ziel.

Sie befand sich mitten im Kugelhagel. Kugeln flogen zu ihr hin und von ihr weg. Er feuerte. Sie feuerten zurück. Das verbrannte Schießpulver in seinem Kielwasser brannte in ihren Augen und Ohren.

Dennoch hielt sie sich dicht hinter ihm, schlug Haken, wenn er Haken schlug, duckte sich, wenn er sich duckte. Als wäre sie sein Schatten.

Sie hörte einen dumpfen Knall. Er ächzte auf und stolperte, fing sich aber schnell wieder und hörte nicht auf zu rennen. Ein Sprühregen aus hellrotem Blut ging auf sie nieder. Er verlangsamte seinen Schritt nicht. Ihre Beine brannten vor Erschöpfung.

Sie schafften es um die Ecke und er presste sich gegen die stuckverzierte Wand. Sein Blut klebte überall an ihr. Es klebte an der Wand und es klebte an seinen Händen. Fahrzeuge kamen auf sie zu. Bewaffnete Männer strömten durch das Loch in der Mauer wie Ameisen aus einem Ameisenhaufen. Feuerbälle kamen aus dem Dschungel geflogen und trafen die Fahrzeuge, die daraufhin in alle Richtungen explodierten. Gummi und Diesel brannten lichterloh. Schwarzer Rauch umgab die bewaffneten Männer, die auf sie zu rannten.

Die Hitze, die hohe Luftfeuchtigkeit, der Rauch, eine Schussverletzung – das hätte jeden Mann aufgehalten, aber nicht diesen. Sein Blick suchte den Rasen ab.

»Wir müssen es durch das Loch in der Mauer schaffen. Dort wartet ein Wagen auf uns. Wir haben Scharfschützen in den Bäumen und weitere zwei Männer am Boden. Wenn du jemanden siehst, der so angezogen ist wie ich, dann läufst du, so schnell du kannst, zu ihm. Verstanden?«

»Du bist verletzt.« Sie wollte ihn anfassen und ihre Hände auf die Wunde drücken, um die Blutung zu stoppen.

Er ignorierte sie. »Sag's mir, Mia. Schaffst du das?«

»Ja.« Sie nickte ihm bestimmt zu, woraufhin ihre Kopfschmerzen noch schlimmer wurden. Das war ihr egal. Colby war hier und sie würde tun, was auch immer er ihr auftrug.

»Ja, du schaffst das. Auf geht's.«

Er schubste sie in die richtige Richtung. Wieder flogen ihr die Kugeln um die Ohren. Männer rannten auf sie zu und zeigten mit ihren Waffen auf sie. Die Kugeln schlugen im Boden ein und schleuderten Rasenfetzen hoch, die sie im Gesicht trafen. Sie hatte Blut und Erde im Mund. Eine Schicht davon hatte sich auf ihre Lippen und Zähne gelegt.

Ein höllischer Schmerz durchfuhr sie. Sie stolperte. Er packte sie und riss sie auf die Knie.

»Nur eine Fleischwunde. Renn weiter«, schrie er über den Lärm hinweg. Er hatte die Zähne zusammengebissen. Er ging neben ihr in die Hocke und zog sie hoch. »Da ist Jared. Lauf!«

Noch ein Knall. Wieder war er getroffen worden, als er sie vom Kugelfeuer beschützen wollte. Männer liefen auf sie zu und wurden einer nach dem anderen von dem Scharfschützen zur Strecke gebracht. Aber jedes Mal, wenn einer fiel, kam ein anderer nach.

Sie hörte, wie ihn eine weitere Kugel traf. Winters fiel auf die Knie, zog Mia unter sich und fluchte. Sie war jetzt völlig von seinem Schweiß und seinem Blut überzogen. Das konnte sie sogar durch die Lagen Kleidung spüren. Er hob sie mit einem Arm hoch und ging mit ihr hinter einer Statue in Deckung.

»Wie schlimm sind deine Verletzungen, Colby?«

»Das ist nicht wichtig.« Sein Atem ging immer schwerer.

»Wie schlimm, verdammt noch mal?«

Winters hörte auf zu röcheln und lachte. »Du bist wirklich unglaublich, weißt du das?«

Mia schaute ihn mit schmalen Augen an.

»Schlimm. Aber ich glaube, die schusssichere Weste hat das meiste abbekommen. Es wird alles schon wieder verheilen. Ich mache mir keine Sorgen. Jared ist etwa zwanzig Meter von uns entfernt und gibt uns Deckung. Wir müssen jetzt sofort los. Sonst haben wir keine Chance. Verstanden, Süße?«

»Ich kann das.«

»Ich weiß, dass du es kannst. Lauf, mein Schatz, lauf.« Er rannte hinkend los, wieder als ihr Schutzschild.

Seine Beine brachen unter ihm zusammen. Auf einmal geschah alles wie in Zeitlupe und sie hörte die Geräusche nur noch gedämpft. Mia fiel auf die Knie, um nach ihm zu sehen.

»Lauf, Gott verdammt«, brüllte er. Die Sehnen in seinem Hals traten hervor, als er den Arm hob und einen Schuss in die Ferne abgab.

Die Welt kam zu ihr zurück, laut und chaotisch. Ihre Beine bewegten sich, obwohl ihr Kopf sich wie betäubt anfühlte. Plötzlich war Jared vor ihr. Er sprang aus der Hocke auf und zog sie am Arm in ein Fahrzeug.

»Warten Sie. Colby.«

Jared ließ den Motor an und raste mit kreischenden Reifen den

Feldweg entlang. Äste und Blattwerk zerkratzten die Windschutzscheibe.

Mia warf sich auf Jared und schlug ihn in die Schulter.

»Colby ist verletzt.« Die Tränen liefen ihr die Wangen runter. Ihre Kehle schnürte sich zu. Ein dumpfer Schmerz breitete sich in ihrem Inneren aus, dort, wo sie ihre Seele vermutete. Sie hörte auf zu Kreischen und flüsterte nun: »Bitte. Helfen Sie ihm.«

»Sie waren direkt hinter ihm. Sie haben ihn längst geschnappt.«

Furcht lähmte sie. Schmerz und Verlust erdrückten sie. Schiere Verzweiflung packte und schüttelte sie. Sie konnte vor lauter Tränen nichts mehr sehen. Ihr Atem ging immer schneller. Zu schnell. Sie versuchte, langsam Luft zu holen, aber es gelang ihr nicht. Alles um sie herum wurde schwarz.

KAPITEL VIERUNDZWANZIG

Winters' letzte Kugel war ein Volltreffer. Er hatte den Mann direkt zwischen die Augen getroffen. Aber eine Kugel gegen so viele Männer hatte nicht besonders viel mit Vernunft zu tun, sondern eher mit Rachegedanken und Gewohnheit.

Er ging wieder hinter der Statue in Deckung. Er hatte keine Munition mehr. Nicht mal ein Messer, das er hätte werfen können. Und er hatte Schusswunden in drei von vier Gliedmaßen. Sie hatten ihn. Er wusste es. Sie würden es wissen, sobald sie zuhörten. Keiner der Schüsse kam von ihm. Bis Ihnen das auffiele, hatte er vielleicht noch ein paar Minuten.

Während ihm die Marmorstatuen – ein ganzes Pantheon nackter griechischer Götter, die gen Himmel zeigten – Deckung gaben, riss er sich das T-Shirt vom Leib. Sein Oberkörper war jetzt nur noch mit der schusssicheren Weste bekleidet. Mit den Zähnen riss er das T-Shirt in drei Streifen, die ihm als Tourniquets dienen sollten. Er musste seinen Bizeps, seinen Oberschenkel und seine Wade abbinden, bis er die Wunden richtig versorgen konnte.

Juan Carlos Silva war tot. Er konnte Cash für den Todesschuss danken. *Ein Scharfschütze erwischt dich am Ende immer.*

Silvas zweiter Mann, ein Mann namens Alejandro, war verschwunden. Winters hatte ihn nirgends gesehen, als sie das Haus gestürmt hatten. Oder auf dem Weg nach draußen. Bei diesem Feuergefecht hatte er niemanden entdeckt, der wie ein Anführer wirkte.

Waren sich die Kartellsoldaten bewusst, dass sie keinen Befehlshaber hatten?

Dank seiner Ablenkungsmanöver war es dem Team zwar gelungen, das Haus zu stürmen, aber die Nachfolge war bei dem Kartell bestimmt geregelt. Alejandro musste mittlerweile wissen, dass er nicht länger der zweite Mann war. Nein, er war jetzt El Jefe. Und er würde seine letzten Pesos darauf verwetten, dass sie immer noch auf die NOC-Liste scharf waren. Ihnen zu suggerieren, dass sie die immer noch haben könnten, war seine einzige Chance, das hier zu überleben und zu entkommen.

Winters zog das dritte Tourniquet mit den Zähnen zu und versuchte den brennenden Schmerz auszublenden. Sein Blut schoss zwar immer noch durch seinen Körper, aber zumindest landete es nicht mehr im Gras. Er musste langsam ein und ausatmen, um seinen Puls zu senken. Dann würden die Schmerzen wahrscheinlich etwas nachlassen. Vielleicht würde er dann wieder klarer denken können. Wichtiger noch, er würde mehr Blut behalten als verlieren.

Die bewaffneten Männer rannten jetzt nicht mehr, sondern schlichen sich vorsichtig heran. Er hörte gedämpfte Schritte. Sie stritten sich leise auf Spanisch. Fast musste er lachen. Sie wussten nicht, was sie mit ihm machen sollten. Jetzt war es an ihm, zu handeln. Das einzige zu tun, was er tun konnte.

Kapitulation. Nur so würde er am Leben bleiben.

Er rollte sich auf den Rücken und hob langsam beide Hände in die Höhe. Verdammt, sein Arm tat weh. Dieser Dreck von wegen Aufgeben war echt ätzend.

Winters beobachtete die Rauchwölkchen, die über ihm vorbeizogen. Das Feuergefecht war vorbei. Das Gemetzel hatte ein Ende. Titan musste inzwischen weit genug weg sein. Mia war sicher. Das war alles, was zählte.

Einer der Soldaten kam auf ihn zu, ein Sturmgewehr auf seinen Kopf gerichtet.

»Hoch. Hoch. Aufstehen«, brüllte der Mann mit starkem Akzent.

Mann, wie Winters diese Arschlöcher hasste.

»Ist ja gut.« Er trat seine leere Waffe beiseite und rollte sich auf die Knie. Mörderische Schmerzen durchzuckten seine Muskeln. Die Tourniquets erfüllen ihren Zweck, aber er brauchte medizinische Versorgung. Und zwar *rapido*, so viel war sicher.

Die Chancen standen schlecht bis unmöglich, dass das passieren würde.

»*Hasta*. Auf. Auf.« Der Mann presste den Lauf seines Gewehrs in Winters Brust. Besser seine Brust als sein Kopf, obwohl die Weste gegen Schnellfeuer aus dieser Entfernung auch nichts bewirken würde.

Ihm wurde schwindlig und er kämpfte dagegen an, das Bewusstsein zu verlieren. Er sah schon Sterne und Feuerwerk und kniff fest die Augen zusammen. Wenn er jetzt ohnmächtig wurde, war er tot.

Hektisch sog er die rauchige Luft ein, die nach Schießpulver schmeckte, und riss die Augen auf. Er fühlte sich wie ein ausgeweidetes Tier. Erschossen, aufgeschnitten, zum Ausbluten aufgehängt. Blut sickerte durch die Binde an seinem Bein, als er sich mühsam aufrichtete.

Er zeigte auf die sich lösende Binde und das Blut. »Darf ich?«

»*Si.*«

Sie wollten ihn also lebend. Zumindest in diesem Augenblick. »*Gracias.*«

Gracias? Gracias, Arschlöcher, wäre wohl angebrachter gewesen.

Er zog das Tourniquet enger und schwankte dabei. *Bleib aufrecht stehen. Bleib bei klarem Verstand.*

Der Mann stieß ihm wieder das Gewehr in die Brust und er verlor schon wieder das Gleichgewicht. *Scheiße.* Es stand schlimmer um ihn, als er dachte.

Das Arschloch, das hier jetzt das Sagen hatte, gab zwei anderen ein Zeichen, gab ihnen irgendwelche Befehle und ging dann weg. Zwei Männer nahmen ihn bei den Armen, hoben ihn wie einen Sack Scheiße hoch und schleiften ihn mit.

Mist, das war nicht so ideal. Seine Tourniquets würden nicht viel aushalten. Man zog ihn durch ein klaffendes Loch in der Hauswand, wo vorher die Haustür gewesen war, ins Haus. Innen waren die Wände rußverschmiert und die Teppiche blutdurchtränkt. Es war alles ganz still, bis auf das Klapp, Klapp, Klapp der Stiefel auf dem edlen Fußboden.

Sie gingen die Treppe hoch. Er spürte keine Schmerzen, als er halb hochstolperte, halb gezogen wurde. Scheiße. Das war ein schlechtes Zeichen.

Endlich blieben sie stehen. Sie sagten keinen Ton. Gaben ihm keine Erklärung, sprachen keine Drohungen aus, tasteten ihn nicht ab. Stattdessen schubsten sie ihn einfach in ein schwarzes Loch. Er hörte, wie draußen der Riegel vorgeschoben wurde, während er auf dem Fliesenboden landete. Er kniff die Augen zusammen. Schmerzen durchzuckten seinen Körper, bis er dachte, er müsse sich übergeben.

Er fluchte leise vor sich hin, bis die Schmerzen verebbten. Dann stütze er sich auf seine Ellenbogen auf. Langsam tastete er sich auf allen Vieren vorwärts in der Hoffnung, auf eine Wand zu treffen und den Raum besser einschätzen zu können. Endlich fanden seine Finger die verputzte Wand und er lehnte sich dagegen. Mit dem unverletzten Arm fand er einen Lichtschalter und knipste ihn an. Eine einzige Glühbirne tauchte das Zimmer in ein orangenes Licht.

Ein kleines Zimmer. Ein Bett. Noch eine Tür. Er nahm all seine Kraft zusammen und kroch auf die Tür zu.

Es war ein Badezimmer. Mit Handtüchern und Wasser. Hier konnte er seine Wunden untersuchen.

Er zog sich am Waschbecken hoch und drehte den Hahn an. Es kam Wasser. Winters wusch sich das Gesicht und stützte sich auf dem Waschbecken ab. Das schwache Licht im Schlafzimmer ließ lange Schatten ins Bad fallen. Die Wasserleitung war undicht und tropfte auf den Boden. Die Villa war alt und die Sanitäreinrichtungen entsprechend marode. Aber es kam immer noch Wasser aus dem Wasserhahn. Gott sei Dank.

Er machte ein Handtuch nass und säuberte seine Wunden. Am Arm hatte er bloß eine Fleischwunde. Sie blutete, aber es war nicht nötig, sie abzubinden. Er nahm das Tourniquet ab und spannte den Bizeps an. Noch mehr Blut lief aus der Wunde. Er brauchte einen Druckverband. Irgendwas, um das Loch in seinem Arm zuzuhalten. Er nahm sich eins der dünnen Handtücher, riss ein Stück ab, das die richtige Größe hatte, und band es um seinen Bizeps. Provisorischer Druckverband Nummer eins, fertig.

Seine Beine schmerzten und drohten nachzugeben, wenn er sein ganzes Gewicht auf sie verlagerte. Aber er konnte aufrecht stehen und kriechen. Das schloss schon mal aus, dass die Kugeln seine Knochen zertrümmert hatten. Und er war immer noch bei Bewusstsein. Mehr oder weniger. Also war es unwahrscheinlich, dass es große Arterien erwischt hatte. Glück gehabt.

Winters untersuchte seinen rechten Oberschenkel. Ein glatter

Durchschuss. Aus der Eintritts- und aus der Austrittswunde floss Blut. Das Tourniquet half, aber wenn er noch mehr Blut verlor, dann sah er schwarz, dass es hier lebend raus schaffen würde.

Seine linke Wade pulsierte, obwohl er sein Bein abgebunden hatte. Eine Einschusswunde, aber kein Austritt. Mist. Er sah sich im kargen Schlafzimmer und Bad um. Seine Unterkunft war für den Arsch. Es gab keinen Erste-Hilfe-Koffer – nicht, dass er so etwas erwartet hätte. Er lehnte sich wieder ans Waschbecken und rieb sich den Nacken.

Sein Schädel brummte und die Kopfschmerzen wurden immer schlimmer. Das allererste Gebot, wenn man am Leben bleiben wollte, war, genug zu trinken. Das Leitungswasser in Südamerika war sicher nicht hygienisch einwandfrei. Aber der Austrocknung vorbeugen würde es allemal.

Er drehte den Wasserhahn wieder an, hielt den Kopf darunter und trank. Das Wasser tat ihm gut. Er war sich gar nicht bewusst gewesen, wie ausgetrocknet seine Kehle gewesen war. Er richtete sich wieder auf. Seine Beine pochten vor Schmerzen. Das Zimmer drehte sich. *Kein gutes Zeichen.* Mehr Wasser, dann musste er sich überlegen, wie zum Teufel er seine Beine verarzten konnte.

Er trank mehr Wasser, diesmal weniger gierig. Er musste die Kugel aus seinem Bein holen und die Wunde verarzten. Sein Blick ging im fensterlosen Zimmer hin und her. Hier gab es nichts, das ihm helfen würde.

Werde kreativ oder stirb.

Winters' Blick landete auf dem Bett und er humpelte zu der billigen, unebenen Matratze. Der nicht besonders stabil aussehende Bettrahmen bestand aus Metall. Der Rost sah so aus, als hätte man ihn aus Maschendraht zusammengebastelt. Steinreich, und so hatte Juan Carlos Silva den Kerker für seine Gefangenen ausgestattet.

Winters hakte einen Finger in eine Masche und zog. Der Draht bohrte sich in seine Haut. Seine Muskeln zitterten vor Anstrengung. Fast schon schnitt der Draht in seine Haut ein. Er zog noch einmal, mit aller Kraft, die er schon gar nicht mehr hatte.

Komm schon. Sein Leben hing hiervon ab.

Ein Draht kam lose. So viel Anstrengung und ein so mickriger Effekt. Aber er nahm alles, was er kriegen konnte. Mehrere Drähte lösten sich vom Geflecht. Er sank auf den Boden und atmete mehrmals tief ein. *Das hier sollte nicht so schwierig sein.* Vielleicht war sein Zustand schlechter, als ihm bewusst war.

Mit beiden Händen versuchte er die einzelnen Drähte zu entflechten. Wie bei einer Kettenreaktion kam erst einer lose, dann der nächste. Jetzt war er umgeben von mittelstarkem Draht. Formbar, aber trotzdem fest.

Das würde sehr unangenehm werden. An Tagen wie diesen hätte er einen Stuntman gebrauchen können.

Er bog ein Ende des Drahtes um. Dann noch einmal, bis es wie ein Z mit einem langen Ende aussah. Eher wie ein V. Das war die schlechteste Pinzette, die man sich vorstellen konnte. Er freute sich wirklich nicht auf das, was er gleich tun musste.

Er kämpfte sich bis ins Bad vor, seine Drahtpinzette in der Hand, fand die Reste des Handtuchs, das er vorhin zerrissen hatte, und stellte den Wasserhahn an. Er stemmte sich aufs Waschbecken hoch und riss den Stoff seiner Militärhose auseinander, sodass seine Wade frei lag. Dann stopfte er sich ein Stück Handtuch in den Mund.

Er hatte bislang erst einmal eine Kugel aus seinem eigenen Muskel entfernt, und selbst das war unter besseren Umständen passiert. Die Schmerzen, die ihn vielleicht in Ohnmacht fallen lassen würden, bereiteten ihm mehr Sorgen als die Operation selber. Er steckte einen Finger in die Wunde und tastete nach der Kugel.

Heilige Scheiße.

Seine Schreie wurden gedämpft vom Handtuch in seinem Mund. Schweiß lief ihm den Oberkörper runter und tropfte von seiner Stirn in die Augen. Diese verdammte Kugel. Da war sie. Nicht zu tief. Aber immer noch unter der Haut, im oberen Bereich des Muskels.

Er atmete tief ein und aus wie eine Frau, die ein Kind gebar. Ein Atemzug nach dem nächsten. Nicht nachdenken. Einfach machen. Atmen nicht vergessen. Seine Nasenflügel bebten, als er die Pinzette in die Hand nahm. Er brüllte in sein Handtuch und steckte die Pinzette in die Wunde. Explosionsartige Schmerzen breiteten sich aus. Der Muskel verkrampfte. Seine Hände zitterten, doch er ließ die Pinzette nicht los.

Blut floss aus der Wunde und über seine Hände. Metall stieß auf Metall. Er sendete ein stummes Stoßgebet gen Himmel und drückte den Draht zusammen. Die Kugel kam tatsächlich raus. Metall klapperte über die Fliesen. Eine Kugel und eine provisorische

Pinzette. Er hörte sie aufschlagen, bevor er sie in der Blutlache entdeckte.

Schritt eins war geschafft.

Aber diese scheißverdammte Show war ja noch nicht vorbei. Er verlangsamte seinen Atem, um den Blutdruck zu senken, und konzentrierte sich auf sein rasendes Herz. Das Waschbecken war blutüberströmt. Blutspritzer bedeckten die Wände und Blut verkrustete seine Fingernägel. *Das kann man wirklich einen schlechten Arbeitstag nennen.*

Er kletterte vom Waschbecken runter und alles um ihn herum drehte sich. Er lehnte sich schnell gegen die Wand. Schmerzen überrollten ihn in Wellen. Er biss die Zähne zusammen und lehnte sein ganzes Gewicht auf seine gute Schulter.

Er hatte zu viel Blut verloren. Sein Kopf fiel nach vorne und rollte hin und her. Er hatte es fast geschafft. Jetzt konnte er nicht aufgeben. Irgendwo fand er noch ein letztes Fünkchen Kraft, ließ sich auf den jetzt roten Boden gleiten und sammelte die Reste des Handtuchs ein. Die einzelnen Stücke rollte er so zusammen, dass er sie in die Wunden stopfen konnte. Er musste den Blutverlust stoppen. Sonst würde er das hier nicht überleben.

Auch seinen Oberkörper konnte er nicht länger aufrecht halten. Er ließ sich seitwärts in seine Blutlache fallen. Aber in dem immer dicker werdenden Schleim konnte er nicht atmen. Es war zu viel für ihn. Er war kurz davor, den Verstand zu verlieren.

Schlafen und Überleben.

Er wischte sich sein Gesicht ab und schleppte sich zurück zu der erbärmlichen Matratze. Mit Mühe und Not schaffte er es zum Bett und zog sich daran hoch. Er rollte sich auf den Bauch. Doch keine Position war sonderlich gemütlich. Er drehte sich auf die Seite und seine Hand fiel auf den Boden.

Doch sie berührte keine Fliesen, keinen Draht oder Blut.

Sie berührte ... Kleidung.

Seine Finger umschlossen die weiche Baumwolle.

Mia.

Sie war hier gewesen. Und Gott sei Dank war sie nicht mehr hier. Wie lange war es schon her, seit er sie in seinen Armen gehalten hatte? Er brachte die Kleider an seine Wange. Sie waren so weich. Und sie rochen immer noch nach ihr.

Er würde zu ihr nach Hause zurückkehren. Sie würden das mit der Familie schon hinkriegen. Ihre süßen Küsse würden seine Qualen vergessen machen. Ihre Umarmungen würden die Schmerzen lindern, die wie Feuer in seinem Körper wüteten. Der Gedanke an Mia ließ ihn süßes Vergessen finden und begleitete ihn in einen albtraumgeplagten Schlaf.

Kapitel Fünfundzwanzig

Als Mia aufwachte, klebte ihr Gesicht am Leder des Autositzes. Angetrockneter Speichel verkrustete ihre Mundwinkel. Ihr Mund fühlte sich trockener an als die Sahara. Sie kniff die Augen zusammen, um die Flut der Erinnerungen zurückzuhalten. Colbys Befehle. Jareds Arme. Sie hatte ihren Liebsten verloren.

Diese Scheißkerle. Mia löste ihre Wange vom Sitzbezug und starrte Jared böse an. Er hatte Colby zurückgelassen. Ihn dem Tod überlassen. Wieso holte er ihn nicht da raus? War es nicht genau das, was sie taten? Leute retten?

»Hey, Jared, oder wer auch immer Sie sind. Wieso sitzen wir hier?« Ihre Stimme hörte sich heiser und verzweifelt an. Eigentlich hatte sie fragen wollen, warum er hier saß und nicht gerade dabei war, einen Raketenwerfer zu laden.

Jareds Finger umschlossen das Lenkrad so fest, dass es aussah, als ob es gleich entzweibrechen würde. Sie fuhren nicht mehr durch das Dschungeldickicht. Das Geräusch von Ästen und Blättern, die gegen die Windschutzscheibe schlugen, übertönte nicht länger die Motorengeräusche.

»Mia.« Er hatte eine Stimme, mit der man durch Asphalt drillen könnte.

»Jared«, sagte sie, gleichzeitig wütend und verängstigt. Mittlerweile war sie sich ziemlich sicher, dass das hier Jared war.

Das Licht im Auto ging an, als Jared seine Tür aufmachte. Er sprang aus dem Wagen, so als wollte er einen schönen Spaziergang machen. Sie waren auf einer Lichtung und er ging auf eine kleine Hütte zu. Es war eigentlich mehr ein Bretterverschlag. Von einigen der Bretter blätterte noch Farbe ab, aber andere waren nackt und sonnengebleicht. Sie war größer als die Hütte, in der sie ihre erste Nacht hier verbracht hatte, aber das hatte nicht viel zu sagen.

Mia streckte die Hand nach dem Türgriff aus, um ihm zu folgen, doch die Bewegung ließ sie zusammenzucken. Alles tat ihr weh. Vom Kopf bis zu den Füßen. Und ihr Arm war am schlimmsten. Jetzt erst fiel ihr auf, dass er in einem Verband steckte.

Die Erinnerungen kamen zurück und reihten sich aneinander wie ein Daumenkino. Juan Carlos Silva und sein grausiger Tod. Ihre Fleischwunde. Colby, der sie mit sich riss und ihr half, es durch die Hölle zu schaffen.

Jared konnte vor ihr weglaufen, aber weit würde er nicht kommen. Sie ignorierte die Schmerzen in ihrem Arm, öffnete die Tür und stolperte zielstrebig los. Sie mochte auf mehr als eine Weise angeschlagen sein, aber sie war eine Frau auf einer Mission. Sie musste ihren Mann retten.

Die feuchte Hitze legte sich sofort um sie. Eine Übelkeitswelle überrollte sie. Sie musste etwas in den Magen bekommen.

Wieder wurde ihr schlecht. Nein, was zu essen war vielleicht nicht die beste Idee. Sie würde sich nur übergeben, am besten gleich über Jared. Sie versuchte die Übelkeit runterzuschlucken. Wasser wäre vielleicht eine Maßnahme.

Mit einer Konzentration, wie sie sonst nur für Gehirnchirurgie erforderlich war, stellte Mia einen Fuß vor den anderen und humpelte Jared hinterher. Sie stolperte durch die Tür und fand sich einer Gruppe Söldner gegenüber, die alle so aussahen, also ob sie rostige Nägel zum Frühstück aßen und Stahlträger bogen, nur weil sie Spaß daran hatten.

Das schreckliche, mit Blut und Dreck befleckte Sommerkleid, das ihr das Kartell gegeben hatte, erschien seltsam feminin in diesem Raum voller Muskeln, Waffen und Testosteron. Mia kratzte den Schorf von der Wunde am Hals, wo Silva sie mit dem Messer geritzt hatte. Anscheinend bot sie einen schockierenden Anblick. Die Männer wurden alle still, als sie sie erblickten.

Ein blonder Mann mit Cowboyhut warf ihr ein Päckchen zu, das knisternd durch die Luft flog. Irgendwie schaffte sie es, das Paket — was immer es auch enthalten mochte — aufzufangen. Ein stechender

Schmerz durchfuhr ihren Arm bei der Bewegung. Alle schauten sie an und sie richtete ihren fragenden Blick auf Jared.

»Feuchttücher«, sagte der Blonde. »Soldatendusche. Nehmen Sie, so viel Sie wollen.«

Sie drehte sich zu ihm um und musterte ihn. Sein Gesicht war grün, grau und schwarz angemalt. Die Farben waren mittlerweile verlaufen. Leuchtend blaue Augen blitzten interessiert auf. Im Vergleich zu den anderen erschien er ihr fast menschlich.

Mia räusperte sich. Ihr Blick wanderte wieder zu Jared. Die sehnigen Muskeln an seinem Hals spannten sich an und er machte einen Schritt auf sie zu, sagte jedoch nichts. Ihr Brustkorb wurde eng und ihre Finger kribbelten vor nervöser Energie.

Sie hatte ihm einige unschöne Dinge zu sagen. Und sie wollte ihm gerne sagen, was er zu tun hatte. Aber sie konnte keinen klaren Gedanken fassen. Ihr lagen die Drohungen fast auf der Zunge, aber ihr Verstand wollte einfach keine Argumente liefern.

Unfähig auch nur ein paar Worte herauszubringen, stürzte sie sich mit geballten Fäusten auf ihn und versetzte ihm einen Schlag auf die Brust.

Es fühlte sich ungefähr so an, als ob sie Faust zuerst in eine Bergwand gelaufen wäre. Der Aufprall hätte sie zurückgeworfen und auf den Hintern stürzen lassen, wenn er sie nicht an den Armen festgehalten hätte. Abgesehen von dem festen Griff um ihre Unterarme ließ sich Jared nichts weiter anmerken.

Mit was für Arschlöchern arbeitete Winters überhaupt? Wut pulsierte in ihrem Kopf. Ihre Zähne taten ihr weh, so fest hatte sie die Kiefer zusammengepresst. Außer sich vor Zorn, riss sie sich von Jared los. Er bewegte sich noch nicht mal. Zuckte nicht mal mit der Wimper. Nichts. Sein Gesichtsausdruck änderte sich nicht.

»Was ist Ihr Plan?« Endlich konnte sie wieder Worte formen.

Diese Gleichgültigkeit, die er zur Schau trug, machte sie nur noch rasender. Sie war so wütend, dass sich ihre Kehle zuschnürte. Scheiße. Sie konnte nicht mehr atmen. Diese Hitze erdrückte sie. Und diese Arschlöcher waren auch nicht zum Aushalten. All das legte sich wie ein schweres Gewicht auf ihren Brustkorb.

»Beruhigen Sie sich, Mia.« Er hörte sich so herablassend an. Väterlich.

Sie würde sich beruhigen, nur damit sie ihm sagen konnte, dass er sie mal am Arsch lecken konnte.

»Sie können mich mal.« Eigentlich wollte sie sich wie ein feuerspeiender Drache anhören. Stattdessen röchelte sie die Beleidigung mehr, als dass sie sie ausspuckte. Aber wenigstens war es ein lautes Röcheln.

Wieder bekam sie keine Reaktion vom stoischen Jared, aber der Blonde lachte so laut, dass die Hütte wackelte. Sie wirbelte herum und schoss sich auf ihn ein.

»Witzig.« Sie hob die Augenbrauen und schüttelte den Kopf. »Sie finden das witzig? Wieso kriegen Sie Ihren tarnfarbenbemalten Arsch nicht hoch, um Colby zu helfen, Cowboy? Finden Sie Colby!«

Der blonde Cowboy krümmte sich jetzt vor Lachen. Wenn sie die Energie dafür gehabt hätte, dann wäre sie zu ihm rübergegangen und hätte ihm gegen das Schienbein getreten.

»Mann, das erklärt einfach alles.« Er beugte sich vor und reichte ihr seine schmutzige Hand. »Mia, ich bin Cash.«

Sie fiel ihm ins Wort. »Es ist mir egal, wer Sie sind.«

Waren das Lachtränen in seinen Augen? Was war denn so lustig? Sie würde ihnen allen schon Vernunft beibringen. Sobald sie Colby geholfen hatten.

»Ach, Süße. Das weiß ich doch.«

Er lachte tatsächlich so heftig, dass ihm die Tränen kamen. Jetzt rang er sogar um Atem. Das hier war ja lächerlich. Diese Kampfmaschinen mussten sich schnurstracks wieder hinter feindliche Linien bewegen.

Jared und die beiden anderen Männer sahen ihr dabei zu, wie sie Cash, den Cowboy, beobachtete. Blondie. Was auch immer sein Name war. Arschloch. Sie waren alle Arschlöcher. Gott, war das hier frustrierend.

»Süße, wir holen Ihren Lover da raus«, sagte Cash. »Aber wir wollen dabei nicht draufgehen. Geben Sie uns ein paar Minuten, eine Strategie zu entwickeln. Es stehen uns leider ein paar mehr dieser Arschlöcher mit automatischen Waffen im Weg, als wir geplant hatten. Zu Ihrem Schnellfeuer-Rock-n-Roll wollten wir eigentlich nicht tanzen.«

Sekundenlang schwiegen alle. Die kolumbianische Hitze war so erdrückend. Aller Blicke waren auf sie gerichtet.

Sie verschränkte die Arme vor der Brust und versuchte, sich einen Reim darauf zu machen, was Cash gerade gesagt hatte. »Das erklärt was?«

»Wie bitte?«, fragte Cash.

»Sie haben gesagt, *das erklärt alles.*«

»Das tut es auch.«

»Ich lasse mich doch nicht für dumm verkaufen, Cowboy.«

Er lachte. »Und da wären wir schon wieder. Die einzige Frau, in die sich Winters vergucken würde, würde versuchen, sich mit Mr.-Eier-aus-Stahl dort drüben anzulegen und dann mit hocherhobenem Kopf herumstolzieren und andere Männer Cowboy nennen.«

»Er hat sich in niemanden *verguckt.*« Sie lächelte süßlich und schaute die Männer der Reihe nach an. »Er ist nur ... wichtig.«

»Ja, ja, das haben wir schon gehört, Süße. Sie haben ihn so sehr um Ihren kleinen Finger gewickelt, dass er seinen Arsch nicht mehr vom Ellenbogen unterscheiden kann.«

Wieder schaute sie alle mit schmalen Augen an. Jared zeigte immer noch keine Gefühlsregung.

»Ich, äh ... Weiß nicht, was ich dazu sagen soll.«

Jared räusperte sich. »Es gibt dazu auch nichts zu sagen. Aber wir brauchen Ihre Hilfe. Erzählen Sie uns alles, was Sie gesehen haben und von jedem, dem Sie dort begegnet sind.«

»Lass das Mädchen sich doch erst mal sauber machen«, sagte Cash. »Menschenskinders.«

»Sie kann zwei Dinge auf einmal machen. Drei.« Er nahm eine Flasche mit rotem Inhalt und warf sie ihr zu. »Trinken Sie. Jetzt.«

Wenn er mal nicht der höflichste Mann war, dem sie je begegnet war. Dann musste sie an Juan Carlos und sein absurdes vornehmes Getue denken. Da war ihr Jared doch tausend Mal lieber. Millionen Mal, wenn er dabei half, Colby zu retten.

Mia nahm einen großen Schluck und verschluckte sich fast an dem warmen, kohlensäurehaltigen, pappig süßen Getränk.

»Bug Juice«, lachte Cash.

Er lachte viel. Nein, er lachte viel *über sie.*

»Das ist ekelhaft.«

»Es wird Sie am Leben erhalten, Süße. Genau wie Winters es uns befohlen hat.«

Mia öffnete die Packung Feuchttücher, rieb sich das Gesicht ab und arbeitete sich dann bis zu den Füßen vor. Dann versuchte sie noch, ihre Fingernägel zu säubern. Am Ende stand sie in einem Haufen dreckiger Feuchttücher.

Jared bombardierte sie mit einer Frage nach der anderen. Keine davon ergab für sie Sinn, aber sie hatte ja auch noch nie einen Angriff geplant. Sie konnte gar nicht abwarten, weiterzumachen – was auch immer als nächstes anstand. Sie konnte auch nicht abwarten, die Flasche Bug Juice endlich alle zu haben. Sie trank noch einen großen Schluck und schüttelte sich. Sie wollte gar nicht wissen, was in dem Zeug drin war. Aber wenn sie es austrank, dann würde sie vielleicht zur Belohnung eine Flasche Wasser oder einen Proteinriegel oder sonst was Essbares bekommen.

Noch ein letzter Schluck und Mia hielt die leere Flasche hoch. Beweis dafür, dass sie das ekelhafte Zeug runtergewürgt hatte. »Kann ich jetzt noch was anderes kriegen?«

Jared nickte.

Cash machte eine Tasche auf. »Wir haben Rindfleischeintopf, Rindfleisch mit BBQ-Geschmack, Rindfleisch ...«

»Biete ihr nicht nur den Scheiß an, den du nicht magst.« Ein Mann, den sie nicht kannte, rollte seine Augen.

»Na gut, Arschloch.« Cash legte den Kopf schräg und verzog das Gesicht. Wenn er nicht lachte, dann ließen ihn die Tarnfarben im Gesicht wie eine Bulldogge aussehen, die einen gleich zerfleischen würde. »Mia, Spaghetti mit Tomatensoße, Käsetortellini ...«

»Wovon reden Sie denn da?« Sie war sich sicher, dass sie sich über sie lustig machten.

»MREs, Süße. *Meals ready to eat.* Feldrationen. Expeditionsnahrung, bei der man nicht mal mehr Wasser dazugeben muss.«

»Sie hat es geschnallt, Cash«, sagte Jared. »Halt die Klappe.«

»Dann gibt's Spaghetti.« Cash warf ihr eine Aluminiumpackung zu.

Jeder der Männer in Kampfanzügen hatte seinen Blick auf sie gerichtet. Konnte das denn so schlecht schmecken? Sie riss die Packung auf. Der Inhalt sah aus wie Spaghetti in Tomatensoße. Roch nach ... Plastik. Egal. Sie war am Verhungern. Sie boten ihr keine Gabel an und sie erwartete auch keine. Das Zeug schmeckte genauso gut wie der Bug Juice.

Sie schaute auf. Es sah fast so aus, als ob Jared ihr einen anerkennenden Blick zugeworfen hätte.

Aber der Ausdruck war so schnell wieder aus seinem grimmigen Gesicht verschwunden, wie er gekommen war. »Also, das hier ist unser Team. Cash, unseren Super-Scharfschützen haben Sie ja schon kennengelernt. Er hält sich für einen Witzbold. Sie können sich bei ihm dafür bedanken, dass Sie unter Silvas Hirnmasse begraben wurden. Rocco ist unser Fahrer. Bei Brock können Sie sich dafür bedanken, dass Sie heute Abend kein Rindfleisch essen mussten. Er lässt Sachen explodieren und meint, das sei eine Art Kunst. Und mit Parker haben Sie ja schon telefoniert. Er ist unser Mann fürs Technische.«

»Und Sie?«

»Ich?«

»Ja. Wenn jeder hier ein Spezialgebiet hat, was ist Ihres?«

»Ich bin der Beste in allem.«

Natürlich. Sie sah ihn mit durchdringendem Blick an. »Und was ist mit Colby?«

»Winters?«

»Ja, das ist sein Name. Was ist sein Spezialgebiet?«

»Flucht und Ausweichen. Er überlebt alles. Er bleibt selbst dann noch am Leben bleiben, wenn andere schon längst um den Tod betteln.«

»Was redet ihr da eigentlich immer? Er ist nicht unverwundbar.« Sie rollte mit den Augen, hoffte aber insgeheim, dass Jared recht hatte.

»Trauen Sie ihm ruhig was zu. Mit unserer Hilfe wird er bald zu Hause sein und kann mit Ihnen trautes Heim spielen. Es sei denn ...« Er zuckte mit den Schultern.

Ihr blieb der Atem stehen. In der Hütte schien es auf einmal keine Luft mehr zu geben. Schrecken machte sich in jeder Zelle ihres Körpers breit. Seine Gleichgültigkeit trieb sie zur Weißglut. Sie würde ihm den Hals umdrehen. Egal, ob er der Beste in allem war oder nicht.

»Ganz ruhig, Mia.« Jareds Mundwinkel zuckten. »Es sei denn, er taucht hier auf, bevor wir losziehen. Es würde mich überhaupt nicht überraschen, wenn Winters es da irgendwie wieder raus schaffen würde.«

»Oh.« Mia stieg die Röte in die Wangen.

»Also, wenn Sie mit dem Abendessen fertig sind, dann können wir ja zur Sache kommen. Silva ist weg vom Fenster. Buchstäblich. Unseren Informationen zufolge würde Alejandro Suarez, sein zweiter Mann, sein Nachfolger werden. Haben Sie ihn gesehen? Von ihm gehört?«

»Ja. Falls Colby die Liste nicht übergeben hätte, hätte ich ihm gehören sollen.« Ihr lief es trotz der Hitze kalt den Rücken runter, als sie an Alejandro dachte. Sie kniff die Augen zusammen, um den Ekel zu unterdrücken, der in ihr aufstieg.

Die Männer traten verlegen von einem Fuß auf den anderen. Sie waren sich wohl nicht bewusst gewesen, wie viel sie von dem wusste, was ihr hätte zustoßen können.

»Also haben Sie ihn getroffen?«, fragte Jared. »Hier, auf dem Anwesen?«

»Er ist hier.«

»Und ist er ein Anführer? Oder eher der Typ Prügelknabe?«

»Er ist kein typischer Anführer. Überhaupt nicht so, wie man sich einen Vize-Kartellboss vorstellen würde.« Mia verknotete die Hände. »Nicht, dass ich mich besonders gut damit auskenne.«

»Verraten Sie uns irgendwas über ihn. In Ihrer Akte steht, dass Sie Psychologin sind. Was können Sie uns über ihn sagen?«

Sie atmete tief ein und aus. Sie unterdrückte die Abscheu und analysierte ihre Erinnerungen. »Juan Carlos war ein Narzisst, aber Alejandro ist ein impulsgesteuertes Tier. Sein Interesse gilt hauptsächlich ihren *Produkten*, wie sie sie nannten, und Juan Carlos hat ihn bei der Stange gehalten, indem er ihm ... nun ja, mich versprochen hat.« Sie holte tief Luft. »Er hat die Muskeln, um dafür zu sorgen, dass andere nicht aus der Reihe tanzen, aber nicht das Hirn. Und das weiß er auch. Strategie ist sicher nicht sein Ding. Aber Folter? Definitiv sein Modus Operandi.«

»Gute Arbeit, Mia. Das war toll.«

»Was ist denn daran toll?« Mia legte die Stirn in Falten.

»Weil Winters ein bisschen Folter aushalten kann und er unheimlich clever ist.«

»Aber er hat eine schlimme Verletzung. Das hat er mir gesagt.«

»Er wird alles Nötige tun, um sich für unsere Ankunft bereit zu machen. Er weiß, wie es läuft.«

Jared wandte sich dem Tisch zu, auf dem ein paar Zeichnungen lagen. »Gut. Also haben sie einen Anführer. Sie haben genug Männer. Wir müssen einen weiteren Überraschungsangriff starten, der sie wieder total verwirrt. Wir finden heraus, wo unser Mann ist, schnappen ihn uns und auf geht's nach Hause.«

Mia räusperte sich. »Sie haben mich in einem Raum festgehalten, der für ... Gefangene war. Die Treppe hoch und einen langen Korridor lang. Die Tür ist von außen verriegelt. Das Zimmer hat keine Fenster.«

»Cleveres Mädchen. Also suchen wir dieses Zimmer. Brock, ich brauche Explosionen hier, hier und hier.« Jared zeigte auf die Pläne. »Eine brennende Blockade hier, wo seine Männer sich sammeln.«

»Verstanden.« Brock kniff die Augen zusammen, um den Plan zu studieren.

»Cash, du positionierst dich hier«, sagte Jared. »Ich möchte, dass du mir Deckung gibst, wenn ich rein gehe, alle im Haus umlegst, die du durch die Fenster siehst, und mir wieder Deckung gibst, wenn ich raus komme.«

Cash nickte kurz. Er hatte den Cowboyhut tief in das tarnfarbenbemalte Gesicht gezogen, sodass gerade so die blauen Augen darunter aufblitzten.

»Du wartest mit dem Fahrzeug hier, Roc. Ich glaube, der Range Rover braucht noch mal eine Inspektion. Er hat ganz schön was abbekommen, als Mia und ich da abgehauen sind.«

Rocco rollte den Kopf nach links und rechts, so dass es knackte. »Der Rover hält alles aus. Aber ich schau ihn mir noch mal an.«

»Brock, du kommst mit mir. Rocco, du bleibst hinter uns.«

»Was ist mit mir?« Sie wollte sie ja nicht unterbrechen, aber er hatte sie während der Planung völlig ignoriert.

Jared schwieg einen Moment. »Was soll denn mit Ihnen sein?«

»Was soll ich machen?«

»Sie setzen sich auf diesen Stuhl.« Er klopfte auf die Rückenlehne eines wackligen Stuhls. »Und warten darauf, dass wir mit Ihrem Freund wieder zurückkommen.«

»Das werde ich nicht.« Sie drückte die Brust durch und nahm die Schultern nach hinten. Sie wollte Jared unbedingt umstimmen.

Er lachte trocken. »Das steht überhaupt nicht zur Diskussion, Mia. Das hier ist kein Spiel und Sie machen das, was ich Ihnen sage.«

»Ich habe nicht gesagt, dass es ein Spiel ist.« Sie tat einen Schritt nach vorne. »Ich soll hier rumsitzen und warten?«

»Es bleibt dabei. Sie warten hier. Alle anderen, los geht's.« Er zeigte auf die Tür.

»Ich könnte ...«

»Nein, können Sie nicht.«

Mia stemmte die Hände in die Hüften. »Sie wissen doch gar nicht, was ich sagen wollte.«

»Um ehrlich zu sein, interessiert es mich nicht. Wir haben keine Zeit, das zu diskutieren.«

»Wichser.«

Er verzog den Mund zu einem halben Lächeln. Sie sah es, aber es verschwand schnell wieder. »Sie können mich nennen, wie Sie wollen. Aber wenn Sie mit uns zurückkommen und Ihnen passiert was, dann macht Winters mich fertig.«

»Ja, Sie haben ja so viel Angst vor ihm. Das sehe ich.«

»Sie verstehen das nicht, Süße. Er ist nicht hier und es ist unsere Aufgabe, Sie zu beschützen. Wir gehen für unsere Kollegen durchs Feuer und das heißt, dass Sie sich nicht von hier wegbewegen werden. Er wäre völlig berechtigt, mir eine Kugel in den Hintern zu jagen, wenn ich zulassen würde, dass Ihnen auch nur eins ihrer hübschen Haare gekrümmt wird.«

»Sie sind trotzdem ein Wichser.«

»Und Sie machen, was ich sage. Setzen Sie ihren niedlichen Hintern auf den Stuhl.« *Niedlich?* Das war aber sehr ungewöhnlich für Jared, der sonst so nüchtern klang. Mia rollte mit den Augen, widersprach aber nicht. Cash schlenderte an ihr vorbei und zwinkerte ihr zu. Zumindest war er ihr freundlich gesinnt. Jared war ein Arschloch. Und was die anderen betraf, war sie sich noch nicht sicher.

Sie verließen der Reihe nach die Hütte. Jared drehte sich noch einmal zu ihr um. »Bewegen Sie sich nicht von hier weg. Trinken Sie was. Ansonsten machen Sie am besten gar nichts.«

Sie hasste ihn. Die Frustration trieb ihr die Tränen in die Augen, aber sie würde nicht zulassen, dass sie weinte. Sie hasste es, die Beherrschung zu verlieren. Hasste es, wenn ihre Emotionen außer Kontrolle gerieten. Aber eigentlich spielte das keine Rolle, wenn sie allein war, wie jetzt.

Die Hütte war voll summender Insekten. Mia ignorierte den wackligen Stuhl und den festgestampften Boden. In der Ecke stand ein Bett. Eigentlich war es nur eine Strohmatratze.

Erschöpfung machte sich immer mehr in ihr breit. Selbst ihre Nervosität konnte nicht länger dagegen ankämpfen. Das Bett rief nach ihr und versprach einen Moment Erleichterung.

KAPITEL SECHSUNDZWANZIG

Winters konnte Vibrationen spüren und blinzelte. Bis in seine fensterlose Zelle drang nur dumpfes Knallen, aber sie konnten nicht allzu weit weg sein. Er blinzelte wieder. Diesmal wurde er der höllischen Schmerzen gewahr. Trotzdem spürte er so etwas wie Vorfreude. Titan kündigte sich an. Gott sei Dank.

Und wenn die Jungs von Titan herkamen, um ihn zu retten, dann war Mia sicher. Sie hatten sie irgendwie, irgendwo in Sicherheit gebracht. Sie würden diesen Angriff nicht unternehmen, wenn es nicht so wäre.

Süße, süße Mia.

Oder wahrscheinlich eher arme, süße Mia.

Er seufzte tief und verzweifelt. Was zum Teufel hatte er in ihr Leben gebracht? Nichts als Gefahr, seelisches Trauma und Brutalität. Er war schuld an all den schrecklichen Dingen, die ihr seit der Entführung im Flughafen zugestoßen waren.

Er hätte sie am ersten Tag schon in Ruhe lassen sollen. Als sie mit vom Tränengas geröteten Augen vor ihm gestanden hatte. Sie war ein cleveres Mädchen. Sie hätte sich schon eine Ausrede für die Polizei von Louisville einfallen lassen, die erklärte, warum sie in diesem Motelzimmer war.

Scheiße, jeder Streifenpolizist mit ein bisschen Blut in den Adern hätte sich darum gekloppt, ihre Aussage aufzunehmen und ihr ein bisschen Trost zu spenden. Und was hatte er stattdessen getan? Sie auf den Rücksitz seines Pickups geschmissen.

Was für ein Arschloch war er überhaupt? Die Art von Arschloch, das sie aus selbstsüchtigen Gründen mit in diese Hölle reingezogen hatte.

Sein Leben war zu gefährlich. Er konnte sich einfach nicht auf sein gesundes Urteilsvermögen verlassen, wenn es um sie ging. Clara konnte er beschützen, aber Mia ... Das war was anderes. Sie hatte ein Leben, einen Job. Vielleicht sogar eine Hypothek. Alles war in Ordnung gewesen, bevor er sich eingemischt hatte. Und jetzt? Nicht mehr so in Ordnung.

Sie saß in einem Safe House im Dschungel fest. Er spürte einen quälenden Schmerz, tief in seinem Inneren und der hatte nichts mit den notdürftig verarzteten Schusswunden zu tun.

Angst. Schreckliche, herzzerreißende Angst. Er kniff die Augen zusammen. Die Erkenntnis traf ihn wie ein K.O.-Schlag gegen die Schläfe. Er musste sie vor dem Bösen und der Gewalt beschützen. Und vor ihm.

Er würde sie verlassen müssen.

Seine Gedanken überschlugen sich fast. Sein Herz wurde von einer Explosion auseinandergerissen. Er verdiente die Frau nicht, die sich selbst für seine Tochter geopfert hatte. Und er kam ganz sicher nicht mit der Verantwortung klar, ihr Leben noch einmal aufs Spiel zu setzen.

Sie zu verlieren würde der schwerste Kampf sein, den er je hatte kämpfen müssen.

Der Weg des geringsten Widerstands war nicht immer der richtige. Oder so was in der Richtung. Ja, er würde leiden müssen, aber darum ging es nicht. Sie würde in Sicherheit sein. Darum ging es.

Winters stützte sich auf seine Ellenbogen auf und fluchte, als ihm alle Muskeln dabei wehtaten. Ihm wurde schwindlig. Die Explosionen kamen immer näher. Er würde sich zusammenreißen und ein Gesicht aufsetzen müssen, das sagte *Ich überlebe dieses Scheiß-Kartell*, wenn er aus seinem Gefängnis raushumpeln wollte.

Er rieb sich die Augen und fuhr sich mit den blutbefleckten Händen durch das dreckige Haar. Nach diesem Armageddon brauchte er unbedingt ein paar Tage Urlaub.

Durch die Holztür hörte er eine laute Stimme: »Hey, Dornröschen, wach auf und geh in Deckung.«

War er jemals so froh darüber gewesen, einen wütenden Jared zu hören? Der Riegel wurde weggesprengt. Ein Kampfstiefel trat gegen die Tür und keine Sekunde später war sie offen.

»Wurde aber auch Zeit, dass ihr hier auftaucht, ihr faulen Säcke.«

Jared schnaubte verächtlich. »Du bist es echt nicht wert, das sag ich dir.«

»Ist Mia in Sicherheit?«

»Sicher und wohlbehalten und richtig nervig.«

Er lächelte. Mia hatte Jared gezeigt, wo der Hammer hing. Er hätte gerne Eintritt dafür gezahlt, das zu sehen.

»Bist du bereit dafür, deinen schlappschwänzigen Arsch in Bewegung zu setzen und wieder mit deiner Liebsten vereint zu werden?«

Seine Liebste. Jetzt nicht mehr. Er durfte so etwas nicht noch mal passieren lassen. »Ich bin definitiv bereit, von hier abzuhauen, so viel ist sicher.«

Sein Chef begutachtete seine Verletzungen. »Kannst du laufen?«

»Hör auf, Mutter Teresa zu spielen. Ich kann sehr gut laufen.« *Vielleicht.*

»Na gut.« Jared zog eine leichte Pistole aus seinem Knöchelhalfter und gab sie ihm. Winters prüfte das Magazin, ließ es wieder einrasten und nickte ihm dann zu. Jared packte ihn am Arm, zog ihn hoch und zusammen gingen sie aus der Tür. Jeder Schritt bereitete ihm unsägliche Schmerzen. Winters' Arm brannte, sein Bein pulsierte und alles dazwischen tat einfach nur weh. Er biss die Zähne zusammen und hielt mit Jared mit. Sie schritten über ein paar Leichen hinweg und schafften es bis zur Eingangstür.

»Wir kommen jetzt nach draußen. Gebt uns Deckung«, sagte Jared in sein Mikrofon. Dann drehte er sich zu ihm um. »Die meisten von ihnen haben wir erwischt. Der neue Jefe ist uns durch die Finger geschlüpft. Das Geld, die Waffen, das hat er alles mitgenommen. Der Safe ist leer.«

Jared drückte seinen Ohrhörer, lauschte und nickte Winters dann zu, um ihm zu signalisieren, dass er ihm folgen sollte. Sie traten nach draußen in die Dämmerung. Frische Luft und Freiheit gaben ihm den Ansporn, seine Schmerzen zu verdrängen und mit Jared mitzuhalten.

Sie erreichten das Tor, bogen um die Ecke und rannten zu dem Range Rover, der mit laufendem Motor wartete. Brock erschien hinter ihnen. Er rannte rückwärts und feuerte, um ihnen Deckung zu geben. Vor ihnen stand Rocco aus der Hocke neben dem Wagen auf, die Waffe immer nach vorne gerichtet, und kletterte schnell auf den Fahrersitz.

Als alle im Auto waren, trat Rocco aufs Gaspedal und fuhr mit quietschenden Reifen davon. Im Affentempo holperten sie über den Feldweg.

Winters atmete viel zu schnell. Die Schmerzen waren jetzt so schlimm, dass er sie kaum mehr ausblenden konnte. Doch er gab sein Bestes.

Dann wurde ihm auf einmal schlecht. »Wo ist Cash?«

Wenn Cash etwas zugestoßen war, während sie seinen Arsch gerettet hatten, dann wäre er wirklich sauer. Sauer auf Cash, weil er etwas Dummes getan hatte. Sauer auf sich selber, aus tausend verschiedenen Gründen, die er jetzt nicht aufzählen konnte. Sauer auf alle.

»Entspann dich, Loverboy. Unser Scharfschütze ist da draußen und macht sein Scharfschützen-Ding. Von einer neuen Führungsspitze des Kartells gab es bislang keine Spur, also haben wir ihn auf Aufklärungsmission geschickt.«

»Hör auf, mich Loverboy zu nennen.« Winters räusperte sich. »Hast du hier irgendwo eine Flasche Wasser?«

»Sehr empfindlich heute.« Rocco drehte sich zu ihm um und lachte.

»Ich hätte sie nicht in diese ganze Scheiße mit reinziehen sollen. Das letzte, was die Frau in ihrem Leben braucht, ist mich.«

Jared, der auf dem Beifahrersitz saß, wandte sich ihm zu. »Die Frau? Kumpel, du weißt schon, dass wir für *die Frau* um die halbe Welt gereist sind? Deine Frau.«

Brock suchte nach einer Flasche Wasser und dem Erste-Hilfe-Koffer und reichte Winters das Wasser. Er nahm einen großen Schluck. »Ich brauche Penizillin. Ich habe eine verdammte Kugel mit einem Stück Draht vom Bettgestell aus der Wunde geholt.«

Jared rollte mit den Augen. »Heul doch kolumbianische Tränen.«

»Scheiße, Mann.« Brock nahm eine Ampulle und eine Spritze aus dem Koffer. »Was willst du gegen die Schmerzen?«

»Mir egal. Irgendwas Rezeptfreies. Nichts Narkotisierendes. Ich will einen klaren Kopf behalten.«

»Kommt sofort. Paracetamol für den Profi. Oder lieber Ibruprufen für den Idioten?« Brock durchsuchte den Koffer und lachte über seinen eigenen Witz. »Die Kriegerspiele sind vorbei. Du kannst dich ruhig wegschießen.«

»Nein. Ich muss nachdenken«, murmelte Winters bei sich. Doch gleich darauf merkte er, dass ihn alle gehört hatten. Unangenehmes Schweigen herrschte im Wagen, während Rocco sie durch den Dschungel steuerte. Äste und Blätter klatschten gegen die Scheiben. Gestrüpp wurde mitgerissen. Der Motor heulte auf und unterbrach die lähmende Stille.

Das waren also Selbstzweifel. Oder war es Selbstmitleid? Was auch immer es war, es kam zum perfekten Zeitpunkt.

Jared drehte sich um und sah Winters mit durchdringendem Blick an.

»Ich sag das hier nur einmal, also hör mir besser zu. Das ist dein Mädchen. Nicht irgendeine Frau. In ihrer Gegenwart brauchst du keinen klaren Kopf. Ich genieße es nicht besonders, hübschen Mädchen sagen zu müssen, sie sollen die Klappe halten und sich hinsetzen, aber in diesem Fall musste ich das tun, weil sie sich gerne unserem kleinen Rettungstrupp anschließen wollte. Ich kenne mich mit Liebe und solchen Gefühlsduseleien überhaupt nicht aus. Aber selbst ich weiß, Mia ist dein Mädchen. Also sei ein Mann und reiß dich zusammen. Krieg deinen Scheiß geregelt. Krieg das mit ihr geregelt.« Seine Augen funkelten. »Mann, Scheiße, ich komme mir wie Oprah vor. Und, ach ja, Arschloch, gern geschehen.«

Winters' Gesicht verzog sich gegen seinen Willen. Er ballte die Hände zu Fäusten und versuchte die Wut und andere Emotionen zu kontrollieren, die in ihm hochkochten.

Die Frau. Er hatte Mia *die Frau* genannt. Was zum Teufel war bloß los mit ihm? Aber das war eigentlich egal. Einen Mann wie ihn hatte sie einfach nicht verdient.

Mia wachte von einem stechenden Schmerz im Handgelenk auf. Erschrocken riss sie die Augen auf. Die kratzige Matte, die baufällige Hütte. Sie sah alles ganz klar vor sich, einschließlich Alejandros kranken Lächelns und der Schweißtropfen, die seine Schläfen runterliefen. Es war ein schreckliches Bild.

Sie strampelte mit den Beinen und versuchte ihr Bestes, aus seinem Griff zu entkommen. Vergeblich.

»Du bist wach.« Sein Atem stank nach saurer Milch und vergammeltem Fleisch.

»Hilfe!« Sie versuchte, ihn zu treten. »Hilfe!«

»Sie haben dich hier gelassen. Ganz allein, ohne eine einzige Waffe, mit der du dich verteidigen könntest. Ts, ts, ts. Nicht besonders clever von denen.«

Sie hatte gar nicht gewusst, dass er Englisch sprechen konnte. Jetzt fing er an, sie zu quälen. Sog ihren Duft ein. Fletschte die Zähne.

»Bitte nicht.«

Er zog so heftig an ihrem Arm, dass er ihr fast die Schulter auskugelte. Die Schmerzen, Verzweiflung und Erschöpfung trieben ihr Tränen in die Augen.

Alejandro schüttelte sie wieder. »Verfluchte Schlampe. Halt's Maul.«

»Hilfe ...«

»Du wurdest mir versprochen.«

Mias Lippen zitterten. Das Herz klopfte ihr bis zum Hals. Magensäure stieg ihr die Kehle hoch.

»Ich bin jetzt der Anführer. Ich sage jetzt, was gemacht wird. Und ich hole mir meine Belohnung«, brüllte Alejandro und hätte sie fast losgelassen, um sich mit den Fäusten auf die Brust zu schlagen.

Seine klobigen Finger fummelten an den Trägern ihres Sommerkleides herum, bis er sie abgerissen hatte. Mit seiner dicken Zunge leckte er sich über die wulstigen Lippen und zog sie nah an sein Gesicht heran. Sie kniff die Augen zusammen und versuchte sich von ihm wegzudrehen.

»Nein. Tu das nicht.« Er würde sie in dieser Hütte im Dschungel vergewaltigen. Ihr Leben war vorbei. Sie versuchte nicht einmal mehr, die Tränen wegzuwischen. Die Angst und der Horror hatten sie so sehr im Griff, dass sie jeden Gedanken an Flucht im Keim erstickten. Ihr Schicksal war besiegelt.

Alejandro lachte gackernd. »Den Teil mag ich am liebsten. Jedes Mal. Bei jedem Mädchen. Ich darf erleben, wie sehr du kämpfst. Ich sehe dabei zu, wie dein Überlebenswille aus dir herausrinnt wie das Blut aus einem geschlachteten Schwein.«

Sie wimmerte. Ihre Sicht war durch die Tränen verschwommen. Sie war sich gar nicht sicher, ob sie ihn laut anflehte oder ob sie in Wirklichkeit vor lauter Angst keinen Ton hervorbrachte.

Alejandro ließ ihre Handgelenke los. Sie fiel zurück auf die Matte, rollte hin und her und stieß gegen die Wand. Die Hütte schwankte, als atmete sie ein und aus und wäre sich nicht sicher, ob sie in sich zusammenfallen sollte oder nicht. Er musterte sie gierig, sodass ihr eiskalte Schauer den Rücken runter liefen. Er zog den Stuhl heran. Die Beine kratzten über den Lehmboden und hinterließen eine Spur. Ein gefährlicher Ausdruck legte sich über sein Gesicht.

»Setzt dich hierhin. Sofort.«

Sie schüttelte den Kopf, dass die Tränen davonstoben und auf ihren Schultern und ihrem Hals landeten. Ihre Finger gruben sich in die Matte, als sie sich auf seinen Zorn gefasst machte. Der Puls dröhnte in ihren Ohren und übertönte seine röchelnden Atemzüge. Er ging so schnell, dass ihr fast schwindlig wurde.

Alejandro heulte wie ein Wolf. Er ballte seine mit Schnitten und Narben übersäten Hände zusammen, bis seine aufgeplatzten Fingerknöchel sich weiß färbten. Er trug ein enges schwarzes T-Shirt und eine schwarze Cargohose mit vielen Taschen und Schlaufen. Im Beinholster steckte ein Messer und im Hosenbund eine Waffe. Er sah aus wie eine böse, abstoßende Version von Colby.

Er legte seine schwielige Hand um ihren Hals und mit einer schnellen Bewegung hatte er sie von der Matte gezogen und auf den Stuhl gesetzt. Und zwar mit so viel Wucht, dass der Stuhl erst nach hinten kippte, bevor er wieder auf allen vier Beinen stand. Er riss erst den einen, dann den anderen Arm nach hinten und band sie hinter der Stuhllehne zusammen. Zu eng. Es tat weh, bevor sie jedes Gefühl in den Händen verlor. Ihre Unterarme kribbelten.

Alejandro strahlte Hitze aus. »Ich hab dich falsch eingeschätzt. Ich hatte gedacht, dass du dich mehr wehren würdest, statt nur rumzuheulen.«

Er biss sie in die Schulter. Es war mehr der Schock als der Schmerz, der sie zusammenzucken ließ. Sie zerrte an ihren Fesseln, trat nach ihm, versuchte, ihn zwischen den Beinen zu treffen, aber mal wieder brachte das nichts.

Alejandro ging vor ihr in die Hocke, gerade so weit weg von ihr, dass ihr Fuß ihn nicht mehr erreichen konnte. Trotzdem gab sie ihr Bestes, ihn zu treffen. Sie wollte dieses gestörte, lüsterne Ekel von sich fernhalten. Er gackerte wieder und kam ungeachtet ihrer Tritte auf sie zu. Mit einem fetten Finger fuhr er über ihre Schläfe, den Hals entlang, immer tiefer, bis zwischen ihre Brüste.

Mia versuchte sich so weit zurückzulehnen wie möglich, um seiner Berührung zu entkommen. Jetzt gab es keine Tränen mehr. Wut und

Hass traten an ihre Stelle. Er wollte, dass sie kämpfte? Sie würde kämpfen. Sie würde am Leben bleiben und sich nicht von ihm anfassen lassen, bis Colby und seine Kollegen von Titan zurückkamen und ihm für sie in den Arsch treten würden.

Sie biss die Zähne zusammen, legte den Kopf in den Nacken und spuckte ihm ins Gesicht.

»Du Hure!« Er schlug ihr ins Gesicht.

Sie sah Sterne. Dann nur noch Schwarz. Ihr Kopf flog hin und her. Mit Mühe schaffte sie es, ihn wieder unter Kontrolle zu bringen. »Leck mich.«

»Sehr gerne.« Er rieb sich die Hände und grinste sie anzüglich an. »Du kannst dich also doch wehren.«

»Nimm mir die Fesseln ab und ich zeig's dir.« Sie streckte das Kinn vor, obwohl sie den Kopf gerne zurückgelehnt hätte, um so weit wie möglich von ihm weg zu sein, doch das ging jetzt nicht.

Seine Lippen verzogen sich zu einem bösen Lächeln. »Dann kann der Spaß ja losgehen, Schlampe.«

Er zog das Messer aus dem Holster und warf es in den Händen hin und her. Als ob er es nicht mehr abwarten konnte, sprang er hinter den Stuhl und schnitt die Fesseln durch. Sie fielen auf den Boden und ihre eingeschlafenen Arme baumelten nutzlos links und rechts von ihr.

»Du hast mir einen Kampf versprochen. Willst du abhauen?« Er lachte.

Er drückte die kalte Klinge gegen ihren Nacken. Die Spitze ritzte ihre Haut ein. Sie hatte es ja so satt, dass ihr Männer ein Messer an den Hals hielten. Sie hatte die Erinnerungen so satt. An den Colonel. Den Kartellboss. Und jetzt dieses Tier. Sie hatte sie alle so satt.

»Du bist jetzt der Anführer? Du bist El Jefe?«, fragte sie.

»Versuchst du mich abzulenken? Mir zu schmeicheln?«

»Nein.« Sie versuchte Zeit zu schinden.

»Lügnerin. Du spuckst mir ins Gesicht. Versprichst mir einen schönen Kampf. Und jetzt halte dein Versprechen auch. Lauf. Fordere mich heraus.«

Er wickelte ihre Haare um seine Faust und riss ihren Kopf zurück. Dann ging er um den Stuhl herum, bis er vor ihr stand. Mia rammte ihm das Knie in die Eier. *Endlich.* Darauf war er nicht gefasst gewesen. Er klappte zusammen und hielt die Hände über die schmerzende Stelle. Das war ihre Chance, wegzulaufen.

Bevor sie überhaupt wusste, was sie tat, lief sie schon durch den Dschungel. Das Unterholz war so dicht, dass sie die Orientierung schnell verlor. Äste schlugen ihr ins Gesicht, kratzten ihre Haut auf. Die Luft roch blumig und fühlte sich so schwer an, als sie sie gierig einsog. Sie hatte keine Ahnung, wo sie hin lief. Aber sie musste weg hier und versuchte ihre schmerzenden Muskeln und zerstreuten Gedanken zu ignorieren.

Alejandros wütende Stimme drang durch das Gebüsch und vermischte sich mit dem Gesang der Vögel und dem Summen der Insekten. Sie klang viel zu nah, als dass sie sich Hoffnungen machen konnte, ihm zu entkommen.

In allen Richtungen sah sie nur leuchtend grüne Blätter und bunte Blumen. Die untergehende Sonne warf erste Schatten. Sie keuchte. Ihre Lungen brannten. Ihr Kleid war schweißdurchnässt und klebte an ihrem Körper. Als sie keine Luft mehr bekam, sank Mia gegen einen Baumstamm. Ihr feuchtes Haar fiel ihr ins Gesicht.

Ihr Herz schlug so laut, dass sie sich nicht gewundert hätte, wenn Alejandro es hören und sie allein dadurch hätte finden können. Schweiß lief in ihre Augen und ihren Mund. Sie ignorierte den salzigen Geschmack. Ganz tief im Inneren fand sie wieder Kraft. Sie würde alles tun, um lange genug am Leben zu bleiben, damit sie Colby dabei zusehen konnte, wie er seine Kehle durchschnitt.

Die Dschungelgeräusche waren ohrenbetäubend laut. Ein Vogel schrie direkt über ihr. Ihr stellten sich die Haare im Nacken auf und sie wollte schreien, aber eine Hand legte sich über ihren Mund.

Nein.

Eine andere Hand hielt sie an der Schulter fest. Todesangst breitete sich in ihr aus. Sie strampelte, trat, kratzte, biss. Sie wehrte sich und sie betete.

Nein.

Sie würde so nicht sterben. Nicht nach all dem, was sie schon überlebt hatte. Aber trotzdem wurde sie mit dem Gesicht voran in den Boden gedrückt. Starke Hände hielten sie fest. Sie konnte sich nicht mehr bewegen.

KAPITEL SIEBENUNDZWANZIG

Der Range Rover kam vor der Hütte zum Stehen. Alle Männer sprangen aus dem Wagen, nur Winters nicht. Er streckte ein Bein aus, dann das zweite. Körperliche und seelische Schmerzen lasteten schwer auf ihm.

Brock drehte sich um. »Brauchst du Hilfe?«

»Nein. Gib mir nur einen Moment.«

Pures Glück hatte ihm bisher dabei geholfen, am Leben zu bleiben. Hoffentlich wirkte das Penizillin und verhinderte, dass er sich auch noch eine Infektion zuzog. Aber seine quälend langsamen Bewegungen hatten eher etwas mit seinem gebrochenen Herzen zu tun als mit seinen notdürftig zusammengeflickten Wunden.

Mia war nur Meter von ihm entfernt. Er wollte sie bloß in die Arme nehmen, sie fest drücken und jeden Zentimeter ihres wundervollen Körpers mit Küssen bedecken, angefangen mit ihrem schönen Gesicht. Er wollte sie für ihre Tapferkeit und Stärke bewundern. Er wollte ihr danken, seine Augen an ihr weiden, sich um sie kümmern.

Aber es tat nichts zur Sache, dass er das wollte, denn er wusste, was er tun musste. Sie war unschuldig. Eine perfekte Frau, der es vorherbestimmt war, einen *normalen* Mann glücklich zu machen. Einen Mann, der jeden Tag zum Abendessen nach Hause kam, der einen regulären Job hatte, am besten in einem Büro. Einen Mann, der keine gefährlicheren Entscheidungen treffen musste als die, ob er den fast abgelaufenen Thunfischsalat aus dem Feinkostladen essen sollte oder nicht. Normale, gewöhnliche Probleme.

Seine Probleme waren von normal so weit entfernt, dass es schon absurd war. Seine Tochter kam aus einem Ring von Mädchenhändlern. Die Frau, in die er bis über beide Ohren verliebt war, hatte er kennengelernt, weil er sie entführt hatte. Tagtäglich rangelte er mit Auftragskillern und Bandenchefs. Geregelte Mahlzeiten kannte er gar nicht. Wie sollte er da zum Abendessen nach Hause kommen? Welche Frau würde ihn überhaupt wollen?

Keine, die clever war. Und Mia Kensington war die cleverste Frau, die er je getroffen hatte.

Diese Bauchschmerzen waren echt zum Kotzen. Da waren ihm Schussverletzungen doch tausend Mal lieber. Ihm wurde abwechselnd heiß und kalt. Er fühlte sich ganz benommen. Aber trotzdem war er sich über eines im Klaren: Er hatte Mia nichts zu bieten.

Je langsamer er in Richtung Hütte schlich, desto mehr hasste er sich selber dafür, der Wahrheit aus dem Weg zu gehen. Aber wenn er sich beeilte, dann würden seine Schmerzen gleich ins Unermessliche steigen. Es war wie verhext.

Er war der letzte, der die Hütte betrat. Er sah sich um. Und konnte nur seine Waffenbrüder entdecken. Jared, Brock und Rocco. Allen stand ihre Beunruhigung ins Gesicht geschrieben.

»Wo ist sie?« Winters schaute sich im kargen Raum um. Er stampfte auf den Boden, woraufhin sich sogleich seine Wunde meldete. »Wo zum Teufel ist sie?«

Keiner antwortete. Jared bückte sich und hob durchgeschnittene Kabelbinder auf.

Winters nahm den Stuhl und warf ihn gegen die Wand. Sein Arm brannte. Seine Wunden pochten. Ein paar der Wandbretter aus verrottetem Holz fielen zu Boden. Der Stuhl zerbrach.

»Beruhig dich, Winters.« Jared hörte sich nicht so an, als ob er sich diesen Ratschlag selber zu Herzen nahm.

Winters hatte auch nicht vor auf Jared zu hören. Er ballte seine Hände zu Fäusten. Die Fingernägel gruben sich in seine Haut. Das war genau der Grund, warum er sich von ihr hätte fernhalten sollen. Wie oft war das arme Mädchen angegriffen worden, seit er in ihr Leben getreten war? Gott verdammt.

»Wir müssen ihr nach. Sofort«, sagte Winters mit so viel Wut in der Stimme, dass er sie selber nicht wiedererkannte.

»Wohin denn? Wir brauchen einen Plan.«

»Ich habe deine langsamen Pläne so satt.« Er stürmte auf die Tür zu.

»Bleib sofort stehen, Soldat. Wo willst du hin? Den ganzen Dschungel zu Fuß absuchen?«

»Das wäre eine Maßnahme.«

»Man hat dir wirklich ins Hirn geschissen, was dieses Mädel angeht. Brock, wenn Winters hier rausgeht, halte ihn davon ab und binde ihn fest.«

Brock funkelte Jared böse an. »Ja, danke, Mann. Das ist ungefähr so, wie die verdammten Niagarafälle mit einem Schmetterlingsnetz einfangen zu wollen.«

Die Hand über Mias Mund drückte noch fester zu. Ihr Herz raste. Adrenalin schoss durch ihre Venen. Sie brachte die Kiefer auseinander und biss zu wie ein wildgewordener Piranha, in der Hoffnung, dass er sie loslassen würde. Sie rammte den Ellenbogen nach hinten, aber er traf nur auf eine Wand fester Muskeln. Ihr Angreifer schien völlig unbeeindruckt.

Nein. Nein. Nein. Sie weigerte sich einfach, das hier zuzulassen.

Sie nahm all ihre Kraft zusammen, drückte sich auf Händen und Füßen ab, warf ihren Kopf in den Nacken und rammte ihm ihren Hinterkopf ins Gesicht. Seine Zähne bohrten sich in ihren Schädel, aber trotzdem ließ er sie nicht los.

Aber ihm entwich ein Schimpfwort. Ein englisches Schimpfwort. Ohne Akzent.

Der Mann klemmte ihre Beine unter sich fest und zog ihren Oberkörper so vorsichtig hoch, als ob sie ein rohes Ei wäre. »Mia. Stopp. Ich bin's, Cash«, flüsterte er ihr ins Ohr.

Sie machte die Augen auf. Alles um sie herum war dunkel. Ihre Nasenflügel öffneten sich, schlossen sich, öffneten sich wieder, während sie versuchte, ruhig zu atmen und zu verstehen, was gerade passierte.

Cash. Titan.

»Ich nehme jetzt meine Hand weg«, flüsterte er. »Aber Sie müssen ganz leise sein. Verstanden?«

Sie nickte so heftig, als hinge ihr Leben davon ab. Sie musste ihm sagen, dass sie gejagt wurde. Cash nahm seine Hand weg, aber sie war immer noch unter ihm eingeklemmt. Er rollte zur Seite. Cash hatte Blätter am Körper kleben. Sein mit Tarnfarben bemaltes Gesicht unterschied sich farblich nicht von seinem Blätterkostüm. Er war ganz an seine Umgebung angepasst.

Sie formte lautlos mit den Lippen das Wort *Alejandro*. Sie zeigte in eine Richtung. Nein, Moment mal. Die andere Richtung. Mist. Wo war er?

Cash nahm ihre Hand. »Ich kümmere mich drum. Bleiben Sie hier. Ich komme dann zurück.«

»Lassen Sie mich nicht allein. *Bitte*.«

Er schaute sich um und sprach dann leise in ihr Ohr: »Bleiben Sie nah an mir dran. Ich finde ihn und dann leg ich ihn um. Ist das in Ordnung für Sie?«

Mia presste tapfer die Lippen zusammen, aber trotzdem kamen ihr die Tränen. Er zog die Augenbrauen zusammen und vielleicht hatte er mehr Angst davor, sie weinen zu sehen, als Alejandro zu finden. Egal, sie war einfach nur froh, bei ihm bleiben zu dürfen. »Danke.«

Er stützte sich auf die Ellenbogen, hielt die Waffe im Anschlag und sprang auf die Füße, sodass er in der Hocke saß. Er bedeutete ihr, dasselbe zu tun.

Mia nickte, aber aus irgendeinem Grund schien sie am Boden festzukleben.

»Mia, schauen Sie mich an.«

Mia starrte in die Dunkelheit und blickte dann ihn an. Sie konnte sein Gesicht gerade so ausmachen. Das hier sollte eigentlich einfach sein. Sie musste doch nur Cash folgen. Dann würde Alejandro sterben und sie könnte zu Colby laufen, so schnell ihre Beine sie trugen. Aber ihr Körper wollte einfach nicht auf sie hören.

»Mia, Süße.« Er nahm ihr Kinn in seine Hand und drehte ihren Kopf so, dass sie ihm in die Augen schauen musste. »Konzentrieren Sie sich auf mich. Wir müssen Sie zu einem guten Mann zurückbringen. Winters sollte mir dafür in den Hintern treten, dass ich den Wichser noch nicht umgebracht habe. Nehmen Sie all Ihre Ängste und schließen Sie sie irgendwo weg. Wir haben was vor. Leute erledigen.«

»Fragt ein Reporter einen Scharfschützen, was er gespürt hat, als er jemanden mit einem präzisen Schuss umgebracht hat.« Jetzt war wirklich nicht die richtige Zeit für nervöses Geplapper. Aber es war das einzige, woran sie in diesem Moment denken konnte.

Er lachte leise. »Und der Scharfschütze sagte: ›Rückschlag‹. Und Süße, den werden Sie noch nicht mal zu spüren bekommen. Sind Sie soweit?«

Ein Lächeln huschte über ihr Gesicht. »Ja.«

»Also gut. Stehen Sie auf und bleiben Sie hinter mir.« Er ließ ihr Kinn los und hielt wieder das Gewehr im Anschlag.

Er schlich durch den Dschungel und sah dabei mehr wie ein Busch aus als ein Mann. Sie hielt sich direkt hinter ihm, weil sie Angst hatte, ihn zu verlieren. Plötzlich hielt er inne. Sie wagte es nicht, zu atmen. Es war totenstill. Keine Vögel. Keine Insekten. Keine gefährlichen Tiere. Das letzte Licht verschwand, als die Sonne ganz unterging, und auf einmal war es um sie herum stockdunkel.

Er drehte sich langsam um die eigene Achse. Sie hatte keine Ahnung, wieso. Sie strengte ihre Ohren an, hörte aber nichts. Er ging auf so leisen Sohlen, als ob er einem ausgetretenen Pfad folgte. Sie hingegen hörte sich an wie ein Frachtzug, der durch den Bahnhof donnerte.

Ein mit Blättern behangener Ast, nein, eine Hand, gab ihr zu verstehen sich zu ducken. Sie ging auf alle Viere und legte sich dann flach auf den noch warmen Boden. Nasse Blätter pressten gegen ihre Wange. Ein Insekt kroch über ihr Gesicht. Sie unterdrückte den Impuls, es wegzufegen und betete, dass sie stark genug war diese Sache durchzustehen.

Sie vernahm ein leises Knipsen und dann ein Klicken. Mia konnte Cash nicht atmen hören. Konnte nicht sehen, wie sich die Blätter bewegten. In Gedanken sagte sie Gedichte auf, die sie in der Schule gelernt hatte, um sich die quälend langsam verstreichende Zeit zu vertreiben und nicht verrückt zu werden.

Auf einmal blitzte es hell auf. Ein dumpfer Knall schallte durch den Dschungel. Cash bewegte sich nicht. Sie auch nicht. Wieder wurde alles ruhig.

Noch ein leises Klicken. Er rollte sich auf den Rücken und setzte sich auf. »Alles klar bei Ihnen?«

»Ist er tot?« Ihr Puls dröhnte in ihren Ohren.

»Ja.«

Sie versuchte angestrengt, nach anderen Gefahren zu lauschen. »Sind Sie sich sicher?«

»Stellen Sie etwa mein unglaubliches Talent als Scharfschütze infrage? Ehrlich jetzt?« Er lachte schnaubend.

»Tut mir leid, Cash. Ich wollte Sie nicht beleidigen.«

»Ich mach nur Spaß. Natürlich ist er tot. Und ich sehe keine anderen Idioten dort draußen. Unsere Jungs aber auch nicht. Die können sich auf was gefasst machen, wenn wir die finden.«

»Wir sind irgendwo mitten im Dschungel. Woher wollen die denn wissen, in welche Richtung wir gegangen sind?«

»Es war nicht gerade schwer, Ihre Spur zu finden, Süße.«

»Glauben Sie, sie stecken in Schwierigkeiten?«

»Nö, bestimmt nicht. Die haben sich sicher gedacht, dass sie heute schon genug Arbeit gehabt haben und dass ich mich darum kümmern kann. Wahrscheinlich haben sie eine Flasche Whiskey aufgemacht und warten auf unsere Rückkehr.«

»Na, dann los. Ich muss Colby sehen.«

»Ja, Ma'am. Ich gebe alles dafür, Winters unter dem Pantoffel zu erleben.«

KAPITEL ACHTUNDZWANZIG

Mia kämpfte sich durch das Gebüsch. Riesige Blätter versperrten ihr die Sicht. Spinnweben legten sich über ihr Gesicht. Insekten machten auf ihr ein kleines Päuschen, bevor sie wieder schwirrend in der Dunkelheit verschwanden. Es war sicherlich schon Mitternacht, aber trotzdem noch so warm, als ob die Sonne auf sie niederbrannte. Cash führte sie zurück zur Hütte und mit jedem Schritt fielen ihr weitere Dinge ein, die sie zu Colby sagen wollte. Die Liste fing an mit *Lass dich nie wieder von einer Kugel erwischen* und hörte auf mit *Lass uns eine Dusche finden – zusammen.*

Noch ein Schritt und Cash hielt einen großen Ast für sie beiseite, sodass sie die Lichtung betreten konnte. Große Erleichterung machte sich in ihr breit. Der Albtraum war endlich vorbei und sie wollte sich nur noch in Colbys Arme kuscheln und schlafen.

Keine zehn Meter vor ihnen stand die blöde Hütte und wartete auf ihre Rückkehr. Aber dieses Mal würde sie nicht allein sein. Durch die Ritzen konnte sie sehen, dass drinnen Licht brannte. Pure Vorfreude gab ihr mehr Energie als ein doppelter Espresso. Sie sollte wirklich mal darüber nachdenken, was sie glücklich machte, wenn sie wieder auf US-amerikanischem Boden war. Wacklige Hütten sollten sie nicht so in freudige Aufregung versetzen. Aber ein verletzter Krieger, der gerne mit ihr im Bett kuschelte ... der stand ganz oben auf ihrer Liste mit Dingen, die sie unheimlich glücklich machten. Na, das mit den Verletzungen musste natürlich nicht unbedingt sein.

Männliche Stimmen drangen aus der Hütte; sie hörten sich verärgert an. Sie ging schneller, um herauszufinden, was das Problem war.

Die Tür ging auf und Colby trat halb heraus, hob den Arm hoch und zeigte dem Mond den Mittelfinger. Er war von hinten beleuchtet und bemerkte weder sie noch Cash. Er wirkte wie ein riesiger Schatten. Wie der perfekte Held. Sie konnte nicht abwarten, in seine Arme zu fallen und ging noch einen Schritt schneller.

Hinter Colby fluchte und brüllte Jared: »Niemand sonst hat sich gefälligst je wieder in ein Mädel zu verknallen. Nie. Ich sag's noch mal. Niemand.«

Sie wäre fast über Cash gestolpert, der stehengeblieben war und sich vor Lachen krümmte. Er hatte sein Blätterkostüm halb ausgezogen, sodass es ihm über der Hüfte hing, und sein Gewehr immer noch in der Hand. Er war dauernd am Lachen und sie hatte gerade keine Zeit dafür. Mia überholte ihn so schnell wie möglich und sprang aus dem Schatten in das Licht, das aus der halboffenen Tür drang.

Schmerz und Erleichterung. Auf Colbys Gesicht zeichneten sich in schneller Abfolge mehr Emotionen ab, als sie beschreiben konnte, aber sie wollte jetzt nicht Psychologin spielen. Sie wollte nur ihn. Sie schlang die Arme um ihn und seine wundervollen Lippen fanden ihre. Sie wollte einfach nur, dass alles wieder in Ordnung kam und musste das aus seinem Mund hören.

»Hallo, Schätzchen.« Seine Stimme hörte sich brüchig an.

»Gott sei Dank bist du am Leben.« Sie streichelte seine Wange. »Lass mich nie wieder allein. Und lass dir nie wieder wehtun. Nie wieder.«

Der erste Punkt auf ihrer Liste war schon mal abgehakt. Was war noch mal der zweite? Sie hatte keine Ahnung, denn alles, was sie im Augenblick sagen wollte, war *Küss mich.*

Er sagte nicht *Okay* und er nickte auch nicht.

»Hörst du mich, Colby? Lass mich nie wieder allein.«

Er legte einen Arm um ihre Taille und sie stellte sich auf Zehenspitzen. Er strich eine Haarsträhne hinter ihr Ohr. Sein Daumen streichelte über ihre Wange, während er ihr Kinn in seiner riesigen Handfläche hielt. Die Zeit blieb stehen. Die Luft vibrierte, als wenn sie elektrisch aufgeladen wäre. Wenn das Blut, der Schweiß, die Gewalt und das Grauen nicht gewesen wären, hätte das hier der romantischste Moment in ihrem ganzen Leben sein können.

Cash drängte sich an ihnen vorbei. »Gern geschehen, Kumpel. Ich lass dich schon noch wissen, wie du diesen kleinen Gefallen wieder gutmachen kannst.«

Colby nahm sie in die Arme, seufzte und atmete ihren Duft ein. Sein heiserer Atem an ihrem Ohr jagte ihr einen wohligen Schauer über den Rücken. Tausend Nervenenden waren auf einmal gereizt, sodass sie die Erregung bis in ihre Mitte spüren konnte. Er legte seine Stirn an ihre und die Berührung war elektrisierend. Sie atmeten im gleichen Rhythmus. Keine Worte. Keine Erklärungen.

Sie schmiegte sich an ihn und er unterdrückte ein Ächzen.

»Oh, ich hab vergessen, dass du verletzt bist.« Mia versuchte, sich von ihm zu lösen, aber er hielt sie fest, presste sie gegen seine breite Brust. »Lass mich los, Colby. Das tut doch bestimmt weh.«

»Nur einen kleinen Moment.« Eine Sekunde später streichelte er mit den Händen über ihr Gesicht, ihren Nacken und ihre Schultern. »O Gott, du bist so wunderschön. Du hast so viel mehr verdient als das hier.«

»Ja, ich habe mir ein Abendessen mit Kerzenlicht verdient. Schreib das auf deine Liste. Na komm, lass uns reingehen. Du brauchst Ruhe und solltest dich hinlegen.«

»Ich will dich nur noch einen Augenblick länger halten. Ich brauche das. Um zu wissen, dass es dir gut geht. Dass du in Sicherheit bist. Deinen Körper an meinem, Süße. Das ist es, was ich brauche.«

Sie gab auf, sich von ihm lösen zu wollen, und kuschelte sich an ihn. In seinen Armen, die so groß waren wie Baumstämme, konnte sie sich vor der Welt verstecken. Sie schmiegte sich an seine Brust und lauschte seinem Herzschlag. »Ich kann nicht glauben, dass du dir über mich Sorgen gemacht hast. Du wurdest angeschossen.«

Sein Körper entspannte sich, er streichelte wieder ihre Wangen und neigte dann den Kopf, um ihr in die Augen zu sehen. Seine Augen funkelten in der Dunkelheit.

»Colby?«

Seine Lippen berührten ihre. Sie waren weich und zart. Es war nicht der Kuss, den sie erwartet hatte. Es war kein stürmischer, hungriger Kuss nach diesem schrecklichen Erlebnis. Nein, er war zärtlich. Vorsichtig. Als wenn er von etwas Besonderem kostete.

Er hielt inne, aber seine Lippen lagen immer noch auf ihren. Ganz leise, dass sie es kaum hören konnte, sagte er: »Ich werde das niemals vergessen.«

Sie würde es auch nie vergessen. Aber ein so sentimentaler Colby Winters war ihr ganz neu. Eine neue Facette. Jeden Tag lernte sie ein bisschen mehr über ihn. Und, dank ihm, auch über sich selbst.

»Mia ...«

»So, das reicht jetzt. Bewegt eure Ärsche hierein«, rief ihnen Jared aus der Hütte zu.

Colby lächelte, richtete sich ganz auf und zuckte zusammen. Sie konnte sehen, dass er viel schlimmere Schmerzen erlitt, als er zugab.

»Na los. Beweg deinen sturen Hintern. Du musst was essen und schlafen.« Sie löste sich von ihm und zwinkerte ihm lächelnd zu. »Die haben Bug Juice.«

»Bug Juice, was? Was weißt du denn darüber?«

»Ich weiß, es schmeckt wie die hässliche Stiefschwester von verdünntem Kool-Aid, gemischt mit abgestandenem Mineralwasser.«

»Das ist eine gute Beschreibung.«

»Und sie haben auch essbares Plastik, das aussieht wie Spaghetti.«

»MREs? Mann, Mann, du könntest ja schon Expeditionen leiten, was?«

»Aber sicher.«

»Was ist denn los mit dir, Winters?«, schrie Jared von drinnen. »Hat man dir tatsächlich ins Hirn geschissen? Schnapp dir deine Frau und komm hier rein.«

»Was sagst du dazu, Frau? Darf ich dich schnappen?« Er hob sie hoch und versuchte, mit einem schmallippigen Lächeln zu verbergen, wie er vor Schmerz die Zähne zusammenbiss.

»Du bist wohl verrückt geworden. Lass mich wieder runter. Du bist verletzt. Ich nicht.«

»Wenn du mir noch einmal sagst, was ich tun soll, weil ich verletzt bin, Schätzchen, dann haben wir ein Problem.«

Ohne eine Antwort abzuwarten, humpelte er mit ihr im Arm durch die Tür, ging an Jared vorbei und setzte sie neben dem Tisch ab. Er stützte sich an der Tischkante ab und keuchte. Schweiß ließ ihm die Stirn runter.

»Alles in Ordnung mit dir, Winters?« Jared sah ihn besorgt an.

»Ja. Durstig.«

Jared musterte ihn immer noch. »Hast du Schmerzmittel genommen?«

»Ja. Hab ich.«

Brock, der etwas hinter Colby stand, schüttelte den Kopf. Jared sah es. Mia sah es. Alle sahen es, bis auf Colby.

Er stellte sich wieder aufrecht hin, stützte sich immer noch mit einer Hand am Tisch ab und verlagerte das Gewicht auf sein anderes Bein. »Ich habe gerade meine Verbände abgerissen und blutstillendes Pulver in die Wunden gestreut. Das sind höllische Schmerzen. Hab keine Lust, darüber auch noch zu reden. Ist das in Ordnung für dich, Chef?«

Jared antwortete nicht. Die Jungs sahen alle sehr besorgt aus, aber ob das daran lag, dass Colby gerade Jared herausgefordert hatte, oder weil sie sich über seine fragwürdige Wundversorgung Gedanken machten, wusste sie nicht.

Mia brach das angespannte Schweigen. »Dann finden wir dir mal eine Flasche Wasser.«

»Bug Juice«, sagte Jared.

»Dann Bug Juice«, sagte sie mehr zu Jared als zu Colby. »Cash, wären Sie so gut?«

Cash warf ihm eine Flasche zu. Sie liebten es, Sachen zu werfen. Wieso bloß? Sie standen keinen halben Meter auseinander. Das musste irgendwas sein, dass nur Männer verstanden.

Colby drehte den Verschluss auf und trank die Flasche in einem Zug aus. »Gibt es irgendwo in dieser Dreckshütte auch Weingummis?«

Cash kicherte. »Nein. Aber wir haben Rindfleischeintopf, Rindfleisch mit BBQ-Geschmack ...«

»Cash.« Mia warf ihm einen bösen Blick zu.

»Du kennst wohl schon ihre Macken, was, Schätzchen?« Colby hob eine Augenbraue.

»Bei zwei von ihnen zumindest schon.« Sie zeigte auf Jared, der brummte, und Cash, der abwehrend die Hände hochhielt. »Was die anderen beiden angeht, werden wir es noch sehen.«

»Es hat wirklich seine Vorteile, eine Psychologin dabei zu haben. Sie weiß ziemlich schnell, wie jemand tickt.« Colby wischte sich das verschwitzte Gesicht mit seinem T-Shirt ab. »Wie kann es sein, dass es draußen eine Millionen Grad ist und ich friere? Das nervt.«

Jared musterte ihn wieder. »Hilft der Bug Juice?«

»Ja, vielleicht«, murmelte Colby.

Sie wollte Jared ja nicht auf die stahlkappenverstärkten Zehen treten, aber sie war auch nicht besonders scharf darauf, dass Colby gleich vornüber fiel. Also sagte Mia: »Wieso legst du dich nicht ein bisschen hin und ruhst dich aus? Hier in der Ecke steht ein Bett. Ich leiste dir Gesellschaft. Die Matte ist kratzig, aber das merkst du bestimmt gar nicht.«

Er nickte und stolperte zum Bett rüber. Cash und Brock nahmen jeder einen Arm, um ihm auf die Matte zu helfen. Dann machte er die Augen zu. Sie legte sich neben ihn. Er hatte die Lider ganz fest zusammengekniffen, als ob er wahnsinnige Schmerzen hatte. Schlaf würde nicht viel helfen. Seine tiefen Atemzüge klangen unruhig.

Mia stand auf, fand ein Paket Feuchttücher und ging zur Matte zurück. Er rührte sich nicht, als sie sein Gesicht von der Stirn bis zum Kinn abwischte. Sofort perlte schon wieder der Schweiß und lief an den Schläfen runter. Seine Bartstoppeln waren mittlerweile ein Vollbart und sie versuchte, ihn glattzustreichen.

Er sah schrecklich aus. Als ob sein zuckender Körper sich gegen den friedlichen Schlaf wehrte. Sein T-Shirt war schweißdurchnässt. Seine Hose, zerrissen und zerfleddert, klebt an seinen massiven Oberschenkeln. Ein Hosenbein fiel auseinander und zum Vorschein kam ein sehr rote, sehr offene Fleischwunde.

»Jared.« Sie zögerte, weil sie die Männer, die sich über den Tisch beugten und an ihrem Rückzug arbeiteten, nicht stören wollte. Keiner hörte sie. Sie wollte sich nicht einmischen und daran schuld sein, dass sie länger als nötig in der kolumbianischen Hölle festsaßen. Aber ihr Bauchgefühl sagte ihr, dass Winters in ernster Gefahr schwebte.

Sie kam zögerlich näher. Sie hatte mit angehört, dass ein Helikopter sie übermorgen abholen würde. Momentan kümmerte der sich gerade um die ungeplante Evakuierung eines anderen Teams. Sie würde es aushalten, ein paar Tage länger hier zu bleiben. Bug Juice und MREs. Eine Matte und ein paar griesgrämige, stinkende Männer, die wahrscheinlich schon seit sechsunddreißig Stunden wach waren. Und dann war da noch das unangenehme Thema der Notdurft, die auch mal verrichtet werden musste. Die Männer schienen kein Problem damit zu haben, mal eben in den Dschungel zu treten, aber sie schon.

Jared hatte es schon nicht leiden können, als sie ihn unterbrochen hatte, während er die Männer herumkommandierte. Eine

Unterbrechung mitten in ihrer Strategiebesprechung, konnte sich Mia denken, war wahrscheinlich ein noch schlimmeres Vergehen in seinen Augen.

»Jared.« Sie räusperte sich. »Mit Colby stimmt irgendwas nicht.«

»Ja, er hat eine Kugel aus seiner Wunde entfernt, hat einen Marathon durch den Dschungel hinter sich und musste sich dann auch noch um Sie kümmern. Er braucht Schlaf. Dann kommt er schon wieder in Ordnung.«

Musste sich um mich kümmern? Jared war wirklich ein richtiger Vollpfosten. Aber sie war hier im Recht und sie musste ihn zumindest davon überzeugen, sich Colby noch mal anzuschauen.

»Ich würde Sie nicht stören, wenn sich sein Zustand nicht geändert hätte.«

Jared rollte mit den Augen. Ob er sich so verhielt, nur um sie zu ärgern?

»Glauben Sie, ich möchte unsere Evakuierung noch länger hinauszögern? Dass ich mich darüber freue, in den Dschungel pinkeln oder hier mit all den übelriechenden Männern herumsitzen zu dürfen? Glauben Sie nicht, dass ich vielleicht darauf brenne, unter eine Dusche zu dürfen? Schauen Sie sich ihn an. Irgendwas stimmt nicht mit ihm.« Jared trieb sie wirklich zur Weißglut. Noch nie hatte sie einen Mann so oft angeschrien.

Jared zeigte mit dem Kinn auf Brock. »Schau nach, damit sie ruhig ist.«

Mia hätte ihm gerne einen Tritt gegen das Schienbein verpasst, wenn es geholfen hätte. Stattdessen starrte sie ihn nur böse an, schürzte die Lippen und beschimpfte ihn gedanklich mit jedem Schimpfwort, das ihr einfiel. Und in letzter Zeit waren ihr ziemlich viele Schimpfwörter eingefallen.

Brock, der auf einem Stuhl hin und her wippte, legte die Karte auf den Tisch, die er sich gerade angeschaut hatte. »Der sture Bock hätte verdammte Schmerzmittel nehmen sollen.«

Er stand auf. Mia wollte ihn bei den Gürtelschlaufen packen und ihn zu Colby rüberziehen, aber Brock schien nicht der Typ, der sich gerne von jemandem drängen ließ. Nicht, dass das grummelige, machohafte Verhalten der Männer sie bisher davon abgehalten hatte. Dennoch würde sie ihm eine Sekunde geben, bevor sie ihm einen Tritt in den Hintern verpasste.

Brock schlenderte zur Matte rüber und beugte sich über Colby. Mia schaute ihm über die Schulter und ignorierte sein Augenrollen. Er legte die Hand auf Colbys Stirn und nahm sie wieder weg. Legte sie wieder rauf und legte sie dann in seinen Nacken. »Scheiße.«

Mit zwei Fingern fühlte er seinen Puls. »Scheiße.«

Zweimal Scheiße? Was sollte das bedeuten? Konnte er vielleicht mal was anderes dazu sagen als Scheiße?

Jared hob eine Augenbraue. »Was?«

»Wir haben ein Problem.« Brocks Hand ging wieder zu Colbys Stirn.

»Was ist es denn, Mann?«

»Er hat höllisch hohes Fieber. Er schwitzt wie ein Schwein und zittert vor Kälte.«

Jared schaute zu ihnen rüber, sein Gesicht noch ernster als sonst. »Was soll der Scheiß, Brock? Ich dachte, du hättest ihm eine ordentliche Dosis Antibiotika gegeben? So starkes Penizillin, dass es die Pest aufhalten würde.«

»Habe ich auch. Irgendwas stimmt nicht.«

Mia kam sich winzig vor in diesem testosterongefüllten Raum, aber sie meldete sich trotzdem zu Wort. »Ja, na ja, er wurde angeschossen.«

»Nein. Winters wird andauernd angeschossen.«

Ach so, natürlich. Wirklich?

Brock musste ihr ihre Gedanken vom Gesicht abgelesen haben, denn er fügte hinzu: »Na ja, nicht andauernd. Aber oft genug, dass er weiß, wie er damit umgehen muss. Wollen wir mal sehen, was unser Junge übersehen hat.«

Brock zog ein Messer aus seiner Hosentasche und ließ die Klinge herausschnappen. Bevor sie sich darüber Gedanken machen konnte, was er damit vorhatte, hatte er auch schon Colbys Hosenbein bis zur Hüfte aufgeschnitten. Er steckte das Messer wieder ein und untersuchte sein Bein. Colby rührte sich nicht.

Er holte das Messer wieder hervor und zerschnitt ihm das T-Shirt. Colby zitterte nun so sehr, dass seine Zähne klapperten. Zwischen seinen Augenbrauen bildete sich eine Falte.

Brock gab Rocco ein Zeichen. »Hilf mir dabei, ihn umzudrehen. Ich muss mir seinen Rücken anschauen.«

Rocco kam rüber. Cash und Jared folgten ihm. Rocco und Cash nahmen Colby bei den Schultern und rollten ihn auf seine unverletzte Seite. Colby wachte dabei nicht auf. Sein Körper war völlig schlaff und sein Kopf rollte nach vorne. Brock schnitt ihm auch hinten das T-Shirt auf und schob den Stoff zur Seite.

»Ach, du heilige Scheiße.«

Mia versuchte, um die Männer herumzukommen, um zu sehen, was da vor sich ging. Das ganze Gefluche sagte ihr gar nichts. Immer hieß es nur Scheiße hier, Arschloch da und sie hatte keine Ahnung.

»Was ist los?«, fragte Jared.

Zumindest war Jared genauso verärgert wie sie und drückte sich zur Abwechslung mal nicht mit Scheiße aus.

»Schrapnellsplitter. Direkt neben der Schussverletzung. Wahrscheinlich konnte er sie deshalb nicht spüren. Er hat viel mehr Blut verloren, als wir angenommen haben. Und das Zeug steckt da noch drin. Im besten Fall ist er dehydriert und hat eine schlimme Infektion. Im schlimmsten Falle hat er einen septischen Schock erlitten. Wir müssen ihn schnellstens hier raus bringen. Oder er packt es nicht.«

Die Diagnose traf sie wie ein Tritt in den Magen. Sie zuckte zusammen und wich zurück. Jared fluchte, schnappte sich das Satellitentelefon und stürmte aus der Hütte.

»Das ist schlecht, oder nicht?«, murmelte Mia, kannte die Antwort aber schon.

Niemand reagierte. Keiner versuchte, sie zu trösten. Oder sie anzulügen. Ihr Schweigen war Antwort genug.

Sie schluckte den dicken Kloß im Hals runter. »Was machen wir denn jetzt? Jungs? Irgendeine Idee?«

»Angesichts unserer Ressourcen gibt es nicht viel, was wir tun können.« Brock ging zu einem Rucksack. »Das hier ist die letzte Ampulle Antibiotika. Aber wir müssen ihn kühl halten. Nur sehe ich nicht, wie wir das hier tun sollen. Wir müssen ihn beobachten.«

»Wieso?«

»Um sicherzugehen, dass er noch atmet.«

Tränen liefen ihr die Wangen runter. Ihre Kehle schnürte sich zu. »Und wenn er aufhört zu atmen?« Sie brachte die Worte kaum hervor und kalter Schweiß stand ihr auf der Stirn.

»Darüber zerbrechen wir uns den Kopf, wenn es soweit ist, Mia.«

»Es interessiert mich einen Scheiß, was wir vorhin abgemacht haben.« Jareds laute Stimme drang in die Hütte. »Wenn ihr mir nicht sofort den Helikopter bringt, wird einer meiner Männer hier draufgehen.«

KAPITEL NEUNUNDZWANZIG

Sie landeten auf einem Flugplatz außerhalb von Washington, DC. Mia hatte nur noch verschwommene Erinnerungen an den vergangenen Tag. Mehr als ein paar Minuten am Stück geschlafen hatte sie auch noch nicht. Ab und zu waren ihr die Augen zugefallen; manchmal hatte sie es wahrscheinlich noch nicht mal bemerkt.

Was auch immer Jared getan hatte, um den Helikopter zu bekommen, es hatte funktioniert. Sie hatte die anderen sagen hören, das andere Team hätte ihn genauso dringend gebraucht, und hoffte, alle überlebten. Aber trotzdem dankte sie Gott dafür, dass sie aus dem verdammten Dschungel abgeholt worden waren.

Sie verschränkte ihre Finger mit Colbys schlaffen Fingern. Er lag in einem Koma. Sie waren mit dem Helikopter zu einem Feldlazarett geflogen, und seitdem stand Colby unter medizinischer Beobachtung, aber sein Zustand jagte ihr immer noch höllische Angst ein.

Brock, der wohl eine medizinische Ausbildung genossen hatte, überwachte seinen Zustand während des Fluges in die USA. Er war zwar kein Doktor, aber Mia konnte sehen, dass er sich auskannte und Titan sich auf seine Expertise verließ. Sie war außerdem ziemlich sicher, dass er mehr Erfahrung auf diesem Gebiet hatte, als die gesamte Belegschaft in dem Feldlazarett in Irgendwo, Südamerika. Lazarett war schon eine sehr großzügige Beschreibung. Aber sie hatten sich sofort um Colby gekümmert, also hatte sie nichts gesagt.

Ein roter Rettungshubschrauber wartete schon auf sie, als sie in den USA ankamen. Sie beobachtete ihn durch das ovale Fenster des Jets. Die Besatzung sprang aus dem Rettungshubschrauber und öffnete die Heckklappe.

Sie schaute wieder ins Innere des Jets. Er hatte eine extra breite Tür an der Seite, durch die Patienten im Liegen nach draußen transportiert werden konnten, ähnlich der Heckklappe des Rettungshubschraubers. Sie hatte diese Tür erst gar nicht bemerkt, aber sie hatten Colby durch diese Öffnung in den Jet gebracht, als sie die Treppe genommen hatte.

Drinnen hatte man dann ein paar Stühle umgeklappt und seine Krankentrage befestigt. Selbst für den Infusionsbeutel und den Monitor gab es entsprechende Haken an der Wand.

Sie nahm an, dass das hier nicht der erste bettlägerige Patient war, den sie an Bord hatten. Wer richtete seinen Jet so ein, dass man ihn in ein Krankenzimmer umfunktionieren konnte? Titan, anscheinend. Sie musste sich vorstellen, wie sie dem Hersteller ihre Anforderungen durchgegeben hatten. *Wir hätten gerne die Option für medizinischen Transport und ein paar Waffenschränke.*

Die Crew des Rettungshubschraubers trug Uniformen mit Abzeichen. Sie kamen an Bord des Flugzeuges, als ob sie nicht das erste Mal hier wären. Sie flüsterten Brock etwas zu. Sie konnte nicht hören, was sie sagten. Jared stand bei seinen Männern, hörte zu und nickte. Einen Moment später kamen sie zu Colbys Trage und machten die große Tür auf. Mit einem Klicken löste sich die Trage aus der Halterung. Einer der Sanitäter nahm den Infusionsbeutel und den Monitor mit, während die anderen ihn aus dem Jet trugen.

Ihr Hals schnürte sich zu. Jetzt war der Zeitpunkt gekommen, wo ihr verrücktes Abenteuer ein Ende hatte. Wo sie sich trennen mussten. Sie würde Colby erst später wiedersehen. Jared würde ihr sagen, wo sie ihn hinbrachten. Da war sie sich sicher. So gemein konnte er ja nicht sein.

Ein Hüsteln weckte ihre Aufmerksamkeit. Jared zeigte auf sie. »Das ist Mia. Sie kommt überall da mit hin, wo er hingebracht wird. Sagen Sie das weiter.«

Mia fiel fast die Kinnlade runter. Sie versuchte, ihre Dankbarkeit in Worte zu fassen und konnte gerade so ein *Danke* flüstern. Für mehr hatte sie keine Kraft, aber sein Blick sagte ihr, dass das auch nicht nötig war. Seine Augen waren sehr ausdrucksvoll. Wusste er, dass da irgendwo ein weicher Kern in der harten Schale steckte?

Sie blieb bei den Rettungssanitätern, als sie Colby vom Flugzeug in den Hubschrauber brachten. Innerhalb kürzester Zeit waren sie schon wieder in der Luft. Obwohl sie nicht besonders hoch flogen, ging es in unglaublichem Tempo vorwärts.

Ein Mitglied der Besatzung gab ihr Kopfhörer. Sie dämpften das laute Getöse der Rotoren. Als der Pilot das Krankenhaus anfunkte, hörte es sich so formell an – voraussichtliche Ankunft, Colbys Zustand und seine Werte.

Mia sah aus dem Fenster. Sie wollte sich nicht mit seinem Zustand auseinandersetzen. Je weiter sie sich vom Flugplatz entfernten, desto kleiner wurden die Männer von Titan, die sich auf den Weg zu ihren Pickups und SUVs machten – wie Spielzeugsoldaten. Für die war das hier ein ganz gewöhnlicher Tag gewesen. Andauernd parkten sie ihre Autos auf einem privaten Flugplatz, um das Böse zu bekämpfen, sich Kugeln um die Ohren fliegen zu lassen und die Welt zu retten.

Ein einziger Pickup blieb stehen – Colbys – und sie heftete ihren Blick darauf, bis sie ihn nicht mehr sehen konnte.

Was für ein verrücktes Leben. Es sollte ihr eigentlich Angst einjagen, aber das tat es nicht. Er würde das hier überstehen. Ohne Probleme. Er würde wieder gesund werden und dann auf die nächste Chance warten, die Bösen zu jagen. Sie lachte. *Sich mit ihnen anzulegen.* Er liebte diesen Ausdruck. Er wollte sich mit den Bösen *anlegen.* Immer auf der Suche nach einem gerechten Kampf. Damit verdiente er sich seinen guten Lebensunterhalt, indem er dem Bösen direkt ins Gesicht schaute. Seine Arbeit war ein Teil von ihm, und das bewunderte sie. Er war ihr dunkler Ritter im Kampfanzug. Ein stiller Held. Er setzte sein Leben aufs Spiel, in Gefechten, in denen es um alles ging. Er hatte die Ausbildung und das Können. Das hatte sie selber miterlebt. Er handelte mit Bedacht. Er war genauso taff, wie er clever war.

Wenn er aus seinem Koma erwachte, würde sie ihm sagen, wie sie sich fühlte. Sie war stolz auf ihn, voller Anerkennung für das, was er tat und wer er war, und sie war in ihn verliebt.

Verliebt.

Ihr Herz schlug schneller. Ihr Mund wurde ganz trocken. Wann war das denn passiert? Er war sexy, stark und fürsorglich und er hatte ein großes Herz. Sie vertraute ihm. Sie glaubte an ihn. Aber liebte sie ihn auch? Liebe bedeutete eine feste, intime Bindung. Tiefe Zuneigung. Angesichts ihrer Vergangenheit hätte sie niemals gedacht, dass sie zu Liebe fähig wäre.

Aber ja, sie liebte ihn.

Und überraschenderweise jagte ihr diese Erkenntnis keinen Schrecken ein. Es war eher ein warmes und beruhigendes Gefühl. Als wenn sie ihr inneres Gleichgewicht gefunden hätte. Bei ihm fühlte sie sich sicher und geborgen. Wenn er aufwachte, würde sie ihm das als Erstes sagen. Vielleicht würde sie sogar laut rufen, um ihn richtig wachzurütteln, sobald er anfing, sich zu rühren. Bis dahin konnte sie nichts anderes tun, als seine leblose Hand zu halten, während sie durch die Lüfte flogen.

Lange Minuten später hörte sie den Piloten ihre Ankunft durchgeben. Kurz darauf landeten sie auf dem Dach des Krankenhauses. Dort wartete schon Krankenhauspersonal auf sie. Das Flugpersonal stieg aus und die Krankenschwestern kümmerten sich jetzt um Colby. Schnell wurden die Werte auf den Monitoren, der Infusionsbeutel und Schläuche geprüft.

Dann schoben sie ihn in Windeseile in einen Aufzug. Mia drückte sich gegen die Wand. Niemand redete mit ihr. Sie schien unsichtbar inmitten dieses Chaos. Die Türen öffneten sich und sie rollten Colbys Liege durch einen ruhigen Korridor, dann in ein Zimmer hinein. Es ging alles so schnell, dass sie gar nicht wusste, was sie sagen oder wem sie danken sollte. Die Krankenschwestern lächelten ihr alle nur mitfühlend zu, als sie Mia allein mit Colby im Zimmer ließen. Auf einmal war alles ganz still, bis auf das Piepen der Maschinen.

Erst nachdem sie alle gegangen waren, sah sie im Spiegel, wie sie aussah. Sie war von oben bis unten mit Dreck und Blut beschmiert. Ihr Kleid hatte keine Träger mehr. Sie sah aus wie der Tod und sie roch auch so.

Jemand tappte ihr auf die Schulter, gerade als ihr Anblick sie richtig zu deprimieren begann. Ein Mann mit graumeliertem Haar, freundlichen braunen Augen und einem weißen Kittel stand vor ihr, ein Klemmbrett in der Hand.

»Sie müssen Mia sein.«

Er kannte ihren Namen. »Äh, ja.«

»Ich bin Dr. Tuska. Ich bin Mr Winters' behandelnder Arzt. Wenn Sie irgendetwas brauchen, wenden Sie sich an mich.«

»Tut mir leid, aber ich habe weder seine Versicherungskarte, noch sein ...«

»Machen Sie sich um so etwas keine Sorgen.« Er blätterte die Krankenakte durch.

»Das verstehe ich nicht.«

Dr. Tuska schmunzelte. »Titan ist ein sehr, sehr großzügiger Spender dieses Krankenhauses. Sie sind allerdings die erste Ehefrau, die ich bislang kennengelernt habe, vielleicht haben Sie da ...«

»Ich bin nicht seine Frau.«

»Wie dem auch sei, Mia, Titan hat mir versichert, dass Sie an seine Seite gehören. Ich werde ein Zustellbett ins Zimmer bringen lassen, damit Sie sich ausruhen können. Im Badezimmer finden Sie eine Dusche. Ich werde eine Krankenschwester bitten, Ihnen einen Kittel und eine Hose zu bringen, damit sie etwas Sauberes zum Anziehen haben. Sie fühlen sich bestimmt gleich besser und können auch besser schlafen, nachdem sie geduscht und sich etwas hingelegt haben. Auf dem Tisch dort liegt eine Karte mit einer Auswahl an Mittagsmenüs.« Er zeigte auf den kleinen Tisch neben Colby Bett. »Füllen Sie die Menükarte aus und Ihr Mittagessen wird hier sein, wenn Sie aus der Dusche kommen.«

Sie merkte, dass ihre Augen immer größer wurden, aber sie konnte sich einfach nicht lange genug zusammenreißen, um sich ihre Überraschung nicht anmerken zu lassen.

Der Doktor legte den Kopf schräg, als er merkte, dass sie einen solchen Luxus nicht erwartet hatte. »Wie ich schon gesagt habe, Mia, Titan ist sehr großzügig. Ich werde mir Colby jetzt anschauen, um zu sehen, ob wir irgendwas ändern müssen, und dann lasse ich Sie in Ruhe.«

»Wann wird er aufwachen?« *Bitte, bitte, geben Sie mir eine konkrete Antwort.*

»Das liegt ganz an ihm. Er wird aufwachen, wenn er soweit ist, wenn sein Körper so weit ist. Bis dahin werden wir ihn beobachten. Wir stellen sicher, dass seine Werte stabil bleiben. Ansonsten heißt es: abwarten.«

Nicht die Antwort, die sie sich erhofft hatte. Mia bedankte sich beim Arzt und schaute sich die Karte an. Nicht gerade die typische Krankenhauskost. Aber im Moment schien ihr alles besser als die MREs und die Proteinriegel, die sie im Flugzeug gegessen hatte. Sie bestellte Hühnchen, Makkaroni mit Käse und einen Salat. Oh, und Kekse hörten sich auch toll an. Kekse konnte sie gerade gut gebrauchen.

Sie ging ins Badezimmer. Auch wenn es sich um ein Einzelzimmer der Luxusklasse handelte, war das Bad doch so, wie man sich ein Bad im Krankenhaus vorstellte. Der ganze Raum war grau gefliest. Die Neonlampe an der Decke flimmerte, als sie den Lichtschalter anknipste. Ein Stapel weißer, kochfester Handtücher lag neben dem Waschbecken. Außerdem gab es in Plastik eingeschweißte Zahnputzbecher, eine Zahnbürste und ein Körperpflegeset.

Mia zog sich aus und ließ ihre dreckigen Kleider auf dem Boden liegen. Dann starrte sie sich in dem bodenlangen Spiegel an. Gesicht, Nacken und Arme waren dreckverschmiert. Schorf und Insektenstiche in unterschiedlichen Rottönen bedeckten ihren ganzen Körper. Ihr Haar sah aus wie ein riesiges Vogelnest. Und sie stank nach Dingen, an die sie nie wieder denken wollte.

Mia riss das Plastik von einem Kamm und fing an, sich durch die verknoteten Haare zu kämpfen. Immer wieder riss sie an kleinen Knötchen. Ganze verfilzte Haarsträhnen landeten auf dem Fußboden, aber ihre Haare sahen immer noch nicht besser aus. Ihre Arme taten ihr langsam weh. Frustriert ließ sie den Kamm sinken. Die Zacken waren schon ganz verbogen. Selbst der Kamm hatte aufgegeben.

Sie stellte die Dusche an. Kochend heißes Wasser kam aus dem Duschkopf und Dampf füllte das sterile Badezimmer. Mia stellte die Temperatur so ein, dass das Wasser angenehm warm war, aber immer noch den Dreck wegwaschen würde. Sie hob ihre Kleider mit den Zehen auf und ließ sie in den Mülleimer fallen. Dann stellte sie sich unter den Duschstrahl. Das Wasser betäubte die Schmerzen in ihren Muskeln. Ihre sonnengerötete Haut brannte. Und die Insektenstiche hörten endlich auf zu jucken. Alles in allem war es Nirwana, und sie schloss die Augen, um das dreckige Wasser nicht sehen zu müssen, dass im Abfluss verschwand.

Irgendwann — Mia war immer noch wie in Trance — hörte sie jemanden an der Tür klopfen. »Hi, Mia. Ich habe Ihnen eine Hose und einen Kittel gebracht und ich habe Ihre Bestellung für das Mittagessen gesehen. Danke. Brauchen Sie sonst noch etwas? Snacks, irgendwas anderes?«

Snacks? Das war hier ja besser als in einem Hotel. Wie viel Geld Titan diesem Krankenhaus wohl spendete?

»Hätten Sie vielleicht Weingummis?«

Die nette Stimme antwortete: »Ich sehe mal, ob ich welche auftreiben kann. Ich komme nachher wieder.«

Colby würde sich über eine Tüte Weingummis freuen, wenn er aufwachte.

Sie war mittlerweile so müde und erschöpft, dass sie sich kaum noch aufrecht halten konnte. Nachdem sie ihr Haar mit Shampoo gewaschen hatte, gab sie den gesamten Inhalt der kleinen Flasche Haarspülung auf ihr Haar und kämmte es mit den Fingern durch. Damit hatte sie mehr Erfolg als mit dem Kamm, aber es sah immer noch schlimm aus. Egal. Sie brauchte Schlaf. Und zwar dringend.

Sie trocknete sich ab, zog die Kleider an, die die Krankenschwester dagelassen hatte, und fand im Zimmer ein Zustellbett mit vielen Decken und Kissen vor. Sie hatte noch nie etwas so Einladendes gesehen. In Nullkommanichts war sie im Bett und hatte sich in die Kissen gekuschelt. Sie rochen nach Bleichmittel, aber das war ihr egal. Schlaf wollte sie übermannen, aber ihre kreisenden Gedanken ließen es noch nicht ganz zu. Würde sie Albträume haben, in denen Explosionen losgingen, Messer an ihren Hals gehalten wurden und ein böses Monster mit Akzent Drohungen in ihr Ohr flüsterte?

Ja, bestimmt.

Aber Colby würde aufwachen und ihre Ängste wegküssen. Er würde sie in die Arme nehmen, bis sie sich entspannte. Sie wusste, dass er das tun würde. Er war etwas ganz Besonderes. Und sie liebte ihn. Das war genug, um die Albträume in Schach zu halten.

Ein wohliger Schauer durchfuhr sie. Ihre Lippen verzogen sich zu einem zaghaften Lächeln. Schon seit Tagen hatte sie nicht mehr gelächelt. Sie liebte ihn. Diese Erkenntnis ließ ihre Bindungsängste in den Hintergrund treten. Wie konnte sie ihn – ihn und Clara – nicht in ihrem Leben wollen?

Die Erinnerungen an das Gemetzel in Kolumbien würden verblassen. Sie konnte gar nicht abwarten, dass er endlich aufwachte. Sie war so gespannt darauf, was er sagen würde, wenn sie sein Gesicht mit Küssen bedeckte und ihm sagte, wie viel er ihr bedeutete.

KAPITEL DREISSIG

Winters blinzelte und wurde von einem hellen Licht geblendet. Er blinzelte wieder. Er war auf jeden Fall nicht mehr dort, wo er eingeschlafen war. Er schloss die Augen und versuchte sich zu erinnern. Er konnte gestärkte Laken an seiner Haut fühlen, die einen Juckreiz auslösten. Ein antiseptischer Geruch rief Erinnerungen an Krankenhäuser wach. Er blinzelte wieder. Er war definitiv in einem Krankenhaus.

Seine Zunge klebte an seinem Gaumen. Als er seinen Mund auf und zu machte, fehlte es eindeutig an Spucke. Er machte die Augen ganz auf und sah, dass er in Bettlaken eingewickelt war. Nur sein linker Arm, in dem ein Infusionsschlauch steckte, war nicht zugedeckt. Der Dreck und das Blut, an die er sich erinnerte, waren nicht mehr da. Er streckte die Finger aus und ballte sie zu einer Faust. Sogar seine Fingernägel waren sauber.

Winters sah sich im Zimmer um. Es war ein Einzelzimmer mit einem Monitor zur Überwachung seiner Lebenszeichen, Infusionsständer und Möbeln, die eindeutig nicht kolumbianisch aussahen. Im Fernsehen liefen die Abendnachrichten. Sie waren auf lautlos gestellt, aber er erkannte den US-Sender und den Nachrichtensprecher. Auf einem Whiteboard an der Wand stand, dass sein Arzt Dr. Tuska hieß, seine Krankenschwester Sandy und sein Pflegeassistent Jeremy. Er hatte keine Ahnung, wie es dazu gekommen war, aber er war wieder in den USA.

Eine weiße Fernbedienung mit blauen Knöpfen lag neben ihm. Er nahm sie in die Hand und schaute sie sich an. Die Beschriftung war englisch. Es war eine Bedienung für den Fernseher und das Bett. Es gab auch einen Knopf, um die Krankenschwester zu rufen. Er drückte den Knopf und setzte sich aufrecht hin. Sein Mund war ekelhaft trocken. Er blinzelte noch ein paarmal, um ganz zu sich zu kommen, und schaute zum Fernseher hoch.

Wenn Tag und Datum in der linken Ecke des Bildschirms stimmten, dann hatte er mehrere Tage verpasst. Irgendwie hatte er es aus der baufälligen Hütte in Südamerika in ein Krankenhaus in den USA geschafft.

Winters drückte noch einmal den Knopf für die Krankenschwester. Er versuchte zu schlucken und fuhr mit der Zunge über seine Zähne. Ein dicker, ekelhafter Belag sagte ihm, dass es schon zu viele Tage her war, dass eine Zahnbürste in die Nähe seiner Zähne gekommen war. Er grub seinen anderen Arm aus den Laken aus und fuhr sich mit der Hand über das Gesicht. Er hatte einen Bart.

Eine Krankenschwester kam gut gelaunt ins Zimmer, so wie es aussah, bereit für ein Schwätzchen. Er war nicht in der Stimmung dafür.

»Mr Winters, wie schön, dass Sie wach sind. Wir haben schon darauf gewartet. Wie geht es Ihnen ...«

»Wo bin ich?« Seine Stimme war so heiser, dass er husten musste.

Sie gab ihm einen großen Becher Wasser mit einem Strohhalm. »Ich dachte mir schon, dass Sie Durst haben werden. Sie sind im Krankenhaus ...«

»Wo? Welches Krankenhaus? Bin ich in den Staaten?«

Ihre Augen weiteten sich. Sie trat einen Schritt zurück. Er würde das Verhör etwas weniger barsch gestalten müssen, sonst würde die Krankenschwester gleich heulend aus dem Zimmer laufen.

»Äh. Ja. Sie sind in einem Außenbezirk von Washington, DC. Wissen Sie ...«

»Wer hat mich hergebracht?« Er hatte sich wohl vorgenommen, freundlicher zu sein, aber gelingen wollte es ihm nicht.

»Sie sind in einem Einzelzimmer, das Jared Westin von Titan für sie gebucht hat. Wir sollen ihn anrufen, sobald Sie wach sind. Es wundert mich, dass niemand hier ist. Es war sonst immer jemand bei Ihnen, vierundzwanzig Stunden am Tag.«

Scheiße. Das würde man ihn nie vergessen lassen. Und Mia. Was war mit Mia? Er hoffte, dass sie wieder zu ihrem normalen Leben zurückgekehrt und nicht bei dem Mann geblieben war, der sie in Lebensgefahr gebracht hatte.

»Waren nur Männer hier?« Und musste er sich auch noch so verängstigt und verzweifelt anhören?

»Nein. Mia war die meiste Zeit hier, ob die Männer da waren oder nicht. Das wurde von Titan genehmigt.« Die Krankenschwester stellte den piependen Monitor neu ein. »Was für eine tolle Frau.«

Er ließ den Kopf auf das dicke Kissen fallen und schaute zur Decke hoch. Das hatte er nicht hören wollen. Er kniff die Augen zu. Wieso sah Mia nicht zu, dass sie so schnell wie möglich von ihm wegkam? Sie sollte längst über alle Berge sein.

»Bitte lassen Sie sie mich nicht besuchen. Sagen Sie ihr nicht, dass ich wach bin.«

»Wie bitte?« Die Krankenschwester schüttelte überrascht und verwirrt den Kopf. Dann sah sie nach, ob mit der Infusion alles in Ordnung war. Er konnte ihr vom Gesicht ablesen, dass sie von einer posttraumatischen Belastungsstörung oder Ähnlichem ausging und sich überlegte, wie sie weiter mit ihm umgehen sollte.

»Lassen Sie sie *nicht* hier rein.« Er war ja so ein Arschloch. »Ich meine das ernst. Es ist nicht länger von Titan genehmigt, oder wie auch immer Sie das genannt haben.«

Das Geräusch von schweren Schritten ließ ihn aufschauen. Cash schlenderte ins Zimmer. Seinen Cowboyhut hatte er tief in die Stirn gezogen und er schaute der viel kleineren Krankenschwester mit einem schiefen Grinsen über die Schulter. Die beiden hatten eindeutig schon Bekanntschaft geschlossen. Mensch, Cash. Gab es irgendeine Frau auf dieser Welt, die nicht sofort bereitwillig mit ihm ins Bett sprang? Cash flüsterte ihr etwas ins Ohr. Sie wurde rot und ging aus dem Zimmer.

»So, so. Hast du jetzt genug Schönheitsschlaf abbekommen, Sonnenschein?«

»Cash, Kumpel, du musst mich hier rausholen.«

»Ja, na ja, zuerst mussten wir zusehen, dass du uns nicht draufgehst. Aber na gut. Wir holen dich hier raus, sobald Doc T uns das Okay gibt. Jared wird auch gleich hier sein. Mia ist nur ein bisschen im Flur spazieren gegangen, um sich die Beine zu vertreten. Sie ist gleich zurück. Soll ich sie holen?«

Winters kniff die Augen zusammen. Ihr Name machte ihn nervös wie einen Schuljungen. Bruchstücke seiner Erinnerungen an Kolumbien kamen zurück. Aber die eine Erinnerung, die ihm immer wieder durch den Kopf ging, war, als er in die Hütte gehumpelt war und die Frau, die er liebte, nicht dort war. Er hatte jedes einzelne Brett aus der Wand reißen und seine Titan-Kollegen damit grün und blau prügeln wollen, nur um seine Wut loszuwerden. Und als er gesehen hatte, dass es ihr gut ging, als er sie auf die Hütte zukommen sehen hatte, war das der unglaublichste, herzzerreißendste Moment in seinem Leben gewesen. Sie war am Leben, er konnte sie sehen, und er war das Schlimmste, was ihr je passiert war.

Er liebte sie und sie würde das nie erfahren.

Draußen im Flur stöhnte eine Frau frustriert auf und riss ihn aus den Gedanken, zurück zu Cash.

»Hört sich so an, als ob dein Mädchen hier ist. Ich frag mich, warum sie sich so aufregt.« Cash schmunzelte und ging zur Tür.

Winters ließ den Kopf hängen. Die Barthaare kitzelten seinen Hals und sein Kinn juckte. Sich auf solche Kleinigkeiten zu konzentrieren war besser, als der Wahrheit ins Auge zu sehen.

»Ich habe der Krankenschwester gesagt, dass sie nicht reinkommen darf.« Er verzog das Gesicht. Es hörte sich sogar noch schlimmer an als in seinem Kopf.

»Du hast was?« Cash wirbelte herum und schaute ihn entgeistert an.

»Ich habe der Krankenschwester gesagt, dass sie sie nach Hause schicken soll.« Winters schaute aus dem Fenster, statt Cash anzusehen. Aber das änderte auch nichts an den Schmerzen und Schuldgefühlen, die in ihm aufstiegen.

»Du, mein Freund, hast wohl einen Todeswunsch. Kolumbianische Kartelle sind Kinderkram im Vergleich zu Frauen auf dem Kriegspfad. Und diese Frau ganz besonders. Sie hat *Jared* herumkommandiert, als ob er ein trotziges Kleinkind wäre. Mann, sie piekt ihm mit dem Finger in die Brust, wenn er ihr nicht zuhört.«

Winters knirschte mit den Zähnen und drehte sich dann zu Cash um. Der hatte gerade die Tür aufgemacht, um zu sehen, was im Flur vor sich ging. Jemand musste ihn gesehen haben, denn er hielt abwehrend die Hände hoch.

»Oh, oh. Hier kommt sie.« Cash sah aus, als ob er gleich in

Deckung gehen würde. »Mia, eins. Krankenschwester, null. Und du steckst gehörig in Schwierigkeiten, Sonnenschein. *Adios.*«

Bevor Cash durch die Tür verschwinden konnte, rauschte Mia an ihm vorbei ins Zimmer und stieß ihn beiseite. »Was ist dein Problem, Colby Winters?«

Sie war rot im Gesicht und ihre Augen quollen hervor. Das lief nicht ganz so, wie er sich das vorgestellt hatte.

»Ich glaube, das ist das Stichwort für mich zu gehen. Mia, schön dich zu sehen. Winters, schön, dass du noch am Leben bist, Kumpel. Viel Glück.«

Sie funkelte Cash wütend an, der wieder die Hände hoch hielt. Sie ging auf ihn zu und schubste ihn mit einem ausgestreckten Finger aus dem Zimmer. Dann drehte sie sich wieder zum Bett um. Die zarte Vene an ihrem Hals pulsierte. Mit schmalen Augen starrte sie ihn an wie ein Raubtier sein Opfer.

Cash hatte recht gehabt. Winters war so gut wie tot. Wer hätte gedacht, dass so ein zartes Persönchen wie sie ihm so viel Angst einjagen konnte, dass er sich fast in die Hose machte? Aber eigentlich hätte er wissen müssen, dass sie auch wütend eine Naturgewalt sein würde.

»Willst du mir vielleicht mal erklären, was zum Teufel dein Problem ist?« Sie stemmte ihre Hände in die Hüften. Was ihr an Größe und Statur fehlte, machte sie mit Ausstrahlung wieder wett. Er merkte, wie er im Bett immer kleiner wurde, während sie sich vor ihm aufbaute. Aber er hatte es verdient. Es war wirklich feige gewesen, die Krankenschwester seine Drecksarbeit machen zu lassen.

Die Krankenschwester kam ins Zimmer gefegt. »Tut mir leid, Mr Winters.«

Mann, konnte das hier noch schlimmer werden? Jemand sollte Sandy, oder wie auch immer die Krankenschwester hieß, in Sicherheit bringen, bevor Mia eine unschuldige Frau umbrachte.

Die Klimaanlage sprang an und der Raum wurde noch eisiger. Der sterile Krankenhausgeruch schien gleich noch intensiver. Er hasste das. Mia schrie ihn an. Sandy ging wieder aus dem Zimmer, wahrscheinlich, um Sicherheitspersonal zu holen. Und er war an dieses Bett gefesselt, an Schläuche und den Monitor. Es gab kein Entkommen. Er steckte hier fest und musste sich irgendwas einfallen lassen. Aber er kam einfach nicht darauf, wie er es ihr erklären konnte.

»Es tu mir leid. Ich brauche nur etwas ... Abstand. Oder so was.« Das hörte sich nicht besonders intelligent an. Er war ein Stümper, ein Idiot. Er musste ihr einfach die Wahrheit sagen und es hinter sich bringen. Es war schließlich zu ihrem Besten. Und auch, wenn er gerade dabei war, seinen Verstand zu verlieren, sollte er sich doch zumindest so lange zusammen reißen, um ihr eine Erklärung zu bieten.

»Du brauchst Abstand? Du bist ein verdammter Lügner.«

»Mia, schau mal ...« Er zog an seinen Barthaaren. Am liebsten hätte er den Bart abgerissen und so körperliche Schmerzen gegen seelische getauscht. »Mein Leben ist gefährlich. Nichts daran ist sicher. Du hast mich gerade erst kennengelernt und schau dir an, was dir schon alles passiert ist. Dein schönes, kleines Gesicht ist immer noch voller blauer Flecken.«

»Erzähl mir nichts von meinem *schönen, kleinen Gesicht*. Du hast kein Recht, aufzuwachen und dann so etwas abzuziehen.« Ihre Stimme war brüchig und es tat ihm in der Seele weh. »Du weißt gar nicht, was ich für dich alles durchgestanden habe.«

»Siehst du, das meine ich, das weiß ich. Und das hätte nie passieren sollen.«

»Colby, das bedeutet doch nichts. Du und ich. Das bedeutet was.« Ihre Worte versetzten ihm einen Stich ins Herz.

»Verdammt noch mal, Mia. Verstehst du nicht? Ich mache das wegen dir. Weil du mir etwas bedeutest. Ich kann an nichts anderes denken als an dich. Ich wache auf und will dich sehen, nachdem ich gerade von dir geträumt habe.« Das zuzugeben machte die Schmerzen nur noch schlimmer. Sein Magen krampfte sich zusammen. Sein Hals schnürte sich zu. Er wollte nichts lieber, als sie in die Arme zu nehmen, und konnte kaum die Worte hervorbringen, die er sagen musste. »Mia, ich ... Schau, ich fühle ja auch mit dir. Aber ...«

»Wie bitte? Du fühlst *mit mir*? Lass dir Eier wachsen, Winters. Versteck dich nicht hinter der Lüge, dass du mich beschützen willst. Wenn du herausgefunden hast, wovor du so viel Angst hast, dann melde dich bei mir. Ansonsten kannst du dir deine *Anteilnahme* echt schenken. Und du brauchst die Krankenschwester nicht mehr damit zu belästigen, mich von dir fernzuhalten. Ich bin weg.«

Mit den Worten stürmte sie aus dem Zimmer.

Scheiße.

Das war nicht so abgelaufen, wie er es sich vorgestellt hatte. Er musste aus diesem Bett raus. Er musste ihr hinterherlaufen und ihr alles in Ruhe erklären. Sie musste verstehen, dass er sie nicht lieben sollte. Sie verdiente so viel mehr, als diese Last auf ihren Schultern zu tragen.

Winters riss die Laken beiseite, nur um zu sehen, dass er Kompressionsverbände mit an einen Kompressor angeschlossene Luftkissen an den Beinen hatte. Und einen Blasenkatheter. Na toll. Er schnappte sich die Fernbedienung und drückte den Knopf, um die Krankenschwester zu rufen. Einmal. Zweimal. Dreimal.

Wo zum Teufel war sie denn?

Er beugte sich vor, um seine Beine von den Apparaten zu befreien, und stöhnte auf. Sein ganzer Körper schmerzte. Jeder einzelne Muskel tat weh. Er war schwach und nutzlos. Genauso ging es ihm auch mit Mia. Allerdings würde er nach mehreren Wochen Physiotherapie und weiterem Training wieder die körperliche Verfassung zurückerlangen, die er vor dem Kolumbien-Einsatz gehabt hatte. Aber was Mia anging, hatte er wohl keine Chance mehr. Manche Wunden verheilten nie.

Er beugte sich wieder vor, löste den Klettverschluss von einem Luftkissen, dann den anderen. Seine Lungen brannten und sein Puls raste. Er hielt inne, um wieder zu Atem zu kommen. Wie konnte er nur so kurzatmig sein? Er musste vielleicht seinen Plan, Mia hinterherzulaufen, wieder revidieren. Er würde einfach so schnell gehen, wie er konnte. Gott, wie er es hasste, wenn er nicht in Topform war.

Die Krankenschwester kam ins Zimmer. Ihr Gesichtsausdruck änderte sich von besorgt zu panisch, als sie bemerkte, wie er gerade versuchte, sich von den Apparaturen zu befreien.

»Mr Winters.«

»Nehmen Sie mir sofort diese Schläuche ab.« Er zeigte auf den Katheter. »Nehmen Sie dieses Scheißding weg.«

»Es ist gerade Mal ein paar Minuten her, dass Sie aus einem Koma aufgewacht sind, in dem sie tagelang gelegen haben, um sich von ernsten Verletzungen zu erholen.«

»Ich muss was erledigen.«

»Ich hole Dr. Tuska. Sie können das mit ihm besprechen.«

Winters kämpfte gegen seine Schmerzen an, während er weiter Schläuche abriss. Der Monitor fing laut an zu piepen. Er schaute sich den Infusionsständer genauer an. »Kann man damit laufen, oder muss ich den abmachen?«

»Sir. Beruhigen Sie sich bitte.« Sie nahm ein Telefon aus ihrem Kittel und piepste wahrscheinlich den Doktor oder das Sicherheitspersonal an.

»Schwing deinen Arsch wieder in das Bett«, polterte eine ihm nur zu bekannte Stimme und die Krankenschwester zuckte zusammen.

Jared sah angepisst aus. Er rauschte an der Krankenschwester vorbei, die jetzt eine Hand über dem Mund hielt und die andere an ihr Herz presste.

»Was immer du auch vorhast ... Warum zum Teufel du auch immer hier ausbrechen willst, als ob es ein Knast wäre ... Stopp. Und zwar sofort. Hast du mich verstanden?«

Die Krankenschwester hatte die Augen weit aufgerissen und schlich an der Wand entlang bis zur Tür. Mit einem lauten Klick hatte sie die Tür auch keine Sekunde später hinter sich zugezogen.

»Reg dich ab, Jared. Ich konnte nur nicht mehr liegen. Ich wollte aufstehen, um mir die Beine zu vertreten.«

»Aha. Und das hat nichts damit zu tun, dass die kleine Mia Kensington hier gerade aus dem Gebäude gestürmt ist, als ob sie jemanden umbringen will? Und wahrscheinlich wäre sie dazu sehr wohl in der Lage, also würde ich an deiner Stelle ein bisschen aufpassen.«

Winters nahm die Fernbedienung in die Hand und stellte den Fernseher lauter, um seinen Chef zu ignorieren. Aber es gelang dem Nachrichtensprecher nicht, Jared zu übertönen.

»Wenn du hier raus willst, dann musst du es dir verdienen. Ich werde es nicht zulassen, dass du dich selber umbringst, nachdem du gerade fast gestorben bist.«

»Ach, jetzt sei nicht so melodramatisch. Ich bin nicht gerade fast gestorben.«

»Oh Mann. Du bist tatsächlich so dumm, wie du aussiehst. Der kleine Wirbelwind, den du gerade aus dem Krankenhaus geschmissen hast? Sie ist der Grund, warum du überhaupt noch lebst. Ich hätte dich wahrscheinlich auf dieser dreckigen Matte schlafen lassen, bis du abgekratzt wärst. Aber sie nicht, nee, nee. Sie hat sich um dich gekümmert und so. Sie hat dein Fieber bemerkt. Sie hat gemerkt, dass mit dir etwas nicht stimmt. Ich hab's nicht gemerkt. Die anderen Jungs auch nicht. Wir haben dich schnurstracks aus Kolumbien rausgebracht und deinen Arsch in einen Rettungshubschrauber gesetzt. Wenn du also glaubst, du hättest nicht mit dem Tod getanzt, dann liegst du falsch. Der Sensenmann hatte dich schon, aber Fortuna kam ihm in letzter Sekunde zuvor. Oder, in diesem Fall, Mia-ich-habe-deinen-Arsch-gerettet-Kensington.«

Winters warf die Fernbedienung gegen die Wand, aber sie erreichte sie nicht. Die Bedienung war mit einer Schnur am Bett angebracht, also kam sie im hohen Bogen wieder zurück, schlug gegen den Bettrahmen und baumelte dann vom Bettgestell herab, Zentimeter über dem Boden.

»Was zum Teufel soll ich denn machen?«, brüllte Winters und schlug mit der Faust in ein Kissen.

»Komm erst mal wieder zur Vernunft und überleg dir dann ganz genau, wie du wieder auf Reihe kommst.«

Genau wie Mia wirbelte auch Jared herum und stürmte aus dem Zimmer. So aufgebracht hatte Winters seinen Chef noch nie gesehen. Er fuhr sich mit der Hand über das Gesicht und versuchte einen klaren Gedanken zu fassen.

Mia. Mia. Mia.

Nö. Das schien nicht zu funktionieren. Verzweiflung und Leere breiteten sich in ihm aus, vom schmerzenden Herzen bis in die Zehenspitzen. Winters trauerte um das, was hätte sein können.

Er warf sich wieder in die Kissen zurück und drehte den Kopf zur Seite. Sein Blick landete auf einem Zustellbett, zerwühlten Laken und mehreren Tüten Weingummis.

Verdammt. Sie war perfekt. Aber er war nicht gut genug für sie.

Kapitel einunddreissig

Winters ließ den Kopf deprimiert über das Waschbecken hängen. Vor drei Tagen war er aus dem Krankenhaus entlassen worden. Er hatte eigentlich seinen Bart abrasieren wollen, sobald er nach Hause kam, aber er hatte weder die Energie noch die Motivation dafür. Er hatte an allem das Interesse verloren außer an Clara. Seine Mutter kümmerte sich um den Haushalt, versuchte immer wieder ein Gespräch mit ihm anzufangen und er – Arschloch, das er war – erteilte ihr jedes Mal eine Abfuhr.

Im Gegensatz zu seiner Mutter benahmen sich die Jungs von Titan wie die Axt im Walde. Sie kamen einfach uneingeladen vorbei und stellten taktlose Fragen. Die Idioten zeigten sich auch völlig unbeeindruckt, wenn er ihre Fragen abblockte. Sie fingen an mit scheinbar harmlosen Sachen wie *Wie geht's Mia* und legten dann so richtig los. Er solle an seine Gesundheit denken, sich zusammenreißen, sich überlegen, was ihm wichtig war und allgemein endlich mal seinen Scheiß geregelt kriegen.

Er stützte sich mit beiden Händen auf dem Waschbecken ab und betrachtete sein Spiegelbild. Zwei Wochen frei waren eine Ewigkeit. Er wollte trainieren, Gewichte stemmen, bis seine Muskeln nicht mehr konnten. Er musste irgendwas tun, um den ganzen Druck und die Anspannung loszuwerden, die sich in ihm aufgestaut hatten. Aber Sport kam ihm gerade wie eine ziemliche Zeitverschwendung vor und er konnte auch keine Energie dafür aufbringen.

Sein Handy, das gerade neben dem Waschbecken auflud, schwieg ihn an. Es klingelte sowieso nicht oft, aber mittlerweile kotzte es ihn echt an, dass es nie einen Ton von sich gab. Heute war auch keiner seiner Kollegen aufgetaucht. Vielleicht hatten sie einen Auftrag. Ein Einsatz, von dem Jared ihm nichts erzählt hatte.

Er spritzte sich etwas Wasser ins Gesicht und ging dann in Claras Zimmer. Sie bewegte sich im Schlaf, streckte die Fäuste über den Kopf. Er hatte zwar keinen Vergleich, aber Clara war ein tolles Baby.

Sie hielt sich mehr oder weniger an ihren Rhythmus. Er wusste immer, plus minus fünf Minuten, wann sie aufwachen würde. Jetzt gerade blieben ihm noch ein paar Minuten Zeit, ihr beim Schlafen zuzuschauen. Es war im Moment das einzige, woran er Freude hatte.

Sie öffnete ihre großen blauen Augen und merkte, dass sie wach war. Bevor sie die Gelegenheit hatte, zu schreien, hob er sie hoch und hielt sie an seine Brust. Sie wurde jeden Tag ein bisschen größer und schwerer.

»Mein Kleines, ich habe dich vermisst, als du geschlafen hast.«

Er ging mit ihr zum Wickeltisch und wechselte mit geübten Handgriffen ihre Windel.

»Ich weiß, ich weiß. Es war wundervoll, als Mia hier war. Sie wäre so stolz auf dich.« Er strich ihr über das weiche Haar. »Erbsen und Süßkartoffeln. Wer hätte gedacht, dass Babys so etwas mögen? Ich jedenfalls nicht.«

Sie gluckste und streckte die Hand nach seinem Gesicht aus. Sie war sonst nur sein glattrasiertes Gesicht gewohnt und zog an seinem Bart, um zu sehen, was es damit auf sich hatte.

»Ja, ich vermisse sie auch.«

Sein Handy, das er mittlerweile in seine Hosentasche gesteckt hatte, vibrierte. Jetzt konnten sie ihn mal. Er war beschäftigt. Er ignorierte zwei Anrufe, während er auf dem Boden saß und Clara dabei zusah, wie sie versuchte zu krabbeln. Ein Haufen Spielzeug lag um sie herum. Er bastelte zwei Waffen aus großen rosafarbenen Bauklötzen und reihte dann ein paar Stofftiere auf.

»So schaltet man den Feind aus. Als erstes ...« Clara starrte ihn mit großen Augen an und griff sich eine der Bauklotzwaffen. »Warte, gib mir das noch mal.«

Er nahm ein paar der Bauklötze weg. »Du bist zu jung für Waffen. Sogar rosafarbene. Das hier ist jetzt ein rosa Stab und ich habe keine Ahnung, was du damit machen könntest.«

Er kniff sich in die Nasenwurzel. Was wusste er schon über Babys? Er konnte keinem etwas vormachen, schon gar nicht sich selber. Er hatte überhaupt keine Ahnung, was er da tat. Mia hätte gewusst, dass man Babys keine rosa Bauklotzwaffen gab. Sie hätte irgendetwas damit gebastelt, das passend für ein Mädchen war, wie zum Beispiel ... Ihm fiel nichts ein.

Das Handy klingelte wieder und er schaute aufs Display. »Was willst du, Cash?«

»Drei Mal. Du lässt mich drei Mal anrufen, bevor du meinen Anruf annimmst. Du benimmst dich wie ein Mädchen.«

»Vielleicht war ich scheißen.«

»Ja, vielleicht, aber vielleicht bist du einfach nur Scheiße. Ich habe mit Judith gesprochen. Sie ist in zehn Minuten da. Du und ich machen einen kleinen Ausflug. Sie zu, dass du halbwegs so aussiehst, dass man sich mit dir in der Öffentlichkeit sehen lassen kann.«

Winters legte den Kopf in den Nacken und starrte die Decke an. »Scheißidee. Und seit wann unterhältst du dich mit meiner Mutter?«

»Die Welt hat sich gegen dich verschworen, Kumpel«. Cash lachte leise und legte auf.

Winters baute weiter rosa Türme – oder sollten das Brücken sein? Es waren einfach rosa Stäbe. Gerade Linien waren alles, was er zustande brachte, das nichts mit Gewalt zu tun hatte.

Winters ließ den Nacken knacksen, schnappte sich Clara und ging in sein Zimmer, wo er Mias paar Sachen auf seiner Kommode ignorierte. Er zog seine Schlafanzughose aus und Jeans und T-Shirt an.

Kaffee. Das war das nächste, was er brauchte, bevor sie hier eintrafen. Vielleicht half ihm das zu überleben. Er ging in die Küche und sah, wie zwei Wagen vorfuhren. Seine Mutter. Dann Cash. Das hier brauchte er wirklich nicht.

Winters hielt Clara hoch und sagte zu ihr: »Das kann ja was werden.«

Er schenkte sich eine Tasse Kaffee ein und schaute aus dem Fenster. Seine Mutter und Cash standen da und unterhielten sich wie alte Schulfreunde. Er trank den heißen Kaffee auf ex und goss sich eine Tasse nach.

Sie kamen in die Küche und starrten ihn beide missbilligend an.

»Mann, du musst mal aus dem Haus raus. Du siehst echt Scheiße aus.«

»Pass auf, was du vor dem Baby sagst«, wies seine Mutter Cash zurecht.

»Sorry, J. Kommt nicht wieder vor.«

J? Cash war mit seiner Mutter per Du und hatte sogar einen Kosenamen für sie? In was für einer Welt lebten sie überhaupt?

»Colby, ich nehme Clara für den Rest des Tages.«

»Schnapp dir deine Lieblingspistole.« Cash schaute in die Küchenschränke. »Nimm mehr als eine mit. Du brauchst sie vielleicht.«

Winters riss eine Tüte Weingummis auf und warf sich welche in den Mund. Cash naschte aus verschiedenen Packungen, die er im Schrank gefunden hatte, und Winters Mutter nahm Clara mit ins Wohnzimmer.

»Bitte, Cash, bedien dich nur. Wo fahren wir überhaupt hin?« Er warf sich noch ein paar Weingummis in den Mund.

Cash kaute und redete gleichzeitig mit offenem Mund: »Du wirst dir noch deine gute Figur ruinieren, wenn du weiterhin so was in dich hineinstopfst.«

»Das sagt der Richtige. Du hast gerade eine ganze Packung Cracker verdrückt.«

»Ich verbrenne Kohlenhydrate, wie du Mädchen hinterherheulst.«

»Pass besser auf, Cash. Sonst landest du gleich in einer Lache mit deinem eigenen Blut.«

»Glaub ich nicht. Du wärst viel zu besorgt, dass Clara da reinkriecht. Beweg deinen Arsch. Wir müssen los.« Er zeigte auf eine Packung Kekse. »Die nehme ich mit. Wir sehen uns in meinem Auto.«

Winters nahm zwei Stufen auf einmal, als er die Treppe hochlief. Er öffnete seinen Safe und wählte eine Pistole und ein Gewehr. Als er wieder runterlief, räusperte sich seine Mutter. Zweimal.

»Ich bin froh, dass du mal aus dem Haus kommst.«

»Ich nicht«, brummte er.

»Genau deshalb. Du musst mal was anderes zu Gesicht bekommen. Du siehst schrecklich aus.«

»Danke Mama. Genau das, was ich hören wollte.«

Er warf die neue Tür mit einem lauten Knall hinter sich zu. Er war definitiv der Topkandidat für den schlechtesten Sohn des Jahres. Und für das größte Arschloch des Jahres. Welche Preise gab es noch zu gewinnen? Mistkerl, Penner, Dreckssack? Er konnte ewig so weitermachen.

Winters stieg in Cashs Wagen ein. Cash suchte nach einem guten Radiosender und entschied sich für *Desperado* von den Eagles. Winters fühlte sich persönlich angesprochen. Er wollte gar nicht in diesem Pickup sein und Gott weiß wohin fahren. Sogar das Radio verspottete ihn. Cash raste durch die Straßen. Er sah erwartungsvoll aus.

»Würdest du mir jetzt vielleicht mal sagen, wo wir hinfahren?« Das Viertel, durch das sie fuhren, kam ihm nicht bekannt vor.

»Du musstest mal aus dem Haus raus, also kann es dir eigentlich egal sein. Wir sind in ein paar Minuten da. Mann, entspann dich mal.«

»Ach, lass mich doch in Ruhe, Cash.«

Einige Lieder später bogen sie auf eine kurvige, ihm unbekannte Straße ab. Cash nahm die Kurven, als ob er sie jeden Tag fuhr.

»Sind wir fast da?«

»Ja.«

»Und *da* ist?«

»Mein Geheimversteck. Wo du alle deine Probleme vergessen kannst.«

Er fuhr auf einen kleinen, unbetonierten Parkplatz. Auf einem unauffälligen Schild stand WAFFEN. Es hing von der verrosteten Abbildung eines Bisons, der böse guckte und seine Hufe gehoben hatte. Ein paar Pickups standen vor dem einstöckigen Gebäude aus Backstein mit vergitterten Fenstern.

»Dein Geheimversteck ist ein Schießstand? Ich hätte dir bestimmt ein halbes Dutzend zeigen können, die nicht so weit weg sind.«

»Hab ein wenig Geduld, Kumpel.«

Cash sprang aus dem Wagen und machte die Tür zu. Winters legte den Kopf gegen die Nackenstütze. Ach, warum nicht. Ein bisschen rumzuballern würde vielleicht helfen. Er folgte Cash mit viel weniger Enthusiasmus, als sein Kumpel zur Schau stellte. Eine Sicherheitskamera summte. Sie folgte ihnen bis zur Tür. Cash klingelte und ein paar Sekunden später ging die Tür auf.

Sie betraten einen kleinen, schummrigen Raum mit Glaskästen an den Wänden. An einer dunklen, holzvertäfelten Wand hingen Handfeuerwaffen und Messer. In der Ecke stand ein Schreibtisch, hinter dem aber niemand saß. Dahinter blickte man in einen dunklen Korridor. Es sah alles etwas heruntergekommen aus und Winters konnte sich nicht vorstellen, was Cash an diesem Laden fand. Er fuhr mit dem Finger über einen Schaukasten und sah sich die 9 mm Beretta an, die darin lag.

»Na, wenn das mal nicht mein Lieblingskunde ist. Hi, Cash. Kommst du heute, um mit deinen Spielsachen zu spielen oder mit meinen?«

Winters drehte sich um. Die Frau trug eine hautenge schwarze Lederhose. Ihre silberne Gürtelschnalle, die mit dem Bauchnabelpiercing um die Wette glitzerte, zeigte zwei Duellpistolen über einem Herzen. Ihr schwarzes T-Shirt ging ihr gerade so über den beachtlichen Busen. Der Schriftzug lautete: *Mädchen lieben Waffen*.

Scheiße. Cash hatte sie in ein Bordell gebracht.

Cash grinste von einem Ohr zum anderen. »Hallo, Sugar. Ich habe heute einen Freund mitgebracht.«

Die Frau trug Lippenstift, der viel zu rot war. Ihre Haare waren so hochtoupiert, dass sie förmlich schrien *Hier dran festhalten*, und sie roch nach Whiskey und Parfüm. Sie schaute ihn von oben bis unten an. Ihr Blick blieb an seinem Schritt hängen, noch bevor er ein Hallo herausbrachte.

»Hat dein Freund auch einen Namen?« Sie zwinkerte ihnen beiden zu. »Weil ich gerade hinten war und eine .22 lfB zerlegt habe. Er sieht mir so aus, als ob er sich mit einer langen Büchse auskennt.«

Sie ging auf Winters zu und stemmte die Hand in die Hüfte. »Das Ding taugt nur für Schießübungen. Aber ich verspreche dir, dass sie schön in der Hand liegt. Schnapp dir ein paar große Schachteln Munition und wir können die ganze Nacht damit verbringen.«

Cash würde vielleicht was erleben. Das hier war eine so miese Idee. Vor ein paar Wochen wäre sie eventuell genau das richtige gewesen, um ein bisschen Druck abzulassen. Aber jetzt war sein innerer geiler Bock einfach nur genervt und hatte mehr Interesse daran, tatsächlich Schießübungen zu machen, als irgendwelche Übungen mit ihr.

Er musste das Gespräch in eine andere Richtung lenken. Winters streckte die Hand aus. »Mein Name ist Winters.«

»Hallo Winters, willkommen in meinem Schießstand. Ich kann gar nicht glauben, dass Cash dich noch nie vorher mitgebracht hat.«

»Ich bringe nie jemanden mit, Sugar«, sagte Cash. »Ist dir das noch nie aufgefallen? Du bist mein geheimes, nicht ganz so sündiges Laster. Ich teile nicht gerne.«

Sie klimperte mit ihren schwarz getuschten Wimpern und nickte Winters zu. »Also, was ist das heute für ein besonderer Anlass?«

»Er braucht Ablenkung«, sagte Cash und lachte.

Winters grummelte. »Mensch, Cash. Kümmere dich um deine eigenen Angelegenheiten.«

»Ach, Winters, sei nicht böse mit ihm.« Sie fuhr mit ihrer rosa Zunge über die kirschroten Lippen. »Ablenkung ist mein Spezialgebiet.«

Das hier war wirklich lächerlich.

»Ich glaube, wir schießen besser nur ein paar Runden.« Er brach ab, nicht sicher, wie er sie ansprechen sollte. »Ich habe nicht mitbekommen, wie du heißt.«

»Sugar. Aber Honey oder Süße gehen auch. Nenn mich, wie du willst. Wenn es dir gefällt, dann gefällt es auch mir. Aber du hast meine Aufmerksamkeit sowieso schon.«

Ihm fiel kein passender Name ein. Er warf Cash einen fragenden Blick zu und kratzte sich am Kinn.

Cash schaltete sich ein und schlenderte in Richtung Korridor. »Okay, Sugar, wir nehmen zwei Bahnen. Das geht auf mich.«

Winters folgte ihm, weil er auf keinen Fall mit der Frau allein gelassen werden wollte. Ihr exotisches Parfüm umgab sie wie eine Wolke, als sie zum Schießstand gingen.

»Meinst du nicht, du hättest mich vorwarnen können, Mann?«

»Wieso denn vorwarnen? Sie ist dein Typ und du brauchst Ablenkung.«

»Und was ist mein Typ?«

»Aggressiv, verführerisch und eine, die nur ihren Spaß will.«

»Ich brauche keine Prostituierte.«

»Sugar ist keine Nutte. Sie weiß nur, wie man sich amüsiert.« Sie kamen zu einem Vorraum, von dem aus es zu den Bahnen ging. »Oh ja, sie wissen alle, wie man sich amüsiert.«

Winters sah sich um. Es sah aus wie in einem typischen Schießstand. Das eine oder andere taktische Team übte gemeinsam und dann gab es noch ein paar Typen die allein hier waren, um ihre Schießübungen zu absolvieren. Aber es gab Frauen. Frauen wie Cashs Sugar. Sexy Lederhosen, hautenge T-Shirts, alle bewaffnet.

»Was zum Teufel ist das hier für ein Ort?«

»So eine Art exklusiver Waffenklub.«

»Und die ganzen Frauen?«

»Was denn? Hast du noch nie zuvor eine Frau in einem Schießstand gesehen?«

»Das ist doch praktisch eine Sex-Show.«

»Sugar weiß, wie man ein erfolgreiches Geschäft führt. Hier passiert nichts Schlimmes. Nur ein paar hübsche Mädels, die auf unserer Wellenlänge liegen und sich mit Waffen auskennen. Gibt es etwas, das heißer ist, als eine Frau im bauchfreien T-Shirt, die einen Granatwerfer hält? Sugar findet schon eine für dich, die dir gefällt.«

»Menschenskind, Cash. Dann ist das hier also ...« Er war sich nicht sicher, wie er ihn fragen sollte, ob er in die illegalen Geschäfte eines Prostituiertenrings verwickelt war.

»Es ist auch nicht viel anders, als wenn du irgendeine Tussi vögelst, die du in einer Bar aufgelesen hast.« Cash stand vor einer Bahn, ging aber nicht weiter vor. Winters stellte sich neben ihn, ein paar Meter von der Markierung entfernt.

»Cash, der Unterschied ist, dass ich keine besondere Einladung brauche, um in so eine Bar zu gehen.«

»Es ist ein Klub, kein Bordell. Junge, stell dich nicht so an. Es ist ja nicht so, als ob ich dich in einen zwielichtigen Puff voller Geschlechtskrankheiten geschleppt hätte. Es ist nur ein Schießstand, den hübsche Frauen mit besonderen Interessen gerne besuchen. Und wenn dir eine gefällt, dann versuch dein Glück mit ihr.«

Er ließ Cash stehen und ging bis zur Markierung vor. Nachdem er das leere Magazin herausgenommen und mit Patronen gefüllt hatte, setzte er sich Ohrenschützer und Schutzbrille auf. *Versuch dein Glück.* Cash hatte sie doch nicht mehr alle. Glaubte er tatsächlich, dass so ein kleiner Arsch in Leder ihn momentan anmachen würde?

So viel war er Mia schuldig. Sie würde nie davon erfahren, aber darum ging es gar nicht. Sugar sprach ihn einfach nicht an. Winters ließ seinen Blick von einer Frau zu nächsten wandern. Keine von denen fand er sonderlich anziehend. Vielleicht hatte sich sein Frauengeschmack geändert.

Winters rammte das Magazin in die Waffe und atmete langsam aus. Er verengte die Augen und konzentrierte sich auf seine

Zielscheibe, die etwa zwanzig Meter entfernt war. Er drückte ab und fing den Rückschlag ab.

Ja, das tat gut.

Er lud nach und feuerte. Und dann wieder . Es war wirklich befreiend. Dieser stete, ihm so bekannte Rhythmus hatte etwas Tröstliches. Zielen. Abfeuern. Rückstoß abfangen.

»Winters«, schnurrte Sugar, nur Sekunden, bevor er ihr starkes Parfüm riechen konnte.

Er musste sich nicht umdrehen, um zu wissen, dass sie es war, aber er tat es trotzdem. Sugar schmiegte sich verführerisch an die Trennwand.

Hau ab.

Aber sie tat es nicht. Er nahm Schutzbrille und Ohrenschützer ab und nickte ihr kurz zu. Dann drückte er den Knopf und seine Zielscheibe raste an Drahtseilen nach vorne, wo sie direkt vor seiner Nase anhielt. Jeder seiner Schüsse hatte das Ziel mit schönster Präzision getroffen.

»Hey, Champion. Ist das deine übliche Trefferquote?«

Er nickte, kurz angebunden und nicht gerade freundlich. »Bist du hier, weil du mit mir Smalltalk halten willst?«

»Ich glaube, wir haben einen schlechten Start erwischt. Ich übertreib's gerne ein bisschen. Das geb ich zu. Cash hat mir erzählt, dass du dachtest, ich biete ... andere Dienstleistungen an, als ich in Wirklichkeit tue.«

Er machte die Augen zu, weil er sie sonst hätte verdrehen müssen. Cash hatte sich einen Tritt in den Arsch verdient. »Ich habe nicht andeuten wollen, dass ...«

»Natürlich hast du das. Aber mach dir nichts draus. Ich hab mich an dich rangeschmissen. Und Cash hatte richtig angenommen, dass ich das machen würde, was der Grund ist, warum er dich hergebracht hat. Ich kann eine gute Ablenkung sein. Also, geht es dir gut?«

Sie kam in ganz kleinen Schritten immer näher. Dabei schwang sie übertrieben mit den Hüften und warf sich das Haar über eine Schulter.

»Und du bist abgelenkt, von was immer du auch Ablenkung brauchst?«

»Ich denke schon.« Mit jedem Schuss hatte er ein kleines bisschen klarer denken können. Das war das erste Mal, dass er sich so fühlte, seit er im Krankenhaus aufgewacht war.

»Also, es ist folgendermaßen. Ich bin keine Nutte. Aber ich bin nicht beleidigst, dass du dachtest, ich wäre eine. Du, Winters, hast einen Körper, über den ich mich gerne hermachen würde. Ich würde dich so ablenken, dass du nicht mehr weißt, wo oben und unten ist, wenn du Interesse hättest.« Sie stand jetzt direkt vor ihm, strich mit den Fingern über seine Brust und stellte sich auf Zehenspitzen, um ihm ins Ohr zu flüstern. »Was immer dich auch bedrückt, du wirst es hinterher vergessen haben, das verspreche ich dir.«

Sie fuhr mit der Zunge über sein Ohrläppchen und er zuckte zusammen.

»Du bist ja ganz angespannt. Ich kann etwas dagegen tun, Süßer.« Sie ließ ihre Hand tiefer gleiten und legte sie über seinen Schritt.

Er nahm ihre Hand wieder weg. »Kein Interesse.«

Sie ignorierte ihn und presste sich an ihn. »Es ist dein Zirkus. Ich bin nur für die Vorstellung da.«

»Kein Interesse.« Die Muskeln an seinem Hals spannten sich an und er lehnt sich so weit wie möglich zurück. Wenn sie sich weiter an ihm rieb, dann würde sie ihre gewünschte Reaktion bekommen. Und das, obwohl er wirklich nicht an ihr interessiert war.

Sie löste sich von ihm und leckte sich wieder lasziv über die Lippen.

»Ich bin in meinem Büro, falls du deine Meinung änderst.« Sie zeigte auf eine Tür am Ende des Schießstandes und streichelte dann mit den Fingern über seinen Bizeps. »Heute. Ein anderes Mal. Wann auch immer. Ich kann spüren, ob bei jemandem die Funken fliegen würden oder nicht, und Süßer, bei uns würden ja so was von die Funken fliegen. Es wäre ein Riesenspaß für uns beide. Denk drüber nach.«

Sie zwinkerte ihm zu und drehte sich dann um. Hüftschwingend ging sie davon. Er hätte wirklich drüber nachdenken sollen. Er sollte zu seinen alten, normalen Gewohnheiten zurückkehren. Sugar wäre früher genau seine Sache gewesen. Und sie war nur auf eine heiße Nacht aus. Unkompliziert. Genau das gefiel ihm doch an einer Frau. *Oder nicht?* Er schüttelte verwirrt den Kopf. Er wusste nicht mehr, was ihm gefiel.

Er war müde und schlecht gelaunt und fühlte sich einfach nur leer. Alles, was er sich wünschte, war, dass Mia zu Hause auf ihn wartete.

Winters nahm das Magazin aus der Waffe, lud neue Patronen nach und steckte die Waffe in sein Halfter. Es war Zeit, nach Hause zu gehen. Was auch immer Cash vorhatte, konnte er nachher zu Ende bringen. Sugar war immer noch in der Nähe und er wollte weg hier.

Er nahm Blickkontakt mit Cash auf, gab ihm zu verstehen, dass er gehen wollte, und ging zu Cashs Wagen zurück. Die Tür war nicht abgeschlossen, also setzte er sich rein. Cash kam kurze Zeit später, legte den Rückwärtsgang ein und fuhr los.

»Nicht an Sugar interessiert?«

»Du hast ihr gesagt, dass ich dachte, sie wäre eine Nutte. Das war ein unangenehmes Gespräch.«

»Nutte hab ich nicht gesagt. Ich hab Bordellwirtin gesagt.«

Winters starrte ihn böse an. »Auch nicht besser.«

»Dann ist sie also nicht mehr dein Typ?«

»Ich habe keinen Typ.«

»So ein Schwachsinn. Leder, falsche Titten, bereit, es ...«

»Ich hab's verstanden.«

»Nein, du hast nämlich nicht verstanden, worum es geht.«

»Und das wäre?«, brachte er durch zusammengebissene Zähne hervor.

»Es geht darum, dass sie nicht Mia ist.« Cashs Augen funkelten ihn unter der Krempe seines Cowboyhutes an.

»Dann hast du dir also nur einen Spaß mit mir erlaubt. Super. Danke. Das habe ich gebraucht.«

»Du bist echt dumm. Denk doch mal nach. Eine willige Frau. Dein üblicher One-Night-Stand. Aber es hat dich nicht gekratzt. Der Winters, den ich kenne, hätte überhaupt nichts dagegen gehabt, mit einer Frau wie Sugar ein bisschen Dampf abzulassen.«

»Mir schwirrt gerade einiges im Kopf rum.«

»Nein, Kumpel, dir schwirrt Mia Kensington im Kopf rum. Und du solltest was dagegen tun.«

»Ich habe was dagegen getan. Und jetzt will ich nicht mehr darüber reden.«

Cash fuhr vor Winters' Haus vor. Winters schnappte sich sein Gewehr und sprang aus dem Wagen. Hinter sich hörte er Cash lachen. Er machte die Haustür auf und wollte sie schon hinter sich zuknallen, als er sich eines Besseren besann. Es gab keinen Grund dafür, Clara aufzuwecken und damit auch noch sie unglücklich zu machen. Er war unglücklich genug für sie beide.

KAPITEL ZWEIUNDDREISSIG

Mia saß vor ihrem Computer, war aber völlig in Gedanken versunken. Der Bildschirmschoner war an und der Bildschirm schwarz bis auf das einsame Quadrat, das von Ecke zu Ecke sprang. Aber es hätte genauso gut auch ein Video mit den besten Szenen aus *Magic Mike* spielen können, und sie hätte es nicht bemerkt. Stattdessen drehte sie einen Stift zwischen den Fingern. Ihr letzter Patient hatte gerade angerufen, um seinen Termin abzusagen, und jetzt hatte sie nichts zu tun.

Sie trank so viel Kaffee, dass sie sich auch gleich eine Espresso-Infusion hätte legen lassen können. So ging es nicht weiter. Ihre Kollegen tuschelten schon über sie. Nach ihrer Rückkehr hatten sie sich alle besorgt nach ihren blauen Flecken und Kratzern erkundigt. Irgendwann hatte sie aufgeben, ihre Verletzungen unter Make-up zu verstecken. Ihre müden Augen und ihr trauriges Lächeln konnte sie damit sowieso nicht wegschminken.

Sie starrte ihre Kaffeetasse an und überlegte sich, ob es das Zittern wert war. Kopfschmerzen und ein nervöser Magen vom Koffein würden diesen schlechten Tag nur noch schlechter machen. Sie streckte die Hände aus, um sicherzugehen, dass ihre Finger nicht zitterten.

Jemand klopfte an ihre geschlossene Tür. Sie hätte das Licht ausknipsen sollen. Unterbrechungen konnte sie jetzt gar nicht gebrauchen. Ihr nächster Termin war erst in einer halben Stunde, also konnte, wer auch immer das war, jemand anderem auf die Nerven gehen. Wenn sie ganz still dasaß, dann würde die Person vielleicht wieder weggehen.

Die Tür ging auf. Sie zuckte verärgert zusammen. Dann hörte sie ein Baby glucksen und brabbeln. Ihr Herz schlug schneller. Sie wollte das Baby so gerne sehen, wollte Colby so gerne sehen. Ganz langsam drehte sie sich auf ihrem Stuhl um. Das Herz schlug ihr jetzt bis zum Hals. Enttäuschung machte sich in ihr breit. *Nicht Colby.*

»Judith,« krächzte sie. Sie versuchte zu lächeln, aber es wollte ihr nicht so richtig gelingen. Natürlich war er es nicht. Wie kam sie bloß auf die Idee? Sie hasste sich dafür, dass sie den Hauch einer Hoffnung zugelassen hatte, dass er hier auftauchen würde. Der Mann hatte ja keinen Grund dazu, aber so sehr sie der Gedanke auch schmerzte – sie wünschte sich inständig, er würde sich bei ihr melden. Es war erbärmlich. Schlimmer als erbärmlich. »Was machen Sie denn hier? Ich meine, schön Sie zu sehen. Aber ... ist alles in Ordnung?«

Sie stand auf und zupfte ihre Bluse zurecht. *Oh nein. Colby ist etwas zugestoßen.*

Mitgefühl zeigte sich in Judiths Gesicht. Clara zog an Judiths Haaren und zappelte dann aufgeregt in ihren Armen, als sie Mia sah. Sofort brabbelte sie wieder drauflos.

Judith wartete, bis Clara fertig war. »Hallo. Wie geht es Ihnen?«

Sie wollte nicht lügen, also zuckte sie nur mit den Schultern. »Setzen Sie sich doch.«

Judith zögerte. Sie kam einen Schritt näher, dann noch einen, und setzte sich schließlich doch aufs Ledersofa.

»Ich will mich eigentlich nicht einmischen. Aber ...« Clara streckte ihre Ärmchen nach ihr aus. Es zerbrach Mia fast das Herz. »Oh, tut mir leid, Mia, würden Sie gerne Clara Hallo sagen? Sie halten?«

Mia schloss die Augen, um zu verhindern, dass die heißen Tränen, die sich ankündigten, hervorquollen. Sie blinzelte zweimal. »Nein, danke. Lieber nicht.«

Ich kann es nicht, weil ich dann zusammenbrechen werde.

Judith spielte nervös mit Claras Hand. »Ich wollte Sie nur wissen lassen, Colby ist ... etwas stimmt nicht mit ihm. Ich weiß nicht, was Sie beide zusammen durchgestanden haben, aber er ist noch nie zuvor so traumatisiert nach Hause gekommen. Hinter dem harten Kern steckt ein Junge, der Angst davor hat, alles zu verlieren.«

»Wir mussten einiges durchstehen. Ich habe nur ... gedacht, die Situation zwischen uns wäre eine andere, als sie tatsächlich war.«

Judith schüttelte den Kopf, als ob sie von sich selbst enttäuscht wäre – oder von Colby. »Ich mische mich in etwas ein, was mich nichts angeht. Ich weiß, das geht zu weit. Ich sollte gar nicht hier sein.«

»Sie mischen sich nicht ein, Judith. Keine Sorge.«

»Es ist nur so ... Tut mir leid, Mia. Ich habe ein Leuchten in den Augen meines Sohnes gesehen, als Sie bei ihm waren. Das war sehr ungewöhnlich für ihn. Es war etwas Besonderes. Ich habe mich darüber gefreut. Ich fände es sehr schade, wenn er Sie verlieren würde, nur weil er sich wie ein Idiot verhält.«

»Er ist etwas Besonderes. Ich hoffe, es geht ihm gut.«

»Ist Ihnen mein Sohn wichtig?«

»Ja, das ist er.«

»Es tut mir leid, dass Sie darunter leiden.«

Mia zuckte wieder mit den Schultern. Ihr fiel nichts ein, was sie sagen konnte, was den Schmerz nicht noch schlimmer machen würde. Und Clara. Die süße Clara. Sie wollte das Baby so gerne halten, wie sie Colby eine Ohrfeige verpassen und seine Mutter umarmen wollte.

»Er leidet auch. Es ist seine Schuld, aber trotzdem.«

»Ich weiß nicht, was ich machen soll.« Ihr versagte die Stimme. Sie konnte gar nicht glauben, dass sie das gerade gesagt hatte.

In Nullkommanichts war Judith von der Couch aufgestanden und nahm sie in die mütterlichen Arme. Clara gluckste freudig zwischen ihnen.

So sollte sich die Umarmung einer Mutter anfühlen.

»Ach, Schätzchen, ich auch nicht«, sagte Judith. »Es tut mir so leid.«

Jetzt liefen Mia die Tränen und Judith hielt sie immer noch. »Tut mir leid, dass ich weine.«

»Dafür müssen Sie sich doch nicht entschuldigen.«

»Ich vermisse ihn.«

»Und wir vermissen Sie auch alle.«

Mia wischte sich die Tränen von der Wange und versuchte ihre verschmierte Wimperntusche wegzureiben. »Danke, dass Sie das sagen.«

»Na ja. Ich bin hier eigentlich nicht mit dem Ziel reingekommen, uns beide zum Weinen zu bringen.« Mia hatte gar nicht bemerkt, dass auch Judith feuchte Augen hatte. »Sie wissen ja, wie Sie mich erreichen können, nicht wahr? Wenn ich irgendwas für Sie tun kann, dann rufen Sie mich an.«

»Das mach ich. Und danke, dass Sie vorbeigekommen sind und Clara mitgebracht haben.«

»Gerne. Und noch mal, es tut mir leid, dass ich mich einmische ...«

»Bitte, Sie mischen sich doch nicht ein, Judith. Außerdem ist das nichts im Vergleich zu Jared und Cash. Die beiden haben es zu ihrer persönlichen Mission erklärt, sich um mich zu kümmern und sicherzustellen, dass es mir gut geht. Ich komme mir schon wie ihre Adoptivschwester vor oder so was in der Richtung.«

Judith lachte.

Mia lächelte. Cash tauchte immer uneingeladen auf und versuchte, sie zum Lachen zu bringen, während Jared so tat, als sei er ein richtig harter Knochen. Aber ihr konnte er nichts vormachen.

»Ich war überrascht, Sie hier zu sehen und nicht einen von ihnen. Die kommen hier immer einfach reingeschneit. Keine Ahnung, wie sie es überhaupt auf den Stützpunkt schaffen.«

»Die kommen überall rein. Das habe ich schon gelernt.« Sie brach ab und dachte vielleicht genau dasselbe wie Mia. Wenn sie auf den Stützpunkt gelangen konnten, dann konnte Colby das auch. »Diese Jungs. Sie sind wie eine Familie voller waffenschwingender Adrenalinjunkies. Sachen in die Luft jagen und zusammen Bier trinken. Sie denken, ich wüsste nicht, was sie so machen. Aber ich weiß es. Und ich bin stolz auf sie.«

»Ich auch.« Mit jeder Minute, die vorbeiging, vermisste sie ihn mehr und mehr.

»Wenn er irgendwann doch einmal mit eingezogenem Schwanz hier auftaucht, dann hoffe ich, dass Sie ihm eine zweite Chance geben. Das heißt, wenn Sie glauben, dass er es verdient hat. Ich geh dann mal wieder. Machen Sie's gut, Mia.«

Clara streckte wieder ihre plumpen Fingerchen nach Mia aus und rief ihr irgendwas auf Babysprache zu, als Judith ihr Büro verließ.

Mia ließ sich in ihren Stuhl fallen, drehte und drehte sich und hielt dann inne. Sie blätterte durch ein paar Akten, ohne sie sich wirklich anzuschauen, und versuchte, das kleine Schmuckschächtelchen unter ihrem Schreibtisch zu ignorieren. Es rief nach ihr und sie konnte den Gedanken daran nicht verdrängen. Sie stieß sich mit dem Stuhl vom

Schreibtisch ab, beugte sich vor, um es in die Hand zu nehmen und wünschte sich, sie brächte es über sich, die Schachtel zu zerdrücken.

Für alles gab es einen Grund. Jetzt wusste sie zumindest, wie sich Familie anfühlte. Sie verdiente es. Familie, mit allem Drum und Dran. Ehemann, Kinder und eine glückliche Zukunft.

Sie drehte die Schachtel aus braunem Leder in ihrer Hand und lauschte dem dumpfen Rasseln. Mia schloss die Augen und machte die Schachtel auf. Sie kippte den Inhalt in ihre Handfläche. Kleine Metallstücke. Krumm und verdreht. Schrapnellsplitter.

Aus welchem Grund auch immer Jared ihr die Schachtel mit den Metallsplittern aus Colbys Schulter geschenkt hatte. Sie hätte sich eigentlich davor ekeln sollen, aber das tat sie nicht. Es war eine Erinnerung daran, wie Colby sie vor den Schüssen und den Explosionen beschützt hatte. Wie Colby lieber im Kampf sein Leben gegeben hätte, als zuzulassen, dass ihr etwas zustieß. Aber wusste er denn nicht, dass es genauso schrecklich für sie war, ihn auf diese Weise zu verlieren?

Sie warf die Schachtel in Richtung Mülleimer. Sie prallte von der Wand ab und rollte in eine dunkle Ecke unter ihre Couch, wo sie ihretwegen auch gerne bleiben konnte.

KAPITEL DREIUNDDREISSIG

Winters' Handy vibrierte und bewegte sich dabei über den Tisch, immer näher an die Kante heran. Er würde einfach zusehen, wie es über die Klippe auf den Holzfußboden fiel. Wenn es kaputtginge, dann hätte er wenigstens eine gute Ausrede dafür, nicht abgenommen zu haben.

Er hörte, wie die Wohnungstür zuging. Seine Mutter. Noch eine Person, die er am liebsten ignoriert hätte. Dieser Tag hatte wohl seinen Tiefpunkt noch nicht erreicht. Sie ging am Küchentisch vorbei, an dem er saß, und bedachte ihn mit einem mitleidigen Blick. »Ich hab nichts von dir gehört, seit ich mit Clara letzte Woche ein paar Besorgungen gemacht habe, und du siehst immer noch aus wie ein Häufchen Elend. Schläft die Kleine?«

Winters nickte und säuberte sich die Fingernägel mit seinem Kampfmesser. Es gab weder Dreck noch Blut zu entfernen. Seit Südamerika hatte er keinen Einsatz mehr gehabt. Trotzdem machte er weiter. Es war eine Gewohnheit, wie Fingernägelkauen. Etwas, mit dem er sich beschäftigen konnte.

»Hast du die Jungs in letzter Zeit gesehen?«, fragte sie.

»Du meinst nach dem Debakel, das du letzte Woche mit Cash eingefädelt hast? Nö.«

»Hast du irgendwen in letzter Zeit gesehen?«

»Nö.«

Sie ließ sich nicht abwimmeln, sondern blieb stehen und schaute ihn an. Es machte ihn nervös. Seit er aus dem Krankenhaus nach Hause gekommen war, verhielt sie sich so. Stand einfach da und beobachtete ihn. Stand da und beobachtete. Sie sagte nichts, ließ ihn aber spüren, dass sie ihm einiges zu sagen hatte.

»Colby ...«

Scheiße. Friendly Fire war niemals so freundlich, wie der Ausdruck implizierte. Aber Operation Dastehen und Beobachten war anscheinend vorüber. Hieß das, jetzt folgte Operation Sag ihm die Meinung?

Er schwieg einfach weiter und fuhr mit seiner Messer-Maniküre fort.

»Colby, ist nicht mal an der Zeit, dass du mit dem Scheiß aufhörst?«

Und Operation SidM hatte grünes Licht. Er hatte keine Lust, sich eine Strafpredigt anhören zu müssen, also stand er auf. »Danke, Mom. Du musst nicht unbedingt vorbeikommen, wenn du nicht willst.«

Sie schüttelte den Kopf. »Einen Tag noch. Ich gebe dir noch einen Tag und dann kannst du aufhören, dich wie ein selbstmitleidiges Arschloch aufzuführen.«

»Verdammt, ich brauche das echt nicht von dir.« Er ließ sich wieder in seinen Stuhl fallen und starrte die Decke an.

»Doch, das tust du, weil dich sonst keiner hart genug anfasst.«

»Jetzt mach aber mal ...«

»Du bist nicht das einzige Familienmitglied hier, das weiß, wie man jemandem in den Arsch tritt. Und jetzt bist du gewarnt.«

»Mom, halt dich einfach raus.« Seine Mutter anzuschreien war definitiv nicht das Richtige, aber trotzdem war er kurz davor. »Du kennst doch gar nicht die ganze Geschichte.«

»Ich kenne Mia.« Sie kam zu ihm rüber. »Sie ist das Beste, was dir im Leben passiert ist, abgesehen von Clara, und du scheinst wild entschlossen, alles kaputtzumachen. Wenn du das nicht schon längst getan hast.«

»Sie ist bei mir nicht sicher.« Wieso konnte das keiner verstehen und wieso interessierte es sie überhaupt? »Ich habe das für sie getan.«

»Das ist völliger Bockmist, was du da redest, und das weißt du auch.«

Er steckte das Messer in die Scheide und ließ es auf dem Küchentisch um seine eigene Achse kreisen, als wollte er mit sich selbst Flaschendrehen spielen. Seine Frustration verwandelte sich langsam, aber sicher in Wut.

»Was zum Teufel soll ich denn machen?« Das hörte sich barscher an, als er vorgehabt hatte. Panik machte sich in ihm breit. Er war kurz davor, rot zu sehen und die Kontrolle zu verlieren.

»Du hast keinen Plan, also sitzt du einfach nur da und wartest, bis der Tag vorbei geht? Ich erkenne meinen Sohn nicht wieder.«

»Scheiße, Mom, ich weiß einfach nicht, was ich tun soll.« Er schlug mit den Händen auf den Tisch und kniff die Augen zusammen. Er sollte dringend mal tief Luft holen, aber stattdessen ging sein Atem immer schneller. Er öffnete die Augen. Seine Mutter hatte die Hände in die Hüften gestemmt.

»Ganz einfach. Mach dir dieses Feuer, das in dir brennt, zunutze und bring wieder in Ordnung, was du kaputt gemacht hast.«

»Ganz einfach, so ein Scheiß.« Was sollte er ihr auch erzählen? Mia würde ihm sagen, dass er zur Hölle gehen konnte. Genau das und mehr hatte er verdient. Er knetete nervös seine Finger.

»Colby, ich gebe dir noch genau einen Tag, dann ist es vorbei mit dem Gefluche.«

»Mom, ich habe Probleme mit ...« Er brach ab. Wo sollte er überhaupt anfangen?

»Dingen, die du nicht kontrollieren kannst? Die du nicht geplant hast? Die nicht nach Colby Winters' Nase laufen? Soll ich weitermachen?«

Dann brauchte er diese Liste wohl nicht mehr zu machen. Anscheinend hatte sie sich gut vorbereitet. Winters rieb sich das Kinn. »Ich bin einfach nicht gut in Dingen, die mir etwas bedeuten.«

Sie seufzte. Nicht mitleidig, sondern nachdenklich. »Ach, das stimmt doch nicht. Du kümmerst dich ganz wundervoll um Clara.«

»Was Clara anging, da hatte ich keine andere Wahl.«

»Doch, die hattest du, und du hast dich entschlossen, den weichen Kern in deiner harten Schale zu zeigen. Clara war das Beste, was dir passieren konnte. Bis Mia in dein Leben kam. Jetzt hast du zwei beste Dinge. Ich hoffe, das eine wartet noch auf dich.«

»Sie wartet nicht auf mich.«

»Eine Frau mit gebrochenem Herzen wartet vielleicht und hofft.«

»Da kennst du Mia aber schlecht. Sie ist nicht der Typ, der sich das Herz brechen lässt.«

»Da wäre ich mir gar nicht so sicher.« Judith sah aus, als wollte sie noch mehr sagen, entschied sich dann aber dagegen. Geschäftig wischte sie den völlig sauberen Küchentresen ab. »Sei ein Mann und bring wieder in Ordnung, was du vermasselt hast.«

Jetzt hatte sie ihn. »Sein ein Mann? Also bitte.«

»Wie auch immer ihr Jungs das nennt. Sei ein Mann. Zeig ein bisschen Mumm. *Lass dir Eier wachsen.*«

»Das war auch das letzte, was Mia zu mir gesagt hat.« Er ignorierte das Magengrummeln, das immer einsetzte, wenn er sich an seinen tollen Plan erinnerte, sie einfach zu meiden.

»Cleveres Mädchen.«

»Ja, sie ist clever. Aber nicht clever genug, um vor mir wegzulaufen.«

»Hör auf, im Selbstmitleid zu schwelgen, Sohn. Wenn Clara nicht auf deiner Türschwelle aufgetaucht wäre, dann stünden wir zwei uns jetzt nicht so nahe und würden ein solches Gespräch gar nicht führen. Aber beides tun wir jetzt. Das ist meine Chance, dir zu sagen, dass zwei wundervolle Mädchen Teil deines Lebens sind.«

»Sie ist weg. Ich habe sie weggejagt.«

Sie zuckte mit den Schultern. »Ich hätte dich nie für einen Schlappschwanz gehalten. Und ich hätte nie gedacht, dass du einem Kampf, in dem es um alles geht, aus dem Wege gehst.«

»Was?« Er hätte nicht gedacht, dass sie ihn beschimpfen würde. Jeder andere, aber doch nicht sie.

»Die Welt hält dich für einen Helden, aber wenn es drauf ankommt, dann ziehst du den Schwanz ein.«

»Hör auf.«

»Ich weiß nicht, ob ich mich dafür schämen soll, dass ich einen solchen Sohn großgezogen habe, oder ...«

»Mensch, Mom, lass mich in Ruhe.«

»Du lässt sie einfach gehen und überlässt sie einem anderen Mann? Gibt es einen anderen Mann, der sie besser beschützen kann als du? Also, wenn das wahr ist ...«

»Verdammt noch mal.« Er war so auf hundertachtzig, dass sein Puls in seinen Ohren dröhnte. Sein Brustkorb fühlte sich an, als ob er gleich explodieren würde. Ganz sicher würde er nicht zulassen, dass ein anderer Mann Mia hielt, beschützte und liebte. Er würde jeden umbringen, der das auch nur versuchte.

Judith zeigte mit dem Kopf in Richtung Garage. »Ich passe auf Clara auf. Bis nachher.«

Winters schnappte sich sein Handy und sprang vom Tisch auf, wobei der Stuhl umkippte.

Sein Handy vibrierte schon wieder. Verdammt. Konnten die Leute mal aufhören, ihn zu belästigen?

Winters nahm die Schlüssel für seinen schwarzen Pickup in die Hand. Der Wagen passte zu seiner Stimmung.

»Jared, was, zum Teufel, willst du von mir?« Sein barscher Ton sollte diesen unaufhörlichen, nervigen Anrufen hoffentlich ein Ende setzten. *Schnall es doch endlich, Mann.* Er hatte es so satt, dass ihm alle auf die Eier gingen.

»Hier spricht nicht Jared.«

Mias knappe Antwort war wie ein Faustschlag in seinen Magen. Sein Herz klopfte bis zum Hals. Gott, hatte er sie vermisst.

»Mia, wo bist du?«

»Wieso?« Sie sprach leise. Vorsichtig. Also ob sie auf der Hut wäre. Warum rief sie ihn an? Ach, der Grund war völlig egal. Sie hatte angerufen und das war alles, was zählte.

»Jetzt, in diesem Augenblick, Süße. Wo bist du?«

Sie würde was erleben, wenn sie ihm nicht sofort sagte, wo sie war. Er musste so schnell wie möglich zu ihr gelangen. Und so schnell wie möglich war noch nicht schnell genug.

»Zuhause. Wieso?«

»Ich bin in zehn Minuten da. Geh. Nicht. Weg.«

»Du weißt doch gar nicht, wo ich wohne.«

»So ein Scheiß, natürlich weiß ich das.« Er sollte sich wirklich zusammenreißen, sonst vergraulte er sie mit seinem Ton noch.

»Du bist nicht eingeladen.«

»Mir egal.«

»Du bist mindestens dreißig Minuten Fahrt von mir entfernt.«

»Du kannst gerne die Zeit stoppen.« Er sah auf die Uhr.

»Ich will dich nicht sehen. Komm morgen in mein Büro.«

Winters legte auf. Er wollte nicht wissen, warum sie anrief. Sie sollte es ihm ins Gesicht sagen. Damit er eine Chance hatte, um sie zu kämpfen. Sein Magen grummelte. Pures Verlangen vermischte sich mit einem anderen, noch überwältigenderen Gefühl, das seinen ganzen Körper schmerzen ließ und seinen Kopf benebelte. Mit kreischenden Reifen fuhr er aus der Einfahrt. Zehn Minuten. Er würde es schaffen.

KAPITEL VIERUNDDREISSIG

Mias Eingangstür flog auf. Sie hätte es besser wissen und innen den Riegel vorschieben sollen. Nicht, dass ein Riegel Colby davon abgehalten hätte, in ihre Wohnung zu kommen.

Heller Sonnenschein drang in ihr dunkles Wohnzimmer. Sie hatte die Vorhänge zugezogen und es sich auf der Couch gemütlich gemacht, mit Eiscreme, Schokolade, Chips, einer riesigen Packung Taschentüchern und genug Schnulzenfilmen, dass selbst Aschenputtel seinen Prinzen vergessen würde. Eine Selbstmitleidsorgie, wie sie im Buche stand.

Sie hatte unter ihrem gebrochenen Herzen gelitten, aber bisher keine Träne vergossen. Bis gestern Nacht, nachdem sie die Dokumente unterzeichnet hatte. Sie war völlig fertig ins Bett gegangen und hatte heute vor, sich ihrer Melancholie ganz hinzugeben. Heute war der Tag, an dem alles rauskommen würde. Und aus dem Grund hatte sie überhaupt keine Lust auf ungebetene Gäste, die in der Tür standen und sie auch noch mit grellem Sonnenlicht blendeten.

Colby füllte den ganzen Türrahmen aus. Es hätte sie überraschen sollen, aber in Wirklichkeit ärgerte es sie einfach nur, dass sie es nicht erwartet hatte. Als ob er anklopfen würde.

Mia hielt den Film an. *Der Bodyguard.* Sein Timing war auch total Scheiße. Das hier war die beste Szene, in der Kevin Costner Whitney Houston an seine Brust drückte. Wenn Colby hineingestürmt wäre, als sie ihn das erste Mal angeschaut hatte, hätte er sie beim Mitsingen der Lieder erwischt.

»Hau ab.« Sie wandte sich wieder dem Bildschirm zu, den Finger schon auf der Play-Taste, in der Hoffnung, dass er wirklich weggehen würde.

»Wir müssen reden.«

»Das haben wir doch schon. Geh weg.« Mia rutschte noch ein bisschen tiefer unter die Decke. Ihr Blick fiel auf den Berg zusammengeknüllter, tränendurchtränkter Taschentücher auf dem Boden. *Wie peinlich. Kann er nicht einfach nur gehen?* »Ich habe dich nicht angerufen, um dich zu mir nach Hause einzuladen.«

»Mir egal.«

»Schön, dass du wieder bei deinen kurzangebundenen Sätzen bist. So, wie es angefangen hat und so, wie es hätte bleiben sollen.« Sie tauchte den Löffel in den Becher Eiscreme und nahm einen großen Bissen. Sie hatte Erdnussbutter und Schokostückchen erwischt. Volltreffer. Wenigstens liefen ein paar Dinge in ihrem Leben richtig. »Ich habe was vor und ich will dich nicht hier haben.«

»Mit wem? Ben und Jerry?«

»Pass besser auf, Winters. Du hast kein Recht, mich zu verurteilen.«

»Nenn mich nicht Winters. Darf ich mich setzen?«

»Nein, du darfst gehen.«

Er trat vorsichtig an die Couch heran, so als ob er sich einem Raubtier näherte. »Wieso hast du mich angerufen?«

»Nicht, um dich zu mir nach Hause einzuladen.« Wieso hatte sie ihn überhaupt angerufen? Sie hatte kein besonderes Ziel damit verfolgt, keinen Plan gehabt. Wie gut, dass er sich so alphatiermäßig aufgeführt hatte, denn dadurch hatte sie einen guten Vorwand gehabt, aufzulegen.

»Das sehe ich.« Er setzte sich auf das andere Ende der Couch und stellte eine leere Schachtel Pralinen auf den Couchtisch. Sie hätte sich um ihren Herzschmerz kümmern sollen, bevor daraus ein Kalorienfest geworden war. Sie hätte schon vor zwei Wochen heulen und mit der Sache abschließen sollen. Hatte sie aber nicht und nun saß er hier. Sie hasste ihn und hasste sich selber dafür, dass es ihr gefiel, wie nah er war.

»Ich gehe von hier weg.« Sie versuchte, die Tränen runterzuschlucken. Es gelang ihr gerade so, doch es kostete sie viel Kraft. Die schon getroffene Entscheidung zu akzeptieren fiel ihr selber schwer. Das Resultat war die tolle Selbstmitleidsorgie, die sie heute Morgen feierte. »Ich ziehe um. Ich habe schon Untermieter für meine Wohnung gefunden. Ein frisch verheiratetes Paar wird hier einziehen. In einer Woche bin ich weg. Ein neuer Job. Ein neuer Bundesstaat. Ein neues Leben.«

Winters fiel die Kinnlade runter. »Was? Aber ... aber das kannst du doch nicht.«

»Wieso nicht?«

»Wieso würdest du das tun wollen?«

»Ich will nicht mehr in einer Wohnung leben, die von einem kolumbianischen Kartell auseinander genommen wurde. Ich bin der Hölle entkommen und habe hier nichts als Chaos vorgefunden.«

»Mia, Schätzchen ...«

»Sag nicht *Schätzchen* zu mir, Winters.«

»Bitte nenn mich Colby«, zischte er durch zusammengepresste Zähne, sodass sich seine höfliche Bitte überhaupt nicht so anhörte.

»Nein. Du bist nicht in der Position, mich um irgendwas zu bitten. Komm besser damit klar.«

»Ich bin es so satt, dass Leute mir sagen, ich soll damit klarkommen.«

»Von mir kannst du ganz sicher kein Mitleid erwarten.« Mia schob noch einen Löffel geschmolzene Eiscreme in ihren Mund, statt in seinen Schoß zu klettern. Es war kein guter Ersatz, aber zumindest hielt es sie davon ab, zu ihm rüber zu rutschen.

Er beugte sich vor, um die Lampe auf dem Beistelltisch anzuschalten, die ihren Schmachtfetzen-/Heul-/Eiscreme-Kokon wie ein Scheinwerfer beleuchtete. Sie blinzelte, bis sich ihre Augen an das Licht gewöhnt hatten. Sein Gesicht war glatt-rasiert. Er kam ihr so groß auf ihrer Couch vor. Hatte er immer schon so enge, bizepsschmeichelnde T-Shirts und Hosen, unter denen sich die Muskeln abzeichneten, angehabt? Im Vergleich dazu sah sie in ihrem altbackenen rosa Schlafanzug lächerlich und äußerst unattraktiv aus.

»Du hast das Recht, sauer auf mich zu sein.«

Das *Recht*, sauer zu sein? Sauer kam nicht mal annähernd dran, wie sie sich fühlte. Sauer war viel zu milde ausgedrückt. Aber sie hatte keine Lust, ihre Gefühle zu beschreiben, diese Reuegefühle, die sie krank machten. Und all das nur, weil sie sich in ihn verliebt hatte.

Stattdessen stand sie von der Couch auf. Sie hatte einiges zu tun und nichts davon hatte mit ihm zu tun. Er konnte ganz alleine seinen

Weg aus ihrer Wohnung finden, so wie er ja auch einfach reingekommen war.

»Es tut mir leid.«

Wieso machte das zu hören alles nur noch schlimmer? »Geh einfach.«

»Mia ...«

»Ich kann das hier einfach nicht. Bitte geh.« Sie würde nicht betteln. Er musste gehen.

»Ich werde nirgendwo hin gehen.«

»Wieso?« Sie drehte sich frustriert zu ihm um. Er stand auf, richtete sich zu seiner ganzen einschüchternden Größe auf und ignorierte ihre Bitte einfach. Es war zum Verrücktwerden. »Warum musst du mich so quälen? Du hast kein Recht, mir zu sagen, dass es dir leidtut. Du warst nicht hier, als ich in meine durchwühlte Wohnung gekommen bin, und du warst nicht hier, als ich jede Nacht von Albträumen schreiend aufgewacht bin.«

»Ich ...«

»Und jeden Tag im Krankenhaus habe ich deine Hand gehalten und dir von unserer Zukunft erzählt. Ich war eine Närrin. Du hast mir gesagt, ich soll gehen. Nein, Moment, du hast der Krankenschwester aufgetragen, es mir zu sagen.«

Etwas zerriss in ihrem Inneren. Alles, was sie zusammen gehabt hatten, war verschwunden. Es ließ sich nicht wieder gut machen. Alle Handlungen hatten Konsequenzen und seine Handlungen hatten ihre Träume kaputt gemacht.

Sie stampfte auf ihn zu, packte ihn am T-Shirt und tat ihr Bestes, um ihn zu schütteln.

»Ich hasse dich.« Diese Worte, die so unvermittelt aus ihr herausbrachen, gingen ebenfalls unbeabsichtigten, tiefen Schluchzern voraus. Sie ließ den Kopf sinken, legte ihre Wange an seine Brust und brach in hemmungsloses Schluchzen aus. »Ich hasse es, dass es so wehtut.«

Er nahm sie in die Arme, rieb ihren Rücken und streichelte über ihr Haar. Das machte alles nur noch schlimmer.

»Mia, meine Süße. Ich weiß, dass es nichts daran ändert, wenn ich mich bei dir entschuldige. Aber Gott ist mein Zeuge, ich habe wirklich gedacht, dass ich das Richtige tue. Dass du es besser hast ohne mich. Dass ich dich damit beschütze.«

Wenn er das wirklich dachte, dann war er einfach dumm. Sie hatte sich in einen Idioten verliebt. Aber sie behielt das für sich und bewegte sich keinen Zentimeter von dem warmen, tränennassen Platz an seiner Brust weg. Sie wollte sich so gerne in seine Arme kuscheln. Sie wollte spüren, dass sie ihm etwas bedeutete.

»Ich hatte Angst«, sagte er. »Aus vielen verschiedenen Gründen. Und ich habe normalerweise keine Angst. Ich weiß nicht, was Angst ist. Aber ich ... hatte eine Höllenangst.«

»Wieso?«, flüsterte sie, ohne den Kopf zu bewegen. Ihre Hände waren immer noch in sein T-Shirt gekrallt.

»Verdammt, ich weiß es doch nicht.«

Es war, als wenn die Realität wie ein Hammer auf sie runtergesaust wäre, um sie daran zu erinnern, was er getan hatte. Sie löste sich von ihm, bevor er protestieren konnte. »Das hättest du wohl herausfinden sollen, bevor du hierher gekommen bist.«

»Mia, du wirst nicht weggehen. Du wirst nirgendwo hin gehen.«

»Themawechsel. Wenn alles nichts hilft, dann musst du Befehle erteilen. Das ist so typisch für dich, es ist schon fast ein Klischee.«

»Ich meine es ernst.« Er sah ernst aus, aber er sah immer ernst aus, und was sie beide anging, lag er nun mal falsch.

»Deine Anweisungen spielen für mich keine Rolle mehr, Winters.«

»Hör auf, mich Winters zu nennen, verdammt.«

Sie ignorierte ihn und ging in die Küche. Sie brauchte Abstand, um einen klaren Kopf zu bekommen. Nachdem sie ein paar Mal tief durchgeatmet hatte, sagte sie: »Ich nenne dich, wie immer ich will. Arschloch. Wichser. Lügner.«

Er kam ihr hinterher. »Dich anzulügen, war nie meine Absicht. Ich weiß gar nicht, wann ich dich angelogen haben soll.«

»Du hast mir etwas vorgemacht. Und das ganze Es-liegt-nicht-an-dir-es-liegt-an-mir-Gelaber? Ich hätte etwas mehr Originalität erwartet.«

»Ich wollte dich beschützen.«

»Himmel, Herrgott noch mal. Wovor denn?«, schrie sie und warf eine Tasse gegen die Wand. »Ich habe Psychopathen und Entführungen überlebt. Mehrere davon!«

Er stand inmitten der Scherben der zerbrochenen Tasse und holte tief Luft. »Nichts davon wäre jemals passiert, wenn ich nicht gewesen wäre. Wenn du mich nicht kennengelernt hättest, hätte dich niemand gejagt und niemand hätte dich entführt.«

Mia wollte weglaufen, aber die vielen kleinen Scherben und ihre nackten Füße hielten sie davon ab. »Wenn ich dich nicht kennengelernt hätte, dann wäre ich als Leiche in einem billigen Motelzimmer in Louisville, Kentucky geendet. Du hast mich gerettet.«

Sie befanden sich in einer Pattsituation, Urbedürfnis gegen Gefühle. Ihre Blicke begegneten sich. Sie bekam Schmetterlinge im Magen und die Luft zwischen ihnen lud sich elektrisch auf.

Knirsch. Er trat einen Schritt auf sie zu.

»Wage es ja nicht, mich zu küssen, Winters.«

»Colby.« Noch ein Schritt. Wieder knirschten die Scherben unter seinem Fuß. »Nenn mich Colby.«

»Ich sage es dir noch einmal, ganz deutlich. Du hast mir wehgetan und du solltest gehen.«

»Ich habe jede einzelne verdammte Sekunde, die ich ohne dich verbringen musste, gehasst.«

»Geh jetzt.«

Ein letzter Schritt und er stand direkt vor ihr. »Keine Chance.«

Er fuhr mit der Hand in ihr Haar, beugte sich vor und atmete ihren Duft ein. Ihr Herz blieb für einen Moment stehen. Sie hielt den Atem an. Seine zärtlichen Lippen legten sich auf ihre und die Welt hörte für einen Augenblick auf, sich zu drehen, bevor sie seinen Kuss erwiderte. Seine Zunge fuhr in ihren Mund und traf auf ihre. Ein samtener Schlag. Ein Schauer lief ihr den Rücken runter, aber Hitze durchströmte sie bis ins tiefste Innere.

Sie löste sich von ihm, immer noch völlig verzaubert von dem Kuss.

Er sah so aus, wie sie sich fühlte. »Weißt du noch, was ich über uns beide gesagt habe?«

»Nein, weiß ich nicht.« Sie war sich im Moment nicht mal sicher, ob sie sich an ihren vollständigen Namen erinnern konnte. Dieser Wahnsinnskuss hatte sie schier umgehauen.

»Mia, ich habe mich mein ganzes Leben nach dir gesehnt. Ich habe das gesagt, und ich habe das auch so gemeint.« Er nahm ihr Kinn in eine Hand und streichelte mit dem Daumen über ihre Wange. »Aber ich konnte damit nicht umgehen, also habe ich es vermasselt.«

»Oh.«

»Du hast mir die Augen geöffnet. Ich wusste vorher nicht, wie es sich anfühlte, etwas so zu brauchen, wie ich dich brauche.«

Mia brachte kein Wort hervor.

»Aber wenn ich dich hätte, und ich dich dann verlieren würde ... so etwas hätte ich nicht überlebt.«

Schließlich fand sie die Sprache wieder: »Aber du hattest mich doch.«

»Hatte.« Sein streichelnder Daumen hielt inne. »Aber jetzt habe ich dich nicht mehr?«

»Ich muss packen.«

Seine Augen verengten sich. »Das ist doch keine Antwort.«

»Ein Kuss wird an der Sache auch nichts ändern.« Sie trat einen Schritt zurück und löste ihr Gesicht sanft aus seinen Händen.

»Er sagt, dass es mir leid tut.«

»Ein Kuss kann alles sagen, was du willst, aber was ändert es?«

Er schüttelte den Kopf. »Oh nein. Nein, nein, nein. Du wirst nicht diese blöden Schutzmauern um dich herum hochziehen, nur damit du mich rausschmeißen und deinen Becher Eiscreme aufessen kannst.«

»Dir tut es leid. Mir tut es leid. Dir sei vergeben, *Colby*. Danke, dass du vorbeigeschaut hast, aber jetzt ist es Zeit für dich, zu gehen.«

Er kam näher. »So ein Scheiß.«

»Hier rumzufluchen wird auch nichts ändern.«

»Verdammt noch mal, Mia.« Er klatschte die Hände gegen die Wand. »Ich liebe dich. Weißt du das denn nicht?«

Sie wollte nein sagen, brachte aber nichts raus.

»So, ich habe es gesagt.« Er fuhr sich mit der Hand ins Haar, ließ den Kopf auf die Brust sinken und sah sie dann mit einem so intensiven Blick an, dass sich die Atmosphäre noch mehr auflud. »Jetzt habe ich alle Karten offen auf den Tisch gelegt. Ich liebe dich.«

Mia musste hier dringend flüchten. Sie musste irgendwie an ihm vorbeikommen, aber der Boden war voller Scherben und er blockierte die Tür. Auf Zehenspitzen versuchte sie, um ihn herumzutänzeln, aber er stellte sich ihr wieder in den Weg. Also schloss sie einfach die Augen. »Lügner.«

Er lachte. »Sag mir, dass ich falsch liege. Sag mir noch mal, dass ich ein Lügner bin. Ich liebe dich, Mia Kensington. Aber wie steht's mit dir? Liebst du mich?«

Sie schaffte es endlich in den Flur, ohne sich die Füße aufzuritzen, aber er hatte sie schnell wieder erwischt und drängte sie gegen die Wand. Seine breiten Arme rechts und links von ihr erlaubten kein Entkommen. Sein starker, breiter Körper war ihr viel zu nah. Sie konnte nicht ignorieren, wie sich sein Brustkorb hob und senkte. Ihr rasendes Herz meldete sich zu Wort. *Liebe? Nein. Ich kann nicht riskieren, dass er mir noch einmal und viel schlimmer wehtut.*

»Mia. Was sagst du dazu?«

Sie heftete ihren Blick auf die Narbe unter seinem Auge, weil sie zu viel Angst hatte, die Wahrheit in seinen Augen zu sehen. »Was willst du von mir?«

»Ich will dich.« Er beugte sich vor und sein Atem kitzelte an ihrem Ohrläppchen, als er ihr zuflüsterte: »Ich liebe dich. Ich will den Rest meines Lebens mit dir verbringen. Ich möchte, dass Clara eine Mutter bekommt, vielleicht sogar Geschwister.«

Ihre Augen weiteten sich vor Überraschung. Er wich einen Schritt zurück und streckte die Hand aus. »Nimm meine Hand. Buchstäblich, im übertragenen Sinne, wie auch immer du es verstehen willst.«

»Ich ...« Ihr Verstand versuchte nachzuvollziehen, was gerade passierte, aber es wollte ihm nicht gelingen.

»Ich bete, dass du mich liebst. Tust du es?«

»Ja«, hauchte sie. Zu leise. Zu einfach.

»Sag es. Jetzt. Ich muss es von dir hören.«

Mit offenem Mund und weichen Knien starrte sie ihn schweigend an. Das war eine schlechte Idee. Sobald sie es sagte, war es vorbei. Dann würde sich nicht aufhören können, es zu sagen.

»Du musst irgendwas sagen, Süße. Da kannst du mir auch gleich die Wahrheit sagen, was immer sie auch ist.«

Sie holte tief Luft. Die Wahrheit. Sie liebte ihn mehr, als eine Frau einen Mann lieben sollte. Ihre Gedanken überschlugen sich. Das Knäuel von Worten in ihrem Kopf ließ sich nicht entwirren. So viele Dinge wollten auf einmal aus ihr raussprudeln, dass sie sie nicht auf Reihe bekam.

Er versteifte sich und drehte sich weg. »Hab's verstanden. Vergiss es. Ich mach mich dann vom Acker.«

Seine schweren Stiefel hallten, als er zur Tür ging. Was passierte gerade? Nein, Moment mal. Das war doch alles nicht richtig.

»Colby. Stopp.«

Er hielt inne, drehte sich aber nicht um. Stattdessen lehnte er sich gegen die Wand.

Sie bekam keine Luft mehr. Ihr war so schwindlig, dass sie befürchtete, sie würde gleich ohnmächtig werden. Es war ihr alles zu viel. »Ich werde dich nicht wieder verlieren.«

Er drehte sich ganz langsam um, blieb aber stehen, wo er war.

»Ich liebe dich auch. Ich liebe dich so sehr, dass ich nicht atmen kann.«

Sofort war er bei ihr, drückte sie gegen die Wand und küsste sie heiß und heftig. Dann wich er zurück.

»Schätzchen, wehe, du brauchst noch mal so lange dafür, mir zu sagen, dass du mich liebst.« Dann schmiegte er sich wieder an sie und bedeckte ihren Hals mit sanften Küssen.

»Ich liebe dich, Colby.«

Er lächelte. Sie konnte es nicht sehen, aber sie konnte seine Wangen und Lippen an ihrer Haut fühlen. »Also, dann solltest du tatsächlich mal packen.«

»Sollte ich das?«

»Ja. Denn du kommst mit mir nach Hause.«

»Ich liebe dich.«

»Beantwortest du damit jetzt jede Frage?« Er schaute sie mit so viel Zuneigung und Verehrung an, dass sie sich immer sicherer wurde, dass das wahrscheinlich der Fall sein würde.

Sie nickte mit einem Lächeln und lachte dann.

»Mir ist das nur recht.« Er zog sie in Richtung Haustür. »Hast du nicht mal etwas davon gesagt, dass du einen Hund willst?«

Jetzt wurde ihr Lächeln noch breiter. »Ich liebe dich.«

»Dann bekommst du einen Hund.«

Epilog

Die Sonne ging über dem See unter. Mia lehnte sich auf den Ellenbogen zurück und ließ die Füße vom Steg baumeln. Der Hund sprang wie wild umher, rein in den See, raus aus dem See, und spritzte Colby und Clara voll. Colby watete durch eine seichte Stelle, wo ihm das Wasser bis zu den Oberschenkeln ging. Clara saß auf seinen Schultern. Jedes Mal, wenn er in die Knie ging und ihre Füße ins Wasser eintauchten, kreischte sie begeistert auf.

Der Goldring an Mias linken Finger fühlte sich von Tag zu Tag weniger wie ein Fremdkörper an. Sie hatten im Kreis der Familie und einiger ausgewählter Freunde geheiratet. Die Trauung hatte in Colbys Garten stattgefunden. In *ihrem* Garten, *ihrem* Haus. Daran erinnerte er sie jedes Mal, wenn sie so etwas sagte.

Familie. Früher war es ihr kalt den Rücken runtergelaufen, wenn sie das Wort gehört hatte. Aber jetzt entspannte sich ihre Familie gerade am See. Ihre *wachsende* Familie.

Mia hatte es im Gefühl gehabt, hatte sich aber nicht zu viel Hoffnung machen wollen, bis sie den Test gemacht hatte. Im Laden legte sie zwei Schachteln und zwei Flaschen Wasser in den Wagen und versteckte sie unter etwas anderem. Sie traute sich gar nicht, die Tests anzuschauen, aus Angst, dass sie sich umsonst Hoffnungen machte. Auf dem Weg nach Hause trank sie das Wasser ganz aus. Daheim angekommen rannte sie sofort aufs Klo. Zwei Teststreifen später war sie sich so sicher, wie man sich nach Heimtests sein konnte. Und sie konnte nicht aufhören zu lächeln. Sie waren schwanger.

Colby würde genauso aufgeregt und glücklich sein wie sie. Sie hatte eigentlich vorgehabt zu warten, bis sie heute Abend allein im Bett waren und er sie in seinen Armen hielt, aber sie konnte es nicht mehr aushalten.

»Hey, Familie, kommt mal her«, rief sie Colby zu, der gerade auf die Fische zeigte, die ihm um die Beine herumflitzten.

Er schaute auf und lächelte sie an. »Komm schon, Mama. Wir wollen nicht aufhören. Wir spielen.«

Beim Anblick ihrer wunderschönen Gesichter schmolz ihr Herz. Seit sie mit ihm nach Hause gekommen war, nannte er sie Mama. Jedes Mal, wenn er es sagte, sprang ihr Herz in die Höhe. Sie waren eine Familie und sie war die Mama. Und jetzt traf das sogar noch einmal mehr zu, als er ahnte.

»Aber ich habe eine Überraschung für euch zwei.« Mia wusste, dass ihr Gesicht gleich zu viel verraten würde, also legte sie den Kopf in den Nacken und sonnte sich, bis sie bei ihr waren. Colby watete aus dem Wasser und setzte sich neben Mia, Clara immer noch auf seinen Schultern. Von seiner nassen Badehose tropfte Wasser auf ihre Beine.

»Eine Überraschung, was? Was denn für eine?« Er setzte die zappelnde Clara auf seine nassen Knie und hielt sie fest.

»Was hältst du von zweien unter zwei?«

»Zwei was?«

»Zwei Kleinen.«

»Das weißt du doch schon. Moment ...« Er warf ihr einen warnenden Blick zu, nach dem Motto *Wage es nicht, mich mit so etwas aufzuziehen.* Aber ein breites Lächeln ließ sein Gesicht erstrahlen. »Bist du etwa ...?«

Mia warf ihm die Arme um den Hals und machte aufgeregte Quietschgeräusche in sein Ohr.

»Mama, ich halte das für die tollste Neuigkeit überhaupt.« Er legte seine starken Arme um Mia und Clara.

Ein Ehemann, zwei Babys – eine Familie und ein Leben lang Zeit, um dieses Glück ganz auszukosten. Es war genau das, von dem Mia Winters nie gewusst hatte, dass sie es sich wünschte.

DAS ENDE

DIE AUTORIN

Cristin Harber ist eine New York Times und USA Today Bestseller-Autorin. Sie schreibt sexy Liebesromane in den Genres Romantic Thrill und Military Romance, in denen es auch mal heiß hergehen kann. Ihre Titan-Serie schaffte es in den USA auf Platz eins der Amazon-Bestsellerliste.

Mehr Informationen zur Autorin, zur Titan-Serie und Neuigkeiten finden Sie auf www.CristinHarber.com.

www.ingramcontent.com/pod-product-compliance
Lightning Source LLC
Chambersburg PA
CBHW051525260626
47170CB00003B/791